斯文的困惑与转型

莲池学派及其文艺思想研究

河北省社会科学基金项目

于广杰　著

河北大学出版社
·保定·

斯文的困惑与转型：莲池学派及其文艺思想研究

出 版 人：朱文富
责任编辑：郝　健
装帧设计：张彦琪
责任校对：兰彩红
责任印制：常　凯

图书在版编目（CIP）数据

斯文的困惑与转型 ：莲池学派及其文艺思想研究 / 于广杰著 . -- 保定 ：河北大学出版社，2021.12
ISBN 978-7-5666-1984-6

Ⅰ . ①斯… Ⅱ . ①于… Ⅲ . ①桐城派－文学研究 Ⅳ . ① I207.62

中国版本图书馆 CIP 数据核字（2021）第 269487 号

出版发行：河北大学出版社
地址：河北省保定市七一东路 2666 号　邮编：071000
电话：0312-5073019　0312-5073029
邮箱：hbdxcbs818@163.com　网址：www.hbdxcbs.com
经　　销：全国新华书店
印　　刷：河北纪元数字印刷有限公司
幅面尺寸：170 mm × 240 mm
印　　张：15
字　　数：253 千字
版　　次：2021 年 12 月第 1 版
印　　次：2021 年 12 月第 1 次印刷
书　　号：ISBN 978-7-5666-1984-6
定　　价：76.00 元

目　录

绪　论

清代同治、光绪以来，晚期桐城派的领袖人物曾国藩主政直隶，将桐城之学带到朴茂的燕赵大地，开启了学术新风。“曾门学士”张裕钊、吴汝纶相继主讲直隶莲池书院，造就河北多士，如武强贺涛、南宫李刚己等皆能以学问、文章自立。燕赵文风大倡，一时海内宗仰。桐城派的中心遂由南而北，莲池书院成为晚清继承、传播桐城文脉的根据地。其后贺涛、吴闿生等莲池弟子于畿辅地区衍续桐城文脉，门生弟子在晚清民国之际号为昌盛。论者多将这个以直隶莲池书院为中心展开学术思想、文艺活动的群体称为“莲池学派”。莲池学派作为晚清民国桐城派的核心，以曾国藩为初祖，以张裕钊、吴汝纶为二宗。起自曾国藩督直（1868），至俞大酉弃世（1966）而止，绵延六代近百年，为晚清民国学坛、文坛的重要组成部分。晚清桐城派中心北移直隶保定以后，莲池学派文艺活动以古文创作和批评为中心，在全国形成了声势浩大的文化影响力。从地域文化角度来讲，亦有衍续和繁荣燕赵文脉的意义。这个横亘晚清民国近百年，继承桐城派世系传播特征和文化学术精神的流派，是我国传统文艺发展演变历程中的重要一环。学界对于“莲池学派”的研究目前尚处于起步阶段，主要关注他们在晚清民国时期的政治活动、教育改革；于文艺活动的研究主要以桐城派为主要框架和视野，探讨他们在古文创作与批评及建构桐城诗派与诗学的成就。以燕赵学人和文化爱好者为主体，张裕钊、刘春霖、贺培新等人物的书法、篆刻、绘画艺术也渐受社会重视，成为地域文化挖掘的热点。然其仅限于一些经典艺术作品的搜集和整理，很难说有系统深入的研究。为了推进莲池学派及其文艺思想研究的深入发展，笔者在搜集整理研究资料的基础上进行了细致的梳理和解读，以期比较全面地呈现莲池学派这一北方桐城派文人群体的构成与活动，阐述他们的文艺思想，并通过研究方法、内容、视域的考察，总结此项研究的意义和得失，并对未来的研究提出若干切实的思考。

一、莲池学派及其文艺思想研究述论

（一）莲池学派及其群体构成研究

晚清民国以来，即有人或隐或明地以“莲池派”表彰张裕钊、吴汝纶主讲莲池书院后造就的燕赵古文创作群体。隐指者如徐世昌曰：“（张裕钊）‘主莲池书院最久，畿辅治古文者踵起，皆廉卿开之。’”① 吴汝纶之子吴闿生曰：“自廉卿先生来莲池，士始知有学问。先公继之，日以高文典册摩厉多士，一时才俊之士奋起云兴，标英声而腾茂实者先后相望不绝也。己丑以后，风会大开，士既相竞以文词，而尤重中外大势、东西国政法有用之学。畿辅人才之盛甲于天下，取巍科、登显仕，大率莲池高第。江、浙、川、粤各省望风敛避，莫敢抗衡，其声势可谓盛哉!”② 显指者如王树枏曰：“黄贵筑师（黄彭年）主讲保定莲池书院去后，予与挚甫荐之（张裕钊）直督张靖达公，继主讲席。廉卿去后，挚甫继之。河北文派，自两先生开之也。”③ 刘声木作《桐城文学渊源考》勾勒了莲池学派士人的群体构成。此书卷十载“师事及私淑张裕钊、吴汝纶诸人”：吴汝绳、贺涛、王树枏、孙葆田、范当世、张謇、朱铭盘、赵衡、宋书升、马其昶、姚永朴、姚永概、范钟、范铠、张以南、弓汝恒、常堉璋、王振尧、李刚己、张宗瑛、吴闿生、徐宗亮、贾恩绂、方献彝、查燕绪、李传黻、刘晓堂、张诚、赵彬、王景逵、严钊、叶玉麒、龚煦春、王恩绂、张缙璜、丁亦康、李书田、高步瀛、刘培极、尚秉和、武锡珏、吴兆璜、贺培新、曾克端、李葆光、方福东、张溥、吴鋆、贾应璞、谷钟秀、籍忠寅、邓毓怡、李景濂、阎志廉、马鉴滢、韩德铭、刘彤儒、孟庆荣、崔栋、张殿士、刘登瀛、李广濂、王宾基、何其巩、吴镗、刘乃晟、步其诰、赵宗忭、傅增湘、梁建章、秦嵩、刘春堂、孟君燕、阎凤华、廉泉、刘若曾、安文澜、黄凤翙、胡源清、王树森、赵翼宸、钟广生、金钺、陈凤五、李国松、何范之、洪寿华、宫岛彦、黎汝谦、王仪型、阎凤阁、柯劭忞、李谐韺、陈嘉谟、齐令辰、胡庭麟、刘子香、姚椿寿、王翰宸、齐赓芾、王含章、贺沅、贺澎、崔炳炎、蒋耀奎、费师洪、谢鼎仁、路士桓、郑禄昌、王在棠、刘世斌、弓尧、雷振镛、李德膏、刘春霖、王瑚、齐福

① 徐世昌辑：《晚晴簃诗汇》，中国书店 1988 年版，第三册，第 786 页。

② 吴闿生编：《吴门弟子集》，中国书店 2009 年版，卷首。

③ 张裕钊著，王达敏校点：《张裕钊诗文集》，上海古籍出版社 2012 年版，第 599 页。

丕、梁建邦、姚永楷、言有章、曾克耑、傅增湲、杜丛桂、刘步瀛、李哲生、张庆开、魏兆麟、黄锡龄、杨越、张銮坡、李春晖、王守恂、张镇午、杨英续、崔庄平、崔琳、张坪、于凤鸣、马锡蕃、李季驯、姜问桐、吴籛孙、吴笈孙、吴篔孙、徐昂、张铁山、王笃恭、蔡如梁、杜之堂、何之熔、潘式、唐尔炽、步以绅、步以庄、白钟元、萧树升、高飏生、许士衡、夏光普、徐德源、王延纶、宗树枬、谢荣寿、谢润庭、周樾、羡钟寅、李钺、邢之襄、赵芾、叶昌炽、吴千里、纪钜湘、王宝均、羡继涵、籍郇恩、何云蔚、叶玉麟、孙达宣、李家煌、中岛裁之、中岛成章、宫岛诚一郎。张、吴二人是曾国藩的门生，列入“曾门四子”，亦是开辟直隶莲池学派的重要人物。张裕钊继承了姚鼐、曾国藩注重文章声音、声调的理论，刘声木说张裕钊谓“文章之道，声音最要，凡文之精微要眇悉寓其中”①，因此其“一生精力全从声音上著功夫，声音节奏皆能应弦赴节，屹然为一大宗”②。吴汝纶好文出于天性，刘声木说吴汝纶尝谓“文者，精神志趣寄焉，不得其精神志趣，则不能得其要领”③，其为文深渺古懿，使人往复不厌。魏际昌先生《桐城古文学派与莲池书院》一文虽未直接称“莲池学派”，就其论述观之，已非常明确地指出，“曾国藩任直督以后，书院达到了鼎盛时期。桐城古文学派开始在书院扎根发芽，先后有曾国藩的学生张裕钊、吴汝纶二位桐城派后劲主讲书院，使桐城古文学派的中心由南移到了北方直隶，具体地说就是到了莲池书院”④。魏际昌先生所述莲池学派成员除张、吴二子及见于刘声木《桐城文学渊源考》著录者外，尚从光绪戊戌（1898）莲池书院《学古堂文集》钩稽出数人。王达敏先生《张裕钊与清季文坛》一文直接以“莲池派”名张裕钊、吴汝纶开辟的以莲池书院为中心的古文群体。其《曾国藩总督直隶与莲池新风的开启》一文曰：“莲池派若从曾国藩督直（1868）算起，到俞大酉弃世（1966）为止，绵延近百年，相承历六代。其成员多半来自畿辅，活跃在保定、北京、天津、沈阳等地；主要任职于教育界、政界、新闻界；有

---

① 刘声木撰，徐天祥点校：《桐城文学渊源考撰述考》，黄山书社1989年版，第285页。

② 刘声木撰，徐天祥点校：《桐城文学渊源考撰述考》，黄山书社1989年版，第285页。

③ 刘声木撰，徐天祥点校：《桐城文学渊源考撰述考》，黄山书社1989年版，第286页。

④ 魏际昌、吴占良：《桐城古文学派与莲池书院》，《文物春秋》1996年第3期，第25页。

姓名可考者约四百人，有文学成绩者不下百人。"① 其文详述了"莲池派"起自曾国藩督直（1868），终于俞大西弃世（1966），绵延近百年，相承历六代的发展历程，并就此学派经世致用、融贯中西的担当精神和社会启蒙意识，与晚清民国政坛的紧密关系及主要社会文化活动做了初步梳理。

（二）莲池学派文学创作和文学思想研究

目前学界对莲池学派的研究是从桐城古文的整体脉络展开的，并主要集中在张裕钊、吴汝纶、贺涛等古文大家身上。除了研究桐城派发展史的专著有部分章节介绍外，尚有一些颇具代表性的单篇论文。如孙莹莹《张裕钊文气论与桐城传承》探讨了张裕钊的"文气论"与前期桐城古文家的渊源，以及与吴汝纶相互交流、激发的作用，认为宗尚"平淡"是其古文美学的极则。李松荣《张裕钊的创作分期及其在莲池书院的散文创作》指出张裕钊在莲池书院中创作的散文是其重要的丰收期代表作，体现了其散文"以意度胜"和"词峻以厉"的特点。然唯魏际昌《桐城古文学派与莲池书院》、王达敏《张裕钊与清季文坛》二文最能发张裕钊古文义法、声气、诗歌风貌的真趣。关于吴汝纶的研究近年似较张裕钊研究成熟。除了一些考证吴汝纶生平交游的文章外，更有任亮直从吴汝纶的儒学思想出发，为其文论探源；杨新平从"风格观"探求吴汝纶的古文美学思想；孙文周以吴汝纶论文信笺为资料，探索其文章学观念；胡丹以"正变"观考察吴汝纶的文学创作和文学思想。关于贺涛的研究实在寂寥，且多为皮相之论。唯范丹凝《贺涛与清末畿辅古文圈》一文对贺涛家世、古文创作、文学思想做了较为细致的研究，且以贺涛为中心，对后莲池书院时期畿辅古文圈的群体构成、交游、文学活动做了初步梳理。由此看来，莲池学派作为晚清民国熔铸河北地域特色、传承燕赵文脉传统的学术、文艺群体，并未受到应有的重视。深湛如魏际昌、王达敏二先生，提出"莲池派"，亦多是从桐城古文的角度立论，缺乏融莲池学派古文、诗歌、游艺之学为一体的文艺观照视阈。而对莲池学派游艺之学的研究，除张裕钊、刘春霖书法之外，更属寥寥，遑论透过莲池学派文艺诸体交融会通的现象，探寻古文、诗歌、游艺之学等不同文艺形式的内在联系。关于莲池学派文艺创作和思想传播的方式途径也是一

① 王达敏：《曾国藩总督直隶与莲池新风的开启》，《安徽大学学报（哲学社会科学版）》2014年第6期，第68页。

个非常重要的问题。李松荣认为："文学传播的方式有很多种，可以是著书立说，也可以是教书育人，桐城派这一特殊的文学群体，他们的很多代表人物都在书院担任教职，于是它的传播也就与书院教育结下了不解之缘。"① 以张裕钊、吴汝纶在直隶的活动来看，张裕钊主要是担任莲池书院山长，以教育为业；吴汝纶任职深州、冀州知州期间，重抓教育事业，深州、冀州教育蔚然而兴，其后吴汝纶掌莲池书院，也以冀州及周边州县学子为多。由此看来，张裕钊、吴汝纶的文艺创作及思想传播主要还是通过书院教育，其于直隶文化影响面之深广亦缘于此。

平心而论，莲池诸子的古文在晚清民国社会巨变的影响下，与清中期以来脱胎科举八股和模拟的"古文"相比已经有很大进步。从内容上来讲，义理、考据、辞章中，义理突破经义的范围，融入更多西方传入的近现代政治、经济、哲学思想，并多以实践、务实的手眼论证之，一时形成融入时务、参酌中西、归于儒家义理的思想内容局面；考据亦多从典章制度、历史沿革入手，梳理时务关涉的焦点和重点，有为而作，而不是泛著空文；辞章更加讲求朴实平淡。他们虽然不丢以声气律调为核心的古文创造法则，但因思想和内容的变化，他们的文章更加平典朴实。这种务实而紧跟时代的古文创作潮流在当时深受文人士大夫阶层欢迎。

莲池学派以幕府文人为主，多是以经学为文化正统根据的、与权力中心接近的士人和官僚。在发展过程中先后得到曾国藩、李鸿章、袁世凯、徐世昌等政治实权人物的支持和庇护。因莲池学派依附政治权力中心，又是一批以斯文相号召的文人士大夫，所以社会文化思潮的变化、政局的变化都会对此一群体的发展产生重要的影响，比如传播的根据地、地域范围和传播的方式、内容乃至文风等诸多方面。其中，就莲池学派学术和文学传播的根据地和地域范围来讲，往往与所依附的政治中心有密切的关系。其初，以保定莲池书院为中心，辐射到直隶地方州县书院，如吴汝纶当政、贺涛主持的冀州信都书院。其后，清末民初随着莲池诸子进京，直隶政治中心移至天津，莲池学派的学术和文学活动也随之形成以北京、天津、保定为活动中心的格局。

① 李松荣：《"枝蔓相萦结，恋嫪不可改"——张裕钊与莲池书院师生间的情谊》，《广东广播电视大学学报》2012年第6期，第79页。

在晚清民国波谲云诡的政局中，莲池学派在新文化潮流的冲击和政治权力挤压的夹缝中与世浮沉，艰难求存，发展渐趋于保守。但他们以中华文脉的守护者自居，正因担负了斯文之重任，在文化思想和形态上表现出与时代思潮相颉颃的巨大灵活性。比如曾国藩及曾门四子、贺涛、赵湘、吴闿生诸人对桐城古文的变革，他们把桐城古文集约成中国道统和文统的载体，是斯文的具体形式，只要以此斯文精神为文，其题材内容、义理均可以自由伸缩，其文章的语言形式也发生较大的变化。然而，莲池学派所代表的斯文传统毕竟是传统的文人文化，代表一种文化精英意识，其觉世牖民的文化宣传和动员能力难以适应救亡图存的大众文化的需要。因为进入民国以后，在新文化运动兴起的时候，莲池学派所代表的桐城古文首当其冲，被视为旧文化、旧文学的象征，成为革命的对象。

（三）莲池学派游艺之学和文献整理研究

儒者依仁游艺，先秦时期即有儒家“六艺”之学。宋元以来，琴棋书画等艺术逐渐被文人驯化，成为他们寄托意趣与怀抱的载具。元代理学家刘因提出儒者“新六艺”，将琴棋书画均纳入儒者游艺之学的范围。莲池学派以宋学为本，融通汉学，文章之余，亦游心艺事。张裕钊、吴汝纶、刘春霖并以书法名世，而张裕钊又雅擅山水。早在清末民初，康有为作《广艺舟双楫》即称赞张裕钊书法集北碑之大成。欧阳中石《张裕钊书法艺术溯源》（2010）对张裕钊书法艺术的取法对象进行了细致的研究。日本杉村邦彦《张裕钊的传记与书法》一文当为目前张裕钊书法研究资料最为丰富且切实的佳作。近年另有《张裕钊碑味行书研究》《张裕钊书法艺术研究》等硕士论文问世。然这些研究多为就书法论书法，对张裕钊的书学思想以及与其学术思想、文学精神的内在联系缺乏立体的思考，学界于刘春霖书法的研究亦属此类。刘春霖（1872—1944），字润琴，号石云，河间府肃宁县人，光绪三十年（1904）进士，为我国历史上最后一名状元，尝自谓“第一人中最后人”。刘春霖善书法，尤长于小楷，有“楷法冠当世，后学宗之”之誉，今天的书法界仍然有“大楷学颜（真卿）、小楷学刘（春霖）”的说法。刘春霖的书法圆匀平正，为典型之馆阁体。其小楷娟秀端庄，笔力清秀刚劲，气质深蕴沉厚。曾有小楷字帖《大唐三藏圣教序》《文昌帝君阴骘文》《闲邪公家传》《兰亭序》《灵飞经》等多种出版。贺培新（1903—1952），字孔才，号天游，河北武强人，为莲池学派巨子贺涛之孙。曾任北平特别市政府秘书，中国大学国学会教授、秘书长，河北省通志馆纂修。1949年初，他将二百年来家藏之图书、文物捐献给北京图书馆和历史博物馆，受当时北平军管会通令嘉奖。贺培新于古文能世其家学，虽不以名世，却也能够自立。书法宗欧阳询、褚遂良，秀劲丰厚。民国间书墓志多种，法北碑，得张裕钊精髓。治印入白石老人之室，其论治印当气体贯注，追求古雅淡泊之趣，与古文义法和审美宗尚有异曲同工之妙。刘叶秋序《近代名家印集》曰："贺（孔才）、邓（散木）俱未得享大年，而各臻精诣，贺公从赵、吴两家入手，以上溯秦、汉，小章秀劲，大印浑沦，朱文粗笔，尤属一时独步。"① 辑有《武强贺培新印草》二册，成书于1923年，亦名《迂轩印存》。上册收印四十八方，下册收印四十七方，共存印九十五方，多为时人姓名、斋堂印。关于贺培新的印学研究，目前仅有宋致中主编《齐白石贺孔才批刘淑度印稿手迹》（2004）、《孔才印存》（2013）二册问世。总之，关于莲池学派游艺之学的整理和研究尚处于初步阶段。其主要关注点是张裕钊、吴汝纶、刘春霖的书法及贺培新等人的印学。实则，莲池学派诸人物，除诗歌、古文、书法外，于绘画、音乐等诸体艺术多有研究。我们考察他们的游艺之学也应该扩大范围，将研究的视野扩展到这些领域之中。只有这样，才能从更深广的视角揭示出莲池学派文艺思想的丰富内容和魅力。

近年来关于莲池学派的文献整理成果日益丰富。国家清史编撰委员会整理出版了《桐城派名家文集》，其中包括张裕钊、吴汝纶、贺涛、范当世等四位作家的文章选集和马其昶、姚永朴、姚永概等三位作家的诗文集。另张裕钊、吴汝纶、贺涛、范当世等人的诗文集已经有点校本问世，其中王达敏先生点校《张裕钊诗文集》、施培毅等点校《吴汝纶全集》、马亚中等点校《范伯子诗文集》、祝伊湄等点校《贺涛文集》、张善文点校尚秉和《周易尚氏学》，另有吴闿生《诗意会通》《吴门弟子集》及高步瀛《唐宋诗举要》等诗文选本也有学人专门整理出版。这些文献整理工作为我们研究莲池学派及其文艺思想提供了基本的文献资料。但是尚有很多名家的诗文集没有整理，如赵衡的《叙异斋集》、贺培新的《天游室集》等。另有一些人的诗文集在其生前并未刊刻或出版，散落各处。这需要我们进一步搜集莲池学派名家的诗文集，进行系统的研究。徐世

① 韩天衡编：《中国篆刻大辞典》，上海辞书出版社2003年版，第331页。

昌对晚期莲池学派的发展影响甚大，众多莲池弟子都曾有游历徐世昌幕府的经历。他倡导复兴“颜李学”，以此作为他施政的理论基础。“四存学会”和该学会的会刊《四存月刊》都凝聚了莲池弟子的不少心血。2014 年广陵书社整理出版了北京四存学会编的《四存月刊》，为我们考察莲池学派在此一阶段的学术和文艺活动提供了重要资料。贺涛之子贺葆真所作《贺葆真日记》亦由徐雁平整理，其中有关贺涛的文艺活动，颜李学与莲池学派的关系，四存学会及莲池学派在冀州、保定、北京、天津活动的记载，多有助于对莲池学派文人交游情实的考述。

综上所述，莲池学派是晚清民国熔铸河北地域文化、承继燕赵传统文脉的重要学术、文艺群体，是桐城派正传，晚清民国华夏文脉所系。深入研究莲池学派及其文艺思想，可拓宽晚清民国桐城派研究的视野和思路，廓大清代桐城派研究的学术堂庑，亦可重新发现莲池学派文艺创作的价值和意义，纠正近现代文学史叙述中凸显新文学、忽视传统文学的偏差，深化晚清民国时期中国文学史和文艺思想史的研究。目前学界对莲池学派文艺思想的研究尚处于起步阶段。对莲池学派的群体构成，活动时间和地域，文艺思想资料的搜集和整理，文艺思想的立体研究等诸多基础性、拓荒性的工作尚待我们去努力。

二、选题的价值与意义

本书以莲池学派及其文艺思想为研究对象，对莲池学派的古文理论、诗学思想、游艺之学，以及三者之间交融会通的文艺思想进行立体交叉研究，进而描述莲池学派的发展历程，阐释其文艺思想中的重要范畴和观念，反思其学术价值和意义。其学术价值主要体现在四个方面：

1. 莲池学派是桐城派正传，晚清民国华夏文脉所系。此项研究突破莲池学派研究偏于古文的倾向，兼及古文、诗歌、游艺之学，可拓宽晚清民国桐城派研究的视野和思路，廓大清代桐城派研究的学术堂庑。

2. 莲池学派是晚清民国熔铸河北地域文化、承继燕赵传统文脉的重要学术、文艺群体。在考察莲池学派文艺思想的同时，还需从地域文化的视角考察桐城派在燕赵地区的流衍脉络，描述其与燕赵文化的相互影响，凸显莲池学派熔铸河北地方特色和燕赵文脉传统的基本特征，从而推进燕赵文学史和文艺思想史研究。

3. 此项研究着重探索莲池学派与历任直隶总督和民国总统的关系，考察

“颜李学”对桐城文学由南而北的接引与影响，阐释促进其发展演变的社会政治文化背景，探明其内在的哲学依据，以此来反思莲池学派文艺活动在晚清民国社会文化中的意义和价值。

4. 此项研究需先整理莲池学派文艺思想研究资料，进而探讨莲池学派文艺创作的价值和意义。这既有利于丰富中国文艺思想史的文献，亦能以扎实的基础研究纠正近现代文学史叙述中凸显新文学、忽视传统文学的偏差，深化晚清民国时期中国文学史和文艺思想史研究。

三、研究的思路方法

1. 综合考察法。将莲池学派文艺思想的演变放在晚清民国社会发展的背景中，还原莲池学派文艺思想发展的历史文化语境和政治背景，探究演变的原因。

2. 文本细读法。从文献资料细度入手，分析莲池学派重要的文艺范畴、观念、思想及其审美风貌。

3. 比较研究法。采用与桐城派文学史比较研究和古文、诗歌、游艺之学立体交叉研究的方法。

4. 文艺思想史研究方法。史论结合，既关注重要文艺现象、范畴、观念、思想的探究，亦从文艺发展史的角度描述其发展演变的历程。

第一章　莲池书院的演变与莲池学派的兴起

在中国的历史上，文人处在宗族、科举仕宦、学术群体、军政幕府等社会文化空间之中，因血缘、地缘、学缘、政缘因素交游唱和，形成了丰富多彩的文学活动，逐渐发展成诸多具有共同文学观念和创作风貌的文人群体或流派，促进了某一时代文学创作、文学思潮的发展，最终汇成一个时代的文学总体风貌。论者在梳理中国古代文学史、论述中国文艺思想史的时候，较多地关注国家层面的文化机构（台阁、馆阁）及主要人物对一代文坛的引领规范作用，在地域层面因缺少相应的文化设施和机构，则主要以文人交游为中心，关注家族、文学社团、学术团体对文学创作和思想演变的作用。实则，宋代以来地方书院在承担科举教育的基本职能外，也渐渐成为地方文学群体或文学流派形成的重要阵地。作为地方性的教育文化中心，以书院为中心形成的文学流派，往往与相应的文化地理相结合，代表了某一区域的文学创作实绩与审美追求、艺术形式。这样的文学流派对地域文学与文化的发展天然具有更为切实的贡献，在国家文化圈层结构中，是连接庙堂雅文化与江湖俗文化的中间环节，也是上层士大夫文学与下层文人文学传播流衍的交汇地带。清代书院都是地方政府主办的官学，主要任务是为国家培养科举人才，教育内容以科举时文为主。受清代中后期政局动荡的影响，其办学宗旨与学风也多发生一些变化。清初的经世主义思潮是贯穿清代学术的文化精神，这一精神在书院教育中一脉相承。书院学者与诸生在讲求科举时文之外，一般特重视经学的教育，在科举教育的基础上，培养学者抱着经世理想探寻斯文道统、治世之术、安顿心灵的儒家文化精神。与此同时，师生弟子间的诗文唱和也超出科举文章练笔的范围，而多了孔门弟子间“一以贯之”而“各言其志”的文采风流。桐城古文派形成于清中期，群体中的很多名家官位不显，但在传承程朱理学、开展地方教育中占有重要的地位。他们充分利用教育界的优势，有意识借助地方书院平台传播桐城古文。直隶莲池书院自雍正年间建立以来，一直是畿辅地区首要的文化教育机构。历任山长都是名儒硕学，他们的道德文章对激励学风士习、移易文风起到了很大作用。继颜李学派大师李塨与桐城文宗方苞交游，接引桐城文章传播燕赵之后，乾隆时期的督抚如方观承父子多引桐城派文人为莲池书院山长，为桐城派在畿辅地区的进一步传播提供了重要阵地。桐城文章与燕赵经世之学、国家主流意识形态融合，共同熔铸了畿辅地区崇正统、尚清切、重实用的文学风貌。同治时期，曾国藩总督直隶，曾门弟子张裕钊、吴汝纶等人北上，进一步将桐城派之“湘乡文系”传播畿辅地区，并以莲池书院为中心，形成了“据莲池、守桐城”的文化格局，完成了桐城派重心的北移。以畿辅学子为主体，南北向慕桐城文章的文人集于莲池书院，形成了晚清民国时期重要的学术与文学流派——莲池学派。

第一节 桐城派北传与晚清民国莲池学派的兴起

桐城派自方苞揭橥义法，刘大櫆标榜神气，至姚鼐义理、考据、文章之学问三事及阳刚阴柔、神理气味格律声色审美标准的提出，其论文矩矱大体具备。但桐城派古文流衍畿辅并不待姚鼐确立古文义法之后，而早在方苞与颜李学派大师李塨交游之时。其中消息，章太炎、刘师培、徐世昌、梁启超、钱穆等人的清学史著皆有涉及，然他们关注的重点在李、方诸人的交游及其学术关系。刘声木《桐城文学渊源撰述考》、吴孟复《桐城文学研究》中的相关论述，列出了北方桐城派传承的群体，指出了北方文人对晚清民国桐城派发展的重要意义，并未阐明直隶莲池书院在桐城诗古文传衍畿辅的重要地位。关爱和、佘秉颐、陈山榜、王达敏、彭小舟、陈春华、柳春蕊等人的论述仅涉及曾国藩为代表的桐城派“湘乡文系”与莲池书院的关系，及其在畿辅地区的传播与发展，并未从历史文化的深层论述桐城派北传历程及与莲池书院的内在联系。20 世纪 80 年代，魏际昌先生《桐城古文学派与莲池书院》简单勾勒了桐城派流衍畿辅、发扬光大于莲池书院的过程，可惜所论过于简略笼统，对很多重要问题尚没有展开，尚需我们深入探讨。

一、颜李学派的接引与方苞古文对畿辅文坛的影响

颜李学派是明末清初在中国北方形成的一个重要的思想学派，创始人是颜元与李塨。其门生弟子遍布畿辅地区，在当时及晚清民国产生过相当大的影响。颜李学派诸子面对明末清初的丧乱和家国巨变，多发扬蹈厉，反思政治与学术，想要寻找救世拯民的道理与方法。他们脱离“王学”的思想方法，“明目张胆以排程、朱、陆、王，而亦菲薄传注考证之学，故所谓‘宋学’‘汉学’者，两皆吐弃，在诸儒中尤为挺拔”①。他们尊重自己的良心，注重实行，从社会日常行事中求学问，而不是如一般儒者从书本或讲论中求学问。以六德（知、仁、圣、义、忠、和）、六行（孝、友、睦、姻、任、恤）、六艺（礼、乐、射、御、书、数）为实践的根本和路径，躬耕、习医、学技击、学兵法、习礼、习乐，使学人各能执艺。“为做事故求学问，做事即是学问，舍做事外别无学问”②，这是颜李学派的根本之义。在阐释颜李学与程朱理学学术精神与气象异同时，颜元曾有一段非常形象的比喻：

> 安州陈天锡来问学。谓程朱与孔孟，隔世同堂，似不可议。曰：“请画二堂，子观之。一堂上坐孔子，剑佩觿决杂玉革带深衣，七十子侍。或习礼，或鼓琴瑟，或羽籥舞文，干戚舞武，或问仁孝，或商兵农政事，服佩亦如之。壁间置弓矢、钺戚、箫磬、算器、马策各礼衣冠之属。一堂上坐程子，峨冠博服，垂目坐如泥塑，如游杨朱陆者侍。或返观打坐，或执书吾伊，或对谭静敬，或搦笔著述。壁上置书籍、字卷、翰砚、梨枣。此二堂同否？”天锡默然笑。③

钱穆先生谓：“不从心性义理上分辨孔孟、程朱，而从实事实行为之分辨，此梨州、亭林、船山诸家所未到。习斋谓即此是程朱、孔孟真界限，其实即此是习斋论学真精神也。”④

---

① 梁启超：《清代学术概论》，上海古籍出版社 1998 年版，第 20 页。

② 梁启超：《清代学术概论》，上海古籍出版社 1998 年版，第 22 页。

③ ［清］李塨纂，王源订：《颜习斋先生年谱》，商务印书馆 1937 年版，第 42 页。

④ 钱穆：《中国近三百年学术史》，商务印书馆 1997 年版，第 178 页。

颜李学派对桐城古文的接引主要体现在李塨与方苞的交游与学术研讨上。魏际昌先生说："方苞作为桐城派的创始人，这是没有异议的，……在学术上，他能够接近李塨、刘言洁、王崐绳等畸形之士，与之往返讨论学术，延揽刘大櫆、沈廷芳、王兆符等为弟子，传授义法，光大桐城，有始有卒，不愧为豪杰、文宗。"① 李塨是颜元的传法弟子，在颜李学派中地位尊崇。他与方苞交游甚深，除了性情、学问、品德相互吸引之外，李塨与方苞都有借对方传播学术思想的需求和愿望。李塨与方苞的交游状况，两人诗文集与年谱皆有记载。李塨《恕谷后集》收录相关方苞文章四篇，即《甲午如京记事》《与方灵皋书》《挽方灵皋之母吴太君辞》《书方灵皋一节》；《恕谷诗集》收录直接相关方苞诗歌一篇，即《宋涵可价方灵皋字，以诗为贽请业，步答》。《方苞集》收录相关李塨文章五篇，即《与李刚主书》《李母马孺人八十寿序》《李刚主墓志铭》《李伯子哀辞》《释言》。两人所收录有关彼此文章篇数在同类文章中名列前茅，亦可证明两人在彼此心目中的重要地位。从这些文献来看，李塨在康熙四十二年（1703）春抵京，通过王源结识方苞，聚友人王源寓，与论格物，不合。时年李塨四十五岁，王源五十六岁，方苞三十六岁。其后李塨多次在京城与方苞会面，探讨格物、六艺及《春秋》《周礼》等相关问题。康熙四十七年（1708），李塨作《与方灵皋书》，称赞方苞："笃内行而又高望远志，讲求经世济民之猷，沈酣宋明儒说，文笔衣被海内，而于经史多心得，且不假此[illegible]门为名誉，此岂近今所能得者？私心倾祷，谓树赤帜以张圣道，必是人也。"② 同时请方苞传播颜李之学："以门下之德望，若得同心倡明正学，则登高而呼，所听者远。南中后进殊尤，必有闻风而兴起者，较之穷崖空谷之鸣号，虽厉莫闻，何啻霄壤？"③ 但是方苞终究没有如好友王源那样笃信颜李学，成为颜李学派的成员，而是于康熙五十七年（1718）三月，遣其子道章从李塨问学，并推荐生员宋唯孜拜李塨为师。李塨作《宋涵可价方灵皋字，以诗为贽请业，步答》：

儒宗释老各光芒，圣道忧心困剥床。一旦文周昭日月，千秋汉宋有津

---

① 魏际昌、吴占良：《桐城古文学派与莲池书院》，《文物春秋》1996年第3期，第22页。

② ［清］李塨：《李塨文集》，河北教育出版社2009年版，第740页。

③ ［清］李塨：《李塨文集》，河北教育出版社2009年版，第742页。

> 梁。方干俎豆歌同调，宋玉椒兰纫异香。但得一堂薪火续，江河亘地看流长。①

诗中感慨儒道衰微，希望得颖异卓立的人才弘道。李塨也遣其子习仁②从方苞游。方苞《李伯子哀辞》说：

> 李习仁字长人，吾友恕谷长子也。戊戌春，余命子道章就学于恕谷。归言习仁耕且学，孝友信于其家。今年春，恕谷归自江南，率习仁过余，俾受业。其承亲，事师，交友，跬步皆在于礼，而行之甚安。③

总体而言，颜李学派学者李塨、王源与方苞交游甚深，彼此往返，交相影响，而易子而教、门下弟子的交流更是为方苞古文传播畿辅创造了重要机缘。除李塨之子习仁从方苞学古文之外，王源之子王兆符④亦师事方苞，受古文法，最为笃信。其古文入《左》《史》《庄》《骚》之堂奥，幽奇峭拔，其寓意处人不易识。于《周礼》之条贯、《史记》每篇之意旨具有特识。《庄子》《战国策》《两汉书》均有批注。此外，畿辅从方苞受业、习古文的尚有数人：王又朴（1681—1763），字从先，号介山，天津人，雍正元年（1723）进士，授编修，出为河东运同、两权盐运司。方苞曾为其讲《史记》萧、曹两《世家》以为之概，并谓其文识高笔健，义法直追古人。王又朴著有《诗礼堂全集》十八种，中有古文五卷、《续编》一卷。⑤ 陈浩，字紫澜，昌平人，雍正甲辰进士，尝主讲大梁书院，官詹事府少詹事。师事方苞，笃信其说。一家所读非方苞之文，即方苞评点各书。⑥ 而尹会一作为李塨之后重要的颜李派学者，也是方苞古文的倾慕者。尹会一（1691—1748），字元孚，号健余，直隶博野（今属河北）人，雍正进士，历任吏部主事、扬州知府、河南巡抚、江苏学政等职。他终身服膺

---

① ［清］李塨：《李塨文集》，河北教育出版社2009年版，第936页。

② 李习仁，字长人，蠡县人，诸生。师事方苞，受古文法。惜其早卒，有《学说庭闻》若干卷。

③ ［清］方苞著，刘季高校点：《方苞集》，上海古籍出版社1983年版，第460页。

④ 王兆符，字龙篆，别字隆川，大兴人，康熙辛丑进士。

⑤ 参见刘声木撰，徐天祥点校《桐城文学渊源考撰述考》，黄山书社1989年版，第105页。

⑥ 参见刘声木撰，徐天祥点校《桐城文学渊源考撰述考》，黄山书社1989年版，第112页。

颜李之学，尚实行而薄空言，重身心而轻文字。反对守书本、奉语录，自溺于记诵之末，高谈性命，不获受益于身心。其言义理仍宗程朱，与方苞隐然同调，师事方苞，受古文法，以文学相砥砺。其教士课程，治《诗》《书》《易》者，附以《大学衍义》及《衍义补》；治三《礼》者，附以《文献通考》；治《春秋》三传者，附以《资治通鉴》及《纲目》，以期致用。此则方苞在翰林院教习庶吉士之旨。颜李学派作为清代前期深刻影响畿辅学风文风的文人群体，通过师友因缘，对方苞古文在畿辅的传播具有接引作用，为桐城古文以后扎根斯土奠定了基础。

方苞于“南山集案”后，以文章受知于康熙皇帝，其后雍正、乾隆对其宠眷尤隆。他以词臣而讲程朱理学，对清初开畿辅学术风气的宗师孙奇逢、魏象枢颇为心折，其论学宗旨也相近，但与同样推尊孙奇逢、魏象枢的颜李学派学者旨趣不同。方苞本质上是馆阁文人，其论学有强烈的正统色彩，是清廷文化意识形态的代表，而其事业也主要集中于国家的文化教育。颜李派学者目睹明末清初的天下变乱，明论实学，以革程朱理学、汉唐经学虚静烦琐之弊，接续先秦儒家的文化精神，其瞩目的根本之处实质更偏于“外王”一路，实为改良社会和族群的先声，故而梁启超先生认为颜李学者近于墨子。就先秦儒家或诸子百家而言，他们的根本精神正如司马迁所说“殊途同归、一致百虑”，其要归于“治”，归于政治有序和社会进步。然而，在清廷定鼎之后，这样的社会改革和实践的主导之权只能操之在上，而定然不会允许乡野儒生来完成。方苞等帝王近侍词臣，从科举教育、学术文风入手，推动清代前期文化的变革和社会教化，与清廷的政治统治融为一体。方苞的古文不同于科举时文，自有文人传承斯义道统的文化精神和学术理想寄寓其中，且这种深沉的寓意往往能够在文人之间产生同情的共鸣，实为配合文化思潮转易而欲兴起的一种新文体。但是，清廷为了实现文化的革新，巩固王朝统治，其文化政策始终采取软硬两手。康雍乾三朝屡兴文字狱，借以打击思想文化上桀骜不驯的前朝遗老遗少；同时，除科举常规的取士途径之外，开博学鸿词科，延揽硕学鸿儒，置之馆阁，以为招抚；推崇程朱理学，作为政教的正统，推动学术与文风的变革。方苞等人是清廷文化政策的推动者，也是具体的实行者。康熙五十六年（1717），康熙皇帝亲为《御制性理精义》作序，系统地阐发尊崇程朱之理论，并折中前人意见，以颁示天下，俾学者有所遵循。雍正十一年（1733）三月，方苞受果亲王命，约选两汉及唐宋八家古文，书成，标名《古文约选》，刊授成均诸生，其后于乾隆初诏颁各学官。乾隆元年（1736）六月，乾隆皇帝以苞工于时文，命选有明及本朝诸大家四书制义数百篇，颁布天下，以为举业准的。初名《四书制艺选》，书成，奉表以进，命颁行天下，标名《钦定四书文》。由此可见，方苞的古文实为清廷文化政策与时代学术精神交融的产物，其中流淌着先儒传承斯文道统的文化精神和社会理想，是为文人儒者人文信仰和道义追求所在，但也鲜明地烙印着统治者的教化思想和社会管治意志。而偏于实行的颜李学，因缺乏相应的政治空间和文化氛围终未流行起来，然其笃义行道的儒者精神却与古文、程朱理学渐趋融合，形成了畿辅清切典雅、笃行尚实的学风与文风。

方苞对畿辅一般士人的影响也非常深远，这里笔者试举一例，以见其概。“河间七子”之一的畿辅文人边连宝，其文学活动与李塨、方苞同时而稍后。其《病余长语》中多处叙及方苞的学术与文章。他因方苞《鹿忠节公祠堂记》阐发程朱与王阳明学术旨趣的异同。方苞认为，畿辅学人能够修身立德、建立事业功勋，“大抵闻阳明氏之风而兴起者”，而程朱理学与阳明心学均是儒家治心修身学术精神的正传，学者从程朱入手，还是从阳明入手，只要是“为自事其身心”，则并无高下歧正，仅是途径不同而已，从而在专务调和程朱与阳明的方法论之上指出了为学的根本要义。边连宝认为此说最为平允，“学问以变化气质为第一义”，程朱的路径是渐进之道，末流不免陷入支离而不悟；阳明的路径是顿悟之道，高明之士可以一朝精进，而末流不免陷入狂肆无归。① 又录方苞《示道希书》，对方苞所论涉及兄弟财产、闺门礼仪的治家修身之道，详载细论，且引自作诗歌以证礼义。② 其津津乐道方苞治家之礼，自是崇敬方氏本于《礼经》、不坠斯文的古雅格范，恐怕与方苞携文章风力，在当时畿辅文化圈中形成巨大影响力不无关系。又录方苞《书朱注楚辞后》，方氏此文认为朱熹诋扬雄《反骚》，似乎对扬雄文意未能详究，实则《反骚》幽愤微独，其工致深微远超汉代诸家吊屈原之文。③ 边连宝曾作《题椒山祠》诗，自谓诗意与此文中段文意相类，故引而伸之。其诗意一则反言以见其忠，一则咎其过于忠而贾祸。从方苞

① 参见［清］边连宝著，刘崇德主编《边随园集》，中华书局 2007 年版，第 1624 页。

② 参见［清］边连宝著，刘崇德主编《边随园集》，中华书局 2007 年版，第 1604—1607 页。

③ 参见［清］边连宝著，刘崇德主编《边随园集》，中华书局 2007 年版，第 1596 页。

古文中体会文章阐释之法，而于桐城古文义法也因此而渐有悟入。由此可见，边氏平正通达的为学旨趣和清雅和厚的诗文，不可不谓深受方苞的影响。当然，边连宝虽得钱陈群等人大力提携，科场终未得意，其文集中也没有与方苞直接来往的诗文记载。他受方苞古文的影响，恐怕主要是与方苞在当时文教领域的崇高地位密切相关的。由此亦可见，桐城文风影响畿辅一般士人，既与方苞等人的文学实绩和学问人格相关，也是他们主动配合清廷文化政策的制定与推行，积极参与建构国家意识形态的必然结果。

二、方观承的畿辅惠政、教化与桐城派文学精神的北传

方观承（1698—1768），字遐谷，号问亭，又号宜田。祖父方登峄，父方式济，均有文名，为桐城方氏望族。雍正十一年（1733），由监生授中书舍人，随平郡王福彭征准噶尔，为记室。乾隆时，自直隶清河道，累官直隶总督，先后在直隶二十余年。为政清慎简重，兴惠政、倡教化，对乾隆前中期良好政风的形成贡献卓著，深得乾隆皇帝的赏识，为著名的五督臣之一。观承湛深经术，尤精三礼，工诗古文。同族之内，与从族父方苞、方世举关系较为密切，书信往来、诗歌倡和，诗文集中多有留存。他从方苞受经学与古文之法，刘声木说："（观承）师事族父苞，受古文法；苞为之指示《左》《史》义法，即以苞文为准则。"① 又从方世举学诗，方世举对其诗才之妙、诗论之精甚为赞赏，在其《兰丛诗话》中多有论述，盛称"望溪兄、宜田侄实确守之，兄以文胜而诗居功半，今藏于家；侄则表见于世矣"②。方观承对康熙末年以来叶燮、赵翼诗论影响下唯新思潮衍生的流弊进行了深刻反思，对浙派诗人求新而不稳的后果抱有警觉。他论诗格外强调宋代理学家所讲究的涵泳体认功夫，以探求诗文的言外之意、象外之旨；反对用事追求冷癖、琢句矫张造作，推崇不奇不怪、自然成文的平淡诗风；注重诗法的总结，对诗歌的章法、句法、字法能从声调色泽、意致趣味、体制结构入手深入体会，呈现出融文法入诗学的特色，是桐城作家中运用文法来论诗的前驱。③ "后来姚鼐及门人方东树《昭昧詹言》以文法论诗，实际

---

① 刘声木撰，徐天祥点校：《桐城文学渊源考撰述考》，黄山书社1989年版，第126页。

② 郭绍虞编选，富寿荪校点：《清诗话续编》，上海古籍出版社1983年版，第772页。

③ 参见蒋寅《方氏诗论与桐城诗学的发展》，《安徽师范大学学报（人文社会科学版）》2014年第6期，第695页。

是承传了方观承诗学之一脉。”① 方观承曾与秦蕙田合撰《五礼通考》，著有《方恪敏公奏议》八卷、《从军杂记》。《述本堂诗集》十八卷为清代桐城方登峄、方式济、方观承祖孙三世的家集，收方观承出关后和浪迹京师、江南及为平郡王福彭记室时的诗作，包括《东闾剩稿》《入塞诗》《怀南草》《竖步吟》《叩舷吟》《宜田汇稿》《看蚕词》《松漠草》八种，除《看蚕词》以外，皆为雍正以前之作。嘉庆十四年（1809），其子方维甸刊刻了方观承乾隆元年至三十三年的诗作五卷，称为《述本堂诗续集》，包括《薇香集》一卷、《燕香集》二卷、《燕香二集》二卷。

方观承以名臣而兼诗古文，又与乾隆皇帝及文臣沈德潜、钱陈群等人提倡风雅，对当时文坛的影响很大。尤其是方观承长期执政的畿辅地区，不仅在政治上得益于他的惠政，作为教化的一部分，学风与文风也深受熏染。从大处说，这种文化风气是乾隆前中期励精图治的政治文化的要求和体现；从小处说，畿辅文化新风的形成与方观承传播桐城派诗古文的主观意愿关联密切，这也是方观承整个政治功业的重要组成部分。所以魏际昌先生说：

> 他始终不忘是桐城人，身上有桐城古文学派的因子，乾隆三十三年，就是他71岁去世的当年，由他辑录刊刻了《方望溪先生经说四种八卷》。乾隆帝亦曾三次来巡幸直隶莲池书院，曾有诗云：“直省督勤书院规，保阳独此号莲池，风开首善为倡率，文运方当春午时。”皇帝的重视，方观承对书院的重视也是绝对的。再者，总督衙署又在书院斜对门，其本人又经常主持书院的考试，他传播桐城学派的条件是得天独厚的。晚清桐城古文学派在莲池书院扎根，应是和方观承有一定因果关系的。②

方观承作为桐城文化望族的重要一员，本身是有文化传承自觉和担当的。但他不同于他的很多后辈，仅仅以诗古文知名，位不过州县或书院讲席，而是深得皇帝宠信的重臣。他传承桐城诗古文以及其内在文化精神的面向是多元的。他

---

① 蒋寅：《方氏诗论与桐城诗学的发展》，《安徽师范大学学报（人文社会科学版）》2014年第6期，第696页。

② 魏际昌、吴占良：《桐城古文学派与莲池书院》，《文物春秋》1996年第3期，第25页。

在畿辅的惠政与教化，与帝王、文臣的唱和，与宾僚的交游，与士庶的往还，无不体现了求治求稳的现实政治需要和仁民爱物的儒者精神。而刊刻方苞的经说、整理几代家集以传后世，反而是不足深论的小事了。吴占良先生说："方督直二十余年，由于治水有方，未发生大的水患。治水是其份内工作，但其以治水带动其它，无疑是明智而高明的。清末曾国藩督直之初，作《劝学篇》颁示直隶士子，以振兴直隶文风、改变世风，从而使人'经世济国'，这与方观承可谓一脉相承，虽突破点不同，功用可谓殊路归一。"① 方观承的文化精神影响于直隶士人的学风与文风，最切实而直接的落脚点，是莲池书院，这个当时直隶一省规格最高的书院。这不仅体现在他延聘名师、督课学子，也体现在他游息书院亭台池馆的风雅。

乾隆十六年（1751），方观承疏浚莲池东西两渠，竣工后作《重浚莲花池东西二渠记》，此文叙论宛转精当，很有方苞古文的家法。重浚莲池对莲池书院的办学条件有很大改善，他说："保阳地居乾位，水来丁方，丁为少火，文明之象。渠穿书院而汇于文庙，则盈虚通塞之故，有不仅在乎池者，宜役之不可以已夫，……"② 疏浚莲池使书院风景更加秀丽优美，让畿辅人文圣地焕发新的光辉，而此举更大的意义不仅在于为士人、庶民的游观增胜，尤其是书院教育条件的改善，体现了方观承宣谕和实践此时国家政治教化的基本精神，是他"宣郁达志，涤秽镜清，用以和民气而瀹士心"③ 之惠政的根本宗旨，且与先儒"与民同乐"的为政思想通为一体。莲池胜概恢复旧观，方观承在公务之暇也常常流连于此，这在他的诗文中有不少体现。《泛舟莲华池和少仪司马韵》曰：

> 游情尚得理残春，更傍前溪拾钓纶。蔓引好花开又半，水通澍雨换全新。闲中未易宾僚胜，老去真携子侄亲。珍重临流歌在藻，品题今不是凡鳞。④

---

① 衡志义主编：《清代直隶总督研究》，中国文联出版社 1999 年版，第 219 页。

② 衡志义主编：《清代直隶总督研究》，中国文联出版社 1999 年版，第 218 页。

③ 衡志义主编：《清代直隶总督研究》，中国文联出版社 1999 年版，第 220 页。

④ ［清］方观承：《述本堂诗续集》，《清代诗文集汇编》第 287 册，上海古籍出版社 2010 年版，第 237 页。

春末游莲花池，没有一般文人的伤春情绪，而是一派和风澍雨、水木华滋的清新盎然的生机。幕宾追陪、子侄相伴的公余雅兴，化为太平之世的自在吟咏。又《雨后过莲池书院》：

> 艇泛荷香外，泉通雨过初。池塘向清晓，带履惬宽舒。迂径因迎鹤，忘筌更放鱼。山公无暇醉，童冠且相于。①

《戊寅元旦乘暖至莲花池小步》：

> 胜迹林塘晓，春风步屧初。闲情应让老，俗礼久从疏。竹外泉堪鉴，花时径欲锄。增怀兰菊秀，溉护及公余。②

这两首诗非同时而作，但所用韵部相同，诗境清切雅逸，既写出莲池书院诸生对自己的亲近相厚之意，也着意表达了诗人培养爱护士人、促使他们成为栋梁之材的愿望，由此也可以看出方观承对于促进当时畿辅文化教育的深切用心。

方观承为促进莲池书院发展，多聘请名儒硕学担任书院讲席。著名学者张叙和汪师韩即在此时主讲莲池书院。张叙（1690—1775），字冰潢，号凤冈，镇洋（今江苏太仓）人。雍正十年（1732）举人，乾隆时举博学鸿词和三礼馆，皆报罢。乾隆二十六年（1761），以耆年宿学赐国子监学正。后主讲直隶潞河、莲池、白鹿洞诸书院，成就人才甚多。张叙深于经学，所著《易贯》《诗贯》均收入《四库全书》。他论诗重情，《诗贯・自述》曰："六经言性，《诗》独言情。情非性也，而非情则性亦枯槁而不灵，寂灭而无有矣。……而《诗》为言情之作者，不独十五国风也，二雅、三颂之播朝廷、达郊庙、格天祖、和神人，皆此一情之曲鬯而旁通、潜孚而昭揭也。故言情，而性命道教在其中，即六经之理一以贯矣。……汉唐以来，唯朱子《集传》为能除荒剔蠹，使人游于康庄，

---

① ［清］方观承：《述本堂诗续集》，《清代诗文集汇编》第287册，上海古籍出版社2010年版，第198页。

② ［清］方观承：《述本堂诗续集》，《清代诗文集汇编》第287册，上海古籍出版社2010年版，第224页。

然于诗人之情盖亦未尽得之，宋元而下不论也。……然窃意既以情而求情，究亦不能离形而索影也，则其诗在即其情在耳。诗人虽有未言之情，不已悉贡于低徊唱叹之余而莫之遁隐也哉!”① 以情而通性与道，在天地精神、人文教化、生命怀抱中往来涵养。生命的展开既有向上一路，也有止泊的乐趣。所以治《诗》当以“情”为主，而古人理解情要么偏于国风所表现的世俗之情，而将雅、颂展现的人类集体之情排除在外；要么因性理的遮蔽而无法透彻地阐释“情”的价值与意义；要么因时地差异而无法涵咏诗原本的声韵节奏。这些阐释中的“隔”都会造成诗情体会的偏差。所以，求《诗》之“情”与探寻义理不同，当以情求情，“我亦自有其情也。天不变则情不灭，人不绝则情不隔。诗人止此一情为之往复，我何难就此一情与之委蛇”②。如此，因文义与声音所展示的轨迹形影，自然而在低徊唱叹之余合于自然之情。张叙以文学解经，抓住《诗》的文义与声音，以情逆志，虽不脱传统诗论藩篱，确有切实独得之处，而与方观承诗论暗通款曲。张叙有《凤冈诗草》，未见传本，未可轻论其诗风。然与方观承唱和《题莲池行宫十二景图》，写景清丽细腻，词句间颇有开阖；诗意简净，颇合于鸿儒承恩宣化、砥砺学行的旨趣、与方观承的名臣趣味和乾隆皇帝的治世宏规相得益彰。

汪师韩（1707—1774），字韩门，号上湖，浙江钱塘人。雍正十一年（1733）进士，官至湖南学政。博通经籍，于诸经皆有著述，尤其深于《易》学。有《观象居易传笺》《诗学纂闻》《理学权舆》等。少从方苞游，得古文义法，诗文汇为《上湖分类文编》《上湖纪岁诗编》。汪师韩主讲莲池书院时（1765—1774），除为诸生讲授经史和时文，也襄助方观承办理一些文案。代方观承作《衡水县安济桥记》《改建涿州石桥记》等文，谨严醇厚，融裁经史，深得桐城古文简洁有序的法度。汪师韩留居保定期间，也屡与方观承诗歌唱和，如《和制府方公涂中记所见二首》等。其《三月一日谒方太保归感恩述事恭纪》曰“寻思罔极靡由报，唯望经生行各修”，对方观承委任主持莲池书院深表感戴之心。与方观承诗作为莲池书院涂上一层国家养士的恩泽光辉不同，汪师韩的《移居莲花书院观荷感旧》《将暂还广年寄莲亭诸生》《咏春午坡菊》《初秋莲池

① ［清］张叙：《诗贯》，清刻本，卷首自述。

② ［清］张叙：《诗贯》，清刻本，卷首自述。

小集遇雨》诸诗，用诗思点化了莲池的美景，使数百年的林泉胜概更增添了文人的清雅趣味。如《初秋莲池小集遇雨》：

冻雨莲塘日洗红，翠云弥望柄摇风。剩留坠粉还临镜，一霎跳珠又打篷。覆荫赖依藤老大，回环渐布石玲珑。何当妙谛随缘得，到处传觞有碧筒。①

此诗写景微观谛视与小景剪裁相结合，动静有致，声色喧妍，犹如一幅文士雅集图，将莲池小集的雅兴写得生动传神。又《保定旅怀》其二：

端居苦无欢，挈杖问林阜。只尺莲花池，近市乃离垢。得侣即童冠，何必计谁某。古藤蔽岩扃，柔条拂培塿。茗会憩亭阴，不在携觞酒。酌言与子宜，联步相人耦。万户一疏凿，奕世为游薮。烟景似江南，增华无不有。②

汪师韩官位虽不显，却是乾隆皇帝的近臣，因事落职，退居保定，他的内心是沉重落寞的。但是莲池书院的山水美景成为他寄托幽微忧郁的对象，借园林胜景之助，或可以引导他人生失意时的超越之思。

方观承以督抚重臣推行惠政与教化，其清慎简重、勤勉务实的政风对直隶的士风与学风的形成具有指导和凝成的作用。为政余暇，与幕僚、子侄、诸生诗文唱和，或以桐城文法将经史义理、诚敬性情、政务民俗结构成气清体洁的古文，或吟咏性情，发为治世能臣的清和之声。论者谓其诗“随境为哀乐。早年于役，诸诗苍凉悲壮，尔后渐入亨途，多应制之作，风格亦稍稍下矣”③。方观承任直隶总督时的诗歌虽不乏如沈德潜、钱陈群等人的应制颂圣之作，然其秉承清初实学思想，以能臣督率循吏，责治效，励民俗，易士风，于诗文中发为“忠悃感奋之志，忧愍笃至之忱”，与一般文人的虚辞贡谀不可同日而语。故

① ［清］汪师韩：《上湖纪岁诗编》，清光绪十二年汪氏刻丛睦汪氏遗书本。

② ［清］汪师韩：《上湖纪岁诗编》，清光绪十二年汪氏刻丛睦汪氏遗书本。

③ 徐世昌辑：《晚晴簃诗汇》，中国书店1988年版，第二册，第283页。

而，姚鼐《方恪敏公诗后集序》说："论公诗至是，当以匹唐燕公、曲江之伦，故曰以名臣而兼诗人者也。"① 方观承的名臣风度与清和雅正的文风，不仅影响了乾隆时期直隶的学风和文风，也开了桐城古文学派在直隶、在莲池书院传播的风气，为晚清桐城派诸子"据莲池、守桐城"的北传格局奠定了坚实的基础。

第二节　莲池学派的群体构成

同治时期，曾国藩为直隶总督，他督直时间虽短，但通过对直隶最高学府——莲池书院及其师生的关怀与培育，对直隶的文风、学风与士风以及教育的变化产生了深远影响。曾国藩专门写了《劝学篇示直隶士子》一文勉励直隶学子，以兴起畿辅文教事业。他说：

> 前史称燕赵慷慨悲歌，敢于急人之难，盖有豪侠之风。……即今日士林，亦多刚而不摇，质而好义，犹有豪侠之遗。才质本于士风，殆不诬与？
>
> 豪侠之质，可与入圣人之道者，约有数端。侠者薄视财利，弃万金而不眄；而圣贤则富贵不处，贫贱不去，痛恶夫墦间之食、龙断之登。虽精粗不同，而轻财好义之迹则略近矣。侠者忘己济物，不惜苦志脱人于厄；而圣贤以博济为怀。邹鲁之汲汲皇皇，与夫禹之犹己溺，稷之犹己饥，伊尹之犹己推之沟中，曾无少异。彼其能力救穷交者，即其可以进援天下者也。侠者轻死重气，圣贤罕言及此。然孔曰成仁，孟曰取义，坚确不移之操，亦未尝不与之相类。昔人讥太史公好称任侠，以余观此数者，乃不悖于圣贤之道。然则豪侠之徒，未可深贬，而直隶之士，其为学当较易于他省，乌可以不致力乎哉?②

此时曾门弟子张裕钊和吴汝纶北上，桐城派重心随之北移。南北仰慕桐城派的文士在畿辅一带讲求诗古文，逐渐形成以直隶莲池书院为中心的古文圈。这一古文圈的文人将桐城派的文统与燕赵学统结合，又因应清末救亡图强的思潮而

---

① ［清］姚鼐著，刘季高标校：《惜抱轩诗文集》，上海古籍出版社 1992 年版，第 265 页。

② ［清］曾国藩：《曾国藩全集・诗文》，岳麓书社 1986 年版，第 442 页。

兼治西学，论者将这一文人群体称为“莲池学派”。从传承桐城古文来看，莲池学派兴起于曾国藩为直隶总督之时，是湘乡嫡脉。除莲池书院之外，吴汝纶在其主政的深州、冀州也大力兴办教育，与莲池书院遥相呼应，从学者甚众。其后，莲池弟子因仕宦，从事文教、实业等原因，其影响力也超出了保定、京城、天津等核心区域，辐射畿辅乃至全国。在晚清波谲云诡的政治文化环境下，莲池学派循洋务派中体西用、渐进改良的路线，以桐城古文为号召，体认、辨章斯文之绪以明新统；以西学为借镜，融通学术与时事以开新境。在晚清到民国的历史进程中，以莲池学派为代表的文士群体，对中下层文士的思想启蒙、职业转向、吏才培养具有深远的意义，实质上扮演了弥合新旧矛盾，以实现政治文化平稳过渡的重要角色。

开创莲池学派的核心人物是张裕钊和吴汝纶。他们都是曾门的弟子，深得桐城古文义法。李鸿章总督直隶时，经吴汝纶、王树枏的举荐，担任莲池书院山长。张裕钊（1823—1894），字廉卿，号濂亭，湖北武昌人，道光二十六年（1846）中举，考授内阁中书。徐世昌说张裕钊“主莲池书院最久，畿辅治古文者踵起，皆廉卿开之”①。因张裕钊的后继者吴汝纶在莲池书院执掌讲席较长，对张裕钊之后直隶莲池学派的形成影响甚巨，论者多以“张吴”并称，视为莲池学派的奠基人物。王树枏曰：“黄贵筑师（黄彭年）主讲保定莲池书院去后，予与挚甫荐之（张裕钊）直督张靖达公，继主讲席。廉卿去后，挚甫继之。河北文派，自两先生开之也。”② 吴汝纶之子吴闿生进而从发扬畿辅文脉的高度，肯定张裕钊、吴汝纶二人对燕赵士人的砥砺造就之功。他说：“自廉卿先生来莲池，士始知有学问。先公继之，日以高文典册摩厉多士，一时才俊之士奋起云兴，标英声而腾茂实者先后相望不绝也。己丑以后，风会大开，士既相竞以文词，而尤重中外大势、东西国政法有用之学。畿辅人才之盛甲于天下，取巍科、登显仕，大率莲池高第。江、浙、川、粤各省望风敛避，莫敢抗衡，其声势可谓盛哉！”③

同治十年（1871），吴汝纶任深州知州。他是桐城派的古文大家，在当时的

---

① 徐世昌辑：《晚晴簃诗汇》，中国书店 1988 年版，第三册，第 786 页。

② 张裕钊著，王达敏校点：《张裕钊诗文集》，上海古籍出版社 2012 年版，第 599 页。

③ 吴闿生编：《吴门弟子集》，中国书店 2009 年版，卷首。

文坛享有盛誉。在深州任上，吴汝纶秉承乃师曾国藩任直隶总督时振兴文教的弘规，对发展冀中地区文教倾注了极大的心血。他不仅将废坠多年的书院重新开办起来，并且亲自登堂授课，造就多士，鼓舞一时向慕文化的风气。他的儿子吴闿生在多年以后回忆说：

> 一代风俗之盛衰，夫岂一日之故哉？当前清同治中，曾文正、李文忠先后来督畿甸，咸毅然有振兴文教之意。其时，先大夫实刺深州，修孔庙、兴乐舞、括义学废田大开书院。州人士忻忻向化，如百谷之沐膏雨焉。①

吴汝纶携桐城文化盛气，在畿南提倡文教即始于任职深州之时。不幸的是，他在任上时间不长即以丁忧去职，再次莅临衡水那是六年以后的事情了。但衡水一地的文运已经吴汝纶之手渐渐开起，诸多才士开始崭露头角。武强人贺涛以文章进谒吴汝纶，吴汝纶叹为奇才，遂收为门下弟子。贺涛很快在古文创作上成熟起来，与胞弟贺沅双双得中进士。此后，贺涛秉承吴汝纶的衣钵，先后在大名、冀州、保定莲池书院传授桐城古文，并大力引入西学，协助吴汝纶在直隶推进融汇中西的教育革新运动。安平阎志廉十余岁以第一名入深州书院，先后中进士入翰林院。自有清以来，安平县能够成为翰林的仅此一人。其后也继承吴汝纶的文教事业，曾为莲池校士馆馆长，为衡水及直隶的现代文教事业做出了很大的贡献。吴汝纶在深州革新文教，已经十分注意将科举教育与西学教育相结合，力图开拓士人的眼界，提高其社会实践的专业能力。因任职时间较短，只能说是牛刀小试。六年后，吴汝纶由天津代理知府转任冀州知州，这确实是一个绝好的南北文学和文化交流的机缘，也是促进直隶及畿南文教兴起的重要契机。吴汝纶作为曾国藩的弟子，在施政过程中是非常注意文教革新的。这种革新不仅是移风易俗、敦睦教化的需要，也是因应晚清之际救亡图存的时代要求。所以吴汝纶在冀州建立了信都书院，将寺庙、豪强侵夺的田产罚没以充书院的经费；收聚散处各处寺庙的图书以充实书院藏书；先后聘请大儒新城王树枏、贺涛主持信都书院。一时之间，信都书院成为畿南文教的胜地，与首府保定的莲池书院交相辉映。八年后吴汝纶辞官，即任莲池书院山长二十余年，

---

① 吴闿生编：《吴门弟子集》，中国书店2009年版，卷首。

这两个书院也成为他提倡文教，引入西学，以引导畿辅地区文化发展的根据地。

吴汝纶在冀州时，信都书院人才济济，他也有意将其作为传播桐城派学术与文学的基地，渐渐将信都书院发展成一个据信都守桐城的"殖文地"。从积极的方面讲，这一举措极大地促进了畿南文化事业的兴盛，对衡水文脉的传承具有重要的意义，使衡水地区在晚清民国之际走出了很多文人才士和革命志士。武强贺氏家族、饶阳常氏家族、枣强步氏家族也都由原来的科举大族一变而为商业实业和文化教育的家族，其社会影响力一直延续到20世纪四五十年代。他们在实业上仿照西方的股份公司制，发行股票，先后从事过采矿业、纺织业，并大规模开垦清西陵农场以及东北地区农场。一直到现在，衡水地区发达的棉花种植与纺织都承袭当年的余绪。在政治上，信都书院学子因吴汝纶文教改革的影响，积极引入西学，他们在民国初年曾在当地建立或参与诸多政党组织，在地方上响应国民政府的政治改革，为当时基层政治体制的建立和乡村建设出力献策，奔走呼号。在教育上，吴汝纶文教改革的核心是打破科举教育的垄断局面，引入西学，注重实学。他在任职冀州以及后来主持莲池书院期间，一直关注信都书院的建设与发展。单就其引入西学、增广实务见闻而言，除了聘用外籍教师，进行语言教育外（冀州在1895年前后即有专门的法文班，传习法语），还大量购置西籍译注和各种报纸。贺涛承吴汝纶之教，在书院教育中注重时务，引入新学。主讲信都书院的时候，他即为学子订阅多种报刊，鼓励阅读介绍西学的各种书籍。他的儿子贺葆真在日记中说：

> 是时，书院所阅报凡七种，为极盛时代。曰《万国公报》月报，出耶稣教会，多外国人论说经济，《丛编》序事极简要，《外交报》多纪各国事，《汇报》天主教会出板，《时事采新汇选》多泛论，《顺天时报》日本人立阁钞汇编谕旨及奏折也。自《时事采新汇选》以下四种，皆出京都。①

除此之外，信都书院曾订阅的报刊尚有《中外纪闻》《时务报》《农学报》《华北月报》《申报》《国闻报》《格致益闻报》。贺涛所读的西学方面的书籍涉及政法、地理、国外游记、小说等，如孟德斯鸠《法意》，日人穗积八束著《中西纪事》

① 贺葆真著，徐雁平整理：《贺葆真日记》，凤凰出版社2014年版，第85页。

《宪法大意》，赫胥黎《天演论》，等等。出于古文家的立场，他颇关注书籍的译笔文辞，认为林纾所译《茶花女遗事》体类汉魏小说，文辞古艳，为第一小说家。山西大学堂译本迈尔《通史》颇雅驯，无不词之语，为历史课本之佳者。从贺涛时务书报的阅读，可以看出信都书院学子强烈的读书致用思想。贺葆真说：

> 自吾父都讲信都，以古文义法授学者，而必传之以世务，使稍通中外之故，湘帆（赵衡）以吾父所以为教者，施诸深州，州人士之知新学，湘帆启之也。①

贺涛与弟子赵衡等将新学融入书院生徒的日常习读内容中，使其与传统的古文经典处在同一系列，促进了信都书院教育的现代转型。这一转型当从曾国藩以“经济”纳入古文开始，演变于吴汝纶在莲池书院引入新学，而成熟于贺涛诸人之手。

近年来，很多人在叙及吴汝纶教育思想的时候，多称颂他去日本考察学制，筹备京师大学堂的历史功绩。实际上，正是他在深州、冀州、保定莲池书院二十多年来推进文教革新的深厚经验，才使他积累了在晚清教育现代转型过程中的巨大声望。衡水作为吴汝纶仕途的起航之地，是他的福地，他因文教的政绩走上了当时中国教育界的最高峰。同时，吴汝纶也成就了畿南的文教现代转型，开启了晚清民国之际直隶的新文脉。这一新文脉不仅接续了荀子、董仲舒、高适、韩愈等人为代表的燕赵文化，也创辟了融通古今、中西并驶的新视野和新境界。所以吴汝纶的儿子吴闿生在1929年编辑《吴门弟子集》时非常深情地说：

> 在冀州八年，提倡文教尤力。及罢官主讲莲池书院，于是教化大行，一时风气为之转移。盖河北自古敦尚质朴，学术人文视东南不逮远甚。自廉卿先生来莲池，士始知有学问。先公继之，日以高文典册摩厉多士，一时才俊之士奋起云兴，标英声而腾茂实者先后相望不绝也。己丑以后，风会大开，士既相竞以文词，而尤重中外大势、东西国政法有用之学。畿辅人才之盛甲于天下，取巍科、登显仕，大率莲池高第。江、浙、川、粤各

① 贺葆真著，徐雁平整理：《贺葆真日记》，凤凰出版社2014年版，第90页。

省望风敛避，莫敢抗衡，其声势可谓盛哉！①

从张裕钊、吴汝纶学古文之法的直隶学子有武强贺涛、保定新城王树枏、沧州张以南、安平弓汝恒、饶阳常堉璋、南宫李刚己、盐山贾恩绂、衡水王景逵、清苑王恩绂、枣强李书田、霸县高步瀛、任丘刘培极、行唐尚秉和、深州武锡珏、邯郸李景濂、盐山刘彤儒、永年孟庆荣、无极崔栋、宣化张殿士、南宫刘登瀛、深州李广濂、武邑吴镗、衡水刘乃晟、枣强步其诰、深泽赵宗忭、肃宁刘春堂、刘春霖、冀州孟君燕、冀州关凤华、盐山刘若曾、定州安文澜、永年胡源清、陈永寿、纪钜湘、天津严修、阎志廉、阎凤阁、马锡蕃、马鉴滢、傅增湘、吴笈孙、蔡如梁、王振尧、王瑚、谷钟秀、韩德铭、梁建章、籍忠寅、邓毓怡、邢之襄、柯劭忞、廉泉、吴芝瑛、中岛裁之。第三代中从贺涛学古文的学子有吴闿生、赵衡、赵彬、武锡珏、张宗瑛、贺葆真。第四代吴闿生门下优异者有张继、李葆光、周明泰、李濂镗、齐燕铭、贺培新、贺又新、柯昌泗、于省吾、吴兆璜、潘式、谢国桢、徐鸿玑、曾克耑、何其巩、陆宗达、王芷章、张江裁、陈汝翼、王汝棠、王维庭、吴君琇、吴防等。第五代贺培新门下优异者有俞大酉、刘叶秋、刘征、孙梅生、孙贯文等。第六代俞大酉等在1949年后没有传人，一脉文心就此了断。笔者根据前人的相关论述，裒辑了莲池学派主要成员名单及其著作情况列表如下：

表1-1 莲池学派主要成员及其著作一览表

主要成员	著作	主要成员	著作
张裕钊	《张濂卿先生诗文手稿》不分卷（《近代中国史料丛刊》续编第十辑）、《张裕钊诗文集》（上海古籍出版社2007年排印本）、《张廉卿先生论学手札》（《晚清四部丛刊》本）	吴汝纶	《吴汝纶书札》、《东游丛录》、《深州风土记》、《桐城吴先生日记》、《李长吉诗评注》、《吴汝纶全集》（黄山书社2002年排印本）

① 吴闿生编：《吴门弟子集》，中国书店2009年版，卷首。

续表 1

主要成员	著作	主要成员	著作
贺涛	《贺先生文集》四卷	徐世昌	《影印袁徐两公零简》一卷、《将吏法言》八卷（《近代中国史料丛刊》续编第二十一辑）
王树枏	《奉天通志》、《周易释贞》、《尔雅说诗》三卷（《民国时期经学丛书》本）、《陶庐文集》二卷续一卷（《民国文集丛刊》第一编、《中国西北文献丛书》第六辑）、《费氏古易定文》、《新疆礼俗志》、《新疆山脉图志》、《新疆国界图说》、《陶庐老人随年录》（“近代史料笔记丛刊”本）、《冀县志》	范当世	《范伯子先生遗墨》二卷、《范伯子手稿》四卷（河北教育出版社 2005 年影印本）、《范伯子诗文集》（上海古籍出版社 2002 年排印本）
贾恩绂	《定武学记》《直隶通志稿》《定县志》《枣强县志》《宋哲元家传》《南宫县志》《盐山新志》《地理学》	李刚己	《李刚己遗集》五卷（《近代中国史料丛刊》正集第三十五辑）、《教务纪略》（“清代历史资料丛刊”本）、《殿试卷》抄本
刘春堂	《畿南济变纪略》一卷（光绪二十七年排印本）	刘登瀛	《李刚己传》
步其诰	《吾庐诗稿》稿本、《日本教育法规》译著	李谐韺	《李谐韺诗文集》
胡庭麟	《胡庭麟诗文集》，辑《冀县志》	弓汝恒	《历代地理沿革表》
常堉璋	《籍亮侪先生行状》、《寄公杂录》、《寄斋诗剩》、《寄斋联语》、《丙申以来诗词草》、《寄斋律赋》、《寄斋杂着》、《寄斋文草》八卷、《寄斋时事议》	严修	《严修东游日记》《严修年谱》《严修日记》《严修手稿》《蟫香馆使黔日记》《严范孙先生遗墨》《欧游讴》《蟫香馆诗锺》《严范孙先生诗锺》《严范孙先生手札》《蟫香馆手札》《周馥祠堂碑》《严范孙先生古近体诗存稿》
马鉴滢	《马筱珊先生全集》四卷	马锡蕃	《直隶大名县详图》

续表 2

主要成员	著作	主要成员	著作
傅增湘	《藏园群书经眼录》《宋代蜀文辑存》《藏园批注读书敏求记》	李广濂	《静颐斋文稿》《芷洲诗钞》
刘乃晟	《中国历史课本》	张宗瑛	《雄白日记》、《雄白集》一卷、《循孝录》
刘彤儒	《莲池书院试卷》一卷	阎志廉	《蜷寄斋诗文存稿》
刘培极	《左传文法读本》《霸县边节母崔恭人褒词暨颂文颂诗》《辨谬证诬》《披露诬经毁论内幕》《大乘实际论》	赵衡	《序异斋文集》八卷（《民国文集丛刊》第一编）、《叙异斋文草三卷》（北新书局光绪三十四年铅印本），参撰王树枏总撰《冀县志》及《颜李师承记》
尚秉和	《焦氏易林注》《焦氏易诂》《周易尚氏学》《周易占卜故事》《辛壬春秋》《历代社会风俗事物考》《历代社会状况史》《故新疆布政使王公行状》《德威上将军正定王公行状》《西藏篇》《周易古筮考》《清封中议大夫抚宁县教谕牛君墓志铭》《古文讲授谈》《诗法讲授》	高步瀛	《唐宋文举要》《唐宋诗举要》《文选李注义疏》《南北朝文举要》《民教相安》《孟子文法读本》《重订孟子文法读本》《两汉文举要》《魏晋文举要》《国民必读》《先秦文举要》《史记别录》《古文辞类要笺证》《国民镜》《文章源流》《选学举要》《韩世泽墓表》《孙鸣歧墓志》《高母张太夫人九十寿言集》《共和浅说》
蔡如梁	《曲波簃诗集》《曲波簃文集》《曲波簃余集》	谷钟秀	《中华民国开国史》、《铁珊轶事》、《正谊》杂志
韩德铭	《莲运庵遗集》《莲运庵诗钞笺注》	梁建章	《沾化县志》（“中国方志丛书”本）
籍忠寅	《困斋诗集》四卷、《困斋文集》四卷、《困斋杂稿》、《困斋诗稿》、《病呻集》	邓毓怡	《宪法论丛》《欧战后各国新宪法》
邢之襄	刊印《桐城吴先生评点唐诗鼓吹》	柯劭忞	《蓼园诗钞》

续表 3

主要成员	著作	主要成员	著作
廉泉	《南湖集》《潭柘集》《梦还集》《梦还续集》《梦还遗集》《自反录索隐》《潭柘纪游诗》《南湖集古诗》《南湖东游草》《翦松留影集》	吴芝瑛（廉泉之妻）	《帆影楼纪事》
吴闿生	《北江先生诗集》《北江文集》《诗义会通》《尚书大义》《晚清四十家诗钞》《古文范》《左传微》《古今诗范》《桐城吴氏文法教科书》《范无错等诗选》《古今体诗约选》《古今诗范》《近代诗钞》《尚书衍义》《姚姬传张廉卿二家圈识》《贺松坡后汉书评点》	柯昌泗	《鲁学斋自用印谱》《葆贞拙轩石刻法贴》《柯燕舲语石札记》《后汉书校注》《谧斋印谱》《鲁学斋金石记》《传习录注》《三国志集释》《山左访碑录校补》《朔方刍议》《瓦当文录》《语石异同评》
贺葆真	《贺葆真日记》《家慈苏太夫人八十寿征文启》《王考苏生府君行述》《贺母苏太夫人八十征寿集》	李濂镗	《方志艺文志汇目》《秦印室随笔》，刊印《南行纪事诗注》《韩诗外传校议》《韩诗外传考》
贺培新	《天游室文》、《天游室诗》、《潭西书屋诗钞》、《说印》、《文编》二卷、《文学社题名录》、《水竹村人年谱》、《黎大总统事略》、《天游室集》、《武强贺氏家谱稿》、《武强贺氏文献录》	李葆光	《涵象轩集》（诗集、文集、联语）、《先府君行述》
张继	《张溥泉先生全集》	齐燕铭	《齐燕铭印谱》《盍日》
周明泰	《三国志世系表》《后汉县邑省并表》《续封泥考略》《道咸以来梨园系年小录》《清升平署存档事例漫抄》《都门纪略中之戏曲史料》《三曾年谱》《易卦十二讲》《续易卦十二讲》《元明乐府套数举略》《续剧说》《续曲类稿》《几礼居随笔》《明本传奇杂录》《沈流答问》《五十年来北平戏曲史料》《近百年的戏曲》《几礼居杂著》	于省吾	《甲骨文字释林》《双剑誃殷契骈枝》《双剑誃殷契骈枝续编》《双剑誃殷契骈枝三编》《双剑誃吉金文选》《双剑誃吉金图录》《双剑誃古器物图录》《商周金文录遗》《双剑誃尚书新证》《双剑誃诗经新证》《双剑誃易经新证》《双剑誃诸子新证》

第二章　张裕钊的诗文创作与文艺思想

张裕钊（1823—1894），字廉卿，号濂亭，湖北武昌人。道光二十六年（1846）中举，考授内阁中书。后入曾国藩幕府，为“曾门四弟子”之一。曾主讲江宁、湖北、直隶、陕西各书院，尤以在凤池书院和莲池书院造就人才最多。张裕钊生平淡于仕宦，酷喜文事，长于古文。擅长书法、绘画。在书法艺术上独辟蹊径，融北碑南帖于一炉，创造了晚清书坛独具一格的“张体”书法。张裕钊平生著述甚多，有《濂亭文集》八卷、《濂亭遗文》五卷、《濂亭遗诗》二卷、《论学手札》二册以及《左氏服贾注考证》和《今文尚书考证》等。

第一节　兼采唐宋、熔铸众体的诗学路径

历来研究者多关注张裕钊的古文与书法，对他的诗歌论述较少。实则，张裕钊承袭姚鼐开辟的桐城派诗学传统，熔铸唐音宋调，以古文义法通于诗歌，奇变无端，终归于雅。他写出了游宦江湖的漂泊之感和家国巨变的忧患意识，牢骚抑郁而峭拔深折；其怡情之作清旷散远，多有自然淡泊的清逸之气，很能体现近代文人在特定历史背景下的经世理想和文化精神，是晚清诗坛值得重视的名家。

桐城诗学显示出独特的面貌是在雍正至乾隆时期，代表人物一般认为是姚鼐、刘大櫆。蒋寅先生又特别表出方世举、方贞观、方观承三家，认为“其诗学造诣有力地凸显了桐城诗学的专业水准”①。康熙末年至乾隆时期的诗坛，言神韵、倡格调、抒性灵，总体上可分宗唐和宗宋两派。宗唐的诗人群体步趋明七子，专注盛唐诗的声律与兴象，以神韵、性灵为主，一般都不太喜欢宋诗的

---

① 蒋寅：《方氏诗论与桐城诗学的发展》，《安徽师范大学学报（人文社会科学版）》2014 年第 6 期，第 689 页。

代表人物黄庭坚。宗宋的诗人群体学黄庭坚、陆游，而泛滥于江西诗派诸大家，高者上溯苏轼，大抵鄙薄明七子。两派诗人于唐宋诗的长短争之颇力，自是其是，执着于一端。作为桐城诗学早期的代表人物，方世举论诗宗唐，以杜甫为归，并宗韩愈长篇；在诗学取径上，五古、五律从王、孟、韦、柳入手，七古歌行从元、白、张、王入手，七律以中唐诗家为法，从白居易、刘禹锡、李商隐、温庭筠入手，主张“登高自卑，宜先求其次者”，循序渐进地学习。方贞观推崇言近旨远的诗人之诗，认为“律”是诗歌的本质属性。“律”是关涉体裁、章法、句法、音节、辞藻等文本形式的总体规则，“是诗歌作品所有审美规定性的总和，是统摄诗歌所有审美特征的总体概念”①。以律论诗体现了方贞观重文本的形式主义诗学立场。他在诗学取径上与格调诗学异趣，注目中唐，以刘长卿、杜牧、韩偓为取法对象，追求清新宕逸的风格，这与方世举宗杜、韩，退刘长卿的诗学取径也有不同。方观承论诗重法度，以理学家涵咏体认功夫治诗，对章法、句法、字法多有深刻的体验和揣摩，并以此打开了融文法入诗法的大门。他们的努力使桐城诗学与古文一样专门化了，确立了以唐诗为宗的诗学观念，形成了桐城诗学重体制声律、平易稳妥以求新创的风格，而其“见得到说得出”的接引、指授的教学特征更为此后桐城诗学的广泛传播奠定了基础。姚鼐的诗学思想进一步廓大了桐城诗学的堂庑。他并宗杜韩，兼取唐宋，说“近日为诗，当先学七子，得其典雅严重，但勿沿习皮毛，使人生厌，复参以宋人坡谷诸家，学问宏大，自能别开生面”②。又论诗人应发胸中之蕴，文与质备，道与艺合，进一步打开了诗与古文的疆界，文章义法通用于诗歌。桐城诗学在清代中期诗坛影响更大了。当然，桐城诗学能在晚清发扬光大，与其文章一样，都有赖于曾国藩的大力弘扬。曾国藩及其身边的文人士大夫对中国的文化有真切的感应，然后发动镇压太平天国的战争，以及此后各类威胁中国文化生存、传播、发展的内外部异己力量，并且将这种斗争自觉地从军事、政治领域渐渐

---

① 蒋寅：《方氏诗论与桐城诗学的发展》，《安徽师范大学学报（人文社会科学版）》2014 年第 6 期，第 692 页。

② ［清］郭麐撰：《樗园消夏录》，《续修四库全书》编纂委员会编《续修四库全书》第 1179 册，上海古籍出版社 1996 年版，第 663 页。

拓展至文化领域。[①] 他以中国数千年的道统斯文号召士类，不仅实现了军事、政治上的胜利，镇压了太平天国运动，大力提升了汉族士大夫集团的政治地位，也实现了文化上的暂时中兴，并陶铸出文人士大夫着眼现实需要，返古开新、引入西学以自强的时代文化精神。桐城派诗古文是曾国藩借以书写当世文人士大夫文化精神和理想，阐扬道统斯文的载体，与他的政治功业、文化理想浑然一体。[②] 桐城派诗古文也因曾国藩湘乡派文人群体以融“经济”入“义理、考据、辞章”而拓展了内容和境界，从而更大程度地突破地域限制，展现了近代文人反映时代精神、表达经世理想和革新精神的文学新风。

张裕钊在曾门号能传湘乡文脉。他的诗学由曾国藩上接桐城，呈现出桐城诗学在近代政治文化背景下的新风貌。其《国朝三家诗钞序》云：

> 五律自李杜外，唯王孟最工。而施愚山独能近之，故吾取焉。姚姬传氏自述其作诗之旨，在镕铸唐宋。然以余观之，独七律为最工耳。郑子尹崛起黔徼，而其七古乃能跻攀东坡，纵横肆恣，不主故常，岂不诡哉！国朝诗集行世无虑数百家，章章炳著，为世所传述者，亦无虑数十家。然其卓然自立，不愧古人，独此三家而已。而三家之中，其最善者，又唯独此一体，何其难也！[③]

桐城诗学综合众说，平易稳妥，注重诗法的讲解和传授。所以在论述诗歌的时候，先辨明体裁，再示以轨辙，让初学者能够窥见门径，缘梯而上。张裕钊除了效法桐城诗论家一般的说诗之外，特别重视选本在诗歌取径和创作中的示范作用。他说：“自来选本，以王渔洋《古诗选》、《唐人万首绝句选》，姚惜抱《今诗选》，曾文正《十八家诗钞》四者为最，皆不可不看。而文正诗钞，鄙意尤所服膺。”[④] 他选《国朝三家诗钞》，为清代诗歌张目，且阐述诗学源流和学诗

---

① 参见徐复观《文化精神与军事精神——湘军新论》，《学术与政治之间》，九州出版社 2014 年版，第 13—25 页。

② 参见徐复观《文化精神与军事精神——湘军新论》，《学术与政治之间》，九州出版社 2014 年版，第 13—25 页。

③ ［清］张裕钊著，王达敏校点：《张裕钊诗文集》，上海古籍出版社 2012 年版，第 211 页。

④ ［清］张裕钊著，王达敏校点：《张裕钊诗文集》，上海古籍出版社 2012 年版，第 541 页。

的路径。张裕钊论诗五律推尊施闰章，七律推尊姚鼐，七古推尊郑珍，认为这三家足以代表清诗的最高水平。施闰章是康熙间的诗人，被誉为“国朝第一诗人”，他擅长五言诗，辞情句丽，深得温柔敦厚的风人之旨。[①] 由施闰章而上溯王、孟、李、杜，是五律创作的正途。姚鼐是桐城诗学的代表人物，吴汝纶曾比较姚鼐与刘大櫆诗歌短长，认为“姚公所诣，过刘公甚远。故姚七言律诗，曾文正定为国朝第一家。其七古以为才气稍弱，然其雅洁奥衍，自是功深养到。刘虽才若豪横，要时时有客气，亦间涉俗气，非姚敌也。”[②] 张裕钊推崇姚鼐七律熔铸唐宋以开新的诗学思想，确实触及桐城诗学的核心。郑珍[③]以经学大师而工诗，取径黄庭坚、苏轼而上窥韩愈、杜甫，以杜诗仁民爱物的诗魂，运韩愈奇涩矫健的诗法，融合苏、黄机趣盎然的思致[④]，开出了雄奇自然的风貌，深刻影响了同光诗坛。张裕钊与莫友芝交游密切，莫友芝是郑珍诗学同道，曾国藩对郑珍诗歌也非常看重。当然，张裕钊推崇郑珍诗歌并非出于阿私之好，而是对郑诗确实有深刻的体验。论者多就郑珍诗歌的内容和风格立论，较少关注他

---

① 施闰章站在循吏的立场上来反映民生疾苦，悯时事，移人情，反映了清初丧乱的社会现实，辞情句丽，无激烈指斥之言，深得温柔敦厚的风人之旨。写景抒怀之作，善于把外部景物与内心世界的复杂情感有机结合在一起，景耀于外，情融于中，语近而旨远。神骨俱清、气息静穆，非寻常嘲风弄月之作。论诗主张“本之有物，即事命篇，意主独造”（《诗原序》），反对以议论入诗，尊唐贬宋；反对浮华叫嚣，满纸空言。尝说“吾诗如作室者，瓴甓木石，一一就平地筑起”（《四库全书总目提要》）。

② ［清］吴汝纶著，施培毅、徐寿凯校点：《吴汝纶全集》，黄山书社 2002 年版，第三册，第 259 页。

③ 郑珍感慨晚清国门洞开、政治腐败、变乱迭起的内外千古变局，以敏感的诗人之思，抒写前途暗淡不安的忧思彷徨，反映满目疮痍的社会现实。“凡所遭际，山川之险阻，跋涉之窘艰，友朋之聚散，室家之流离，与夫盗贼纵横，官吏割剥，人民涂炭，一见之于诗。”这些诗歌哀感沉痛，深刻真挚，有杜诗安史之乱后沉郁顿挫的风格，才气功力似凌驾元好问、虞集之上，可追步苏轼。他的诗歌渊源于杜甫，取法深得韩愈以文为诗的奇恣笔法，又融和白居易的平易之风，其面目终成于苏、黄之间而自有理厚思沉的神情。郑珍学韩愈不取奥涩怪诞，雅而真，奇而驯，文从字顺；学苏、黄的机趣洋溢而不炫耀学问，不以注疏考据入诗，即使用奇字异文入诗，也融化于性情，在古色斑斓中见出简穆典雅。他还善于驱使俗语俗事入诗，写真话真语，得杜、韩、苏、黄雄浑矫健的风骨，而不落元、白的轻俗纤巧之弊。郑珍崛起西南，又多得师友羽翼之，后来宗宋的同光体诗人奉他为不祧之宗，沈曾植、陈三立、范当世都受到他很深的影响。

④ 参见［清］郑珍著，龙先绪注《巢经巢诗钞注释》，三秦出版社 2002 年版，第 6 页。

在七古这一体制上的贡献。张裕钊不仅特别表出郑珍的七古，还将其推尊到凌跨前修，足以展现清诗独特诗史价值的高度，确是慧眼卓识。从张裕钊推崇的清代三家诗人来看，他没有狭隘的门户之见，对专宗唐诗的施闰章，取径宋诗、开同光体宗风的郑珍都能发抉其秘，体现了桐城诗学兼取唐宋、以诗学正途开示后学的旨趣。吴汝纶尝与张裕钊畅论诗学，非常推崇他的理念，并对其诗学的具体内容做了发挥。《答客论诗》说：

> 吾国近来文家推张廉卿，其诗亦高。所选本朝三家，五言律则施愚山，七律则姚姬传，七古则郑子尹……杜公，则学诗者不可忘之鼻祖。船山（张问陶）之诗，入于轻俗，吾国论诗学者，皆以袁子才、赵瓯北、蒋心余、张船山为戒。君若得施、姚、郑三家诗读之，知与此四人者，相是不止三十里矣。诗学戒轻薄，杜牧之不取白香山，为此也。香山自是一大家，能自开境界，前无此体，不可厚非。但其诗不易学，学则得其病痛。苏公独能学而胜之，所以为大才。苏亦谓元轻白俗，其所以胜白者，以其不轻不俗也。欲矫轻俗之弊，宜从山谷入手。①

乾嘉时期太平繁荣，专制主义的政治文化氛围非常浓厚，润饰鸿业、发抒性灵成为诗坛的主流。文人要么拜服在权势的脚下唱着言不由衷的赞歌，要么俯仰在林泉吟唱个体止乎礼仪的性情之乐和现实之思，诗歌即缺乏深厚的内容，杰出如袁枚、赵翼、蒋士铨、张问陶等诗人的作品也缺乏感动人心的黄钟大吕之声。张裕钊、吴汝纶指示诗学门径，都以他们的轻俗为戒，退白居易、元稹，而从黄庭坚入手，上追苏轼、杜牧，以归趣杜甫和韩愈。其中隐藏着丰富的诗史信息。晚清的诗人蒿目时艰，自觉地推动了诗风的变革。他们创新了中国诗歌古老的传统比兴，通过环譬谲指、借物兴慨的技巧，将比兴引向某一特殊事件的指陈和特定意义、情感的隐喻，呈现出“含藏本事”和“讥讽时局”的诗歌取材转向，从而显现出“讽寓”的精神特色。② 这一新诗体取法杜诗的诗史精

---

① ［清］吴汝纶著，施培毅、徐寿凯校点：《吴汝纶全集》，黄山书社 2002 年版，第三册，第 450 页。

② 参见龚鹏程《中国诗歌史论》，北京大学出版社 2008 年版，第 292 页。

神和声律技巧作为诗的灵魂，用韩愈诗歌的笔力鼓荡风气、锤炼骨力，通过黄庭坚峭拔拗折律调的调弄和苏轼自然淡泊、清旷老劲风格的皴染而要达到雄奇瑰玮的艺术境界。这也正是吴汝纶大力推崇张裕钊诗学思想的根本原因。

第二节　通于古文与诗歌的文学声音理论

诗歌伴着音乐和舞容吟咏唱赞，唤起了先民雍穆煌煌的礼乐精神和人文理想。诗的声音以其典雅之质、中和之音成为构筑礼乐根本之义的重要因素，并在形下层面化作礼乐本身。在文字作为文明载体的功能不断强化的过程中，诗歌逐渐脱离音乐，在音乐之外建立起立足文字本身声音特质的声韵之美的规范，成为构成诗文艺术的重要部分。它规范着诗体的形式，指向诗文的内在意旨，是历代诗学大家用以探索诗法和诗艺，形成个人和流派风格的法门。诗歌的声韵美学规范也深刻地影响到文章的创作和审美，赋体的律化、古文格调的讲求即是如此。当然，文章的体势和格调在中唐以后也因“以文为诗”的盛行大大影响了诗歌的发展，这是问题的另一方面，在此不做深论。以现代学术方法探讨文章的声音问题，20 世纪三四十年代已经开始了。钱基博序黄仲苏《朗诵法》畅论桐城派“因声求气”的古文声音之道。朱光潜《散文的声音节奏》认为：“声音和意义本不能强分，有时意义在声音上见出还比在习惯的联想上见出更微妙，所以有人认为讲究声音是行文的最重要的功夫。”① 文字的音调平仄是暗哑滞涩还是响亮浏朗，会影响整个文句的意义和审美效果；虚实长短是疏朗清空还是局瘠促迫，会影响文句的气势与意脉。所以桐城派学者在创作和理论上都特别重视古文的声音之道，并将诵读作为揣摩名家古文的必由之路，“从字句中抓住声音节奏，从声音节奏中抓住作者的情趣、气势或神韵”②，并以古文字声平仄和虚词运用阐述了古文家以形式化的声音节奏体悟文章情趣、气势或神韵的方法。郭绍虞从声象乎意的语音起源论出发，认为巧运拟声和感声语词，足以状客观之事，达主观之情，以显出声象与声情的音节之美。③ 其他如朱自清

① 朱光潜：《散文的声音节奏》，《谈文学》，北京大学出版社 2012 年版，第 56 页。

② 朱光潜：《散文的声音节奏》，《谈文学》，北京大学出版社 2012 年版，第 57 页。

③ 参见郭绍虞《中国语词的声音美》，《国文月刊》1947 年第 57 期，第 15 页。

《论朗诵》等，都能打破古今中外的区隔，推崇通过吟诵把握文章意蕴，体味摇曳声情的方法。古文吟诵与语体文朗诵虽有腔调形式的不同，但桐城派古文家“因声求气”的声音理论却是对我国传统文章吟诵的理论总结，对建立语体文朗诵的科学方法具有重要的借鉴意义。随着传统文化普及和传承的需要，周振甫在《文章例话》中专列一节讲“因声求气”的古文声音理论。陈引弛通过分析古代文章写作中声音表现的问题和清代桐城文章学的声音理论，梳理了古文与诗学声音问题的若干关联性。① 柳春蕊考察了桐城派和湘乡派的古文声音理论，指出“因声以求气”是这两个古文流派的重要理论成果。② 其他从微观视角论述桐城派“因声求气”古文理论的学者尚有不少，对理解古文的声音现象和理论很有意义。但是，晚清古文声音理论的构成有多个方面和层次，声音现象不仅是古文艺术美的基础，也是古文家借以形成个人风格、推动古文现代转型的重要方面。对桐城派古文声音理论在晚清民国时期的演变进行深入研究，将有助于我们进一步厘清古文与语体文演变之际的重要问题。

一、学术方法、桐城义法与“因声求气”理论的提出

张裕钊的文学思想重在昭示创作和鉴赏的途辙，论说切实明了，具体而微。形成这种文学思想论述风格的原因，与桐城派以文教事业为核心的文化活动塑造有关，也反映了张裕钊的学术思想方法。其《书郑氏易注后》说：

> 天地万物之情效，圣人察焉，而著其象于《易》。圣人者虽已往，道常县著于天地万物，而集于人人之心。人殚尽其心，以求其象之所比，彼圣人之周知而不遗者，诚不敢望矣，而未尝不可时识其一二。③
>
> 道莫妙于观其所寓通而之于无方，故圣人之必有取乎是也。故曰：“《易》者，象也。象也者，像也。”舍象以言《易》，而得失者半焉。迹之不存，而精亦无所丽而形矣。④

① 参见陈引驰《“文”学的声音：古代文章与文章学中声音问题略说》，《文艺理论研究》2012年第5期，第35—42页。

② 参见柳春蕊《论晚清古文理论中的声音现象》，《文艺理论研究》2008年第3期，第61—68页。

③ [清]张裕钊著，王达敏校点：《张裕钊诗文集》，上海古籍出版社2012年版，第1页。

④ [清]张裕钊著，王达敏校点：《张裕钊诗文集》，上海古籍出版社2012年版，第2页。

张裕钊《易》学重视“易象”，圣人立象以尽意，“像”是易道之迹，也是后人得以凭借而走进《易》的世界和道之根本的阶梯。东汉以来，《易经》象术之学式微，到王弼扫除易象不谈，专论义理爻变，遂使后来学者对《易》学上的很多难题无法正确阐释。张裕钊又说“《春秋》则昔人所谓不得鲁史策书，圣人褒讥笔削之意，终无由知者”①，故而讥讽治《春秋》的学者因无法确知史事，为了讲通《春秋》之义，务为“诡说”，以致穿凿乖异，并感叹道“古人之书，待说而明者，十之三四而已；因说之而晦者，盖十五六焉”②。经学家的阐释遮蔽六经本义的现象，有经学家立场、学识、方法等多方面的因素，但抓住经典文本的本质特征，作为切入点，探求本义，应该是最为科学的方法。《易经》由“象”切入，《春秋》由“史实”切入，在经学阐释中确能收到事半功倍的效果。清代汉学家治经重训诂考据，由声音、文字以通其词，由词以通其道。张裕钊的经学研究，如《左氏服贾注考证》《今文尚书考证》，皆是此类专门的汉学著作。他论《诗经》学，由“声音”切入，说：“六书之旨，象形、象事、会意而外，形声、转注、假借三者，其本皆原由于声音。是故必明乎古音，而后训诂明。训诂明，而后六经之说可得而知。”③ 他很推崇陈季立《毛诗古音考》，“匪独音均之学大明，《三百篇》暨古有均之书，可得而读而已”④。当然，这里所说的“声音”与其治古文时讲的“因声求气”的“声”不尽相同，但其理路、方法、目标则对古文鉴赏与创作有深刻的启发意义。

张裕钊的史学也受其经学方法的影响。他承治《春秋》之法，以史实为切入点，理解、阐释史家的史观、史识、史法，以及寓诸其中的微言大义。基于史实而论世知人、以意逆志，把握时代精神、政治文化品格、文章风格，具体到史家之文的特征，如《书艺文志后》《书外戚世家后》。并以史家之文的特质为依据，对史书所叙史实、史文进行校勘、辨伪，以证史书文本之讹，以见史家叙写本义。以文读史、阐史。《春秋》《左传》《史记》《汉书》是桐城派古文取法的经典，所以从“文”的视角入手去读史，体悟史家的文章义法，以增益

① ［清］张裕钊著，王达敏校点：《张裕钊诗文集》，上海古籍出版社2012年版，第6页。

② ［清］张裕钊著，王达敏校点：《张裕钊诗文集》，上海古籍出版社2012年版，第12页。

③ ［清］张裕钊著，王达敏校点：《张裕钊诗文集》，上海古籍出版社2012年版，第13页。

④ ［清］张裕钊著，王达敏校点：《张裕钊诗文集》，上海古籍出版社2012年版，第13页。

古文创作的意气与笔力，并由桐城古文家相祖述传承的义法去读史，以发明史家寄寓文章中的思想和情感，如《归震川平点史记后序》等。

桐城派诸家认为先秦、两汉经史著作均是“古文”应该取法的对象，六经是圣人寓道之文，史书是史家因事明道、见道之文，所以他们的“文”是一个大文学的范畴。而古文家在阐释经史的时候，不同于经学家、史学家的根本之处也正在此。与唐宋以来的“文士”不同，桐城派诸家虽以文辞自命，却不费经史学问的功夫，能融合义理、考据之长而发文章之气，使古文既有神完气足之美，也有理学家严谨畅达、独立自得的经籍之光。这在张裕钊身上也体现得非常明显。《清国史·张裕钊传》说：“裕钊治经，不规规于考据、词章，尤精究义理。”① 夏寅官《张裕钊传》说：“其为文假涂韩、欧、曾、王，以上推之晚周、先秦、盛汉，又原本六经，沉潜乎许、郑之训诂，程、朱之义理，以究其微奥。故其义粹以精，其词深以厚。”② 张裕钊说：“夫学固所以明道，然不先之以考证，虽其说甚美，而训诂、制度之失其实，则于经岂有当焉？故裕钊常以为，道与器相备，而后天下之理得。至于本末、精粗、轻重之数，是不待口说之辨而明者也。”③ 所以，王达敏《张裕钊诗文集·前言》论其“熔铸汉宋，以礼为归”的学术路径时说：“汉、宋之争是清代中叶后学界重大主题。降至清季，世移时换，汉、宋会通成为主流。而探寻汉、宋会通的途径时，学者不约而同选择了礼学。……清季曾国藩、黄式三和黄以周父子等精研礼学，则皆泯灭汉、宋疆域。张裕钊的学术选择，正是顺学术潮流而动。”④ 所以，张裕钊的文学与经学一样，展现出经世与明道的旨趣而相互融通。

受其学术思想方法的影响，张裕钊鉴赏、创作古文从声音证入，提出了“因声求气”的主张。他在《答吴至甫书》中说：

> 古之论文者曰“文以意为主”，而辞欲能副其意，气欲能举其辞。譬之车然，意为之御，辞为之载，而气则所以行也。欲学古人之文，其始在因

---

① ［清］张裕钊著，王达敏校点：《张裕钊诗文集》，上海古籍出版社 2012 年版，第 594 页。

② ［清］张裕钊著，王达敏校点：《张裕钊诗文集》，上海古籍出版社 2012 年版，第 596 页。

③ ［清］张裕钊著，王达敏校点：《张裕钊诗文集》，上海古籍出版社 2012 年版，第 86 页。

④ ［清］张裕钊著，王达敏校点：《张裕钊诗文集》，上海古籍出版社 2012 年版，第 9 页。

声以求气。得其气，则意与辞往往因之而并显。而法不外是矣。是故契其一，而其余可以绪引也。盖曰意、曰辞、曰气、曰法之数者，非判然自为一事，常乘乎其机，而绲同以凝于一，惟其妙之一出于自然而已。自然者，无意于是，而莫不备至；动皆中乎其节，而莫或知其然；……①

这段论述内容非常丰富，几乎囊括了张裕钊的整个文学思想。他认为文章应该出于“自然”，“意”“气”“辞”“法”是文章创作所展现的不同侧面，实质本是一体，自然之文无非是“意”“气”“辞”依照“法”恰当合理地组合。“观者因其既成而求之”，或瞩目其辞章、义理、风骨、技法某一个方面，而不从浑然一体来考察，往往会失于偏颇。但教人作文，开始便从“自然”高妙处入手，因缺少相应的阶梯或媒介往往会流于玄虚。古文文本承载“意”“气”“辞”“法”，有形有声，是沟通古今时空的重要媒介，而声音出于圣贤君子之口，因声以求文气，乃至上通作者声吻、面貌、精神，是一个切实可行的路径。

桐城派古文，讲究义理、考据、辞章，在讲到辞章时，不仅强调“安章宅句”的义法，还特别注重辞章的“声音”，并形成了非常丰富的古文声音理论。姚鼐《答翁学士书》说：“文字者，犹人之言语也，有气以充之，则观其文也，虽百世而后，如立其人而与言于此；无气，则积字焉而已。意与气相御而为辞，然后有声音节奏高下抗坠之度，反复进退之态，采色之华。故声色之美，因乎意与气而时变者也，……”② 意与气是文字生命之源，寄寓着作者独特的精神意象，文辞的声音以其节奏韵度将其显现为可观可感的声色之象，也就是文章的词采声华。“观其文，讽其音，则为文者之性情形状举以殊焉。”（《复鲁絜非书》）③ 所以，姚鼐非常欣赏左笔泉先生“取古人之文，抗声引唱，不待说而文之深意毕出”④ 的吟诵以求文章意、气的方法。刘大櫆将“文以气为主”的观念引入诗论中，认为诗虽有千差万别，“要皆有得于天地自然之气”⑤。诗歌得自然之气，缵育造化，以仁义为本，应有蔼然之音。诗人受到时代的挫抑，遭遇不

① ［清］张裕钊著，王达敏校点：《张裕钊诗文集》，上海古籍出版社 2012 年版，第 84 页。

② ［清］姚鼐著，刘季高标校：《惜抱轩诗文集》，上海古籍出版社 1992 年版，第 84—85 页。

③ ［清］姚鼐著，刘季高标校：《惜抱轩诗文集》，上海古籍出版社 1992 年版，第 94 页。

④ ［清］姚鼐著，刘季高标校：《惜抱轩诗文集》，上海古籍出版社 1992 年版，第 58 页。

⑤ ［清］刘大櫆著，吴孟复标点：《刘大櫆集》，上海古籍出版社 1990 年版，第 88 页。

偶，胸中浩然之气形于咏叹，若能“哀而不伤，怨而不怒，中声清越，犁然其均当于人之心，而逌然其独惬于己之志”，才是诗家的高趣。从而将本体意义的“气”融入主体精神的“志”。他又引申《毛诗序》关于时代背景与诗风关系的论述，认为“志平则音和，志哀则音促，志敬则音凝，志佚则音荡”①，为探讨声音与诗“志”的内在关系指示了门径。但刘大櫆论诗的声音，是从“乐”的视角来说的，与姚鼐、曾国藩、张裕钊以古文辞章的声音来论诗歌的声音不尽相同，却较大程度上影响了吴汝纶。曾国藩承袭姚鼐绪论，诗文也多从声音悟入，尝说“温苏诗，朗诵颇久，有声出金石之乐。因思古人文章所以与天地不敝者，实赖气以昌之，声以永之。故读书不能求之声气二者之间，徒糟粕耳”②，并将声调铿锵作为诗歌审美的重要价值取向和揣摩诗歌意趣与技法的捷径。曾国藩论钱辛楣《声类》一书，认为古人造字是先有声音的，字音对于字形而言，而字义的关系更为直接切近，其阐释之法，名目虽多，都可以用“因声得义”来概括。曾国藩文字训诂中“因声得义”的提法，对张裕钊的经学研究有直接的影响，对其古文声音理论也有重要启示意义。张裕钊与吴汝纶书曰：

> 裕钊近看惜抱文集及《古文辞类纂》，似姚氏于声音之道，尚未能究极其妙。昔朱子谓韩退之用尽一生精力，全在声响上著功夫。匪独退之，自六经、诸子、《史》、《汉》，以至唐、宋诸大家，无不皆然。近惟我文正师深识此秘耳。又往读《汉·郊祀歌》，既苦其诂难通，且甚不知其妙处。近以意寻求其辞，固皆司马长卿等之所为也，窃意亦皆讽刺之旨耳。以此意读之，乃觉义味甚深远。③

不仅论述古文家“声音之道”自韩愈、姚鼐、曾国藩以来相承益深的历程，更进一步揭示经史、古文创作、鉴赏的“声音”之秘。又《与朱菉香》书曰：

> 大抵古文之道，必先能辨真伪雅俗。……其究极之妙，则存于气盛则

---

① ［清］刘大櫆著，吴孟复标点：《刘大櫆集》，上海古籍出版社1990年版，第84页。

② ［清］曾国藩：《求阙斋日记类钞》，光绪二年传忠书局刻本，卷下。

③ ［清］张裕钊著，王达敏校点：《张裕钊诗文集》，上海古籍出版社2012年版，第483页。

> 言之短长与声之高下者皆宜之一言。夫言之短长，声之高下，声调而已矣。声调一事，世俗人以为至浅，不知文之精微要眇，悉寓于其中。姚惜抱谓诗文必从声音证入；曾文正谓词章以声调为本。而桐城诸老，尤必贵人以熟读，胥是义也，此可为知者道耳。①

张裕钊将古文研习之路分为三个阶段，即致功之始、自立之本、究极之妙，第三层次的研习以声调为本。并确证“从声音证入”乃是桐城派古文家递相传习的家法。由此也可看出张裕钊对“因声求气”不断深化的认识过程。

二、“因声求气”与张裕钊的古文思想

桐城古文家的文学旨趣是缘文章声情的阶梯，探寻作者为文的用心和背后支撑其精神意象的本体之道，他们并不满足停留在诗文声律技巧等艺术层面的探讨。桐城古文家阐述声音问题，讨论声音与“辞”“意”“气”的关系，只是将“因声求气”的诵读当作领悟文章的重要切实的方法。张裕钊作为桐城派古文声音理论的集大成者，其“因声求气”理论与中国传统的“文气”说紧密结合，涵盖了古文鉴赏、研习、创作诸领域，而具有更为深厚的内涵。上引《答吴至甫书》《与朱菜香》二书，基本上说明了“因声求气”的内涵，对我们理解其与张裕钊古文理论相关范畴的关系有重要意义。

古文家以气论文，“气”或指人的气质禀赋、才思情感，或指文的气势和语气，表述不同，却本是一体。张裕钊承袭古文家的文气论，认为古文以气为本，气变幻无方，功用无穷，文章创作应该向云气一样，自然而然，无施不可。他说：

> 夫文必有其本，匪第以文而已。生独不见夫云乎？轧忽轮囷，滃然起于山川之间，潢洋浩渺，旁魄乎大地。及其上于天也，鸿綗缜纷，骈阗胶輵。辮若层台，矗若崇墉，澹乎若波，崒乎若峰。旁唐日光，与风骇砀。倏忽万变，光色照烂，爣阆澔汧。蟉若龙者，腾若猱者，蹲若虎者，奔若骥者，翥若鸿者，厉若隼者，漾若鲦者，罨若盖者，扬若旆者，曳若带者，粲若菌者，萦若藻荇者，晔若葩华，椮若长松，烂若黼绣，煸若鼎钟，媔

① ［清］张裕钊著，王达敏校点：《张裕钊诗文集》，上海古籍出版社2012年版，第537页。

若美姝，嶷若列仙。奇变俶诡，千汇亿形，不可殚陈。久立骋望，震炫敞罔，荡精骇神。至其施利泽于天下也，罩牢宙合，绵络天地，歕岱欲海，乘骇猋，驱疾雷，砰震电，雨九野，植百昌，昭苏品汇，覆帱无外，恩渥泽覃，风止雨霁。不一瞚而倏归于无有，积之无垠，出之无穷，舒之无方，敛之若亡。然后知向之所为，一变化于自然，而皆其余也。乌乎！生诚观乎是，岂徒以其文乎哉？即其文，又孰有尚焉者哉？①

中国哲学“气”的概念源于对天地间云气的观察。《说文解字》曰：“气，云气也，象云起之貌。”后来其与“阴阳”“五行”观念融合，成为阐释一切事物生成、衍化规律的核心范畴。自曹丕提出“文以气为主”以来，“气”成为文论家论述文学演变、创作、风格、审美的最高范畴。张裕钊用“云”的蒸蔚变幻譬喻主体创作时神变无方，纯任“气”之自然的情态。这个“气”即是主体的精神气质，及其创作构思中涵育的“意气”，也是呈现为文章的内容和气势。从阐释和鉴赏的角度来说，圣贤立言本着天地之道、人文精神和价值理想，但未免也受其气质禀赋、才思情感、历史情境的影响，而有其独特风格。圣贤以其生命精神和人文情怀立言，自有其言说时独特的气势或语气，词句的短长与声调的高下，说话时的婉转或激昂，都是由这气势决定的。六经之文能够承载圣贤之意，文字之外的情感与精神则需求于文字之外。所以，文“气”与圣贤的人格气质、天地之道是通为一体的。清代朴学大兴，自顾炎武至乾嘉诸老，治经学时，一般认为圣贤之道的原意存在于文献中，只要依正确方法，人人可得，如此，避免宋明儒解经师心自用的狂肆之病，而采取实证研究的科学态度。原意既存在于文献中，文献就必须保证是原作、原本、足本，所以清儒多从事校勘辑佚的工作，考证“古书真伪及其年代”，以解决文献真实性的问题。文献由文字组成，故又必须明确每个字是什么意思，然后才知道一句乃至一篇是什么意思。清儒特重文字声韵训诂、版本目录校勘及历史人时地物之考证工夫，从而形成一套完备的“训诂明而后义理明”经学阐释系统。然而，从声韵、文字入手探寻经义，庄子早已指出其非。他说：“视乎冥冥，听乎无声。冥冥之中，独见晓焉；无声之中，独闻和焉。故深之又深而能物焉，神之又神而能精焉。”

① ［清］张裕钊著，王达敏校点：《张裕钊诗文集》，上海古籍出版社2012年版，第32页。

庄子的知识论是性知，强调先天之知，不注重经验之知。庄子所要探讨而认知的是道。道是宇宙的本体而非宇宙的现象。明宇宙的现象须后天的经验之知，故是常识所能辨别的。明宇宙的本体则贵先天的性知，故是超常识的。所以他强调“听之以气”“以天合天”的神遇之法。受庄子的影响，后来文艺家在鉴赏中，也重在神遇而不重在泥迹象以求之。他们认为文学的鉴赏最好与作者的精神相合一，别有会心，才能得其神趣。从现代格式塔心理学（Gestalt psychology，又叫完形心理学）的角度看，构造主义心理学的元素主义根本是错的。因为真实的知觉经验是整体，感觉元素的拼合则是人为的堆砌。整体不是部分的简单总和或相加，整体不是由部分决定的。相反，各个部分才由整体的内部结构和性质所决定。也就是说，不是认识一个字一个词，再组合起来它的整体意思，训诂明而后义理明；而是义理明训诂才能明，整体性的把握先于部分。古文家认为圣贤论道虽以六经为体，但六经之外尚有圣贤主体的生命体验和精神意趣。所以，张裕钊“因声求气”论，虽受清代朴学思想方法的影响，却并未忽视文学艺术所必需的灵性和想象力。从表面来看，徇声所求之“气”是文章声吻语词所形成的气势，而其根本目的则是由对文章气势的涵咏，而体悟作者的精神气质，以及寄寓其中的圣贤之道、天地精神。所以郭绍虞先生认为庄子“神遇”说，“用以鉴赏文艺，亦即是桐城派所谓因声求气的方法”。张裕钊《答吴至甫书》曰：

> 古之论文者，曰：“文以意为主，而辞欲能副其意，气欲能举其辞。”譬之车然，意为之御，辞为之载，而气则所以行也。欲学古人之文，其始在因声以求气。得其气，则意与辞往往因之而并显。而法不外是矣。是故契其一，而其余可以绪引也。盖曰意、曰辞、曰气、曰法之数者，非判然自为一事，常乘乎其机，而绲同以凝于一，惟其妙之一出于自然而已。自然者，无意于是，而莫不备至；动皆中乎其节，而莫或知其然；……①

张裕钊认为文章本于自然，其最高的旨趣也应该如天之位列星宿、大地纵横山川一样，出于自然之道。“观者因其既成而求之”，或瞩目其辞章、义理、风骨、

① ［清］张裕钊著，王达敏校点：《张裕钊诗文集》，上海古籍出版社2012年版，第84页。

技法某一个方面，而不从浑然一体来考察，往往会失于偏颇。他用车来形容文章整体，意是驾车的人，左右着车行驶的路径与目的地；辞是车身，即文章的物质载体，是载道、明道之具；气是车行驶的原力和态势，是文章所呈现出来的主体生命的气象和声色时空境界，是意的显现。桐城古文家的学术旨趣是缘文章的阶梯，探寻作者为文的用心和背后支撑其精神意象的本体之道。所以，他们并不满足停留在诗文声律技巧等艺术层面的探讨。此前的桐城古文家注意到了声音问题，并将声音与气、意、辞的关系做了说明，且发明通过吟诵领悟文章的方法，张裕钊则更为明确地提出了“因声求气”这一范畴，将桐城派古文的声音理论进行了深刻的总结。王达敏《张裕钊诗文集·前言》说：

> “声”即文之字句节奏，“气”即文之气势及其内蕴情思。古之缀文者，情思动而辞发。后人欲沿波讨源，由辞以见其情、其思，务须讽诵深久，在或纡徐、或疾促、或流荡、或凝滞的语调中，体悟文技、文势，进而得其情思。①

文以气为主，古文的写作讲气，词句的短长与声调的高下，说话时的婉转或激昂，都是由气势决定的。这个气势里就含有作者的感情与意志。读者通过诵读，从诵读声调的高下、缓急、顿挫、转折里面，可以体会到原文的声情。作者由气盛决定言之短长与声之高下；读者则从言之短长与声之高下中去求气，得到了气，就能体会到作者写作时的感情与意志，从而“使我之心与古人之心诉合于无间”，这就是因声求气。吴汝纶《答张廉卿》提到，张裕钊认为姚鼐未能深刻领悟古文的声音之道，而将曾国藩视为深入阐发古文声音之道的核心人物。吴汝纶说：“才无论刚柔，苟其气之既昌，则所为抗坠、诎折、断续、敛侈、缓急、长短、申缩、抑扬、顿挫之节，一皆循乎机势之自然，非必有意于其间，而故无之而不合；其不合者，必其气之未充者也。”② 这段议论将揣摩和阐释转换为创作的视角，但其内容却是张裕钊“因声求气”范畴的应有之意。《与范当

① ［清］张裕钊著，王达敏校点：《张裕钊诗文集》，上海古籍出版社2012年版，第15页。

② ［清］吴汝纶著，施培毅、徐寿凯校点：《吴汝纶全集》，黄山书社2002年版，第三册，第165页。

世》说："足下之文创意造言皆绝奇，非凡俗所有。唯声音节奏，时或未及自然之妙。"① 其他与黎庶昌、吴汝纶、贺涛、范当世等着眼具体作品论古文声音的言论尚有很多。张裕钊承袭姚鼐、刘大櫆、曾国藩诗学思想的内在发展逻辑，将声音理论专门化为古文欣赏与创作的法门，并将这一法门运用到诗歌的欣赏创作上。他在给弟子贺涛的信中说："承询作诗涂辙，大抵与文略同。立意取径，先须脱去凡近，而琢句捶字，尤宜戛戛独造，无一字轻下，二者须从声响证入，乃能得之。"② 既然声音是诗古文创作欣赏的关键，在张裕钊的审美趣味中，怎样的声音才是他所向往推崇的呢？如上文所述，张裕钊认为文章本于自然，他因声所求的"气"的根本，是生化自然和生命的元气，他于文章中所追寻的声音与韵律，也是那一阴一阳、一静一动的生生不息的自然律动。他说："能知扬、马之平淡，欧、曾之奇特者，可与言文矣"③，"大抵环玮之文，仍须归之平易。曾文正所谓觑幽刺怪，遏之使平者也"④。在论范当世、贺涛文章时，常以动合自然之妙，奇崛中要见出珠圆玉润相规。所以张裕钊诗歌创作不甚措意而任自然，常从古人诗歌气脉贯注的淡远之处寻绎诗家趣味。

张裕钊的古文以醇厚的学养为根基，又兼性情宁静淡泊，故于含经漱史之外，发为文章，文义精辟。张舜徽谓其文"以意度胜，文章尔雅，训辞温厚，非偶然也"。张裕钊强调"声调"是学习古文的关键，也是衡量文章好坏的标准，而决定"声调"雅俗的却是"意"与"气"。所以学习古文的根本，还是要从道德学问上培根竢实，他说："道不足而强言，虽振厉其气，雕绘其词，而卒无以餍乎人人之心。深造道德而自得于其心，则凡所言而莫非至道之所寓。"⑤《与贺涛》说："大抵文章之事，其所立意义，必皆其平日所洞然于心，一旦随境感触，伸纸奋笔，直摅其胸臆之所欲出，则其文无不工耳。……若中不足而强言，虽极意务为奇特，而安排造作，探讨揣测，张皇补苴，种种痕迹，终不能以自掩。"⑥ 还要用功致力于涵咏经典，使义理精切、词章雅驯，对于考据却

① ［清］张裕钊著，王达敏校点：《张裕钊诗文集》，上海古籍出版社 2012 年版，第 538 页。

② ［清］张裕钊著，王达敏校点：《张裕钊诗文集》，上海古籍出版社 2012 年版，第 541 页。

③ ［清］张裕钊著，王达敏校点：《张裕钊诗文集》，上海古籍出版社 2012 年版，第 539 页。

④ ［清］张裕钊著，王达敏校点：《张裕钊诗文集》，上海古籍出版社 2012 年版，第 538 页。

⑤ ［清］张裕钊著，王达敏校点：《张裕钊诗文集》，上海古籍出版社 2012 年版，第 212 页。

⑥ ［清］张裕钊著，王达敏校点：《张裕钊诗文集》，上海古籍出版社 2012 年版，第 542 页。

在其次，且只需抓住重点。《复查翼甫书》说："欲为古文，则程功致力之始，'熟读深思'四字，足以尽之。其所资于考证者，莫要于典礼制作之原，古今治乱之赜，更求之苍雅训诂之书，令文章尔雅，远于鄙倍而已。其他偏指末学，可一举而扫除之也。且即专精考证，亦宜务其正大而深博者。"① 其中也有对清儒考据之学偏离经义、枝词碎义、不能究本理道的不满。张裕钊所谓"意"，有两层含义：一是"中和"，这是他"原本六经"的反映；二是"利泽天下"，于世道人心有所裨益。其《跋明周忠毅公手迹》说：

自古硕人名贤，其流风遗躅，皆足以兴起后世。然或有能知，有不能知。至于忠贞义烈，则无愚智、贤不肖，其慕望爱悦一而已矣。虽庸愚妇孺、贪夫鳖人，闻义烈之事，未有不愯动而叹息者也。……自百世之下，闻其风，慕其义，顽廉懦立，歌思之如不克见，况其忠言谠议，出自手写，光气隐然溢出楮墨，睹其书如遇其人，其可为葆贵，当何如哉？②

名公大臣的忠贞义烈之气内化为运笔使墨的气势，借由墨迹焕发出来，使人见其书法笔迹如见其人，而化育人人的道德之心。他以"云"论"文"，把文章的气势、变化和功用形象地表现出来，而点出其利泽天地的功用。又说：

自邃古以至于今且千万岁，盛衰兴废转嬗，芒乎浩乎，若氛若雾，虽天子王公之贵，焯赫盛大之烈，不一瞚而渺不知其何往，独赖有文字纪载，古与今乃以相续于无穷。又必其见乎词者，闳懿深润，足餍人人之心，而所载之道与事乃益显，故久而不敝。此君子必于是殚心焉者欤。虽然，古之人吾既不及见矣，其来吾又莫能相待，独抱此孤苦郁积之思，遥相证于渺杳辽廓之区。③

文章能"利泽天下"，是因为通过闳懿深润的文辞记载社会兴衰之故、古圣先贤

① ［清］张裕钊著，王达敏校点：《张裕钊诗文集》，上海古籍出版社 2012 年版，第 98 页。

② ［清］张裕钊著，王达敏校点：《张裕钊诗文集》，上海古籍出版社 2012 年版，第 23—24 页。

③ ［清］张裕钊著，王达敏校点：《张裕钊诗文集》，上海古籍出版社 2012 年版，第 210 页。

事业来传承道统和斯文，这是中华文明的载体和精神所在。

第三节　张裕钊的诗歌创作与诗美追求

晚清战乱频仍，内忧外患，不仅清廷命运风雨飘摇，华夏传承数千年的道统斯文也处在岌岌可危的境地。因此，文人士大夫多有深沉而积极的忧患意识和入世精神。张裕钊早年专攻举业，度过了一段清苦却还算从容的读书进取的生活。太平天国起义，天下扰动，他入曾国藩幕府办理文书，随军转战长江中下游流域。在科举上，中举后多次参加会试未第；虽然受到曾国藩的礼遇，并因曾氏在诗古文上的砥砺提携而成就了名山事业，但仕途不显，流连于江宁、湖北、直隶等地的书院讲席。张裕钊早年的诗作已经零落不存，现存诗歌二卷是其中年以后的作品。这些诗歌有一部分与传统文人的诗歌相似，是叹老嗟卑之作，多写在“满眼风霜侵暮景”的时代环境中，生命随着风物的四季变换而漂泊流荡、凋零枯萎，流露出末世文人难以自持的幽忧伤感，但这并不是张裕钊诗歌的主色调。他认为诗歌要抒情言志，表达作者的人格精神和志趣，所以，当晚清国家、民族、社会衰蔽的现状留给他巨大精神压力和历史空幻感的时候，张裕钊以强烈的历史担当精神，抒写了末世文人的一种“孤怀”。

张裕钊的孤怀表现在多个方面。从其生命理想和志趣来说，他淡泊仕途，唯独对文章情有独钟。其《祭杨慰农先生文》说：“师一见之，如涂获珍。加我于膝，饫以圣文。欲落其实，日粪其根。寒迁暑贸，五载之勤。”①《无题》说：“自少耽寂寞，所慕非华轩。沉溺坟索中，才孱好弥敦。冉冉历星霜，鬓雪忽已繁。有时块独居，中愉口难言。顾彼尘俗虑，偶亦侵灵源。虽复旋挥去，未能芟其根。余年倘我假，庶哉内能鞬。慨焉怀古贤，高风一何骞。”② 从这些诗文的叙写中，可以看出张裕钊传承斯文的苦心孤诣。当然，他所谓的斯文，不单指桐城诗古文，以及由此上推而呈现的文人文脉，还包括古圣先贤师法天地而肇立人极的道统，实为以儒家思想为核心的华夏文明总体。因此，张裕钊诗歌表现传承斯文的孤诣时，总有一种游心淡泊、毅然独往的精神气象。其《与朱

① ［清］张裕钊著，王达敏校点：《张裕钊诗文集》，上海古籍出版社2012年版，第202页。

② ［清］张裕钊著，王达敏校点：《张裕钊诗文集》，上海古籍出版社2012年版，第378页。

菜香》说：

> 曩曾文正谓欲为古文，先须视其胸襟志节若何。自唐宋以来，古文名家者，其人皆超出流俗。王荆公虽以新法祸宋，然只坐执拗不晓事，其意实以五百年名世自命，非世俗庸鄙小人所能望其万一。盖有诸内者形诸外，趣高而行卓，则直抒发胸臆，自有吐气如虹之观，裕钊终身服膺此言，以为不易。不独贪鄙奸伪者，不足与此，即稍有富贵荣利之见，萦绕于其中，则发诸词气，必不能高出于一世之人。此尤探本之论，所欲与吾贤共勉之者也。①

这一段论古文创作的“文心”，同样可以作为张裕钊苦心孤诣的“诗心”。故而，“孤诣”不仅成为他传授弟子的为文之道，说“兹事贵孤诣”②，而且成为他与友人沟通时候反复涵咏的高古寂寞的情调。如《赠刘生》《幼安》《长歌送李佛笙》《赠朱铭盘》等，其中有圣贤远去后斯文传承的焦虑，也有与知己同道共探斯文精奇之境的喜悦，而更多的是“吁嗟眼中人，悠悠谁与期”③ 的无奈浩叹。《赠戴子高》曰：“风期孤往山皑雪，文字千年江导源。一笑相逢真我辈，秋风斜日白门前。”④ 诵这些诗可以想见千古以来担荷斯文的先哲们那一颗真挚而孤诣的幽微之心。

从文人的入世精神来说，张裕钊的孤怀是现实讽喻的“孤愤”，当这种“孤愤”与个人卑微的政治地位、漂泊的生活情态结合时，又一定程度上转换为被政治精英边缘化的旁观者的独醒。如《眼底》：“眼底喧嚣实可怜，江河日下作深渊。纷纷燕雀何足数，采采蜉蝣空自鲜。冀北名驹谁万里，辽东归鹤已千年。散人岂合知时事，独念皇家一怆然。”⑤《冬暝》：“贪污成俗国维破，砥柱无人士气孤。世事久经归袖手，年除聊复醉屠苏。”⑥ 文人对君王、国事的拳拳忠心与

---

① ［清］张裕钊著，王达敏校点：《张裕钊诗文集》，上海古籍出版社2012年版，第537—538页。

② ［清］张裕钊著，王达敏校点：《张裕钊诗文集》，上海古籍出版社2012年版，第324页。

③ ［清］张裕钊著，王达敏校点：《张裕钊诗文集》，上海古籍出版社2012年版，第284页。

④ ［清］张裕钊著，王达敏校点：《张裕钊诗文集》，上海古籍出版社2012年版，第288页。

⑤ ［清］张裕钊著，王达敏校点：《张裕钊诗文集》，上海古籍出版社2012年版，第382页。

⑥ ［清］张裕钊著，王达敏校点：《张裕钊诗文集》，上海古籍出版社2012年版，第383页。

彷徨独醒的心态相互交织。又如《邗江夜雨》写夜雨侵心，身世之感和家国之思融为一体，很能体现近代文人的感慨国事、忧虑民生的政治理想和人文精神。又如《深夜对月作》写中夜起坐看月，月光、月影、月空，意象叠加在一起，一派凄清孤寂，心系家国的幽忧怀抱与悲愤独醒的意识，烛照着这个黑暗中的世界，营造出清幽凄异、萧疏暗淡的境界。再如《春感》《当时》《登燕子矶》《悲秋》等，几乎都蕴含着这样的情调。《孤愤》曰：

> 议和议战国如狂，目论纷纷实可伤。万事总为浮伪败，一言无过得人强。尽焚刍狗收真效，宁要束蠡列众芳。独把《罪言》欹枕读，一声白雁泪千行。①

诗中对处理中外战争和战无凭，舆论哓哓而不重实际的现状愤懑不已，却无可奈何，徒然生出无限的伤感与忧思。另如《送别》："客舟解缆忽飘然，独立江头欲暮天。渺渺孤帆半明灭，倚筇望断夕阳边。"江湖漂泊中，送别行客，又值秋日晚景。面对着夕阳、孤帆、浩浩江水、寥落高天，这是怎样的孤愤之怀才能映出的高古悲风之境，读之令人泫然。再如《留别莲池书院诸生》：

> 自我来畿南，奄忽今六载。顾惟颠木蘖，谬当葑菲采。我诚惭朽株，君等竞蓓蕾。枝蔓相萦结，恋嫪不可改。乖合苦不常，归缆忽将改。征鸿念畴侣，欲去犹回睐。矧与二三子，别泪忍一洒。离肠奔九回，纠若淮渊汇。万古圣与贤，旷世不相待。神合形终睽，志士涕如醴。幸得并世生，在远亦何喟？人生天地间，有若桴浮海。波涛一冲激，谁能知定在？努力追前修，九州犹庭内。②

张裕钊一生的功业在文章与教育，尤其在主讲直隶莲池书院时造就人才最多，也为他在士林赢得了巨大的威望。他因吴汝纶、王树枏的力荐，由李鸿章礼聘为莲池书院山长。光绪十四年（1888），李鸿章之婿张佩纶因中法马尾海战战败

① ［清］张裕钊著，王达敏校点：《张裕钊诗文集》，上海古籍出版社2012年版，第358页。

② ［清］张裕钊著，王达敏校点：《张裕钊诗文集》，上海古籍出版社2012年版，第380—381页。

获罪，为了避开士林悠悠之口，李为其谋求莲池书院山长之位。莲池书院诸生为挽留张裕钊，纷纷罢课。但张裕钊决意南归，遂有这首留别莲池诸生的诗作。诗中充满离别的深情和对莲池诸生的殷切期望，也寄寓了乖合无常、漂泊难定的生命感慨。而始终萦绕的化悲慨为蔼然的长者风流，却化为莲池学子此后几十年传承斯文的精神动力和标尺。

张裕钊的诗歌刻画出鲜明的自我形象。诗中的他喜欢在傍晚出游，或登上高坡远眺，或杖策在田园中行吟，或书斋凭几想落天外，或清夜起坐望月听蛩。此时的诗人沉浸在诗思的冥搜微感中，成为结构诗境的重要人物意象，具有象征与符号意义。张裕钊的诗思情态和诗中的自我形象是孤独的。面对厚重的历史文化和浑浊的末世，理性的省思伴着孤愤的感慨，化作肃肃的秋夜清幽的低吟。如《无题》："林风深夜凉，江村明远火。潺湲水增波，惨淡月初堕。倚户出复入，默默成孤坐。宇宙尚豺虎，念兹实劳我。吁嗟帝有醉，胡为构此祸。吾生岂足惜，尚免戈殳荷。所悲蒸蒸民，焉得谢轗轲。"① 萧散的即景之作，也多以秋日的夜色为核心，写"满眼风霜侵暮景，回头哀乐怆中年"② 的衰飒，或"独有幽蛩最亲切，一宵伴我月明中"的清幽。他非常欣赏清幽的秋夜萧疏寥落的景物，月作为此类诗中的重要意象，他也更喜欢"新月海东头"的清异，或"白云停孤光"的朦胧，写满月也是"明月满空街"的凄清。总之，幽微感怀，高天月夜、萧疏物象构成了张裕钊诗歌独特的意境，但这种意境的审美风格并不是萧疏暗淡的。萧疏暗淡是诗中秋夜景象的格调，张裕钊用来象喻恍惚浑沦的自然妙道，这是他所推崇的诗美境界的根源之地。他是要从萧疏暗淡处抉发诗道的奥秘，而从淡泊精奇之处造就诗歌萧疏清肃的审美风格，这也是他不断追求的诗美理想。这一诗美风格，与他奇崛中见出平易的诗学思想是相辅相成的。

张裕钊于文章、诗歌秉承"明道""载道"的观念，烙印着以文学为政教所用的功利主义思想。然细究其实，他的诗歌感慨虽多，却很少能如杜诗一脉叙写时事时切实深折。郭象升曰："张（裕钊）、吴（汝纶）之学，明世钟（惺）、谭（元春）一派之变相也。钟、谭以游戏出之，张、吴以庄重出之，世遂谓张、

① ［清］张裕钊著，王达敏校点：《张裕钊诗文集》，上海古籍出版社 2012 年版，第 285 页。

② ［清］张裕钊著，王达敏校点：《张裕钊诗文集》，上海古籍出版社 2012 年版，第 372 页。

吴贤矣。”① 但正是这种“出之以庄”，展现了晚清桐城派诗人在诗学上的创新，他们从整体上超越了个体叹老嗟卑的情绪，“诗非一己之哀戚，乃时代之写照；国家不幸，赋到沧桑，亦非某氏之穷通；抒怀感愤，实有理想与办法指寓其间，更非空为大言者”②。张裕钊的诗歌确实以其“孤怀”映照了晚清千年未有的变局，展现了清末正直的文人群体传承斯文的文化精神和社会担当。张裕钊、吴汝纶二人同道相契，他们先后主持直隶莲池书院，开辟了以传承桐城古文为核心的莲池学派。王树枏、贺涛、范当世、李刚己、赵衡等人均曾与张裕钊讨论诗学，受其沾溉不少。其中尤以范当世、李刚己最有诗名，是晚清诗坛卓有成就的大家。

① ［清］张裕钊著，王达敏校点：《张裕钊诗文集》，上海古籍出版社 2012 年版，第 623 页。

② 龚鹏程：《中国诗歌史论》，北京大学出版社 2008 年版，第 293 页。

第三章　王树枏的诗文创作与文艺思想

王树枏（1851—1936），字晋卿，直隶新城（今河北高碑店）人，晚清民国时期著名的经学家、史学家、文学家，是桐城派流衍京畿形成之莲池学派的重要人物。王树枏祖父王振纲主讲直隶莲池书院多年，他幼承家学，少年已有能文之名。后从贵州黄彭年游，得传其文章之学。同治十三年（1874），李鸿章出任直隶总督，开办畿辅通志馆，贵筑黄彭年任总纂，王树枏被聘为通志修纂，时年仅二十四岁。当时宦游直隶的桐城派古文家张裕钊、吴汝纶、薛福成及本土文士如贺涛、王文泉等人均与交游问学，研究经史古文之学。光绪二年丙子（1876）中举人，吴汝纶知冀州，聘为信都书院山长，冀州士风因而大振。十二年丙戌（1886）成进士，分户部主事，历四川青神、富顺、资阳各县。因事去职，入张之洞幕府。张之洞命解军火往甘肃，即为陕甘总督陶模所留，襄助政事。陶模是王树枏仕途发展中的第一伯乐，对其荐拔有加。王树枏因治绩卓著，累迁至新疆布政使。入中华民国，寓居北平，与清廷遗老诗酒唱和自娱，号陶庐老人。① 历任议员参政、第四届县知事考试委员、国史馆协修、清使馆总纂。民国十六年（1927），应张学良的聘请，至沈阳主讲萃升书院三年。树枏于学无所不窥，自群经众史诸子百家，以逮朝章国故、方书地志，都能探赜索隐，领会其旨归。他的著述甚丰，论者以为集数千年北学大成，为晚清民国时期经史研究的一代宗匠。② 王树枏早年为文从帖括入手，擅长骈文。光绪间与桐城派名家张裕钊、吴汝纶交游，始专攻古文。刘声木谓王树枏师事张裕钊、吴汝纶，受古文法。实则他的古文出入桐城派，融才情于学问之中，汪洋恣肆而风骨谨严，开出了独具风貌的新境界。在诗学方面，少年时喜为温李体诗，尤其酷嗜李贺诗。后亦受张裕钊、吴汝纶桐城诗学的影响，自谓诗学黄庭坚，而欲上窥

---

① 参见萧菊君《王晋卿先生传略》，《河北月刊》1936 年第 4 卷第 4 期，第 1—2 页。

② 参见甘簃《悼王晋卿先生》，《青鹤》1936 年第 4 卷第 8 期，第 1 页。

苏轼而救晚清诗坛晦涩饾饤的弊端。这与张之洞从苏轼上追杜甫，以求平正坦直、清切雅正的风调又有相通之处。故而汪辟疆从诗人与地域关系入手畅论近代诗坛格局，将王树枬列入以张之洞、张佩纶、纪钜维、柯劭忞为领袖的“河北派”诗人群体。王树枬对于绘画本有精鉴，晚岁尝作画，其《秋风度辽图》笔墨潇洒，得“四王”遗意。书法初学欧阳询、虞世南，后参以颜真卿，行草骨力洞达，笔致潇洒，多有儒者气象。

第一节 王树枬与莲池书院山长交游的文化意义

王树枬与直隶莲池书院渊源甚深，诗文创作、求学体道、交游入仕都从这里起始。晚清历任莲池书院的山长均与他有深厚师友之谊。黄彭年作为业师，对王树枬以汉学为根底、探求经典义理、融贯道德与事功的学术思想的形成影响很深。张裕钊、吴汝纶先后主持莲池书院近三十年，使桐城派古文在燕赵大地传播流衍，在晚清形成了“据莲池、守桐城”的文化格局。流风所及，不仅南方从事桐城派古文名家、学子络绎而来，北方士人也因二子强大的文坛号召力而齐聚桐城派的大旗之下。王树枬作为直隶本土士人，他与莲池书院诸山长的交游，代表了莲池学派文士聚集的典型方式，对我们研究莲池学派的兴起具有重要的意义。

一、王树枬与黄彭年的交游

黄彭年（1824—1890），字子寿，号陶楼，晚号更生，贵州贵筑（今贵州贵阳）人，祖籍湖南醴陵。出身仕宦之家，其父黄辅辰，道光十五年（1835）进士，为清一代循吏。黄彭年道光二十五年乙巳（1845）进士，改翰林院庶吉士，授编修。咸丰初年，随父办团练，参加镇压农民起义。咸丰九年（1859），应邀任莲池书院主讲。同治元年（1862），入川督骆秉章幕，参加镇压太平天国石达开部，因功得保荐，陕西巡抚刘蓉聘其主讲关中书院。同治十年（1871），应直隶总督李鸿章之聘，主持编纂《畿辅通志》。光绪四年至八年（1878—1882）春，再次主讲莲池书院。光绪八年（1882），授湖北襄阳道，旋升按察使，历陕西按察使、江苏布政使署理巡抚、湖北布政使等。黄彭年晚年出仕，勇于任事，颇有建树。他学问渊博，折衷汉宋，以通经致用、化乡酬世砥砺多士，体现了晚清学术发展的新方向。主持纂修《畿辅通志》三百卷；长于舆地之学，著

《东三省边防考略》《金沙江考略》《历代关隘津梁考存》《铜运考略》等；擅长诗文，有《陶楼文钞》《陶楼诗钞》若干卷；亦工书画，有《达摩图》《寿佛图》等传世。

同治十年（1871），黄彭年在古莲花池主持修纂《畿辅通志》。志馆是乾隆时南巡的行宫，与莲池书院仅隔一墙。此时王树枏祖父王振纲先生主讲莲池书院，与之订交，往来甚欢。其《王重三先生墓表》曰：

> 先生举进士，彭年犹童子。大人举先生名诏之曰："是进士第一人，不仕以养其亲者。小子识之。"比来莲池，先生方主讲书院，居相邻，易子而教。习之既久，乃得观其性情学术之深且大。①

王树枏与五叔同受业于黄彭年门下，习经史、古文。时隔六十年，他怀想起师生之间在莲池书院游处授受的情景，仍不免动情。《黄子寿师〈陶楼文集〉序》说：

> 向者登堂侍坐时，群弟子分科执业。而独谓树枏可与文章之事。一日，坐（古莲花池）涟漪亭，风出林薄间，水波淫鬻起灭，不可形状。先生进而诏之曰："荀子善言水，庄子善言风，知此者，其于文事思过半矣。"树枏奉此语，为之数十年而才竭力殚，终苦其卓焉而莫之至。②

同治十三年（1874），经黄彭年推荐，志局聘树枏与修《畿辅通志》，其所著《畿辅方言》二卷被刊入通志中，以备一门。是年冬，黄彭年又代为刊行《中庸郑朱异同说》一卷。光绪六年（1880），山西巡抚曾国荃赴山海关防海，路经保定，聘王树枏入幕府。黄彭年即婉言代为辞谢，谓："实告公，吾局一日不可少此人，虽面商吾亦绝不放手也。"③ 所以，光绪八年（1882），吴汝纶任冀州知州，欲延聘王树枏主讲冀州书院，向黄彭年函商此事的时候，黄彭年方倚

① ［清］黄彭年著，黄益整理：《陶楼诗文辑校》，齐鲁书社2015年版，第65页。

② ［清］王树枏：《陶庐文集》，民国八年刻本，卷五。

③ ［清］王树枏：《陶庐老人随年录》，中华书局2007年版，第24页。

为左右手，“见之大怒，复书多讥讽”，吴汝纶再以书请，有“子夏设教西河，正以广传师道”之语，辞极和婉，黄彭年仍坚持不允。这其中自然是为修志保留人才，也可以看出黄彭年砺器善藏的良苦用心。吴汝纶遂上禀李鸿章，并以冀州知州去留相争。李鸿章出面调停，让树枏先生半月在志局，半月在书院，此事才得到解决。是年，黄彭年授湖北襄阳道，王树枏与胡景桂等人饯送瓦桥关。黄彭年作《将之荆襄，别莲池，晋卿、月舫诸君送至瓦桥关，憩游终日，赋诗而别》：

年年鼓棹清河水，身似流云岁如驶。偶值芙蕖笑口开，满船载香闻十里。自从戢影栖莲池，常伴莲花作住持。一日捉将官里去，山庭烟驿来文移。佛桑三日兴难遣，况是十年同缱绻。买舟齐向瓦桥关，豪兴诸君真不浅。昔时溏泺为防戎，今日叠道莲花中。十二桥前弄明月，感怀陈迹将无同。宰官好客兼好事，提壶挈榼百里至。王阳中道忽回车，未得中流共容裔。我恋莲花未忍去，脉脉如闻花自语。人去人留花自芳，花开花落人何与。传闻此去东海头，普陀山色如浮沤。愿将莲花座上杨枝露，洒遍东西南北洲。①

诗中反复出现“莲花”意象，暗喻古莲花池，蕴含了黄彭年深深的眷恋之情。“一日捉将官里去，山庭烟驿来文移”，预想未来的仕宦生涯案牍劳形，再也不似以修志、教学持守宿志的自在生活。在黄彭年离开莲池书院官湖北的一段时间内，王树枏曾多次致书问候。这可从黄彭年《致王晋卿书》中得到印证。从复书内容来看，馆中诸弟子对黄彭年仕途中的遭际多所关心，而《畿辅通志》修撰上的很多事情也多经他的指导。黄彭年也在信中诉说了为官以来情味萧然无聊的幽忧之况。②

光绪十三年（1887）九、十月间，王树枏赴四川青神县任途中至西安，谒黄彭年于按察使署，师生纵游十日。其《黄子寿师〈陶楼文集〉序》曰：

① ［清］黄彭年著，黄益整理：《陶楼诗文辑校》，齐鲁书社 2015 年版，第 47 页。

② 参见［清］黄彭年著，黄益整理《陶楼诗文辑校》，齐鲁书社 2015 年版，第 131 页。

光绪丁亥之冬，树枏以部曹改官之蜀，道出西安。吾师贵筑先生时以湖北按察使调署秦中。朝夕过从，既得备闻入官行政之方，又以其间请录示生平著述刊行，以公诸世。①

其间，黄彭年出数年前离别莲池时所绘《瓦桥饯别图》，命题诗。王树枏诗集中有《过西安，黄子寿师出〈瓦桥饯别图〉命补题》，诗曰：

瓦济关头驻客桡，离人杯酒各魂销。牵萝睇笑三千里，辍棹夷犹十二桥。淀国烟波同一别，秦川风雨忽连宵。他时濯锦江城上，独把夫容首自翘。②

前四句忆写昔日送别时依依不舍之情，而如今见画，草木、渡头、长桥、水云、关山皆染惜别之情。后二句写瓦桥关烟波中一别，如今相见在秦中，地理空间的变化暗喻时间的流逝。而此时秦中的相见，又反成未来川中锦江翘首以望的契机。情深而意切，足见王树枏对乃师黄彭年的拳拳之意。

黄彭年经史古文之学造诣很深，为晚清一代名家，徐世昌《清儒学案》为列“陶楼学案”，以表彰其学。他论文说：“吾尝谓文者载其人之精神意气以出焉者也。精神意气之不相属者，其文必不工，即工矣而其文必不肖。”③ 似与桐城派所论相通。然而，黄彭年并不以文人自期，他的文章也不受桐城派的牢笼，而是以才情与学问自为奥衍。所以，他的文章能博雅之中见性情，自然淡泊，情趣盎然。正如他与王树枏论文所说，能从风水变幻之中领略为文之法，才是文章家的高境。然而，这样的为文境界，难以入手，却容易见出散漫驳杂，不如桐城古文精纯。王树枏对此似乎也有较深刻的认识。他在《故旧文存序》中说：

余少从黄贵筑师受古文之学，每出所作，辄见推奖。而同人又往往过

① ［清］王树枏：《陶庐文集》，民国八年刻本，卷五。

② ［清］王树枏著，于广杰、柴汝新点校：《王树枏诗集》，北京燕山出版社 2019 年版，第 37 页。

③ ［清］王树枏：《陶庐文集》，民国八年刻本，卷五。

为逾量之美，而余亦窃自喜，以为庶乎其于古之作者稍有合也。及桐城吴挚甫先生守冀州，聘余主讲信都书院，朝夕过从，聆其绪论，始疑而不敢自信。久之，益怃然自惭其不类。乃尽弃向所为者，而更以近作质之挚甫。挚甫则曰："余固疑向者非君之文。今观于此，而益知君之文固在此不在彼也。"余尝见今之老师宿儒，闭门著述，其用力不可谓不勤且至矣，而役役终身，终莫有登堂入室之一日，则以无名师益友为之启其门而导之路也。①

王树枏早年学为文章，从帖括入手，擅长骈文。光绪二年（1876）与吴汝纶交，尚未专心古文。及主讲信都书院，朝夕讨论，"自是专攻古文，不复为骈俪文字"②，阐述了古文创作需要"专精"才能登堂入室的思想。据此，刘声木尝说：

贵筑黄子寿方伯彭年，于光绪年间，以政事、文学著，声名甚噪。……以予所见，颇有名不副实之议，然管中窥豹，可见一斑，实不出明季山人卤莽刊书之弊。国变后，其门生故吏等，又为之刊《陶楼文集》卷，新城王晋卿方伯树枏编辑《故旧文存》，序中论其未得文章之法，亦不足论矣。③

此论黄彭年于文章并无悟入，未免过苛。然如上述，他于古文未造精纯如张裕钊、吴汝纶等人所诣应该是事实。王树枏中道改辙桐城古文是能说明其中隐情的。但王树枏也说，"先生其非堇堇以文章较短长工拙，若当世文章之所为"④，这一点王树枏也自始至终秉承师训。他们以道德学问为根底，经史致用，为政立言，体现了晚清士大夫文人的时代担当和忧世情怀。后来，王树枏古文创作出入桐城派，融才情于学问之中，汪洋恣肆而风骨谨严，实际上是早年积习与桐城义法深度融合以开古文新境界的成果，其间于惝恍朦胧中荡漾着的是从黄彭年莲池问学时的波光与树影。

---

① ［清］王树枏：《故旧文存》，民国十六年刻本。

② ［清］王树枏：《陶庐老人随年录》，中华书局2007年版，第25页。

③ 刘声木：《苌楚斋随笔》，中华书局1998年版，第420页。

④ ［清］王树枏：《陶庐文集》，民国八年刻本，卷五。

二、王树枏与张裕钊的交游

王树枏自幼随祖父在莲池书院求学，又从贵州黄彭年问学。光绪九年（1883），张裕钊主讲莲池书院，王树枏当在此时与张裕钊始有来往，在诗古文方面得到他的指授。他在《复江淑梅》书札中说："廉卿凋谢，北望潺湲。痛念其文，所谓太平引于今绝矣。仆三十以后粗解文事，皆斯人之力。人琴俱杳，能勿伤乎！"① 张裕钊《与王树枏》书曰：

> 赐示大作《武君墓表》，浣诵数过，峭硬近昌黎，奥劲近介甫，使人咄咄生畏。足下果势壮勇若是，它日儒林文苑，将以一身兼之，甚矣，其不让也。唯篇中颇喜用僻字，似非古文所宜，心所谓违，不敢不告，未知果有当否?②

评王树枏《武君墓表》，多能发明王树枏古文的源流、风格和意境。王树枏从不掩饰他的敬仰钦服之情。《赠张廉卿》诗曰："吾爱张夫子，文章海内师。闻诏久忘味，载酒屡惊奇。欲结秋兰佩，初终无间之。芳菲不可挹，出入想云旗。"③ 张裕钊有《步王晋卿见赠原韵》："我属闻君语，当仁不让师。嗜痂偏有癖，送褒更多奇。鹏鷃诚悬矣，云龙忽媾之。衰羸惭角逐，几欲去其旗。"④ 从诗中也可以见出张裕钊对王树枏的推重。多年之后，王树枏辑《故旧文存》，收张裕钊文章若干首，并为作小传，以寄托幽眇怀念之情。其文略曰：

> 张裕钊，字廉卿，湖北武昌人。道光二十一年丙子举人。湘乡曾文正公视师湖北，以文贽见，留之幕府，授以古文义法，自是所学益进。同治、光绪间，海内言古文者，并称张、吴，谓裕钊及桐城吴挚甫汝纶也。黄贵筑师主讲保定莲池书院去后，予与挚甫荐之直督张靖达公，继主讲席。廉卿去后，挚甫继之。河北文派，自两先生开之也。卒年七十余。有《濂亭

---

① ［清］王树枏：《陶庐笺牍》，民国十六年刻本，卷二。

② ［清］张裕钊著，王达敏校点：《张裕钊诗文集》，上海古籍出版社 2012 年版，第 539 页。

③ ［清］王树枏著，于广杰、柴汝新点校：《王树枏诗集》，北京燕山出版社 2019 年版，第 42 页。

④ ［清］张裕钊著，王达敏校点：《张裕钊诗文集》，上海古籍出版社 2012 年版，第 368 页。

文集》。①

总体而言，王树枏与张裕钊的交谊在亦师亦友之间，这与他的同年好友贺涛与张裕钊明确的师生关系有着些许的不同。对此钱基博先生颇有洞察之明，他说：

> 然贺涛执业张裕钊、吴汝纶称弟子；而树枏独抗颜尔汝。自裕钊、汝纶主讲保定之莲池书院，先后十余载，北方学者多出于其门；此两人者，皆尝亲承绪论于曾国藩，于是燕蓟之间，始有湘乡之学。唯树枏亦适以文学崛起于是时，且于义理、考据、词章三者皆有深得；其为文尤有合于国藩标举之旨。裕钊、汝纶并皆引为畏友，不在弟子之列。而树枏生平亦雅不欲标榜门户，谬托师承。顾当北学绝续之交，独能异军突起，以与东南争一席之长；非卓卓克自树立者，乌能若是?②

张舜徽说王树枏“少喜骈偶之作，及交武昌张裕钊、桐城吴汝纶，始悔弃其少作，益浸淫于两汉，而出入昌黎、半山之间”③，道出了王树枏古文创作接受桐城义法的因缘实出于张裕钊、吴汝纶。但如刘声木所说，“师事张裕钊、吴汝纶，受古文法”④，恐王树枏未必心许，尤其是张、吴二人去世后，王树枏以北方大儒在学术和文学上想要有所树立的时候。这些情况，其弟子钟广生在《陶庐文集序》中有明确的表述，谓乃师是“豪杰特立之君子”，实为知言。

三、王树枏与吴汝纶的交游

光绪二年（1876），王树枏乡试中举，是年“桐城吴挚甫、湘乡曾栗诚纪鸿、无锡薛叔耘福成、嘉兴朱亮生采、赵桐生铭皆来纳交”⑤，相与交游，诗文唱和。王树枏学问渊雅，才高气雄，为文崇尚六朝骈体。吴汝纶观其文，认为

---

① ［清］王树枏：《故旧文存》，民国十六年刻本，第 1 页。

② 钱基博著，傅道彬点校：《现代中国文学史》，中国人民大学出版社 2004 年版，第 132 页。

③ 张舜徽：《清人文集别录》，华中师范大学出版社 2004 年版，第 564 页。

④ 刘声木著，徐天祥点校：《桐城文学渊源考撰述考》，黄山书社 1989 年版，第 287 页。

⑤ ［清］王树枏：《陶庐老人随年录》，中华书局 2007 年版，第 22 页。

这样的文章不能展现他的学问和才情，谓“此非晋卿之文也”。王树枏开始颇不服，及取司马迁及唐宋诸家古文细究数月，试作数篇古文，再呈吴汝纶教正，吴汝纶即谓：“此真晋卿文矣。”此后，王树枏接受了桐城古文思想，摒弃骈偶，讲究古文义法，但不为所拘，自有风格。对他这一转变影响最大的应该是吴汝纶。

光绪八年（1882），吴汝纶出任冀州知州，延聘王树枏为信都书院主讲。先是直隶总督李鸿章在保定开办畿辅通志馆，黄彭年任总纂。黄彭年聘王树枏为通志修纂，倚为左右手，故与吴汝纶发生争执。吴上禀李鸿章，并以冀州知州去留相争。李鸿章出面调停，让王树枏半月在志局，半月在书院，此事才得到解决。王树枏在信都书院讲授经史，常联系时事，既有考据，也有策论，八股文则在次要，“风声所播，士习丕变，由是冀州文学之盛，甲于畿南”①。弟子中优异者有赵衡、李刚己等人。

王树枏沿袭汉学敦朴求实的学术方法，吴汝纶对此极为钦佩。这也是他力争王树枏主讲信都书院、创新冀州文教的根本原因。二人常有论学的书札往来，涉及《太玄》《易》《中庸》《尚书》等。这些书札多辨析具体的经学问题，偶尔论到治学方法，对王树枏多有匡正。光绪七年辛巳（1881），吴汝纶《与王晋卿》曰：

> 尊论“不知训诂不能得义理”其说精矣，至“不欲离训诂与义理为二”，则本亭林之论，于鄙心尚有未安。乾嘉以来，训诂大明，至以之说经，则往往泥于最古之诂，而忘于此经文势不能合也；然则训诂虽通，于文章尚不能得，又况周情孔思邪！故鄙意于学，谓义理、文章、训诂，虽一源而分三端，兼之则为极至之诣，孔孟以后，不见其人，自余则各得偏长；如谓训诂与义理不可离，则汉之儒者，人人孔孟矣，恐未然也。②

此段论述涉及经学阐释学的重大问题。自古解经的主体，分为经生和文士两家。

---

① 荣孟源、章伯锋主编：《近代稗海》（第12辑），四川人民出版社1988年版，第419页。

② ［清］吴汝纶著，施培毅、徐寿凯校点：《吴汝纶全集》，黄山书社2002年版，第三册，第616页。

经生解经注重训诂、义理，但因其于文章没有深入的领会，导致他们的经学阐释流入烦琐穿凿，笺注千言，难及真义。文士解经多任才情，阐释语言精妙典丽，但因缺乏训诂的实学功夫，往往流于狂肆空疏。所以，吴汝纶强调经学阐释要“义理、文章、训诂”三位一体，并由文章之体会，寻绎圣贤立言的精神旨趣和言外之意。

王树枏对吴汝纶的知遇也非常感激，这从二人的诗歌唱和即深深地表现出来。王树枏集中尚存五首写寄吴汝纶的诗歌。《客冀州滹沱水溢挚甫为买舟旋北诗以谢之》《寄吴挚甫次昌黎会合聊句韵》《夜卧不寐有蝎入帐中火而取之因成百四十字以示诸生并简挚甫》《挚甫学导引之术诗以讽之》是王树枏在信都书院时所作。《怀吴挚甫》则作于服官四川之时，诗曰：“十年铸就黄金像，一夜思开白玉心。想见莲池池畔水，夜深时作老龙吟。”① 对吴汝纶主持莲池书院、培育燕赵文脉的文化精神感慨不已。在《赠马通伯》诗中又说：“吾闻苻郎食鹅炙，到口能知黑与白。挚甫于文亦如此，皮骨妍媸精抉择。手拂春风种桃李，陶埴湜全铸翱籍。”② 不仅对吴汝纶老于文章的才情体会至深，又将他比作“文起八代之衰”的韩愈，培养了马其昶等如皇甫湜、李翱、张籍那样成名的弟子。吴汝纶集中亦存与王树枏唱和之诗六首。《晋卿用韩孟会合联句韵见寄依韵奉酬》曰：“夫子名家孙，绝代高杓耸。堆眉秋岚浮，堕胸春浪涌。万生困陵暴，六籍恣培壅。抽秒得缄縢，躡险无趾踵。开今辟夷涂，网古私断垄。”③ 对王树枏的家世、才情、学问称誉有加。《晋卿垂示新诗依韵奉酬》曰：“王侯方闻学复努，宴坐书林失寒暑。六籍膏腴厌含咀，更有奇文如好女。”④ 在学问之外，又论及其文章风格奇丽如淑女。吴汝纶的弟子范当世有《评晋卿骈文》：“好女机头锦，行行有双意。好风吹素琴，君子写其志。”⑤ 其论文的意思好像与吴汝纶相近。《王晋卿自蜀寄所为止园杂忆十首见示》曰：

---

① ［清］王树枏著，于广杰、柴汝新点校：《王树枏诗集》，北京燕山出版社 2019 年版，第 56 页。

② ［清］王树枏著，于广杰、柴汝新点校：《王树枏诗集》，北京燕山出版社 2019 年版，第 218 页。

③ ［清］吴汝纶著，施培毅、徐寿凯校点：《吴汝纶全集》，黄山书社 2002 年版，第一册，第 404 页。

④ ［清］吴汝纶著，施培毅、徐寿凯校点：《吴汝纶全集》，黄山书社 2002 年版，第一册，第 405 页。

⑤ ［清］范当世著，马亚中、陈国安校点：《范伯子诗文集》，上海古籍出版社 2015 年版，第 25 页。

昔我为冀州，拥慧迎经师。暇辄事幽讨，得失争豪厘。圣神久徂伏，百家日纷歧。舍要掊碎琐，后生滋眩疑。君才实天挺，为人作蓍龟。顾我无一能，相欢忘嘲嗤。一别五千里，前踪今安追。①

此诗作于王树枏入川之后，先是回忆了迎聘王树枏主讲信都书院，二人在冀州切磋学问、诗文唱和的乐事，以暌隔万里、往事幽眇作结，怀念之情溢于言表，余味不尽。

王树枏早岁攻科举时文，拜在黄彭年门下后，始肆心力于汉代考据及义理之学。能以史学融贯中西，以考中西文化之异同。他的学术宗旨也如黄彭年一样倾向于致用，故而在方志、边疆舆地、水利、交通、财税、行政诸方面多能有所发明。在晚清富国强兵的思潮之中，他以善治为用而通于政体，在当时的政治体制之内，颇有革新意识。他与张裕钊、吴汝纶二人的交游从表面看，是因古文而结缘，但根本上还是晚清士大夫因关心国家命运，希望对于朝廷和时代有所建树的忠悫之心而惺惺相惜，只不过他们更注重以诗古文这样的文艺形式表达、传播而已。因此，王树枏服膺张、吴二子更多的是文化精神和生命担当的共振而引起的呦呦之声，这也是他能够出入桐城义法、自成一家的根本原因，与张、吴其他弟子谨守家法而少豪杰特立精神的面目有很大不同。晚清莲池学派因应时代需要，内里精细而系统地阐明桐城家法，外以汇通中西、明道致用以应世的文化精神，也正是在王树枏与张、吴深具张力的交游之中渐渐形成而崇高起来，从而为晚清民国以来文人的文化省思与革新涵育了更为深厚的共同文化心态。

第二节　王树枏的学术旨趣与遗民心态

王树枏学问渊博，著述丰硕。他在传统四部之学诸方面都有所成就。还因推动晚清的政治改良和西北地区的开发，尝肆心力于新学，在多方面颇有建树。

① ［清］吴汝纶著，施培毅、徐寿凯校点：《吴汝纶全集》，黄山书社 2002 年版，第一册，第 421 页。

据《陶庐丛刻》及他本著录统计，计有经学类著作十六种：《尚书商谊》三卷、《费氏古易订文》十二卷、《焦氏说易》四卷、《校正孔氏大戴礼记补注》十三卷、《尔雅郭注佚存补订》二十卷、《广雅补疏》四卷、《学记笺证》四卷、《周易释贞》一卷、《尔雅订经》二十五卷、《尔雅说诗》二十二卷、《十月之交日食天元草》二卷、《左氏春秋经传义疏》一百五十卷、《中庸郑朱异同说》一卷、《尔雅郭朱异同考》一卷、《夏小正订经》一卷、《夏小正订传》四卷。子学类著作三种：《墨子勘注补正》二卷、《墨子三家校注》二卷、《庄子大同注》二十二卷。史学类著作十一种：《希腊春秋》八卷、《希腊学案》四卷、《欧洲战事本末》二十二卷、《欧洲族类源流略》五卷、《彼得兴俄记》一卷、《建炎前议》一卷、《武汉战纪》一卷、《大清畿辅先哲传》四十卷、《畿辅列女传》六卷、《大清畿辅书征》四十一卷、《将吏法言》八卷。《清史稿》之《咸同两朝列传》、《属国列传》（六卷）、《食货志》（六卷）、《地理志》（二十七卷）均为王树枏原稿。《度量衡表》《逸民传》《叛逆传》三书《清史稿》未收，已佚，仅存《逸民传》数篇。总纂或参编《新疆图志》一百十六卷、《畿辅通志》、《奉天通志》、《东三省盐法通志》、《河北通志稿》、《冀县志》、《新城县志》、《民国续修临邑县志》、《法源寺志稿》八卷。小学类著作三种：《说文建首字义》五卷、《说文建首字读》、《畿辅方言》二卷。算学类著作一种：《天元草》五卷。另有《离骚注》一卷、《集李杜苏黄》、《赵闲闲诗集目录年谱》十四卷及个人诗文、笺牍、笔记、年谱多种。王树枏的著作生前多已经刊刻，除单行诸种和未刊稿外，均收入《陶庐丛刻》中。就其著述的规模和质量来看，在同时代的学者中也堪称大家，故而被民国学者奉为北学巨擘。

一、王树枏的学术旨趣

柯劭忞《陶庐文集序》对王树枏的学术旨趣做了概括，他说：

> 凡荆川之所学者，晋卿无不学也。至于佉庐之字，羊皮之史，六经以外之学术，九州以外之方舆，荆川限于时代，未涉藩篱，而君则遍泽其书，裒然为一家之著作。……不达于夷狄之政之教，不足以治夷狄。不本于中国之政之教，则夷狄且入，而亡中国必也。苞乎古今中外而为学，然后可

以济世变之穷，而其学为有用，则晋卿其人也。①

王树枏的学术以经世济变为根本，讲求实学。所以，对于经学、史学，采用汉学的考证训诂的功夫。开眼看世界，会通中西学术，学习西方的政治、历史、文化，为我所用。呈现出鲜明的个人色彩和时代特征。

（一）以汉学为根本，重文字训诂考据，辨古开新

王树枏潜心经史，本于故训，实事求是。他早年读书，沿袭乾嘉学派的学术方法，肆心力治朴学，文字训诂尤其所长。他认为汉儒治经学，谨守家法，一字一义，必有所受。不似北宋以来儒者精言义理，视训诂为粗迹，其末流凿空立说，义理纷歧，悖谬经义。他以汉学功夫治经史，多能抉发圣贤的微言大义。李崇元论曰：

（王树枏）其学始于兵农礼乐，河渠地理，旁及释老卜筮相等家言，靡不详究而归本经学。于朱子为宗，务居敬穷理。……又潜心群经诸子，实事求是，一本之故训。其考舆地及纪泰西列国事，皆精确而具史裁。……所为古文词，光气发见，万怪皇惑。尤工为长篇而谨守家法，一准于规矩。于方姚诸先生之绪论，尤津津道之不厌。其为书虽浩博，而戾于道者鲜。②

其《费氏古易订文》弁言说："余为此书，专辨古文、今文之异同，大义微言以俟君子。……是书始于戊寅，讫于己丑。岁逾十稔，稿凡三易。折衷古贤，取益今哲。经史子集、传注笺疏，靡不博稽审录，辨析异同。探姬孔之渊源，存什一于千百。生今之世，反古之道。知我罪我，敢须来世。"此书辨明《易》今文古文之异同，"以马、郑、荀三家为据。先郑虽无易注，而其说之见于他经足资考证者，亦备为采录。王弼之易，间亦取资。断制既谨，家法自明。而其订正文字，间亦多所发正"③。如谓"坤"古易必作"巛"，"履虎尾，咥人"古本

① ［清］王树枏：《陶庐文集》，民国八年刻本，卷首。

② 李崇元著，王云五主编：《清代古文述传》，商务印书馆1940年版，第103页。

③ 中国科学院图书馆整理：《续修四库全书总目提要》，中华书局1993年版，第181页。

当为“噬人”，“其人天且劓”当为“天且劓”，“繻有衣袽”当为“衣絮”，“匪夷所思”当为“匪弟所思”，等等。这些辨析条目都是源出自己的甘苦心得。论者谓“近氏言费《易》者二家，一为桐城马氏，一为王氏，若律以汉人家法，则王氏较为得之”①。又曾遍考《易》中“贞”字，认为“贞”皆“占”之假字，故而“易为卜筮之书，三易掌于太卜”。《尚书商谊》辩驳江声、孙星衍《尚书》注疏之失，与吴汝纶以《史记》发明《尚书》之论相印证，“书中所记，于字句诂训之间，多所阐发。其卷三辨《康诰》《酒诰》《梓材》三篇之时代及顾命受册当在祖庙后，颇能折衷诸说”②。《尔雅说诗》“以《尔雅》发明传笺……于一名一物，一字一句，必斟酌去取，旁征远引，曲畅其说。其订正训诂，自传笺说文以下，至方言杂说，无不博引”③。近代研究经史的学者以汉学功夫而独有心得，应以王氏为翘楚。其《离骚注》也呈现出同样的特点。此书正文一句一注，开始多引王逸注，己注以“树枏曰”加以分别，注释简明，对于王逸注多有辩驳发明。如“又重之以修能”句，王氏注曰：“王逸以修能为绝远之能，非也。修能犹贤能。《魏都赋》‘本前修以作系’，刘逵云‘前修谓前贤’也。修饰、修美皆贤善之意，此与下文修名、好修同义。”另释“不抚壮而弃秽兮”之“壮”为“庄”，“抚壮而弃秽”乃“持正而弃邪”之意。王树枏的这些解释似较王逸注更为合理。其他从文字训诂入手，辨析楚辞音韵；据本文索解，探《离骚》“求女”之义为改求庶子以继承楚王之位，均具有发人深思的新意。

（二）经世致用的实学精神

王树枏学问以儒为宗，明体达用，主持编纂多部方志，创新义例，与当时的社会发展、国计民生息息相关，体现了经世致用的社会文化理想。在方志编纂义例上，他认为：“《周礼》土训掌道地图，诵训掌道方志，必诏地事，道地慝，辨地物，知地俗，以应地求。此即后世图志之准绳，故志者，志其地之所有事也。”④ 则方志的基本文化功能是为地方“存信史”。又说：“志乘以地为纲……所谓地图、地事、地物、地俗、地慝，皆以地冠之，实为今志乘之权

① 杨峰、张伟著：《清代经学学术编年》（下），凤凰出版社2015年版，第933页。

② 中国科学院图书馆整理：《续修四库全书总目提要》，中华书局1993年版，第432页。

③ 中国科学院图书馆整理：《续修四库全书总目提要》，中华书局1993年版，第432页。

④ ［清］王树枏：《冀典序》，《陶庐文集》卷十八，光绪刻本。

舆。”[1] 秉持以地为经，以人为纬，以地统系人、物、事，达到“诏地事，道地慝，辨地物，知地俗，以应地求”之目的。如此将整个行政区域错综复杂的自然与人文纳入整体框架之中，做到人与自然、人与社会发展的有效结合。观此一编可以充分了解此地的自然风土、历史文化、礼俗人情，对地方行政、社会建设、文化发展具有重要的意义。这又是以史乘资治的体现。值得注意的是，王树枏《民国续修临邑县志》《新城县志》体例在地图篇、地事篇、地物篇、地俗篇外，又首创地慝篇，共为五纲。所谓“地慝”，《周礼·土训》曰：“道地慝，以辨地物，而原其生，以诏地求。” “地慝”注曰： “地慝，若瘴蛊然也。……魏司农云：‘地慝，地所生惑物害人者，若虺蝮之属。’ ”[2] 此篇之义本此，专载某行政区域内的天灾人祸。如此可以总结某地域自然灾害和人祸发生、发展的规律，为地方行政提供重要参考。在编纂方法上，王树枏以其深厚的学术积淀和文学素养叙写地方的自然山川、人情礼俗、经济文化，力求翔赡准确地保存“一方之全史”，但又有所侧重，在系统的分门别类基础上，适当剪裁，使全书详略得当。更效法吴汝纶《深州风土记》，特别关注图表的应用。方志中地图多用现代测绘技术重新勘测，准确而科学。这些图表减少了文字叙述的烦琐，便于观览，令人寓目即谕，有较强的实用性。晚清民国时期，方志舆图创制多采用现代测绘技术，王树枏是这一学术潮流的积极践行者，并取得了重大的成就。他总纂《新疆图志》，溯古迄今，广事收罗，条理分明。全书分十九类，其中国界、物候、金石、礼俗、古迹、山脉、藩部、兵事各类出自王氏笔。其中《国界志》《山脉志》用专门地图表明中国山脉及国界详细位置，此志在新疆经济开发及稳固西北边疆、抵御外来侵略、保护国家主权方面具有重要的意义，已经远远超出了历史地理的范畴。

王树枏自入仕以来，多在地方任职，对于当时国家的现状有深切的体察。他欲将其学术化为治世理民、弘道教化的政治举措。这种思想也深刻影响到他的史志编纂。举凡涉及国家安全、领土完整、边界争端、民族融合、经济发展、文化教育、吏治民生的诸多问题，在其书中多有体现，或别创义例，发明宗旨。

---

① ［清］王树枏：《冀典序》，《陶庐文集》卷十八，光绪刻本。

② 崔公甫、王树枏、王孟成纂：《民国续修临邑县志》，《中国地方志集成·山东府县志辑》（15辑），凤凰出版社2004年版，第374页。

这种经世致用的文化精神贯穿于他的学术整体，是晚清民国中上层开明人士推动政治改良、追求国富民强、自立于世界民族之林的生命精神的体现。

（三）学术研究的国际眼光与国际交流

19 世纪 70 年代以后，清廷内外交困的局面愈演愈烈。从洋务派群体中演变出来的改良派登上历史舞台。他们主张发展、保护资本主义工商业；讲求农学，重视农业；改革中央地方权力结构，给予督抚更大的自主权；在部分领域、行业开放民权；改革科举制度，推行中小学堂，专科教育，培育专门人才。这些改良措施针对现实弊政，而其参照体系和标准早已不是龚自珍、魏源等嘉道先行人物的参古定法，或朦胧地学习西方的意识，而是系统地学习西方的制度、技术，以拯救岌岌可危的封建王权的政治运动。王树枏多与李鸿章、张之洞幕府人才交游，深知清廷政治危机的源流。在四川、甘肃州县任上，王树枏比较关心民生，开垦田地，兴修水利，抑制豪强，疏通商旅关卡，招募民间资本发展工商业。但官小职微，尚不能展开手脚。升任新疆布政使后，仿照汉代田卒之制，开渠垦荒，招徕流散，分给田亩耕植，以为生聚之计；开办邮政、银行，改革金融币制，筹划西北铁路和公路交通，借以增强新疆与内地的联系。这些举措为新疆的开发、西北边防的巩固做出了重要的贡献。但针对地方弊政，进行局部改革无法左右全局。他认为要改变清末的危局就要效法俄国、日本，推行自上而下的政治改革，不然必然会酿成自下而上的国家祸乱，沦落为印度、土耳其那样的帝国主义殖民地。其基本的改革措施已如上述，与当时改良派比较激进的人士更为接近。他强调赋予督抚更大的自主权，允许结社，开放言论，但比较拥护君主立宪制。王树枏的政治改良思想酝酿于 19 世纪 70 年代，成熟于 80 至 90 年代。一如当时的开明人士，这一时期影响他们思想演变的，于内部来说，是日益崩坏的清廷政治大厦，以及民生的艰难、社会的凋敝；于外部来说，则是中法战争、中日甲午战争造成的危局。

王树枏于 19 世纪 80 年代开始，先后撰写了《欧洲战事本末》《欧洲族类源流略》《希腊学案》《希腊春秋》《彼得兴俄记》等著作，深入研究欧洲人种、学术、历史、制度、政治改革等，全面了解西方文明和历史，促进内外的文化交流，为政治改良提供学术思想的支撑。在任职新疆（1906—1911）期间，正是敦煌及新疆大量文物出土之际。王树枏经眼和收藏了许多文物，作《新疆访古录》，并诸多金石、文书、器物的题跋。目前学界对王树枏的西北文献、文物研究多有论述。① 总体来看，王树枏涉及非汉语文献的研究以题跋、诗歌为主，其表达方式虽是传统的语言模式，但其中蕴含的内容和思想，却表现出王树枏“对非汉族文化的求知欲望”。他力图从前朝史志记载考证非汉族文献生成的族群文化，包括其种族演变、宗教文化等，以及非汉族文献文字的演变过程。这体现了王树枏对异族文明的尊重，与此时很多学者一样，不再局限于大汉族文化中心的宽容心态和世界眼光。这也是晚清民国时期，在列强侵略凌辱之下，民族主义精神兴起的体现。其中孕育的是由政治家、学者共同努力，以社会改良、文化认同、族群团结为核心的，合汉、满、蒙古、回、藏等五族为一的“中华民族”观念。在这些非汉族文献的研究中，王树枏还征引来自西方学者马福禄、斯坦因、伯希和等人的研究成果，表现了学术研究的国际眼光和与外国学者平等交流的开展。与当时学者沈增植、罗振玉、裴景福、王国维一起开创了晚清民国西域研究的新领域。

王树枏开眼看世界的思想境界，已经超出了龚自珍、魏源等人“师夷长技以制夷”的狭隘功利视角，也不同于专事科技学习、器物仿造的洋务派，而是要在中西文化交流的广阔视野中，会通化合，以促进中华学术文化的发展。虽然有蒿目时艰、改良弊政、推动政治改革的强烈经世思想的影响，但就学术研究来讲，王树枏所展开的视域无疑是当时大多数醉心经史的传统学者所不具备的。其《谈墨次前韵答友人》说：

> 天地辟六合，划而为五洲。一朝忽弥历，骈足来相投。殊俗即殊教，各自操准钧。……贤者每不广，马尾施牛鞧。不然即屏绝，泾渭严同流。孔父师道德，未闻画封沟。……至人毋万道，彼此奚交缪。辨言实至理，敢以狂歌酬。②

① 相关论述参考朱玉麒《王树枏与敦煌文献的收藏和研究》（《敦煌文献·考古·艺术综合研究：纪念向达先生诞辰110周年国际学术研讨会论文集》，中华书局2011年版）、《王树枏吐鲁番文书题跋笺释》（《吐鲁番学研究》2012第2期）、《王树枏的西域胡语文书题跋》（《语言背后的历史：西域古典语言学高峰论坛论文集》，上海古籍出版社2012年版）、《王树枏与西域文书的收藏和研究》（《国学的传承与创新：冯其庸先生从事教学与科研六十周年庆贺学术文集》，上海古籍出版社2013年版）。

② ［清］王树枏著，于广杰、柴汝新点校：《王树枏诗集》，北京燕山出版社2019年版，第32页。

他以“至人毋万道”的学术精神，融会西方的政治、经济、军事以及科学知识，开眼看世界，与国外的学者进行学术的交流和辩难，并将最新的研究成果纳入他的学术研究之中，在西方列强历史、非汉族文献整理和研究诸方面，开出了新的模式和方法。不仅支撑了其有声有色的政治举措，还极大推动了相关领域的学术研究，不愧北学巨擘的称谓。但是王树枬具有文化本位思想，要求在学术交流中保持自主性、独立性。唯有如此，才可以真正称得上是学术研究的国际眼光、文化的交流平等。这是需要特别指出的。其《十二月十二日雪发邠州》说：“时医诞自圣，妄施针与砭。古方不适今，变古更可患。”① 变古造成的历史虚无主义、滋生的社会政治问题比一般的内忧外患对中华民族的负面影响更大。它会直接戕害民族文化精神，斫断以文化精神为核心纽带的国家的元气和基础。所以他说：“周孔矩万世，众妙一口吞。西学矫时枉，群圣横被冤。”（《别施裕堂用韩昌黎赠刘师服东归韵》）② 要与知己和同道一起肩负拒斥淫诐之言、“镜古开其屯”的时代责任。王树枬坚持文化本位的一方面，与莲池学派守先待后的文化精神是一脉相承的。而就“文”来说，其弟子赵衡较乃师更为执着，对其思想有较为深入的引申和发挥。

二、王树枬的遗民心态

王树枬作为晚清的封疆大吏，面对亡国灭种的危局，对黑暗官场的倾轧排挤心生凄凉无奈。当辛亥革命爆发，清廷覆亡时，他的忧国忧民意识却盖过了自身的荣辱与得失。所以，入民国之后，他虽不甘于寂寞，积极地谋求新政府中各种顾问、纂修的职位，但内心却以遗民自居，始终抱着一种前朝遗民的心态。其《偶成》诗说：“抛却西天泛月槎，不随尘世逐无涯。银筒大药烟霞味，金简奇文日月华。阅世眼枯蓬岛水，朝天梦冷玉皇家。云中鸡犬成何用，一顷琼田自种花。”③ 诗中自述从新疆布政使任上弃官归来，不再追随尘世喧嚣的功名。他醉心于长身之术，研讨金石博古之学。而阅尽人间冷暖和仕途险恶之后，昔日用世之心也随着清王朝风雨飘摇直至覆灭而渐渐冷却，唯有田园种花尚可消磨无边岁月。此时的王树枬内心是沉痛的，充满了无可奈何的自嘲之意。寓

① ［清］王树枬著，于广杰、柴汝新点校：《王树枬诗集》，北京燕山出版社 2019 年版，第 126 页。

② ［清］王树枬著，于广杰、柴汝新点校：《王树枬诗集》，北京燕山出版社 2019 年版，第 110 页。

③ ［清］王树枬著，于广杰、柴汝新点校：《王树枬诗集》，北京燕山出版社 2019 年版，第 296 页。

居北平后，他与众多故旧遗老寄情于诗书画之中。他说：

辛亥之秋，余自新疆返京师，痛遭国变。……久之，醴泉宋芝洞伯鲁自陇，富顺宋芸子育仁自蜀，清苑许子纯涵度自秦，南海梁节庵鼎芬自鄂，而蒋公亦自粤东，同来京师，握手相见，如隔世之人。朝夕过从，几无虚日。①

其《清史馆西偏有屋三楹，曩日之舫斋也。无补老人重葺之，属同人赋诗，用朱椒堂舫斋听雨诗韵》其二曰：

待清北海望犹奢，十载浮沉两鬓华。几见飞腾闻烧燕，只余早春有朝鸦。东京著录寻遗梦，西域来归剩断槎。试向五云多处望，炉香犹认玉皇家。②

无补老人即当时清史馆馆长赵尔巽，王树枏时为总纂。修史余暇，馆中同僚多有唱和。此诗末句“试向五云多处望，炉香犹认玉皇家”，“五云”指青、白、赤、黑、黄五种祥瑞云色，借指皇帝所在地。句中多有眷念清廷的感慨之情。此后，王树枏加入徐世昌主持的晚晴簃诗社，与柯劭忞、夏孙桐等人交游唱和。贺葆真日记尝载徐世昌幕府的两次集会：

晚晴簃诗社开办，所招选诗人皆一时名士，凡十二人，曰樊云门，曰周少朴，曰王晋卿，曰柯凤孙，曰郭春卿，曰张珍午，曰秦友蘅，曰王书衡，曰易实甫，曰徐少铮，曰曹理斋，曰赵湘帆。其办事员则有冯仲轶、赵宾序、张佛昆、周志辅、柯燕舲。③

总统招至一时诗家，宴于晚晴簃。曰樊樊山，曰柯凤孙、王晋卿、张

① ［清］王树枏：《前广东盐运使蒋公墓志铭》，《辛亥人物碑传集》，团结出版社 1991 年版，第 749 页。

② ［清］王树枏著，于广杰、柴汝新点校：《王树枏诗集》，北京燕山出版社 2019 年版，第 283 页。

③ 贺葆真著，徐雁平整理：《贺葆真日记》，凤凰出版社 2014 年版，第 306 页。

珍午、周少朴、郭春榆、易实甫、赵湘帆、徐少铮、曹理斋、秦友蘅、姚叔节、马通伯、宋子纯、林琴南、纪伯居、吴传绮、吴辟畺、陈松山，凡十九人。①

晚晴簃诗社这两次重要的集会，王树枏都是座上宾。柯劭忞、赵衡、姚永概、吴闿生、马其昶、林纾、纪钜湘等人又都是与王树枏渊源深厚的桐城派人物。徐世昌本人服膺桐城古文，与很多桐城名家如吴汝纶、贺涛等人关系十分密切。他出资刊刻了多位晚期桐城派文人的诗文集。任国务总理和总统期间，在政治上比较稳健，延揽众多晚清遗老和名流进入他的幕府。这些人物很大一部分并不被徐世昌任以政事，而是帮助他从事文化的整理与建设。借助这些幕宾之力，主持编纂了《大清畿辅先哲传》《清儒学案》《晚晴簃诗汇》等书。他在西学涌入之际，主张“实行”的哲学，大力弘扬清初“颜李之学”，组织颜李学会，出版《四存月刊》，试图以“颜李学”熔铸西学，作为治国的思想基础。其中王树枏作为北学传承的代表人物，在这一文化建设过程中扮演了重要的角色。

第三节 王树枏的古文思想

王树枏早年师法黄彭年，为文崇尚六朝，好为骈体文。识张裕钊、吴汝纶等人之后，始专力学古文，“于方姚诸先生之绪论，尤津津道之不厌”②。他浸淫于两汉文章，出入韩愈、王安石之间，其高者生创奋勃，气骨遒上，一扫桐城末流病虚声下之习，实有得于阳刚之美。③

一、对桐城古文义法的取舍和超越

王树枏早年学习六朝骈偶之文，及与张裕钊、吴汝纶等人交游，才开始受桐城派古文的影响，学习桐城古文义法。所以姚永概、马其昶、刘声木都认为王树枏的古文出于桐城派。然而王树枏对于桐城古文的接受既有不同层面的选择，也有不同创作时期的取舍。表现在他的古文思想上，对于桐城派古文义法，

① 贺葆真著，徐雁平整理：《贺葆真日记》，凤凰出版社 2014 年版，第 324 页。

② ［清］王树枏：《陶庐文集》，民国八年刻本。

③ 参见［清］王树枏《陶庐文集》，民国八年刻本。

即有服膺而效法的一面，也有深切研讨而追求自得的一面。所以其弟子钟广生说，每有讲论于桐城流派不妄许可。

王树枏取法桐城义法，除上文所引王树枏与张裕钊、吴汝纶交游中相关论述外，其作于光绪丙子（1876）的《与曾栗諴》书说：

> 拙文尚未得门径，谬以至甫之一言，遂以为可教，而循循诱之于道，且惭且感不觉颡泚。文正公倡为古文之学，得其传者，唯廉卿至甫两先生为翘然而出其类。廉卿之精悍，犹唐之昌黎，至甫之遒洁，则柳子厚也。薛叔耘之文策论气过重，此乃当世功名之士宜为，至甫所唾弃。叔耘谓余标榜张吴，其实张吴不朽之业，不待鄙人之标榜也。①

由此可知，王树枏在早年与曾国藩的次子曾纪鸿交游，论及曾门弟子张裕钊、吴汝纶、薛福成古文得失。他推崇张、吴，比之韩愈、柳宗元，学习桐城古文义法也多受二人影响。光绪甲申（1884）《致张廉卿》书说：

> 去腊莲池小作勾留，饱聆高论，心中靳靳，极有幽嫔冥随之势。但恐跛鳖终不能致千里耳。《史记》三色圈点想同出先生之手，而黄圈者尤足启学者悟门。圈点虽非儒者盛旨，然非精邃于文事者不能知文而为之也。②

则王树枏不仅深闻张裕钊古文义法的论述，对其古文评点之学也多有领会，并认为古文评点是指示创作的重要门径。关于古文创作从评点悟入，王树枏《与门人论古文》书也说："仆初以旧作文字就正于吴挚甫，挚甫以为不合古文家法。后听其议论，见所藏评点文字，遂悟门径。悉取旧作拉杂烧之。"③ 可见古文评点在指示初学、研讨义法、凝聚创作经验方面的重要意义。光绪己丑

① ［清］王树枏：《陶庐笺牍》，民国十六年刻本，卷一。

② ［清］王树枏：《陶庐笺牍》，民国十六年刻本，卷二。

③ ［清］王树枏：《陶庐笺牍》，民国十六年刻本，卷二。

(1889)《与杜云秋[①]》书说：

> 古文之学，自明归震川氏而后，若灭若绝，历二百余年以至于桐城方氏，始力排众伪，以复古为宗。而姚姬传先生复合词章、考据、理学三者以成文，其道乃益精，而传益正。湘乡曾文正公起于诸公之后，坚持力主其说。其学识才力又轶出于人人，故能及其大成。而文章之宗派原委，遂昭然若日星之丽天、河岳之镇地。由此则得，而舍此则失。树枏兢守此说几二十年矣，而质学卑浅，又家贫多事，未能一卒其业。忽忽至今，年近四十，精力消沮损败，恐将来志事一无所成就，为有道者所讥。[②]

由此可知，王树枏古文取法桐城，从张裕钊、吴汝纶上溯曾国藩、姚鼐、方苞，以至于归有光。至四十余岁，尚兢兢遵守桐城义法，没有形成自己独特的古文思想，他自己也认同“向者以桐城是适”的学习过程。所以，论者认为王树枏的古文由桐城义法陶铸出来是符合事实的。王树枏也用诗情抒写对于桐城派的推崇，祖述桐城派文统。《止园杂怀》其一曰：“曾公辟康涂，论文有妙旨。张吴追绝尘，并驾驱騄駬。俗士各师意，拔帜谋不轨。喧蹂少顽矗，二子独婴垒。往昔见濂亭，探讨获元始。沦涟无常波，海水泻吻齿。握手四载余，卒丁始于

---

① 杜俞（1854—1916），字云秋，号黄陵外史、黄陵散人。少好古文辞，能诗，为东山十子之一。喜谈兵，多言经世方略。曾入四川总督刘秉璋，湖南巡抚陈宝箴幕。历任州县，累官至湖南布政使，帮办湖南军务。1915年授陆军中将。参加蔡锷倒袁运动，遭暗杀。著有《海岳轩丛刻》《通商志》《出塞吟》。王树枏《湘乡杜云秋俞约为中岩之游为诗十六韵贻之》诗曰：“毛公好客不好钱，好君乃过金刀泉。遣从子游屡诏我，一日握手长江边。君才有如此江水，吞吐万有流龙涎。烛微论远百弗失，若缴射鹄弓连弦。东游诸侯不得志，西来又赋秋兰篇。吾闻曾胡最爱士，吐握尤数湘乡贤。恢恢大网出海底，金精玉映相新鲜。十年宾客老散尽，灵旗缥缈空云烟。流风余韵尚在眼，令我望古心茫然。吾观君文相君骨，峙如山岳深如渊。天生松柏敌冰雪，岂与桃柳争华年。澄江烂石鲤尺半，莫轻扣角王公前。老鳝跳波小鳍舞，且入阴壑藏蜿蜒。青神三月好风景，平波丽日春连天。白鳞青笋琥珀酒，约君一上中岩巅。磨崖古刻不知数，无事且补渊如编。”又《止园杂怀》其三：“云秋天下士，远抱管葛行。时艰勇担任，机略据肝脏。山川旷在眼，论要扼其吭。崖谷抱霜雪，大木不逢匠。时人守绳墨，顾乃怖无当。我居青江头，佳什时转饷。东风理扁舟，来往刺蛟浪。春霖生径苔，念子不可状。”

② ［清］王树枏：《陶庐笺牍》，民国十六年刻本，卷二。

癸。长江去沄沄，何由寄蘅芷？”① 对曾国藩开辟桐城派湘乡文系，以及张裕钊、吴汝纶继承衣钵、发扬光大斯文之传的贡献有清晰的认识。而且他认为桐城派末流以及反对桐城义法的文人自有其局限性，与张裕钊、吴汝纶讲求桐城义法、传授后学的本意和最终理想是不相匹配的。张裕钊、吴汝纶论古文寻波讨源，对古文神理和法度体悟极深，不是拘囿于一偏一隅的文人所能望其项背的。又赠黄树成、王恩绂诗说：“贵筑天下师，小子独辟爱。挚甫文章伯，狂啄群吠怪。大雅久凋丧，宗法惧差贷。嶷嶷见二子，风雨为一快”②，“黄王两佳士，皎皎璧一双。文章有衣钵，能使龙虎降。老夫日荒落，才若失锦江。独唱既寡和，耻学巴人腔”③。黄树成是黄彭年之孙，王恩绂是吴汝纶侄婿，故而王树枏诗中叙及二人的文章事业，并勉励黄、王二子传承衣钵，开路独行。又《赠马通伯》：“吾闻苻郎食鹅炙，到口能知黑与白。挚甫于文亦如此，皮骨妍媸精抉择。手拂春风种桃李，陶埴湜全铸翱籍。就中马子最杰出，能以青蓝角颜色。力穷险怪得平淡，口茹精英吐糟魄。伐毛洗髓几千年，装束矜严见高格。桐城作者谁继起，眼见斯文丧匡庀。大声不复入里耳，仰视鹓雏但鸱吓。号啕倚户声聒耳，君独高鸣抱孤特。”④ 马其昶是后期桐城派的代表人物，王树枏诗中特别写出他从吴汝纶习古文而青出于蓝，且辨析其“力穷险怪得平淡，口茹精英吐糟魄。伐毛洗髓几千年，装束矜严见高格”的古文创作之路。

王树枏中年以后依循桐城派古文的思想有了深化和转变。其《抱润轩文集序》说：

古文无所谓宗派也。自桐城姚姬传氏《古文辞类纂》出，于是始有桐城派之目。久而传播于人口者，无识与不识，几习为常言，不之怪，而毁誉是非亦滋多，交嘲互挤，各张其说。要之，于姚氏书均无当也。吾观姚氏所甄录，自周秦两汉，下逮明清之文，大抵皆人人所目熟口咀而心炙之者，岂桐城所得私哉？桐城文惟方望溪、刘海峰二人而已。之二人者，其

① ［清］王树枏著，于广杰、柴汝新点校：《王树枏诗集》，北京燕山出版社2019年版，第46页。

② ［清］王树枏著，于广杰、柴汝新点校：《王树枏诗集》，北京燕山出版社2019年版，第195页。

③ ［清］王树枏著，于广杰、柴汝新点校：《王树枏诗集》，北京燕山出版社2019年版，第195页。

④ ［清］王树枏著，于广杰、柴汝新点校：《王树枏诗集》，北京燕山出版社2019年版，第219页。

浅深工拙集合之故，较之周秦两汉以来所谓文者奚若？派之同异又奚若？识者自能辨之。然亦未尝自标其目，曰此吾桐城之文，而别区一派于古人之外也。……若夫规随于义法之中，而神明于义法之外，钩深极变，古人要各有独至之诣，而非义法之所能穷。……姚氏之为是书也，盖亦教人以彀与规矩，而毗阴毗阳，四象之妙，则各视其性所近。尽乎人以合乎天，若是者不言宗派，而实隐然有宗派之可寻，特不以桐城囿之耳。①

文章自秦汉发展至明清，在文人学者的批评、阐释过程中形成了共同认可的经典。对这些文章思想内容的解读、创作方法的总结凝练，经过了不同时代、地域的文章大家不断的积累。文章是天下文人的公器，公器并非桐城派的私藏。桐城派古文义法是文章创作理论的总结，具有典范意义，但也仅是古文理论发展中的一环，而非全部。何况文章创作有法，有无法，以有法昭示初学后劲，使他们有规则可以依循，确实是学习古文创作的捷径。但是，古文的高境、胜境，对于已经熟稔文法的文人来说，多关系到才学性情、社会经验、山川游历等文章之外的大生命系统，是一个人精神境界、生命志趣、社会理想的集中体现。这些关系到文章的内容、境界、风格的东西，在义理、考据、辞章的技术层面是不好讲求的。所以，王树枏认为义法是引导初学、树立文章骨干的法门。要达到更高的创作层次，则要以作家性情所近为根本，诉诸法外之法了。他说：

义法者，文之枝干也。舍义法则无以言文。知义法者，质干立矣。繇是进而上焉，而各就其性之所近。专一其蕲向，以广己于深造之域。毗于阳者，其文雄以直；毗于阴者，其文纡以和。阴阳相翕，则如乐之谐而克，几于大成。故当其始之端，吾向者虽桐城是适，可也。若诣乎其极，则神明变化，充然塞天地横古今，而无乎不至。夫岂株株焉守一成之迹者，所能自振于其间？②

王树枏认为义法是文章的枝干，舍义法无以言文，合于有物有序的义法也就能

① ［清］王树枏：《陶庐文集》，民国八年刻本，卷十一。

② ［清］王树枏：《陶庐笺牍》，民国十六年刻本，卷二。

将文章枝干立起来了。由是进而上，而各就其性情所近，专一其志，才能深造古文的胜境。他对姚鼐古文的“阳刚阴柔”之说颇有会心。然而文章的阴阳刚柔虽然受禀赋性情的制约和影响，对古文创作有深刻领悟的人却能调和阴阳刚柔，变化自如，既能展现性情之真，也能达成文章自然开合的变化。钟广生《陶庐文集序》认为王树枏三十岁之前追步汉魏六朝之文，驰骋于浩博。后舍弃骈偶，上追两汉文，纳入桐城古文的规矩法度之中。出入于韩愈、王安石之间。然其学赡，才大，识敏，所思所论多超出侪辈。裁剪锤炼其文，使之精粹廉劲、透辟深折而博雅旨远。当其成就之时，一扫桐城末流病虚声下之习，形成了风骨遒上的阳刚之美。赵衡《陶庐文集序》论其文：“浩乎汸溙，若纵巨舰泛大海水与天际，漭无津畔。而浅沙深礁，风涛汹涌，枕篙不施，夷然直达彼岸。”①这都是王树枏深造自得之后，对于古文创作的神明变化。马其昶认为王树枏熟参《史记》，古文诙奇俶诡，有变化不测之致，而得司马迁之“洁”，体现了桐城文派“雅洁”的古文思想。然据陈衍所论，王树枏的古文“造语希韩，陈义师曾，力救脆薄之弊。有与为清隽，宁为繁衍者”②，力图以“繁缛”形成的丰腴藻丽挽救桐城古文“雅洁”带来的枯槁骨直。他抱道自重，为文不刻意融入学问，但于文章中，处处能见其学问之渊雅博洽。文中假事属辞，谲言庄论，都是关世道人心之作，又与一些古文以“雅洁”之训，妆点浮词碎义大有不同。如《王文泉叔父母寿序》叙述简而有法，情思俯仰千古，周流殊域，能阐明事物演进之序，而人物之命运浮沉其中。所以他的古文畅达中有郁勃之气，简洁中有深婉之致。究其原因，一是他胸襟高旷幽渺，才情渊雅深粹；一是不株守桐城义法，有取舍有超越的古文创作思想。

二、经世致用——古文的文化功能

在近代桐城古文家眼里，王树枏、贺涛是北方文学的代表人物。尤其王树枏史事优长，主持清史、畿辅文献编纂，更得高年，所以他的影响更大一些。马其昶、柯劭忞序王树枏《陶庐文集》，都指出了王树枏学术、文章经世致用的本质。马其昶说：“有此一世，则有此一世之政典焉、人物焉，欲传载之以饷后世，则文尚矣。而或工或否，相倍蓰焉。其传载之久暂晦显，一视其文工否以

---

① 赵衡著，于广杰点校：《叙异斋集》，中国社会科学出版社 2021 年版，第 172 页。

② ［清］王树枏：《陶庐文集》，民国八年刻本。

为之差。故世不能无赖于文，赖于文又不能不求其工。”① 文章能够传载不朽，根本在于以历史精神叙写一代政典、人物，以事系人，以人从道，传承人文精神。柯劭忞认为王树枏“学足以周其用，才足以用其学”，其文化地位可以和明人唐顺之比肩。王树枏的文章有源出经学研究的实事求是精神；有鉴于历史、格于世变的史家意识；其古文有源有本，博雅富赡，事理深刻条畅，言之有物，行文运笔出入桐城古文的风轨，故“其为书虽浩博而戾于道者鲜矣，故可裨益世用”②。

王树枏的墓志铭、墓表、人物传记、行状等以人物为中心的文章，不管其体裁如何，重在叙写人物的生平事迹、德行功业。行文之中注意将人物放在一定的家庭、社会、时代的背景中，描述生命个体基于才性志趣、德行能力，进德修业，在家族、乡里、国家等不同层面的社会实践及历史价值和意义。其文章的旨趣没有摆脱传统儒者瞩目现实人生、内圣以开外王的途径和理想，并且将知行一体的思想贯穿始终，营造了一个个人和社会基于斯文斯道的一体同构的文章境界。唯其如此，个体生命与国家、社会、时代浑然一体，观照个体生命即是观照国家、社会造就的时代人物，也是观照豪杰精英的国家、社会的现状和未来。他善于摄取有益于政教的主旨，作为行文运笔、剪裁内容的标尺。如《武君墓表》写浮沉场屋的士人，终以孝悌之行、淡泊自守的德行名动乡里，实现圆满自得的生命。他不以官位、科第论人的高下，而是刻意表现士人刻苦自修的风节，借以砥砺士行，振起末俗。又如《清苑樊府君墓表》写樊崐泉少攻科举而瞩目现代商业，“以为得其术者，小之可以富家，大之可以富国。自东西岛人踔中土，辟埠互市，天下大势，贫富强弱，群机括于商。中国财命操纵于敌人之手，奄奄待尽。诸君苟不早变计，易其所常学，研治实业及古今货殖诸法，以与列国权有无、斗智力巧拙以自阜其财，恐不数十寒暑，家与国相随而尽。有求为乞丐、奴隶而不可得者”③。这种重视民族工商业的思想，在19世纪六七十年代大多数士人仍醉心科举的时候，是非常颖异的。樊氏终身践行商业兴国的事业，又有儒、墨兼济助人的精神，这是更为难能可贵的。另如以孝

① ［清］王树枏：《陶庐文集》，民国八年刻本，序二。

② ［清］王树枏：《陶庐文集》，民国八年刻本，序二。

③ ［清］王树枏：《陶庐文集》，民国八年刻本，卷四。

悌之爱推及乡人的杨一峰先生，急流勇退、壮年致仕的名将李登洲，发愤诗文、笃行纯德的龚亨堂先生，等等。王树枏为他们作墓表、墓志，均能提摄他们的生命精神，作为文章立意敷辞的纲领。或正笔直书，或侧笔见意，或简笔勾勒，或浓墨重彩，生动而鲜明地刻画出在晚清内忧外患的社会情况下，砥砺风节，特立独行，忧心国事和民生，济时代之变的文人士大夫群像。王树枏的这些文章，分开来看，各有基于人物生命精神的政教核心；若合起来看，他通过联想的想象，以史传艺术的手法，借晚清各类精英人物的生命精神，以及与此生命密切关涉的政治、社会、文化事件，则营构了晚清社会的整体图景。王树枏的政教思想和社会治理方略也借由这些精英人物表现出来。王树枏的人物叙写寓含着古文家感情的发抒，也是史学家义理和事件的组织。对人物有基于经世思想的外向指涉，也有内向的反思和回味。篇旨各异而同寓时代主题，只不过以写实为主，具有人间的真实和史学的自觉。

王树枏的古文围绕个体生命自觉和社会实践展开叙述，突出人物与时代的密切关系，从社会、政治、文化的大视角来观照人物命运，具有反思现实、醒世救亡的时代意义。但是王树枏古文立意的宗旨不脱儒家经世思想的范畴，却仍囿于改良派的进化史观，坚持“以上变下”的传统精英的经世路线，而对近现代中国社会变革、发展的核心问题缺乏足够清醒的认识。以精英人物为核心，融合西学，推动政治改革和社会进步，化成美政良俗，愿景固然美好，但是其各方政治势力角逐的羁绊太深；传统势力强大，缺乏群众基础；瞩目枝节，顶层设计先天不足的局限性也是非常明显的。在某种程度上，王树枏古文所展现出的经世思想和方略，更具有文化的和历史的意义，就社会改革实践层面来说，尚缺乏现代政治哲学和社会治理所要求的深度和广度。故而，当他怀着传统经世致用思想进行古文书写时，开出了晚清人物传统意义上的人文精神，也展现了他们与时俱进的务实主义，另一面，却也因其史家自觉的“书法”，遮蔽了时代赋予他们生命的矛盾性和丰富性。

在一些序文中，王树枏也表达了经世致用的古文思想。王树枏作《求己录序》，《求己录》二卷是陶葆廉（1862—1938）所辑，葆廉字拙存，陕甘总督陶模之子，浙江秀水（今浙江嘉兴）人。他目击甲午惨败，“类集帝王之已事及名臣儒士之谠议格言，论而著之，俾世知外国之法其所恃以修内政，而御外侮者皆我中国圣君贤相已行之成迹”，师古镜今，循经达变，提出“法可变而义礼不可变”的强国主张。求己，以内政为本，以圣贤经典为治国宗旨。然而王树枏论述“法”之本质时说：“莫知其然而然者天也，知其然而不得不然者人也。天与人相遭而机著焉，机与机相触而变生焉，变与变相乘而法立焉。天既特示以变以开天下之人，人即不能不特求一法以应天下之变。”① 他受黄老思想和进化论的影响，认为“法”是一定要遵循自然规律的发展不断变化。但是中国士林讲求变法的人，主要目的是要将中国变得富强，可以攘除外患内忧。但他们又害怕引入外国富国强兵的思想和实践，会“举古昔圣王经世大法，儒者之要道一是芥弃”，以至于清帝国赖以维系的意识形态被整个革掉，导致国家覆亡。所以王树枏与陶葆廉一样，最终强调的富国强兵之道，对于政治体制、思想文化等礼仪制度是保守的。又作《重刻蜀碧序》，《蜀碧》四卷，清彭遵泗所撰，《四库全书》收入杂史类存目。彭遵泗（1702—1758），字磬泉，丹棱（今四川丹棱）人。乾隆二年（1737）进士，官至甘肃凉州府同知。全书自崇祯元年（1628）十二月始至康熙二年（1663）李圆英率清军平蜀止，采用编年体。所记以明末蜀乱始末及一时死节士女为主，盖彭氏幼时习闻献、闯遗事，及长，感川蜀之难，乃博采群书，凡当时忠臣、烈士、节女、义夫可印证者，汇为此编。其曰蜀碧者，取苌弘之血三年化碧意，所以著杨嗣昌之罪而悯邵捷春之愚，以吊忠魂烈魄于地下云。② 此序中王树枏以史为鉴，总结导致国家动乱的原由和危害，以为主要是官吏的姑息庸懦造成的。承平日久，缺乏社会危机意识，在祸乱发生后，上下之间互相推诿，终酿成大祸。“天子之所以有其天下者，民而已。州县者代天子以治其民，而封疆大臣则察州县之贤否、民之治与不治而进退之。故天子以天下之民分责之州县，以天下之州县分责之封疆大臣。”③ 国家之祸不在外患而在内忧。整饬内政，加强吏治，以史为鉴，防患未然。此文透露的思想，吏治是根本，尤其是州县基层的官吏道德水准、治理能力、应变能力，而以民为根本。这是经历了历史的祸乱和晚清内外交困的变局朝野形成的新认识，反映了他们对当下政局的反思。在内忧与外患二者的矛盾中，将内忧视为主要矛盾，内政毕举是攘除外患的治本之策。此类序文多就书中旨意立论，

① ［清］王树枏：《陶庐文集》，民国八年刻本，卷二。

② 参见付璇琮主编《续修四库全书总目提要》，上海古籍出版社 2014 年版，第 130 页。

③ ［清］王树枏：《陶庐文集》，民国八年刻本，卷一。

总结出关乎政教的重要问题，展开论述，其归趣仍然是以资政治，经纶内忧外患的清末危局。所以，王树枏的古文思想具有浓厚的经世致用的文化特征，与唐宋的美文、明末的小品以及同时代诸多白话的散文，从艺术性、功能性的设定上就有着重要的区别。

三、发愤诗文与消遣岁月

民国时期，王树枏退隐北京，赵衡《陶庐文集序》写到师生“相视须发两皤，处车马喧阗之地，不能自振拔，时时发愤于诗文，以消遣岁日”①。指出此时王树枏的诗文多是发愤之作。“发愤”是指一个人身处逆境而其志不屈，更加激扬奋发而有所作为。作家直面惨淡的人生，抒写对现实的不平与忧愤，把著书立说、文学创作当作实现人生理想和自我情感表现的重要途径。文学史上许多有生命力和审美价值的作品，都是作者抒写强烈情感与深广忧思的产物。屈原、司马迁、韩愈、柳宗元、欧阳修等人的文学创作和思想从不同层面诠释了“发愤”的创作心态和规律，为后世文人树立了典范。王树枏的发愤于诗文从其生命历程来说，有不同的创作情境和心态，作品的风貌也各自不同。青年时代生命的焦虑主要来自前途命运的迷茫、科举仕宦的压力，所以他的诗文均表现出一种慷慨豪迈的奇气。中年宦游四川、宁夏、甘肃、新疆，忧患满怀，经世的抱负与现实的无奈交织在一起，他的诗文中多了考辨学问的博洽、经纶事物的深谋远虑，当然也多了无可奈何的幽忧深情，以及欲挽救世变之穷的慷慨激烈之怀。而步入民国，政治上已经失去往日的权势，只能栖身史馆，整理旧邦文献。作为前朝遗民，其内心是有无限感怀的，此时发愤于诗文，虽无补于时代，却可自娱以消遣岁月。从王树枏的整个生命旨趣来说，时代、命运并未赋予他陶渊明式的田园之乐，而更多是科举的压力、吏事的繁巨、家国的忧患、文化不绝如缕的忧思。所以他发愤诗文是以经世资治、传载斯文为核心的，其余书写情志的部分，多是功业的余事，是消遣岁月的自娱之作。当然，即使是他们自认为可以不朽的这些经世之言，是否可以在处于巨变中的华夏文明进程中经受历史的考验，王树枏是否真的有足够的自信呢？立言不朽的文化事业，在他饱经忧患的生命中，未必不是消遣岁月的寄托之具而已。

王树枏发愤于诗文，展开了其文学思想的多个侧面，具有丰富的内容。首

① ［清］王树枏：《陶庐文集》，民国八年刻本，序一。

先，王树枏发愤于诗文是生命主体面对晚清民国衰乱危亡时局的反应。表现在个人心态上是孤愤自得，在生命行为上是以文字作为传载不朽和自娱自适的寄托。其《慎宜斋文集序》曰：

> 古之君子于举一世所不知、所不容之会，独抱其绝学孤诣，修然自适于广漠之野，扶摇之天。此其故非偶然尔也。……以为文字之业，与天地相为终始。苟无文焉，则乾坤几乎熄，而万事万物皆棼然莫得其统纪。故曰文以载道，文益工则道愈显。大旱流金石，大浸稽天而不濡不热自若也。①

其《西夏纪序》曰：

> 文字者，与天地并参而两间之，事事物物皆赖之以传于不朽。文存则其国虽亡而亦存，文亡则其国虽存而亦亡。虽然，犹是国也，犹是文也，而国之存与亡，则又视乎文之能传与不能传以为断。②

王树枏所处的时代与司马迁所处的汉代盛世不同，与屈原、陶渊明等人所处的衰世、乱世也不同。晚清民国时期，中华文明遭受西方文明的巨大挑战，西方文明带来的挑战不同于此前遭遇的游牧民族文明，其文化思想、社会制度、科学技术都处在领先的水平，是推动当时人类文明走向现代的核心力量。所以，面对千年未有的变局和挑战，一部分文人士大夫将近代以来中国积贫积弱的状况归咎与传统文化，主张抛弃传统，全盘西化。而另一部分人认为民族之魂系于文化，如果抛弃传统，将导致真正的亡国灭种。在举世维新的潮流中，这一部分文化精英，既有面对乱世的个人命运之忧、家国之忧，也有面对文化澌灭的道统斯文之忧。所以，他们以文章为志业，发愤于诗文，传载斯文，阐扬民族文化精神，以适应时代巨变，并试图以此开出新的国家和文化的生机。而俗世变革的汹涌潮流淹没了大多数理性的声音和理性的思考，这些立足传统、以

① ［清］王树枏：《陶庐文集》，民国八年刻本，卷四。

② ［清］王树枏：《陶庐文集》，民国八年刻本，卷十二。

达时变的文人不能用其智略和文章经纶当世，也只能如先贤一样守先待后，追求后世之名了。王树枏《黄小宋四百三十二峰草堂诗序》论及白居易诗歌诗笔有大小，其大者涉及国计民生，是其“兼济”之志的表达；其小者，“诱于一时一物，发于一笑一吟”，是其“独善”之意的表达。而他的文友黄璟用诗歌“释恨佐欢，连朝接夕。劳心灵，役声气，而不自知其老之将至者，一与香山相类”①。这既是对黄璟“自适”创作心态的阐发，也应该是王树枏的夫子自道。

其次，王树枏发愤于诗文具有史家和文人的双重自觉。柯劭忞《陶庐文集序》说“王树枏气锐识敏，学足以周其用，才足以用其学”②。柯劭忞所谓“学”，就其所称述来看是先秦六官之典。“六官”是指《周礼》中的天官冢宰、地官司徒、春官宗伯、夏官司马、秋官司寇、冬官司空，又称为“六卿”。隋唐以后，用以统称吏、户、礼、兵、刑、工六部尚书，大致和《周礼》六官分职相当，也统称为“六官”。“六官之典”即马其昶《陶庐文集序》所说的古文政典和人事。而古文所要传载的内容即是历代相沿袭的制度文化以及与此相联系的人事变迁，而一以贯之的是千百年来传承不变的儒家道统。其《田君觃竢定堂诗钞序》说：“古之所谓诗者，史也，系乎政者也。大之为一国之史，次之为一家之史，又次之为一人之史。故曰诵其诗可以知其人，论其世，且以达其政焉。”③ 诗古文关乎个体生命和时代，是心灵、政治、时代的记录，本质上具有史的特质和功能。所以，王树枏强调古文乃至诗歌要忠实地反映时代思潮、主题和状况，并推及地域、族群、家族乃至个人。以此观照一个时代的文化精神和制度文明，作为社会治理和文化传承的内容和基础。从这个角度说，古文家应该具有史学家的自觉，以表彰人物、传载功德、辨明制度文物、反思文化精神为重心，鉴古开今，资治新民。在创作上，特别推崇诗教陶冶的清谲雅正的风貌，展现了文人的艺术趣味和生命精神。在我国各个时代中，最巨大最显著的力量都是政治。传统的帝制是专制的，其基本性格要求整个社会的顺从和稳定，绝不允许社会上出现一种与它两不相容的进步力量并行存在。于是中国历史中的学术文化，只有长期在此一死巷中纠缠挣扎，很难打开一条顺应学术文

① ［清］王树枏：《陶庐文集》，民国八年刻本，卷六。

② ［清］王树枏：《陶庐文集》，民国八年刻本，序四。

③ ［清］王树枏：《陶庐文集》，民国八年刻本，卷五。

化自律性所要求的康庄坦途，因而一直走的是崎岖曲折而又艰险的小径。中国历史中的知识分子，常常是在生死之间的选择中来考验自己的良心，进行自己的学术活动。所以两千年来中国的学术情况，除了极少数的特出人物以外，思想的夹杂性、言行的游离性成为一个最大的特色。王树枏深刻地认识到这一问题，在《重修子云亭记》《叶农生忆词诗跋》《高慎庵先生看诗随录序》等文中都论述了专制政治对思想自由表达的钳制和迫害，从而使文章形成“谲言隐词”的表达模式。其《叶农生忆词诗跋》说：

> 世之乱也，贤人志士既不得有所建植发舒于时，而坐视其颠覆堕坏；又不敢直言庄语以撄其忌。于是假物托事，故为迷离俶诡之词，以伸其悲愤愊忆不平之气。其源导于风，变于骚，盛于乐府。司马相如、枚乘、阮籍、左思、陶潜、李白之徒，皆善为隐词谲语，以讥刺当世。至于李义山、韩致尧等专为艳体词，愈工而意愈晦。后之人详笺博注，有曲为附会而终不知其义之所归者。①

不仅是乱世，司马迁处在汉武盛世之中，也慑于帝王的淫威，不敢直言政治上的得失，而采用婉转曲达的演说方式。王树枏说“古之善为文者，谲言而隐辞，美事而诛意”，《绝句》诗曰：“死求封禅有遗书，尸谏何殊卫史鱼。自古斯文无正笔，漫将难属议相如。”又说：“谲谏深文著美新，法言直刺莽君臣。紫阳自负春秋笔，重使狂生议古人。”② 读者要善于从隐约的言辞、宏达事业的叙写背后发现作者秉承的史家直书无隐的笔法和尊崇道统的文化自律。所以，古文的艺术价值不在于美颂时政和君王，而是寓含其中的现实批判和文化反思精神，这是儒家道统纯粹性的体现。王树枏借用张裕钊、吴汝纶阐释《史记》“讽刺”之旨的方法，深刻触及古文的文化品格和艺术特质问题。总结他的相关论述，笔者有理由认为，王树枏心目中的古文要有历史的精神，将个体与家国、时代密切相连，展现出对道统的尊崇和经世情怀。而在艺术风格上，无“道”的规范和指引，无经世的仁者之怀的心境，无史法不隐的史笔，其文章不能雅正。

---

① ［清］王树枏：《陶庐文集》，民国八年刻本，卷六。

② ［清］王树枏著，于广杰、柴汝新点校：《王树枏诗集》，北京燕山出版社 2019 年版，第 42 页。

而无“谲言而隐辞，美事而诛意”的文笔，则不能见忠贞之心、温柔敦厚之貌，文章则谲而不清，意思隐晦难明。在此基础上，王树枬又提出了“文言”“质言”的问题。他说：

> 六经皆圣人之言语也，而孔子独曰“不学诗，无以言”。迁安郑东父谓：“圣门言语一科，有文言、质言之不同。《书》《礼》《春秋》多质言，而《诗》则文言。《诗》之中，《雅》《颂》多质言，而《风》则文言。”呜呼！仁人志士遭时不偶，往往以言语祸其身者众矣。事之所会，正言谠议之俱穷，而忠爱之隐无由自伸，不能不别操一术，以希听者之一悟。于是文言之义兴焉。文言者，假物明志，比事属辞，有寄托之思，有比兴之旨，有长言反复之词。其为体也，婉而善规；其为用也，巽而易入；其为术也，贵曲而忌直，喜柔而恶刚。故文言者，所以救质言之弊。屈原、史迁、刘向、司马相如、杨雄之徒，大抵皆得于诗教。下逮六朝，诗教益昌，而阮籍、左思、陶潜、谢灵运，尤善为文言。洎乎有唐，李杜崛起，集《风》《雅》之大成，质文兼备。然王渔洋为《古诗选》，五言则独收李而不收杜。盖文言为诗教之正宗，非有所私阿偏执于其间也。由宋迄今，文言之义不明于天下，有谏而无讽，有其本而无其术，而言语文字之祸，遂为世所深痛大禁。诗教之亡，其在斯乎?①

“文言”“质言”属于不同的语言风格，古文“谲言而隐辞，美事而诛意”，是“文言”的一种形式。“文言”“质言”本无风格上的妍媸美丑和艺术上的高下。“文言”由《诗》陶铸而成，体现了先秦礼乐教化的中和之美和温柔敦厚之情。秦汉以来，文人发明“文言”之义，更重文术，是文人应对政治专制，表达忠贞之志和用世精神的修辞技巧。其弊端乃至流荡不返，繁缛雕绘，艳冶迷离，失去了儒者立言的初心。而宋代以来，文人忠言谠论，析理精微，不知诗教的温柔敦厚之旨，文字之祸也随着专制政治的变本加厉而愈演愈烈。所以，王树枬的文章不论是从语言艺术上，还是避免文字之祸的现实的考量，都希望遵循儒门“文质彬彬”的审美原则，实现“文言”和“质言”的完美结合。

---

① ［清］王树枬：《陶庐文集》，民国八年刻本，卷四。

再次，王树枏发愤于诗文，也有古文艺术和审美上的考量。什么样的文章才能展现古文的审美特质？使古文成为古文的基本因素是什么？王树枏《与门人论古文》书说：

> 文之古，不在用字之奇僻，全在练句练气，平常语练得奇衍，方为古耳。梅伯言称曾文正之文曰：字字如履危石而下。文正极得意，以为知言。后文正称吴南屏之文，亦以此语。盖作文不容一笔苟，亦不容一字苟也。①

古文炼字，以“古”为尚。不在用字奇僻，而在练句练气。气体古雅，平常语铺衍字句奇衍。又说文章自有真诣，识者自能分辨出来，徒然摘取生奇以为古，是难以与讨论古文艺术的。又论古文要与时代精神相表里：

> 吾窃论之，姚氏际国家隆盛之会，上下啴谐，万物条达，故其文体洁而气舒，志和而音雅。君乃不幸身丁丧乱，蒿目瘝心，常岌焉若不克终日。故其思深，其辞婉，其言虽简而意有余，往往幽怀微旨，感喟低徊，令人读之有不知涕泗之何自者。当其得诸心而输诸手，踌躇四顾，俨然謦咳于周秦两汉以来诸作者之旁，而邈然无与俦焉。②

正是这种与时代精神的俯仰低徊，才能与当世贤人士大夫商量古今、砥柱家国，从而突破时空的限制，与古圣先贤商略斯文、传承道统。如此才能使文章中义理得其所安，考据得其情实，辞章得其事理。

王树枏于古文与吴汝纶等人一样，反对策论气，对薛福成古文策论气过重深表不满。策论是论辩文的一种，类于史论、政论。策论文的写作要求“博考群书”，“深言当世之务”，提出相应的对策建议。唐宋以来，受科举制度的影响，又演变出一类抡才选士的科举程文，策论气也因此成为科举时文习气的代称。所以，古文家对策论文是保持一定距离的。策论文受科举文章程式的规范，具有模拟训练的意味，所论政事国情多是空言无实，只是强调一种思维能力和

---

① ［清］王树枏：《陶庐笺牍》，民国十六年刻本，卷三。

② ［清］王树枏：《陶庐笺牍》，民国十六年刻本，卷三。

文章写作技巧，所以古文家认为其空洞板滞。因此，策论气的问题是不知要道，以“人情”为宗旨，以帝王、考官、世俗习尚为宗旨，灵活多变，出奇无穷。但人情本身是多样性的，过于追逐人情，随着事物的变迁而空发议论，缺乏一定的执守和规则，是缺乏根柢、心性浮薄、陷溺世俗情欲的表现，这都是被儒者所不能接受的。策论气无疑是古文要尽量屏除的。王树枬说：“吾尝谓文者，载其人之精神意气以出焉者也。精神意气之不相属者，其文必不工；即工矣，而其文必不肖。故为文难而知文尤难。言水言风，自然而然，不可以强致。”① 古文若能以主体精神意气为主，独立苍茫，俯仰古今，则命意属辞如风行水上，自然而然。这样才是古文创作的胜境。

第四节　王树枬的诗歌创作与诗学思想

王树枬诗歌今存《文莫室诗集》《陶庐诗续集》二种。其中《文莫室诗集》八卷，各家著录均同。收《紫水集》一卷、《樊舆集》一卷、《信都集》一卷、《西征集》三卷、《幽装集》一卷，是王树枬问学莲池书院、主讲信都书院，宦游四川和甘肃时期的诗歌。《陶庐诗续集》著录有八卷本、九卷本、十卷本、十一卷本、十二卷本。收1903年以后诸诗，分为《鹤征集》（癸卯）、《省方集》（甲辰至乙巳）、《出塞集》（丙午）、《北庭集》（丁未至庚戌）《休否集》（辛亥至丁巳）、《斜街花市集》（戊午至己未）、《一默集》（庚申至癸亥）。然考《陶庐诗续集》卷十二《一默集》所收录诗歌，有多首作于民国十六年丁卯（1927）。盖《陶庐诗续集》为民国间陆续校刻而成，以时间为序，随所搜集而成卷帙，《一默集》中晚于民国癸亥的诗歌当是后来补刻的作品。

一、王树枬的诗歌创作与晚清民国诗坛

王树枬八岁学诗，从诗赋声律入手，善于属对。早年古体诗学六朝，受汉魏古体诗歌的影响较深。《咏古》其八曰：

涉江采芙蓉，制为裳与衣。初服不知改，秋风飒然吹。亦知作计拙，未学俯仰姿。峨峨金张第，缀日铜铺辉。赫赫许史庐，上与青云齐。我马

① ［清］王树枬：《陶庐笺牍》，民国十六年刻本，卷三。

大如狗，我车如鸡栖。归来卧牖下，刈藿充朝饥。太华有老柏，翠羽何披离。雪霜养心骨，冻饿能忍之。高节激颓俗，皓首以为期。①

此诗运思轻灵，哀乐无端，古朴中饶清丽，雅健中见幽眇，很能展现他卓荦挥绰的才情和胸怀。近体“喜为温李体诗，尤酷嗜昌谷（李贺）”。李商隐作《韩碑诗》，以秾丽之笔学韩愈的诗法，甚得其雄奇矫健，为后人推崇。王树枏《读平淮西碑效李义山作》学李商隐而济以韩愈的文法，描绘入神，古雅奇险不在李商隐之下，而郁厚稍嫌不足。他融李商隐、李贺的风神以彰显才情，入于韩愈的堂庑以成其大，形成了独具面貌的语言形式和诗美境界。其父勉励他学诗要自成面目，“从难中入，尚须从易中出。古人诗各有安身立命之处，剧场歌舞模拟古人，何尝不令人击节，然终非自家面目也。故学古人者，患其不似，而其病则在太似。若李义山、黄山谷七言律诗之学杜，实成为自家面目，乃善于学杜者也”②。中年以前，王树枏自谓满腹“李杜苏黄”。他有些诗歌刻意模仿黄庭坚，如《谈海效黄山谷演雅》，渊雅古茂。《嘲日本僧》《客冀州滹沱水溢挚甫为买舟旋北诗以谢之》《夜卧不寐有蝎入帐中火而取之因成百四十字，以示诸生并简挚甫》等数首冀州时期创作的诗歌，槎枒顿挫，能敛神情于渊茂，表现出由黄庭坚上追韩愈的痕迹。《宿苏祠》诗曰：“吾诗祖山谷，北面称弟子。公（苏轼）墙高且深，时亦窥富美。流派虽有区，滥觞实一水。沿今斯道丧，淫哇聒人耳。先黄而后苏，废疾或能起。”③ 表达由黄庭坚而上窥苏轼的诗学理想。王树枏入川以后，饱览蜀中山水，亲履苏轼成长之地，使他的诗情幽思与苏轼有了千古同情，加深了他对苏轼和苏诗的亲近之感。《自流井珍珠寺僧能林》诗以苏轼禅林友参寥比况珍珠寺僧能林，并以苏轼语意作结说“吾闻东坡言，诗禅两无忤。其中有至味，浅者得其粗”④，赞美其诗歌“若雨洒蕉”的清旷和“摩尼照秋水”的灵明灿烂。《题赵月村直刺剑湖渔隐图》“峨眉剑阁青嵯嵯，前有青莲后东坡”⑤，以李白、苏轼并称，足见其对蜀中山川、人物的推崇。其

① ［清］王树枏著，于广杰、柴汝新点校：《王树枏诗集》，北京燕山出版社 2019 年版，第 8 页。
② ［清］王树枏：《陶庐老人随年录》，中华书局 2007 年版，第 18 页。
③ ［清］王树枏著，于广杰、柴汝新点校：《王树枏诗集》，北京燕山出版社 2019 年版，第 60 页。
④ ［清］王树枏著，于广杰、柴汝新点校：《王树枏诗集》，北京燕山出版社 2019 年版，第 72 页。
⑤ ［清］王树枏著，于广杰、柴汝新点校：《王树枏诗集》，北京燕山出版社 2019 年版，第 71 页。

《东坡生日小集，宋聚五出公像属题，为赋长句》曰：

> 我与公生辰，所异乙与癸。摩羯守身命，毁誉略同轨。昔年谒公像，苏祠倚江趾。忽忽三十年，流光去如驶。今宵九九会，正值公揽揆。金山有遗像，光仪照千载。岌岌子瞻样，高冠切云起。老来换笠屐，赤脚走万里。方舄复云巾，有时戴椰子。公像百不同，到眼均足喜。荐以叶家白，煎以惠泉水。鱼笋不论钱，蜜酒甘且旨。更为作寒具，佐以馈岁鲤。虽无红颊儿，座中尽有斐。彻夜烧松明，灵兮来至止。公笑而不言，翩然欲下纸。①

此诗从生辰命格、生活阅历、身世遭际、生命旨趣诸方面叙写了与苏轼的因缘。因尊崇其人而爱赏其诗，自然是顺理成章了。此诗作于民国八年（1919），可见王树枏于苏轼和苏诗的喜爱贯穿了其整个生命历程。其他如《次韵东坡雨中过舒教授赠梁虚谷》《取雪煎茶与铁梅同赋用东坡和蒋夔寄茶韵》《题成澹堪（多禄）澹庵图用东坡粲字韵》等诗，不论是五言七言，均能在声调韵律、诗笔风调上步武苏轼，流露出自然清旷的潇洒趣味。另王树枏早年尝助定州王文泉编辑《畿辅丛书》，光绪十年（1884），王文泉得知不足斋藏抄本赵秉文《滏水集》二十卷。王树枏认为赵秉文为金源一代大家，分体编辑，殊嫌繁杂，遂改编年，为《目录考证》二卷、《年谱》二卷，故而对赵秉文诗歌涉猎颇深。王树枏仕宦四川时与友朋论诗，也多次称述金源诗人赵秉文、王庭筠，似乎友朋间常用这两位河朔诗人标榜王树枏之诗。光绪十九年（1893）《致杨松斋》曰："弟满腹李杜苏黄，一入新津衙门，便被盗贼吓得一字不出。杨耆斋戏余云：'汝之诗在旷野风雨中，轿夫肩上。俟出门时一一和之。黄华（王庭筠）入境不过为一州县添一差事，其实于事无济也。'奖饰之语不敢当，但当洗心竭力以报知己而已。"② 由此可见王树枏于诗学的渊博宏通。所以，钱基博论王树枏诗歌"以昌

---

① ［清］王树枏著，于广杰、柴汝新点校：《王树枏诗集》，北京燕山出版社 2019 年版，第 268 页。王树枏自注："东坡生于景祐三年丙子十二月十九日卯时。十二月为辛丑，十九日为癸亥，时为乙卯，余生年与公不同者乙癸二字。"王树枏生于咸丰元年十一月二十五日卯时。年月日时干支仅乙癸二字不同。

② ［清］王树枏：《陶庐笺牍》，民国十六年刻本，卷一。

黎为宗，而特参以孟东野之凄苦，李昌谷之訾丽”[1]，其律绝“浑朴而不为槎枒，顿挫而饶能沉着，直可追踪老杜，不止步趋韩轨也”[2]。乃是从大端来勾勒其诗歌的基本特征。实则王树枏诗歌与曾国藩、张裕钊、吴汝纶等人由黄庭坚以学韩愈的蹊径还是有不小区别的。他主张苏轼，用苏诗的自然畅达救晚清诗坛晦涩饾饤的弊端，这样就与张之洞、纪钜维等人从苏轼上追杜甫，“以宋意入唐格”的清切雅正的风调相通了。故而，汪辟疆从诗人与地域关系入手畅论近代诗坛格局，将王树枏列入以张之洞、张佩纶、纪钜维、柯劭忞为领袖的“河北派”诗人群体，是具有卓识的。

王树枏早年抒写怀抱的诗中，寄寓个人深沉的忧思，不免萦绕着一股跃跃欲试而不得的迫切彷徨与哀怨沉痛。此时表现青年成长进身时迷惘之思和俊迈豪情的作品，志大气雄，颇有雅怀。如《短歌行送王学博钧之赞皇任》：

> 丈夫生不得手执丈二殳，分剺羌僰膏余吾。鸢肩火色那足恃，一官拓落嗟胅臞。人生骯脏世所诋，况复文章憎命尤非诬！我今蜃螺苦深闭，汝何爱此日夜相追呼。草虫喓喓阜螽趺，马前一别伤何如？太行山，古沮水，石破腾云剑光紫。登幽蹑险寻古贤，牛李小儿安足齿。[3]

为王前驱的报国之志与仕途偃蹇的现实，让有理想有活力的青年才士的内心压力重重。他们忍受着流俗的白眼相向，也有时动摇文章立命的精神信仰，而知己间的别离又使本已孤独的心灵蒙上一层幽忧之思。巍巍的太行山，滚滚东逝的沮水，其幽奇险怪之胜也许才能使多感的心灵上追古贤，忘却眼前政治无序、内外交困的烦扰。这些诗词壮情满，风骨遒上，慷慨中时有奇气，展现出襟怀洒落、志向远大的才士在成长中的生命活力。

经世的理想方略、博雅赅恰的学问、声光发越的才情是构成王树枏诗美境界的三个最重要的元素。青年时期的诗歌虽未完全展开，其气象已经很有规模了。《谈墨次前韵答友人》议论纵横，很能体现王树枏的墨学思想。其诗曰：

---

① 钱基博著，傅道彬点校：《现代中国文学史》，中国人民大学出版社 2004 年版，第 130 页。

② 钱基博著，傅道彬点校：《现代中国文学史》，中国人民大学出版社 2004 年版，第 131 页。

③ ［清］王树枏著，于广杰、柴汝新点校：《王树枏诗集》，北京燕山出版社 2019 年版，第 9 页。

> 天地辟六合，划而为五洲。一朝忽弥历，骈足来相投。殊俗即殊教，各自操准钧。譬彼冠与履，不待削足头。鳣鳝无脚壳，不得讥蝤蛑。鲼鲥亦翔渊，何必为蛟虬。贤者每不广，马尾施牛鞧。不然即屏绝，泾渭严同流。孔父师道德，未闻画封沟。孟子拒扬墨，弃置乃不收。昌黎亦毁佛，唾之如浮沤。岂知扬墨佛，实为天所抔。至今尚同教，独炳西方娄。器械有遗制，述者犹相戮。甚乃无君父，适用同车舟。至人毋万道，彼此奚交缪。辨言实至理，敢以狂歌酬。①

墨子学在晚清西学涌入的文化背景下复兴，文人士大夫从事《墨子》校刻笺释的作品很多。② 王树枏也作《墨子三家斠注补正》，《跋墨子后》认为墨子学因与儒家政治思想相悖，以至于连其崇尚科技的末流也被压抑千年。西学中“为我”“尚同”的思想，与杨墨相通而“造器械尚机巧尤出于墨子，特变通之以尽其利而已”，是墨子学脉向西方传播的结果。有识之士从中西比较文化视野，从新发现墨子的价值以阐释中学的科技思想，对晚清的文化建设确实很有意义。他的这首《谈墨》诗与《跋墨子后》立意相同，诗中展现出对不同思想和文化的包容性则更强。他认为天地开辟，地域不同，风俗不同，政治教化也不同，这是自然而然的道理。圣人从人文精神出发，并未厚此薄彼而成轩轾。孟子、韩愈等人出于特定背景展开的对异质思想和文化的抨击实质上是狭隘的。杨墨和佛教思想“独炳西方娄”，在科技、政治上大放异彩，其治世之效与圣人之道殊途同归。所以“至人毋万道，彼此奚交缪”，《庄子·逍遥游》说“至人无己”，去除偏执的我见，让自己的精神从形骸中突破出来，上升到自己与万物相通的根源之地。对待不同的思想和文化也要有至人无己的修养，会通其意而直抵根源。王树枏诗歌的思想境界与《庄子》哲学精神相表里，由此也可见一斑。

晚清内外交困的时局，腐败鄙陋的吏治，凋敝凄凉的民生，以及历次重要的中外战争，朝中政治的变革，都是文人群体关注的重心，且成为他们感发诗

---

① ［清］王树枏著，于广杰、柴汝新点校：《王树枏诗集》，北京燕山出版社2019年版，第32页。

② 清代中后期《墨子》整理的著作很多，如毕沅《墨子注》、苏时学《墨子勘误》、孙诒让《墨子间诂》、张惠言《墨子经说解》、王闿运《墨子注》、郑文焯《墨子》校勘、刘师培《墨子斠补》等。

思的源头。王树枬的诗歌多感事伤世，具有强烈的“诗史”意识，与近代诗坛的这一潮流合若符契。他的诗歌描写社会现实、感时伤事直陈利弊，或议论纵横，或寄托遥深。感慨中法战争的几首诗，如《冀州感事》：

> 东南戈舰峙如云，竟绝天骄拟策勋。奔鹿有怀功不足，童麋灰首痛何云。郑人有意诛高克，萨水无端恕宇文。买斗黄金争一掷，可能只手障游氛。①
>
> 闻上和戎第一筹，忍看战血逐东流。老成画策能纾国，年少横戈枉觅侯。酒后轻狂时触世，客中风雨独登楼。平原极目萧条甚，好作浮云任去留。②

对中法战争中将帅无能以及朝廷急于求和的策略痛心疾首。又《渡滹沱》：

> 滹沱春泛带荒城，桥卒攫钱放客行。古刹埋沙平佛顶，断冰敲日壮河声。眼中老稚凄凉甚，意外悲愁错落生。为问天南近消息，穷途一哭泪纵横。③

行旅中所见的滹沱春色、城市、古刹是如此荒凉；兵卒所隐喻的社会管理者，仍然是难以谋远的嗜利贪鄙之辈。“天南消息”的一问，让略显凄凉的景象，在内外交困时局的映照下，原始的愚昧和狭隘的古朴，与滚滚向前的时势是如此背道而驰，怎能不让时刻关注中法战局、忧虑国家社会前途的有识之士涕泪纵横？再如《宿束鹿道中》：

> 昔年曾宿此，今岁独凄然。百感忽交集，通宵不复眠。出门一长叹，耿耿星河天。何处春心托，声声啼杜鹃。④

---

① ［清］王树枬著，于广杰、柴汝新点校：《王树枬诗集》，北京燕山出版社 2019 年版，第 30 页。

② ［清］王树枬著，于广杰、柴汝新点校：《王树枬诗集》，北京燕山出版社 2019 年版，第 31 页。

③ ［清］王树枬著，于广杰、柴如新点校：《王树枬诗集》，北京燕山出版社 2019 年版，第 29 页。

④ ［清］王树枬著，于广杰、柴汝新点校：《王树枬诗集》，北京燕山出版社 2019 年版，第 29 页。

同过一地而时势、心境不同，以至今日感慨万端，难以入眠。但位卑言轻，也只能空将满腹的忧思，寄与杜鹃的声声哀啼。又《丙申纪事诗》其一：

> 光绪乙未年，河湟乱哉生。小民起睚眦，决股未得平。譬如星火微，燎原势翻崩。大吏发种种，年老意厌兵。张皇檄将吏，旁驰事调停。文武亿万心，各以恩怨倾。老将提师来，束手抱桴城。西宁沸如汤，官为民所绳。天子忿违慠，赫赫命西征。彼其初至洮，腾踏马不惊。凶徒玩舆师，推肥犒牢牲。舍机失前禽，顿网纵鲵鲸。湟酋抗王师，跧梁伏鼬鼪。雄唬闯寞出，老弱壶浆迎。管钥势已输，解罪吊孩婴。狂且攘战绩，啄石飞青蝇。连章报首恶，挛瞎遭煎烹。收娇挟媠妠，载实罗辎軿。至今孑遗黎，流亡未归耕。虎豹守九关，无由达天听。塞风吹寒沙，将军漫胡缨。无衣复无食，哀此黎与氓。覆水不能收，大地流膻腥。彼其何人斯，偃蹇不可撄。鹰虽化为鸠，其目实可憎。古云廉耻将，此语当书铭。①

王树枏此诗是光绪二十二年（1896）甘肃回乱的实录。他奉张之洞之命，解送军火到甘肃。年初到兰州，看到的情景是“时回起如麻，宫保（陕甘总督杨昌濬）束手无策，如理乱丝，被劾褫职。上命新疆巡抚陶勤肃公模带兵入关，升陕甘总督”②。二十四年（1898）乱平，清廷以董福祥有军功，调防京畿。但是王树枏认为董福祥“用兵全无纪律，到处骚扰，甚于贼匪，而恃功骄蹇几于不可向迩”③，并上书李鸿藻、荣禄、翁同龢。又《陶庐笺牍》卷三《复王合之》（丙申）：“河湟军务将就了局，实同儿戏。近时将才并不读书识字，而争功怙过实胜古人。言念及此，令人长噫。”④

王树枏的诗是无可奈何之时忧思的排遣，“索句遣恨排余生”（《秋雨叹》），“作歌排闷强适意，起视明月悬松梢”（《病中赠吴甸侯孙瑞田》）。在这样的创作情境中，他诗中的情思是抑郁深沉的，往来心眼的景物是被这种情感剪裁后

---

① ［清］王树枏著，于广杰、柴汝新点校：《王树枏诗集》，北京燕山出版社 2019 年版，第 101 页。

② ［清］王树枏：《陶庐老人随年录》，中华书局 2007 年版，第 39 页。

③ ［清］王树枏：《陶庐老人随年录》，中华书局 2007 年版，第 40 页。

④ ［清］王树枏：《陶庐笺牍》，民国十六年刻本，卷一。

别具意蕴的，随着他的诗思或高昂慷慨，或哀怨低徊，或清奇发越而展开婆娑的身影，形成特定的情调。《纳凉》其二曰："百里飘零独客身，强支病骨暗酸呻。饥蛛当户自囚食，怪鼠上阶来戏人。"为饥饿所驱的蜘蛛和老鼠或甘心自囚于网中，或不得不冒被捕杀的危险，正如飘零外地而独支病骨的诗人面临的境遇。《秋园居》其三曰："一雨不成寐，良宵忽以终。荒池通暗溜，落木动秋风。寒筱有净绿，晚芳无好红。荣枯各随意，揽物独忡忡。"物之荣枯随意，而揽物之情却不能自已，在与外物的俯仰容与中才能得到适当的安顿。所以王树枏对于诗歌欣赏雄奇俊爽的语言，穷形尽态而咏物笔力，清旷峭拔审美境界。虽有时不免巉刻迫促，却能感受到近似韩愈的拗折不平之气，而植根黄庭坚的一种细腻静穆之韵也时有发露，然若细绎其中的旨趣，实与庄子逍遥齐物的生命哲思一脉相承。《相逢行赠吴孝廉》谓吴孝廉诗"铺笺削颖光丽都，血花热拭真珊瑚。雕云镌雾纷葩敷，刻镂造化肠为枯。奸穷怪索形万殊，海神山魅驱为奴。"不仅王诗词气驱迈，极见才情，也能从他的描述中感受到吴诗咏物写情的光怪陆离。《赠方子瑾》"穷幽凿险且肆意，捧诗鬼泣黔崖头"；《赠陈砚农》"手探元气天濛濛，翠斧金刀欺化工。雕山刻水奸状穷，秋潭夜泣真虬龙"；论杜俞诗"君诗有包罗，万形无逃逋。往读秋怀篇，家法习以都"，都是中唐以来诗家咏物摹形传神的诗法，只是晚清诗人感于时事，常常借山水景物以写诗心，而形成新的比兴寄托。龚鹏程先生在论晚清诗歌的时候，将这种与时事紧密联系的比兴，称为"譬喻"。他认为譬喻从纵向来说，就是中国古老诗歌传统比兴，比兴的环譬谲指、借物兴慨，只是技巧的展现，并无明确的指向限定。而晚清的诗人在运用比兴时，则将比兴引向某一特殊事件的指陈和特定意义、情感的隐喻。他们运用比兴来表达的，大都属于"含藏本事"和"讥讽时局"两大内容，从而显现出"讽寓"的精神特色。王树枏等文人在摹写山水景物的时候，因特定情感的寄寓，使他们笔下的物色成为特指的隐喻和象征，展现的形貌似偏于知解方面，但这类揭出主观的目的性诗作，载负着真感情，仍然进入了美的识域，具有美的价值，且构成托喻的文字也具备艺术造型，其美感经验及潜在意象仍可以有效地传达。

二、王树枏的纪游诗与诗学思想

近代诗坛上的纪游诗比较有特色。这些诗歌多为大型组诗，规模宏大，刻画奇险，艺术上极富特色。"其中优秀之作，是诗人在经受了外国侵略者践踏祖国大好河山以后所迸发的爱国深情的折光，作品中饱含着诗人热爱祖国的感情。”① 王树枏入仕后奔走四川、陕西、甘肃、宁夏、新疆等地，创作了大量的纪游诗。光绪十二年（1886），王树枏中进士，授四川青神知县。他在初仕赴川途中创作了不少纪行佳作。《望华岳》《途中》《过咸阳》《发汧水》《宝鸡道中》《煎茶坪》《凤县驿柳》《凤岭》《宿山中》《褒斜道中》《鸡头关》《沔水》《赴宁羌》《过七盘关》《龙门阁》《石柜阁》《晓发广元》《发昭化》《牛头山》等诗，描绘了从秦入川途中所历山川的雄奇壮美，与他踌躇满志的壮怀相融合，展现了清奇雅健的独特风貌，而其刻画细腻、比喻新奇、想象奇崛之处深得韩愈诗歌神理。如《发汧水》：

暮宿汧水湄，朝发汧水曲。浮云翳清晓，熀昧见寒旭。西行绿陂峦，迤逦走霜麓。山人凿户牖，高下隐崖腹。南折渡曲流，杠阔仅容足。村农建水磨，喷涌出茅屋。病牛卧泾沙，待日砥寒瘃。西南峰特奇，天外射高镞。所历地渐高，回视但洼谷。群山忽翕合，左右叠碍目。闷然两山豁，四野眩丹绿。遥闻山市喧，泠泠响奔瀑。小憩竹石间，并坐杂童仆。②

汧水是渭河的支流。此诗写从汧水出发，西行南折途中所历所感。山峻雾深，植被青葱茂密；村居、水磨、病牛、山市构成的山中人生活习俗别具风格，很有地域特征。又如《煎茶坪》：

晓山气昏昏，绝顶炯初日。马蹄踏微冰，十步九踣跌。刺叶森塞途，草上时见血。山夫踏菅鞋，捷若猿猱疾。叹息度此岭，未涉先惴慄。何年筑此道，岁久石毁裂。或巨如盆盎，或细如枣栗。或锐如断矛，或欹如崩壁。或整如案杆，或乱如瓦甓。圆转蹈瘿瘤，纵横籍骸骼。霜棱白倚伏，苔角碧倾侧。硌硌交陷胫，齿齿互横膝。上出虎狼窟，下跐蛇虺宅。跬步不敢忘，魂魄常惙惙。妻子随我行，倏忽前后失。我足已木末，奴仆尚深

① 钱仲联：《近代诗钞》，江苏古籍出版社 2001 年版，第 4 页。

② ［清］王树枏著，于广杰、柴汝新点校：《王树枏诗集》，北京燕山出版社 2019 年版，第 37—38 页。

穴。艰辛至极顶，回顾莽苍黑。①

煎茶坪是入蜀重要通道，即南宋时大散关所在地，明清以来改此称。明清文人入蜀经此地多有吟咏。王树枏此诗写煎茶坪的高峻与道路的崎岖艰险，将文人奔走仕宦的行役之苦描绘得生动而深刻。其中写山路险峻，连用六个“或”字引领的排比句，使诗歌辞气整饬浩勃，以小见大，写出入川路途的艰辛。而山中人踏草鞋，捷若猿猱的情状与“我足已木末，奴仆尚深穴”的行役之人的对比，渲染深折，增添了诗意的深度和厚度。又如《牛头山》：

我行葭萌中，一径凌嶔崟。翳日转幽壑，攀烟跻崇陂。峙足青云端，始知众象卑。回视身所历，万险成平夷。苴人治田畎，高下缘山坻。间以青松林，缭以白水畦。参错方罫间，方圆置坪丘。南登天雄关，峨峨见天倪。下俯嘉陵江，萦纡抱崖驰。西行绕山背，棋墪森罗离。登降逐凹凸，使我心眼迷。凄风飒然来，飘飘吹征衣。②

此诗较前二首视域更加广阔，有以胸臆包举川中山水的意蕴，所谓“回视身所历，万险成平夷”，一路行来，经历雄奇清峻，虽然行于山中，仍会“使我心眼迷”，但凄风飒然，吹起征衣联翩，却能够淡然处之。王树枏经西南山水的陶冶涤荡，广袤平旷的冀中平原所熔铸的严谨厚重的心胸从此多了清俊雄奇，也为他的人生打开了新的世界。

川中仕宦九年，王树枏勤勉从事，政绩突出，被荐卓异，但终因官场倾轧而因事革职。此时，张之洞升任两江总督，招致王树枏入幕，襄办洋务与文案。其大规模接受西方科学和思想实际是从此时开始的。入张幕打开了王树枏的学术视野，锻炼了其行政才干，为此后政治上的进步打下了基础。《与陈衡山书》叙及此事说：“弟自买舟东下，行四十日始抵金陵，途中得五律纪行诗七十余首，别君之作即其一也。金陵萧条冷落，五月披锦，荒凉之态不堪寓目。唯后

① ［清］王树枏著，于广杰、柴汝新点校：《王树枏诗集》，北京燕山出版社2019年版，第38页。

② ［清］王树枏著，于广杰、柴汝新点校：《王树枏诗集》，北京燕山出版社2019年版，第41—42页。

湖荷柳可驻游踪，其次则鸡鸣寺、莫愁湖足供小眺而已。……仆到金陵谒见香帅，情意周洽。……此老情长语重，招入幕中，委办洋务、防务、文案。日事通人之侧，可藉此以增益识见也。”① 而信中所谓“五律纪行诗”云云，即从四川赴金陵幕府途中所作《南征杂诗》七十二首，是其纪行诗的代表作。

樯帆客如织，落日泊舟初。吏至收船税，人谈种橘书。负山开佛宇，傍水起渔庐。更有蓝田石，虚心足启予。（《晚泊泸州》）②

荡舟行宿雾，入峡欲无门。叹此重沓势，纷如军马屯。高鹰穴崖腹，危寺出云根。绵亘四十里，微茫始见村。（《猫儿峡》）③

宿雾蓦已散，御风如乘虚。奔云不作雨，闲鹭未忘鱼。惘惘忽不乐，滔滔安所如。四郊正多垒，何地卜新居？（《晓发重庆》）④

春草夷陵墓，千秋尚烧痕。登楼辨陶牧，倚剑瞰荆门。海市通番舶，巴人学楚言。眼前风土异，惆怅水西轩。（《宜昌》）⑤

上引四诗于行旅途中写风景、叙人事、抒怀抱、叹时势，颇能抉发幽隐，映射社会现实。而他诗笔下山川风物的变态，人事古今、中外的变化，既是王树枏借以突破纪行诗传统语言形式的艺术创新，也与他丰富细腻的生命感慨有着紧密的联系，表现了王树枏敏锐幽眇的诗意和深广的家国之忧。

王树枏纪行诗以宦游甘肃、新疆诸作最被当今学界关注。薛正宗《王树枏的西疆诗作》第一部分“长剑嵯峨出塞歌”论列了王树枏赴任新疆布政使途中的纪行诗。星汉《清代西域诗研究》论述了王树枏的新疆纪游诗，认为这些诗歌写出了新疆山川风物的壮丽雄奇，“雄浑苍莽，气势豪壮”⑥。许振东《清代京畿三位徙疆文人的视域转换与文学呈现——以纪昀、徐松、王树枏为对象》认为，王树枏的诗文描写了新疆独特的地域风光和安乐融洽的生活。而在晚清时

① ［清］王树枏：《陶庐笺牍》，民国十六年刻本。

② ［清］王树枏著，于广杰、柴汝新点校：《王树枏诗集》，北京燕山出版社 2019 年版，第 83 页。

③ ［清］王树枏著，于广杰、柴汝新点校：《王树枏诗集》，北京燕山出版社 2019 年版，第 84 页。

④ ［清］王树枏著，于广杰、柴汝新点校：《王树枏诗集》，北京燕山出版社 2019 年版，第 85 页。

⑤ ［清］王树枏著，于广杰、柴汝新点校：《王树枏诗集》，北京燕山出版社 2019 年版，第 88 页。

⑥ 星汉：《清代西域诗研究》，上海古籍出版社 2009 年版，第 401 页。

局动荡中，他的诗歌更具有古代边塞诗激昂慷慨、气韵沉雄的特色，尤其是他不少表达思乡主题的作品，情感真挚自然，爱国情怀浓烈，在文学史上具有不容忽视的地位和价值。这些诗歌在他的生命中具有异样的色彩，足可撑起晚清纪游诗的艺术品位。其实早在民国时期，陈衍、吴闿生等人就已经关注了王树枏这些纪行诗。陈衍《文莫室诗续集叙》说：

唯闻晋卿官方岳。出玉门，逾天山。管领古西域三十六国。向治考据。工古文词……受而读之，则如读岑参之凉州、北庭、陇头、碛西、交河、临洮、轮台、燕支、熱海、火山；杜甫之赤谷、寒硖、铁堂峡、木皮岭、泥功山、石柜阁、桔柏渡诸诗也。①

陈衍受而读之的诗歌当是王树枏《陶庐诗续集》中宦游甘肃、新疆的纪行之作。这些作品有岑参边塞诗的雄奇苍凉，也有杜甫纪游诗的高古悲怆。吴闿生谓："秦陇甘凉诸什，及眺朱圉、登崆峒、出嘉峪关、望博克远山等作，山川盘郁崀崔之气与篇章相映发，矍焉芒焉，不知身之在何所也。"② 其《由皋兰赴中卫途中即景寄何善孙并简陶拙存》曰：

出城东北徂，迤逦千山屯。莽莽无人居，时见牛羊群。驰驱尽日力，始睹炊烟痕。十室八九空，败屋余颓垣。主人致殷勤，炕以膻秽薰。鸡鸣出长城，诶荡天无垠。二月草不芽，小雪时霏银。行行入戈壁，石与沙飞翻。大块逞噫气，白昼日色昏。女娲老益狂，年年土抟人。顽山如死虬，首尾蜿蜒蟠。黄流出山底，驶若逸马奔。近城辟佳境，人物渐滋繁。辍装息寒魄，夜以浊酒温。年来苦行役，南北摧蹄轮。朽木不受雕，枯枝忽逢春。我生值末世，一官走风尘。捧檄何足喜，家有白发亲。书之寄何子，兼告陶征君。③

---

① 陈衍撰，陈步编：《陈石遗集》（上），福建人民出版社 2001 年版，第 578 页。

② ［清］王树枏著，于广杰、柴汝新点校：《王树枏诗集》，北京燕山出版社 2019 年版，第 116 页。

③ ［清］王树枏著，于广杰、柴汝新点校：《王树枏诗集》，北京燕山出版社 2019 年版，第 110 页。

皋兰，清代为甘肃首县和省会重镇，辖今兰州、白银两市大部分地区，因境内有皋兰山而得名。光绪二十四年（1898）十二月，陕甘总督陶模檄王树枏署理中卫知县，且谓："自古黄河富宁夏中卫大小二十余渠，唯七星渠为大，但受山河之害，废弛已八九十年。历任以工程大而且难，至今尚未修复。汝到任后，亲身踏勘，究竟能兴复与否，据实告余，此关乎国课民生，最大且要者。吾委汝署理此缺，正为此也。"① 王树枏于光绪二十五年（1899）二月赴中卫县接印视事，此诗为途中所作。诗中写沿途所见，回乱之后，荒凉破败，民生艰虞；而西北酷寒，飞沙走石，山河都为之变色。入县城之后，生活环境始稍有改观。后八句写受陶模知遇，由幕府而署理知县，有仕途偃蹇中"枯枝忽逢春"之感，而末世风尘、老母在堂、民生多艰，临危受命，又非计较个人得失荣辱之时。

光绪三十二年（1906），王树枏擢新疆布政使，从五月至八月底，行九十余日至迪化。途中用诗笔描绘了西域独特的风光。《出嘉峪关》《戈壁》《安西道中》《哈密道中》《过天山峡》《迪化道中》《望博克远山》等诗，不论五言、七言均能以诗家之眼摄取迥异内地的自然风光，描绘雄浑苍莽的西域风景；以史笔叙写古迹人物、典章制度、民风民俗，从而增添了浓郁的历史精神和人文色彩；与个人慷慨壮志、行役忧思、思想之情结合起来，或潇洒豪迈，或感慨沉郁，或雄浑高古。其七言歌行、五言古诗或排律等长篇，多运以古文之法，笔法气韵有韩愈的风调，而笔下风物则清雄旷远，直追岑参、高适，而怪奇处、渊博处、感慨处则远过唐人边塞诗，独为近代所有。尚秉和说"凡山川风俗草木鸟兽之奇形诡状，恣为歌咏，发为文章，门户张开，铿訇藻采"②，颇能写出胸中的奇伟闳壮。贺培新认为这些纪游诗如"九天散珠玑"③，藻饰宏博、雄奇壮丽，体现了一位硕儒的富赡典则和封疆大吏的政治情怀。王树枏新疆纪行诗是其诗歌艺术的巅峰，其《牧羊词》六首与《中卫小辞》四首相类，以地方民歌的风调写风土人情，颇有特色。其诗曰：

---

① ［清］王树枏：《陶庐老人随年录》，中华书局 2007 年版，第 40 页。

② 尚秉和：《故新疆布政使王公行状》，卞孝萱、唐文权编《辛亥人物碑传集》，凤凰出版社 2011 年版，第 692 页。

③ 贺培新著，王达敏、王九一、王一村整理：《贺培新集》，凤凰出版社 2016 年版，第 278 页。

儿子持竿翁杖藜，山荆炊黍饷南溪。单衣短布从朝饭，刮地西风吹草低。

秋霜肃肃百草痱，冬雪深深小麦肥。羊肉一筋麦一亩，努力且待春风归。

不持长竿钓大鱼，不为化龙来牧猪。家有赵妇善鼓瑟，伏腊炰羔乐只且。

初平叱石太离奇，大嚼屠门供朵颐。我思鞭石补天去，常恐彼苍昏不如。

中原豺虎日纵横，独入深山学养生。成邑成都吾岂慕，此身从此有膻行。

桥姚塞斥羊万头，乌氏用谷量马牛。古来严处多奇士，安用啼笑随王侯。①

用笔潇洒，俚而有质，浑穆如古谣谚，婉而能讽，情韵真挚，兼有风华之，读来令人感叹。

王树枏诗歌在晚清民国诗坛占有一席之地。汪辟疆《近代诗派与地域》说："近代河北诗家，以南皮张之洞、丰润张佩纶、胶州柯劭忞三家为领袖，而张祖继、纪钜维、王懿荣、李葆恂、李刚己、王树枏、严修、王守恂羽翼之。若吴观礼、黄绍基，则以与北派诸家师友习处之故，受其薰化者也。此派诗家，力崇雅正，瓣香浣花，时时出入于韩苏，自谓得诗家正法眼藏；颇与闽赣派宗趣相近。唯一则直溯杜甫，一则借径涪皤，斯其略异耳。"② 王培军《光宣诗坛点将录笺证·前言》分析河北派在近代诗坛中的地位。其认为河北派除张之洞、张佩纶、柯劭忞领袖人物三人、羽翼八人、受薰化二人外，又列入旗籍七人：宝廷、寿富、盛昱、杨钟义、志锐、三多、唐宴，共二十二人。其中领袖张之洞入天罡，为诗坛中坚，宝廷亦入天罡，为诗坛头领；其余十八人入地煞，为诗坛名家；二人不入此录。所以说"其领袖，亦仅入诗坛中坚，又入天罡者仅

① ［清］王树枏著，于广杰、柴汝新点校：《王树枏诗集》，北京燕山出版社 2019 年版，第 187 页。

② 汪辟疆：《汪辟疆说近代诗》，上海古籍出版社 2001 年版，第 30 页。

得二人。此为光宣诗坛之别派”①。但是需要指出的是，汪辟疆学诗从江西诗派入，论诗也理所当然受江西诗派的影响。他对诗派的划分和表述，和他所接受的资源有密切的关系。② 所以依据汪辟疆的标准来评骘近代诗人，有其依据和合理性，但未必就是不可移易的定论，其中可供商榷的地方尚多。而汪辟疆评“晋卿能文，诗以纪游诸作为胜，所造得杜、韩为多”，于王树枬诗歌颇能称许。钱仲联《近代诗三百首》不以地域而以风格论近代诗，认为张之洞、樊增祥、易顺鼎诸人是唐宋兼采派，以唐为主，也取宋诗，不喜欢黄庭坚和江西派。此选选入张之洞、张佩纶、严复、盛昱诸河北派诗人作品，亦选王树枬五律《秋园居》一首，并论其学与诗说：“王树枬为北方学者祭酒。《文莫室诗》，肆力杜、韩，挥霍雷电，吞吐河岳，是何神勇。”③ 赵元礼《藏斋诗话》非常推崇王树枬，以至于认为其足以继吴伟业、王士禛之后，是近代一大诗家。总之，由诸家的评论来看，王树枬是近代诗坛的重要诗人，是河北派诗人群体的核心人物，值得我们对其诗歌进行深入的研究。

第五节　王树枬题画诗的生命忧思与文人趣味

汉魏以来，文人逐渐摆脱烦琐经学的束缚，在个体生命解放的思潮中，以高情妙才兼涉诗文与书画，怡情畅神。诗文与书画在题材内容、艺术形式、审美趣味、鉴赏评论等诸多方面出现了交融会通的现象，并造就诸多诗书画三绝式的人物。诗画一律，以书法为画法，以书家笔意为诗的理论和创作更是拓展和深化了文艺创新的内容和层次，为唐宋以来文人文艺的繁荣奠定了坚实的基础。而题画论书诗、以诗赋为题的书画作品作为诗画深度结缘的艺术形式，不仅激发了文人无穷的想象力，增强了诗家写景状物的笔力和艺术趣味；文人绘画也因诗歌的点缀，或用画境，或用画意，画龙点睛，将画之神气与意韵收摄其中，从而使绘画如诗文一样成为文人抒情写意、寄寓生命趣味和理想的载具。

---

① 汪辟疆撰，王培军笺证：《光宣诗坛点将录笺证》，中华书局 2008 年版，第 20 页。

② 参见张宏生《诗史的发展与汪辟疆的近代诗学成就》，《汪辟疆说近代诗》，上海古籍出版社 2001 年版，第 7 页。

③ 钱仲联主编：《近代诗三百首》，浙江古籍出版社 1990 年版，第 202 页。

就题画诗来说，它融入了画的内容与形式，既有诗的韵律，也有画的光彩，因诗画本一律的理论阐释呈现出诗画相资的艺术美感。诗中有画，即如欧阳修所说“状难写之景如在目前，含不尽之意见于言外”，不仅是题画诗的艺术特征，也成为诗家咏物的审美新追求。明清画家多能诗，他们的题画诗较宋元少了画面的直接描写，多了对画外之意和画家思想趣味的展露，提升了绘画的层次与品位。而在倡导复古与经世思潮的双重作用下，此时的题画诗也有很多强行植入政教思想以凸显绘画社会功能的作品。且更加关注文人当下生活情态图像的题写，建立以图像为中心、以诗歌为纽带的文人文化世界，成为他们借以沟通古今、获得时代共鸣的重要途径。王树枏历经晚清的变局，他的题画诗又在此基础上，融文士殷忧的家国情怀和慷慨雄迈之气，将画家心事、诗家遭际与文人的生命理想在诗画真幻世界中进行自由转换，表现出晚清以来题画诗发展的新境界。

一、题画写心：王树枏题画诗的自我画像与生命情态

王树枏题画诗共九十题一百三十二首。所题咏的绘画题材丰富，涉及历史故实、道释、山水、人物、花鸟，足见其鉴赏趣味的博雅。他早年志大气雄，颇有雅怀，观画题咏多寄寓青少年成长进身时的迷惘之思和俊迈豪情。如《题看剑读书图》：

> 蓬萤十斛风吹干，翠影葱裾生晚寒。光埋宝矿短策蠹，少陵野老嗟儒冠。我今仗剑探坟籍，玉龙淬血桐花碧。鹈鹕流膏白练光，月痕刮露璚琈色。一朝破匣飞虬龙，驱逐鬼魅挥神风。五精扫地路如洗，银龟压臂声冬珑。我今羸马平芜里，黄卷无灵误身死。安得公家千队锋，老蛟夜截阳侯水。①

看画而兴感，将画中之人想象为诗人，以诗人的处境和心情，揣摩画中人物的遭际和理想。由画面感兴，由幻入真，以陶写胸中抑郁无聊之气和慷慨雄豪的志意。此诗声光发越，有豪杰之士金石铿锵、风号雨泣之声和云龙夭矫之态。再如《题月下琵琶图》：

---

① ［清］王树枏著，于广杰、柴汝新点校：《王树枏诗集》，北京燕山出版社2019年版，第16页。

桐阴断雨秋心凉，蟾桂堕天街冷光。金钗少年研素妆，珠尘动屧兰芽香。手结瑶丝拍寒玉，娇枕扶魂度纤曲。歌喉未转声已吞，绀袖报君双泪痕。江娥啼竹满山春，楚云压空千丈昏。蝶屏掩露芙蓉泣，弹罢无言背阶立。思起相逢萍水情，一声微叹秋波泾。①

前六句摹写画中秋夜微凉，仕女严妆弹琵琶的情态。后四句写弹奏之曲的曲意，以此衬托女子清夜相思之情。最后四句曲终入情，更深一层写出女子的心意。画中女子、女子琴声中的故事、女子心中的情事与诗人的情感叠加在一起，共同点醒了画意。王树枏题画诗善于以己入画，也善于以旁观者的视角体会画中人物的情思，打破绘画艺术空间与艺术家所处现实世界及心理世界的区隔，既曲达画中的意境，又寄寓诗人的情感和趣味。

文人雅集从魏晋开始就是文艺创作重要的题材。兰亭雅集、西园雅集、玉山雅集不仅是文人诗文书画所欲展现的文坛盛事，千百年来更是在文学与图像的不断塑造中，成为寄托文人精神的家园，所以雅集题材的文艺作品生生不息。王树枏与莲池书院的友人效前代文人作雅集，绘为图，又为《题莲池雅集图》六首以叙其事。此诗效杜甫《饮中八仙歌》，为莲池雅集的友人传神；又如米芾《西园雅集图序》，将参加西园雅集的文人们情态一一写出，体现了晚清文人于日常追求超越俗谛的雅趣。他们以文艺会友，在各自摇曳性情的同时，以生命之超越融群情于真性，借以获得古今同情和当代知己的共鸣。雅集的呦呦之声与送别的离曲往往此唱彼和。以画送别起自北宋李公麟、米芾等人。李公麟取王维《送元二使安西》诗意作《阳关图》，送友人安汾叟入王韶临洮幕府。明、清之际此风尤盛。送别的画多摹写送别处的山水和人物，寄托友人间依依惜别之情。图画有饯别之时当下创作，也有事先绘就或事后补绘。一场离别画图题诗淋漓满纸，成为文人交游的别样风雅。王树枏交游广泛，题咏离别的题画诗非常丰富。光绪八年（1882），其师黄彭年授湖北襄阳道，王树枏与胡景桂等人饯送瓦桥关，因事中途折返。五年后，王树枏赴四川青神县任途中至西安，谒黄彭年于按察使署。黄彭年出数年前离别时所绘《瓦桥饯别图》，命题诗。遂有

① ［清］王树枏著，于广杰、柴汝新点校：《王树枏诗集》，北京燕山出版社 2019 年版，第 22 页。

《过西安，黄子寿师出〈瓦桥饯别图〉命补题》诗：

> 瓦济关头驻客桡，离人杯酒各魂销。牵萝睇笑三千里，辍棹夷犹十二桥。淀国烟波同一别，秦川风雨忽连宵。他时濯锦江城上，独把夫容首自翘。①

此诗将昔日瓦桥关的离别之景、秦中短短相聚的怡乐场面、别后翘首以望师颜的迷离恍惚，三个不同时空的情境与思绪交相重叠，写尽了对恩师黄彭年的眷恋缱绻。清丽真挚饶沉厚之思，停蓄宛转蕴有大波澜。又如《题〈烟波江唱和图〉卷子并赠江楼饯别诸君》："烟江诗卷落君手，郑郭屠王几胜流。秋梦忽随鸥鹭散，墨痕常触古今愁。千年旦暮人间世，万事浮沉海上沤。我去南都访遗迹，他时相忆在江楼。"② 此诗是一首留别题画诗。前四句写与朋友蜀中唱和的交游之乐和知交星散零落的伤感。后四句以人生如同海上浮沤、千古一瞬相慰，江楼之别的一瞬，因师友间的清赏而得人间永恒的美好，此情此景此画可做千古之凭。

王树枬游宦西南、西北，他的诗歌有追求雄奇浑穆的情调。如《连日阴雨岑寂无聊，今日午后约小宋观察为怡怡园之游以诗速之》："呼童携鼎煮团月，敲冰斫水烧松枝。坐我茅龙数间屋，清谈错落霏珠玑。霜清木落万籁寂，中有摩诘无声诗。"③ 天地俱寂的静谧自言外悠悠而来。他的诗中也有一种雄阔悲凉，雄阔既表现在诗中广袤的自然山川中，也沉淀在生生不息的人文世界里；悲凉则全在周而复始的自然所承载的往而不返的人事变迁。所以他的诗中有冷风恶雨带来的沉闷浮躁，也有"严霜杀草木，剥落如遭髡。中有数丛竹，啼带湘泪痕"④ 引起的悲凉荒寂。而在万象的扰攘之中，也许只有"乾坤有象探元素"的根本追寻，才能安顿乱世中志士才人坎懔无着的生命忧思。如《曾小堂太守之官吐鲁番厅，出〈春风出塞图〉属题，赋此志别》，前幅驰骋想象，将画中景象

① ［清］王树枬著，于广杰、柴汝新点校：《王树枬诗集》，北京燕山出版社 2019 年版，第 37 页。
② ［清］王树枬著，于广杰、柴汝新点校：《王树枬诗集》，北京燕山出版社 2019 年版，第 79 页。
③ ［清］王树枬著，于广杰、柴汝新点校：《王树枬诗集》，北京燕山出版社 2019 年版，第 186 页。
④ ［清］王树枬著，于广杰、柴汝新点校：《王树枬诗集》，北京燕山出版社 2019 年版，第 187 页。

与西域风景融合为一，有一视万里、俯仰千古的雄阔。后半幅紧扣“袖中一卷春风词”，这“春风”之词是诗家先忧后乐的经纶实务之心，也是行己自得的丘园养素之愿。但在晚清变乱的危局中，只能化作塞外慷慨别离的壮怀和戮力王室的奔波。《自题〈绵山老牧图〉》曰：“嗟我牧人二十载，节落归来毛鬓改。风云一变天地晦，几度桑田换沧海。我亦有家无可归，骨肉隔绝秦关西。看云步月泪满眼，风中野羽无安枝。”① 深有苏武坚贞孤忠之怀和身世飘零的无着之感。王树枏这些饱经宦海沉浮和生命忧患的题画诗，诗情诗境与青少年时成长进身的烦恼与希冀已经极大不同了。

春容的生命与动荡的社会交汇时，往往激起诗哲们深刻的生命省思。《自题程伯葭之刘夫人为余所绘小照》曰：

> 天地本无我，石火偶一现。犯此不祥人，有腼目与面。万物皆假相，生灭一时暂。况复假中假，戏作眼前幻。吾今年七十，身世屡遭变。驴马慨已非，人禽尤莫辨。而我生其间，如日坐涂炭。明知难入时，故我不敢换。无须形赠影，吾见亦已惯。②

社会的变幻产生的不仅是昂扬的斗志，也有眷恋往昔的彷徨与困惑。个体生命最终无法徜徉在自己的世界，而要汇入时代大潮，或随波逐流，或激扬自奋，或暗涌幽潜。但无论如何，“我”之生命本质，“我”之生命形态，“我”之生命归宿，都将在各自锚定的生命理想中完成超越。多元超越的某一具体形式也许在时代潮流明朗时会渐渐地显出它的历史坐标和价值，但于生命个体而言却是生命的全部，也是其生命历程所指向的生命本身。

二、俯仰江山：王树枏题画诗的经世理想与生命困惑

王树枏的题山水画诗最为丰富，也最具特色。循着乾隆、嘉庆之际人性解放的新潮流，更多的文人追求性灵的超越和生命的自得。此风与晚清以来内忧外患的政局相激荡，又在文人看似平静的内心深处唤起深沉的家国忧思。王树枏的题山水画诗充分地展现了晚清至民国初年文人们这种矛盾与彷徨的心态。

---

① ［清］王树枏著，于广杰、柴汝新点校：《王树枏诗集》，北京燕山出版社2019年版，第186页。

② ［清］王树枏著，于广杰、柴汝新点校：《王树枏诗集》，北京燕山出版社2019年版，第275页。

如《题张沧海〈篁溪归钓图〉》：

> 吾观庄子濠梁游，大钓不持丝与钩。罔罟智多水始乱，鹈鹕贪餮尤无厌。一厝滔天群水飞，白龙鱼服遭羁累。群鳞濡沫半处陆，但见碧海生黄埃。鳣鲵上下蛇鳝舞，彼蹲钓者何人斯？先生昨自东瀛归，篁溪犹是人已非。枯鱼过河泪满眼，手揭长竿何处垂？我亦燕南老渔父，会须一棹从君去。有鱼无鱼关底事，归来莫作冯谖语。①

王树枏《陶庐文集》卷五有《张沧海意钓图记》，此文作于民国六年（1917）。记中说民国四年乙卯（1915）曾为张伯桢题《篁溪归钓图》。后二年，张氏筑意钓亭于北京左安门内。此记对张氏以“意钓”名亭做了深入阐释，王树枏认为“意”是为求解脱而寄意，“心之所向本不在此，至不获已而托之于此以为之寄”②。寄意于物不是个体嗜欲的展露，而是在无限时空中，自觉生命意识体验到个体生命的有限性、短暂性，借物以娱心性、以证自得、以通无穷的智慧法门，其中蕴含的是生命真情和理想呈现的淡宕诗意。《篁溪归钓图》是张沧海心忧天下的社会使命意识和追求内在超越之幽微心曲的隐喻。其核心是“钓”，而他之所以愿钓、能钓，以至于乐钓的钓者之意，既不同于渭滨待时的姜太公，也不同于富春江畔甘心寂寞的严子陵，更不同于不问世事、只领略无边风月的渔父。他所寄之意，在王树枏看来，也不过是生命中“不获已而寄之于此”的自遣而已。其深层中有晚清民国文人深沉的家国情怀、文化精神，并因中国社会剧烈的中西碰撞和现代转型，使他们出于个体自觉的生命意识具有了弥合新旧的文化符号意义。

王树枏的题山水画诗在结构上有一定的程式，诗中也都寓有特定的内涵。从结构上来说分为四部分，即画中景物的描写；绘画内容和意趣的揭示；观画引起的情思和感慨的抒发；绘画所关涉的人物（历史人物、藏画者、画家等）、时事的叙述。这四部分共同组合成王树枏题山水画诗的形式与内容。就其组合的形式来看，有的顺着观画题诗活动的自然顺序来写，先描写所观赏绘画中的

---

① ［清］王树枏著，于广杰、柴汝新点校：《王树枏诗集》，北京燕山出版社 2019 年版，第 216 页。

② ［清］王树枏：《陶庐文集》，民国八年刻本，卷五。

山水景物，次叙写藏画人的山水行旅和遭际、胸怀，再揭示绘画所欲表达的趣味，由此引起的观者的共鸣。如《题赵月村直刺〈剑湖渔隐图〉》：

剑湖湛湛千年水，万顷玻璃浮一苇。就中垂手钓鱼人，十万熊罴呼不起。白石粼粼尺半鱼，何人夜半歌呜呜。披衣起立看明月，但见上下双跳珠。先生剑湖二十载，虎啸龙吟催鬓改。新诗采遍剑湖云，更骋豪情剑湖外。峨眉剑阁青嵯嵯，前有青莲后东坡。诗人化去已千载，江山待子生妍婀。先生仗剑辞湖去，千里岷山走风雨。朝市邱樊皆隐徒，老渔忽作巴人语。我今遇子芙蓉城，双剑开函相对鸣。他年渔艇忽归去，向人烟柳千枝青。①

前八句摹写画中景象，写剑湖，写鱼钓，展现了垂钓之人肥遁自得的生活情态。后八句由画及人，由图画的幻境进入画家昔日山水吟赏的生活实境，叙写画家剑湖游览吟咏的潇洒生活，诗笔吟情点染江山，熠熠生辉，与苏轼、黄庭坚等人的山水之趣相通。最后八句回到当下宦游的劳形生活，画家、藏者与观画者由画中渔隐之趣而顿生知己之感，点明赵氏此画寄寓的归隐之心和追求生命解放与自由的旨趣。又如《题路金坡〈仙山濯发图〉》：

江流潺潺石齿齿，一朵芙蓉出江底。梦中恍惚荣州山，铁壁千寻迎面起。蹴天大浪褰裳过，攀云直上青嵯峨。嵌空朗朗六巨子，大笔何年书擘窠。传说汪生昔经此，披发高歌蹋秋水。手拔冰丝响枯木，万壑松声犹在耳。天风吹上楞伽巅，赪廊绀宇高摩天。更闻老姆苦饶舌，为说宝地营茅团。一枕黄粱梦初醒，海宇忽传风鹤警。故主惊闻化杜鹃，寂寂寒江吊孤影。汪生汪生何处归，山川犹是人民非。我欲重寻濯发处，水渺渺兮山巍巍。但见林魈木魅，日夜上下相悲啼。②

《仙山濯发图》画路金坡梦境的山水，且因梦与南宋末遗民汪元量联系起来。王

---

① ［清］王树枏著，于广杰、柴汝新点校：《王树枏诗集》，北京燕山出版社 2019 年版，第 71 页。

② ［清］王树枏著，于广杰、柴汝新点校：《王树枏诗集》，北京燕山出版社 2019 年版，第 266 页。

树枏先以数句写画中山水的清冷幽眇，以汪元量高古野逸的山水弦歌之趣。“天风”以下八句不离画面，却如画中烟云，迷离恍惚，如梦如幻。最后六句点明诗意，所谓梦中山水云云，画面的山水清空云云，都是路金坡因清廷覆亡之黍离之悲的幻象，汪元量也不过是他借以抒泄悲愤的化身而已。王树枏观画题诗，也是借题发挥，以梦境之幻，山水画的幻中之幻，陶写他的故国之思。此诗摹写画中山水，先声夺人，后由幻入真，以“归鹤”“杜鹃”意象寓沧海桑田、家国不在的历史之感、时事之悲，最后由观画生出亡国之叹，长歌当哭，深触满清遗老们幽忧感怆之怀。题彭春谷《颐和园图》也采用四段式。首叙畿辅拱卫京畿的山川之盛，而有皇家颐和园；次则铺排颐和园山水的清旷雍熙、宫殿的雄伟壮丽，为后幅蓄势；后调转笔头如白居易《长恨歌》，写八国联军乱后颐和园满目疮痍的景象，园林兴废之际，见出的是王朝的变迁。末四句由观画骋思回到当下，“更闻宫监说开元，手挥老泪青衫湿”①，叹兴亡，思来者，戛然而止，余意幽眇无穷。即使题宋元画家作品，王树枏也多寄托家国深思。在中国绘画史上，《桃源图》本取陶渊明《桃花源记》之意，后韩愈《桃源图》诗又增添了游仙的色彩，寓文人避世而得自由的思想。题赵大年《桃源图》先铺写桃花源宁静幸福的生活和境界，最后四句由观画中仙境而骋目现实世界，生出无限悲慨。“我披此图重怆然，桃花无主春风颠。劫尘吹水作平地，茫茫何处寻仙源”②，政治权力失范，天下鼎沸，人间犹如鬼域一般，桃源之梦早已无路可寻觅。

忧世与忧己是文人自觉生命意识的一体两面。所谓忧己，是对个人在现实世界中生命理想、命运遭际、文化精神的自我审视。这种审视，有的时候是通过咏怀、感遇一类诗歌来自我独白的。更多的时候，是通过对历史人物遭际的叙写和吟咏旁见侧出。王树枏题庄思缄《西冷感旧图》曰“西林山水系人思，老辈风流尚在兹”③，通过庄思缄对师长辈的怀念，透露出晚清文人对乾嘉太平人物风流的叹赏，今昔对比，有一种措处无着的悲慨之怀，本质是末世文人空有经世抱负，却无从伸展；致力斯文，常恐废坠的忠悫又困惑的家国之心。咸

① ［清］王树枏著，于广杰、柴汝新点校：《王树枏诗集》，北京燕山出版社2019年版，第260页。

② ［清］王树枏著，于广杰、柴汝新点校：《王树枏诗集》，北京燕山出版社2019年版，第267页。

③ ［清］王树枏著，于广杰、柴汝新点校：《王树枏诗集》，北京燕山出版社2019年版，第219页。

丰四年（1854），曾国藩的湘军与太平军在铜官和靖港战斗，战败，悲愤跳湘江自杀。幕僚章寿麟跃入江中，救起曾国藩，并谎报说湘军在湘潭大胜，才让曾国藩中止自杀。后来，曾国藩平定太平军，位极人臣，仕途上并未大力提携章寿麟。光绪三年（1877），此时曾国藩已去世四年，章寿麟告老还乡，途中再过铜官，作《铜官感旧图》。湘军集团及相关人士百余人，纷纷借此一陈旧情。王树枏题此诗，是用介子推之事为章寿麟鸣不平，也寄寓了他个人的不平之气。他官新疆布政使，设施得当，甚有政绩，不但未大用，反而在官场倾轧中被排挤出去。心中的不平似乎在介子推和章寿麟身上获得了共鸣。此画在他看来，不仅是章氏个人的遭际问题了，反而成了很多欲经纶乱世以利国拯民的才士，在人间欲望中困惑沉沦的幽眇难状之心的呈现。

三、文士趣味：王树枏的“画史”意识与天真雅逸的绘画美学

题画诗兴盛于唐，多摹写画境和画工苦心经营之意。至宋代而一变，清人赵翼即谓“六朝以来绝少题画诗。自杜少陵创为画松画马画鹰等大篇，搜奇抉奥，笔补造化，嗣是苏黄诸公极妍尽态，物无遁形，以后益务斗胜矣”①，凡画史画论均可入诗。因此，文艺理论家辑录宋以后题画诗，作为论艺说史的重要资料。王树枏的题画诗也承宋人余习，其中有不少关乎画史、画论的精彩之论，展现了他的画学思想和审美趣味。

宋元文人画思潮兴盛以来，文人多以抒情写意、娱情乐性论绘画的功能。以绘画为政治教化的正统思想在文人艺术领域渐渐失去了市场。但“画者，成教化，助人伦，穷神变，测幽微，与六籍同功，四时并运”② 的认识与儒家意识形态相融合，仍然占据着公共文化领域的核心位置，影响每一个具有家国情怀的文人士大夫。尤其是在国家存亡和政权运行受到内忧外患威胁的时候，画教思想随时可以走到历史前台，以最大的声量淹没所有强调艺术纯粹性的声音。王树枏题画诗表现出浓厚的画教思想，认为绘画是反映社会时事和文人心态的艺术形式。他用题画诗的诗意想象建构起一种如同杜甫“诗史”精神的“画史”意识。所谓“画史”意识，指画家以现实主义的精神，用绘画描写社会现象和事件，以表达社会关怀和感慨，有时也会用诗文题跋的形式将关涉的社会内容

① ［清］王树枏：《陶庐文集》，民国八年刻本，卷五。

② ［唐］张彦远著，俞剑华注释：《历代名画记》，江苏美术出版社 2007 年版，第 4 页。

点染出来，其根本精神与画教思想和明末画家项圣谟等人的现实主义画论相合。近代题画诗“无论是哪种题材的题画诗，几乎都不同程度地关涉时政，反映的社会生活也更加新颖而广泛。在列强瓜分中国、社会急剧变化的形势下，不论是画家还是诗人，只要有热血，都不能坐视。他们往往通过一切艺术手段来抒写自己的愤懑与抗争。这时期的题画诗具有鲜明的时代印迹”①。王树枏作为能吏兼诗人，他的题画诗有更为宽广的视野和敏锐的社会感受，尤其是对晚清重要的政治社会事件、文人士大夫群体的思想和心态有更为深刻的理解。如题曹镶蘅《春曹话旧图》：

> 年来文献叹陵夷，梦寐衣冠想汉仪。元会不闻休奕赋，早朝曾记上宫诗。似骡驴马嗟非类，式燕鲙鲨忆盛时。寿草祥槐零落尽，纷纷抱器欲何之。②

感叹清廷亡后文献陵夷，斯文废坠，天下鼎沸，贤人肥遁的丧乱之景。题《凤翔冈图》曰“绕冈手种千树梅，风花烂漫雪打园。更栽龙凤万竿竹，翠羽时逐仙禽飞。杂花异木不知数，黄稻青蒲隔江路。一叶籧篨凌素波，往来载酒无朝暮”③，着力铺排胡迟圃隐居凤翔冈清旷优美之境，将文人空有报国之心而无拯世之门的一腔忧叹都寄托在守庐墓、尽孝思、优游故园的闲适生活中。而题金葆桢《北雅楼闲居著书图》则以高古澹宕之笔，写出了易代之际文人最后的生命挣扎，即通过著书立说，衍续斯文，以俟来者。所谓“卓哉草玄人，独抱周孔思。伏申授遗经，秦火不能灰”④，二三知己的往还讨论，就如西山采薇的伯夷叔齐，纵论千古兴亡，以忘今世之忧，刻画出清廷遗老们的精神世界和生活情态。文人寄托在画中的心态与情意，可以借助诗歌知人论世的叙写和真幻之际的想象点化出来，并将诗情与画意融合无间，画中之意，画者之意，藏者与观者之思浑然一体，见出晚清民国遗民群体的心态与精神。抒情写意之外，亦

① 刘继才：《趣谈中国近代题画诗》，辽宁人民出版社2012年版，第3页。

② ［清］王树枏著，于广杰、柴汝新点校：《王树枏诗集》，北京燕山出版社2019年版，第295页。

③ ［清］王树枏著，于广杰、柴汝新点校：《王树枏诗集》，北京燕山出版社2019年版，第209页。

④ ［清］王树枏著，于广杰、柴汝新点校：《王树枏诗集》，北京燕山出版社2019年版，第213页。

可用图像为人立传，共同组成“画史”精神。如题黄小宋《壮游图》谓“开图历历数生平，诗画差堪作生传”①。画可以为人传记，这个应该是明代文人的一个创新。元代的文人重在寄兴，仅仅是将个人的生活片段写入画中，明清的画家则更重以画存人，进而将事件写入画中。同时诗画的结合，也更侧重指向为人写心存迹。又如题程葭育《精忠柏断片图》：

> 殷之祥桑汉僵柳，骑木人参更希有。义荆慈竹死复生，气类感召为枯荣。咄哉程伯葭，持来柏一片。云是精忠骨，斑斑血痕见。当年耻伍桧，抗节殉王难。浩劫七百年，世易心不变。何物碎之为九断，隐隐风雷护神干。其一已归海外人，其八移置西湖滨。草木随人竞好丑，有不亡者千年存。君不见夷齐死西山，屈子沉江水。不然蕨薇亦是寻常草，世上何知重蘅芷。②

坚贞忠悫，气类相感，多是报国之怀、忧世之心。王树枏就作画人、藏画人、与画有关之人感发志意，书写怀抱，而不仅就绘画本身展开想象。绘画在王树枏的题画诗中仅仅是一个媒介。其诗笔收摄，而人事奔赴，乃是一段传奇，一段家族、国家、历史的故事和意蕴，乃是一腔感慨时事的深沉幽怀。王树枏的画教思想也体现在他对几幅“母教”题材绘画的题咏上。如周肇祥《篝灯纺读图》、曾福谦《西山永慕图》即画题咏，将晚清传统女性苦节教子的生活和心态刻画得纤毫毕现，为“母教”题材诗画艺术增添了浓重的笔墨。

王树枏认为山水画要写胸中逸气、胸中丘壑，展现艺术家的人格精神。《题郭煦凡山水画册》论郭氏山水画法宗北宋米芾，朦胧烟水，潇洒适意。又由其画而及其人品格。俯仰红尘之中，却能高尚其志，无怪其山水画有清旷雅逸的潇洒之趣。然而道体无相，借声色有形之物来显现其特质。对于本体之道而言，声色是舒展摇曳在时空中的幻象，不具有根本、永恒的性质。但通过其变幻之态，足以表征道体之迹，是艺术家借以体验、感悟自然和生命本真的津梁。所

① ［清］王树枏著，于广杰、柴汝新点校：《王树枏诗集》，北京燕山出版社2019年版，第189页。

② ［清］王树枏著，于广杰、柴汝新点校：《王树枏诗集》，北京燕山出版社2019年版，第217页。

以，王树枏认为从本质上说，“真如诸相原无见，声色如何付画工”①。绘画是不足以展现道体之全的，绘画艺术的创作和鉴赏，应该尚真遗形，求于言象之外。《题陶拙存施裕堂何善孙小像》曰：

人生旦暮百年尽，真者幻者皆尘埃。吾本非吾子非子，卢仝马异空疑猜。吾闻子祀往鉴井，自知面目全然非。尻轮神马各任化，造物焉用拘拘为？有身为患古所戒，请君绝迹遗形骸。②

《题项孔彰山水画册》又说“画山非真山，画水非真水。老手逞狡狯，巧夺造物理”③，都是要画家与观者不可拘囿在声色行迹以求画意，而要通过一层，在笔墨、形象之外把握艺术家所体验到的自然之道和生命之真。

王树枏的题画诗有时论到绘画笔法与风格，具有重要的画史意义，也体现了他博雅宏通的文化修养。如题徐世昌所藏《烟树晴峦图》：

吾闻渲淡宗，韦张辟先路。后来荆董辈，点染弄姿趣。此图守家法，下笔得神助。骨秀神自闲，意远态弥嫭。胸中万丘壑，磅礴时一露。④

《题傅青主人物画册》：

先生胸中磊落气，一日解衣般礴裸。自言笔法出襄阳，不向人间斗头角。随宜点染若天成，精能造疏简不略。其妙在神不在迹，气韵天然失笔墨。唐贤论画重逸品，此独当之可无怍。⑤

---

① ［清］王树枏著，于广杰、柴汝新点校：《王树枏诗集》，北京燕山出版社2019年版，第170页。

② ［清］王树枏著，于广杰、柴汝新点校：《王树枏诗集》，北京燕山出版社2019年版，第107页。

③ ［清］王树枏著，于广杰、柴汝新点校：《王树枏诗集》，北京燕山出版社2019年版，第215页。

④ ［清］王树枏著，于广杰、柴汝新点校：《王树枏诗集》，北京燕山出版社2019年版，第280页。

⑤ ［清］王树枏著，于广杰、柴汝新点校：《王树枏诗集》，北京燕山出版社2019年版，第253页。

《题倪修梅先生〈松岭云壑图〉》：

君家老迂画山水，六百余载留真传。先生下笔守家法，意在笔外非言诠。想其解衣盘礴裸，万趣已入秋毫巅。有如张绢败墙上，眼中神趣皆天然。①

《题洪幼宽（亮）梅花谱》：

悄从月下摄花魂，屈铁回枝倚寒瘦。千姿万态笔不同，手裁造化天无功……洪君画骨不画肉，笔挟风霜镂寒玉。低昂向背各有情，共保艰贞伴松竹。逋仙化去虚无人，空对梅花谱喜神。②

《题王蓬心山水画册》：

楚中山水天下闻，千形万状一笔吞。谁与作者司农孙，探奇凿幽湘汉滨。胸中突起千嶙峋，眼偷手剽如有神，体苍质厚气浑沦。善以秃毫干擦皴，险若斧凿神工痕。有时梦寐江南春，故乡回首千山屯，兴至一写皆烟云。司农家法变自君，别开蹊径披荆榛，有若献之争右军。③

由以上诸例可知，王树枏对山水画欣赏的应该是王维开其端，宋元文人画家衍其绪，明清董其昌、“四王”沿其波的南宗画派，体现的是他浓重的文人画趣味。其中尤重张璪、韦偃、米芾、倪瓒、王时敏等人。他强调山水画要有江山之助，要有超功利忘得失的诗兴智慧和娴熟有自的笔法，才能脱去笔墨痕迹，收摄山水清旷之神，得天真自然、雅逸淡泊之美。

近代中国政治上的救亡图存与文化上的变革创新交响变奏。根本上是要处理在西方文明冲击下，如何对待传统和吸收外来文明的矛盾。对这些重大问题

---

① ［清］王树枏著，于广杰、柴汝新点校：《王树枏诗集》，北京燕山出版社 2019 年版，第 227 页。
② ［清］王树枏著，于广杰、柴汝新点校：《王树枏诗集》，北京燕山出版社 2019 年版，第 258 页。
③ ［清］王树枏著，于广杰、柴汝新点校：《王树枏诗集》，北京燕山出版社 2019 年版，第 278 页。

的回应，显示了近代中国知识阶层的胸怀、眼界和智慧。王树枬博通古今，对西学尤其是历史哲学和政治制度比较熟悉，且能以儒者弘道的精神，参酌中西，开辟学术新境。其政治上的保守立场与社会实践中的圆融态度，又可见出其尚才用气的豪杰特质。就其题画诗来说，作为近代“河北派”的诗人，颇受清真雅正诗学思想的影响。题画写心，以诗笔勾勒图像中的自我形象，写出了儒者能吏的生命情态；山水行旅，恰恰拨动了晚清民国文人宦途中经世理想与个人解放自由的心弦，题咏山水画与俯仰江山的矛盾心态深度交织，写出了他们内心的困惑、彷徨与无奈，袖手林泉也无法平抑那一颗炽热跳动的家国之心。他的题画诗蕴含着浓郁的文人趣味，不仅在以“诗史”精神孕育“画史”意识，也在于经纶时务时始终保有的一种追求天真自然、雅逸淡泊的艺术风格。这也许是深味斯文之道的儒者在晚清民国易代之际难得的一份性情。

第四章　贺涛的古文思想与莲池学派的现代转型

贺涛（1849—1912），字松坡，直隶武强人。同治九年（1870）举人，选国子监学正，改官大名教谕。光绪十二年（1886）进士，授刑部主事。吴汝纶邀主冀州信都书院，从大名学使调冀州学正。后游京师，任长沙陈启泰、天津徐世昌家讲席。袁世凯总督直隶，聘其主保定文学馆事。贺氏为武强大族，藏书名甲畿域，至贺涛益研典籍，于书无所不窥，大聚古人之书。其古文师事张裕钊、吴汝纶，所作以雄峭闳肆胜。徐世昌将其列入明清古文八大家，与桐城马其昶、通州范当世齐名。他长期在冀州信都书院、保定莲池书院任教，培养了许多古文方面的人才。弟子如冀州赵衡、衡水刘乃晟、献县张宗瑛、桐城吴闿生等人都长于诗古文，自立面目，号称名家。以贺涛为中心，形成了莲池学派第三代古文群体的基本格局，是晚清民国北方传承桐城派的重要力量。有《贺先生文集》四卷、《贺先生书牍》二卷传于世。

第一节　明体达用的古文观

桐城古文体清词洁，与清代科举时文有着密切的关系，很多士子都把研习桐城古文作为求取科名的终南捷径。贺涛少时即嗜方苞古文，进而由吴汝纶、张裕钊上窥桐城诸老之文，探得桐城古文家法。其《题西山精舍图》曰：

> 涛少时则喜谢桐城方望溪先生之文，及从吴先生游，益广以刘氏、姚氏之说，而其邑人客燕赵者往往遇之先生所，亦辄称述其乡先正绪言轶事，

于是桐城诸老之精神笑貌如接吾之耳目矣。①

《送张先生序》曰：

先生师曾公，尝取姚氏所纂录，而独说其辞赋，以示学者。涛既蒙不弃，以为可与于兹事，而数进以闳肆之境。②

桐城派论“古文”起源均绍自韩愈，而推究其家法则谓“学行继程朱之后，文章在韩欧之间”（《方望溪文集序》）。合理学家与古文家为一体，义理、词章并重。贺涛少受程朱理学的熏陶。其父贺锡璜谨守程朱理学，又尝命贺涛从姑父王用诰为学。王用诰（1840—1893），字观五，号小泉，深泽望族，笃尊程朱之学。宋元来为程朱学者，苟有书，必究其浅深纯杂，而搜讨散佚，删要录存，其异趣者亦必推竟源委，驳而正之。③ 然燕赵文士自古质木少文，清初以来受“颜李学”影响深刻，为学不蹈空虚，偏于实用，崇尚实行。笃好程朱如王用诰者，“辩说虽多，一以躬行为本，尝欲推之于世，以验所学”④。至如贺涛叔父贺锡珊，厌薄举业，学以经世，究心史部典章之学，推明古今兴衰、人才贤愚之故，尤喜近世舆地之说及泰西所绘海国诸图，并佐吴汝纶修《深州风土记》。贺涛古文因家学和地域文化的熏陶，渊源程朱之学而崇实尚用，与桐城湘乡一脉注重“经济”的思想有暗合之处。他认为古文是韩愈自辟区宇的文体，基本特征为“约群经子史之义法而为之”“辞体则由我造焉”⑤，故而他的辞体宏阔峭拔，考论时政通达源流，洞悉症结所在，发为有用之言。尤其可贵的是，他承袭吴汝纶记近事、阐新理的古文义法，所著文务引西方列强的新学新理以启蒙民智，忧深思远，为莲池学派诸子此后在政治、教育、实业诸方面的开拓奠定了重要基础。如《送徐尚书序》详论我国的海权，其战略意义即使在今天仍然

① ［清］贺涛著，祝伊湄、冯永军点校：《贺涛文集》，华东师范大学出版社 2011 年版，第 106 页。

② ［清］贺涛著，祝伊湄、冯永军点校：《贺涛文集》，华东师范大学出版社 2011 年版，第 48 页。

③ 参见［清］贺涛著，祝伊湄、冯永军点校《贺涛文集》，华东师范大学出版社 2011 年版，第 118 页。

④ ［清］贺涛著，祝伊湄、冯永军点校：《贺涛文集》，华东师范大学出版社 2011 年版，第 118 页。

⑤ ［清］贺涛著，祝伊湄、冯永军点校：《贺涛文集》，华东师范大学出版社 2011 年版，第 45 页。

有可借鉴之处；《上徐尚书书》论述铺设铁路当以西北诸省为先，认为交通条件的改善对社会经济、政治、民俗有重要意义。这些颇具战略意识和文化忧思的文章，并非那些泛泛论事的俗儒所能比拟。徐世昌说："其学虽以词章为主，然综贯中外政学而得其通。"① 论者谓"先生（贺涛）所师法瓣香如吴挚甫、曾涤生者，固皆以天下为己任之人，然则其所谓'不敢学于无用'者，殆亦湘乡派之殿军"②。

贺涛继吴汝纶之后，在书院教育中注重时务，引入新学。主信都书院之时，他即为学子订阅多种报刊，鼓励阅读介绍西学的各种书籍。贺葆真曰：

> 是时，书院所阅报凡七种，为极盛时代。曰《万国公报》月报，出耶稣教会，多外国人论说经济，《丛编》序事极简要，《外交报》多纪各国事，《汇报》天主教会出板，《时事采新汇选》多泛论，《顺天时报》日本人立阁钞汇编谕旨及奏折也。自《时事采新汇选》以下四种，皆出京都。③

除此之外，信都书院曾订阅的报刊尚有《中外纪闻》《时务报》《农学报》《华北月报》《申报》《国闻报》《格致益闻报》。贺涛所读之西学方面的书籍有政法、地理、国外游记、小说等多类书籍。如孟德斯鸠《法意》，日人穗积八束著《中西纪事》《宪法大意》，赫胥黎《天演论》，等等。出于古文家的立场，他颇关注书籍的译笔文辞，认为林纾所译《茶花女遗事》体类汉魏小说，文辞古艳，为第一小说家。山西大学堂译本迈尔《通史》颇雅驯，无不词之语，为历史课本之佳者。从贺涛时务书报的阅读，可以看出其强烈的读书致用思想。贺葆真说：

> 自吾父都讲信都，以古文义法授学者，而必传之以世务，使稍通中外之故，湘帆（赵衡）以吾父所以为教者，施诸深州，州人士之知新学，湘帆启之也。④

---

① ［清］贺涛著，祝伊湄、冯永军点校：《贺涛文集》，华东师范大学出版社 2011 年版，第 270 页。

② ［清］贺涛著，祝伊湄、冯永军点校：《贺涛文集》，华东师范大学出版社 2011 年版，第 2 页。

③ 贺葆真著，徐雁平整理：《贺葆真日记》，凤凰出版社 2014 年版，第 85 页。

④ 贺葆真著，徐雁平整理：《贺葆真日记》，凤凰出版社 2014 年版，第 90 页。

贺涛与弟子赵衡等将新学融入书院生徒的日常习读内容中，使其与传统的古文经典处在同一系列，促进了桐城派古文的现代转型。这一转型当从曾国藩以“经济”纳入古文开始，演变于吴汝纶在莲池书院引入新学，而成熟于贺涛诸人之手。此处所谓成熟，不仅从新学广泛地融化为古文的义理，还表现为自觉的理论阐释。贺涛《与吴辟疆书》曰：

> 当今之世，若不谈新理，不记新事，几无文可作……近世所谓顽固，则所见既狭，其文必无可观，其人又安足取乎？尝以谓旧之宜守者，唯为文之义法，余无新旧，唯其是耳，外人不知，遂加讪笑，听之可也。①

阐述新理新事，是当代古文创作的基本要求。这就突破了“学行继程朱之后”的桐城家法。在具体的古文创作方法上，贺涛也强调“读书作文可听人之自由。然皆须有所述作。或专著一书，或作杂文均可”。但是古文的“义法”还是要讲的，这个古文“义法”，在贺涛的眼里，已经泛化为中文写作的标准和规范，不仅仅是桐城古文的创作法则了。他说：“所学无论何事，必以词章为主。故学堂皆有国文一门。而深识之士恒惧其废坠者，学堂门类繁多，势难兼及，万一十余年后，词章之义法不明，则不但国粹无存，即新学亦难深造，而章奏牍牒且恐有不能如格者矣。”② 当然，这些言论是贺涛在特定情境下说的，不能以偏概全，确认为他的根本的古文观。赵衡曾记载，吴汝纶一日邀集于莲池书院，席间诮让他“于吾文少所违反，乃不若范肯堂”。贺涛从容徐答之曰：“回也非助我者也，于吾言无所不说。”由此可见，贺涛本不是墨守师说、不知变通的拘迂之人。其于古文是深爱的，在举世趋向新学之际，“时取所闻于师者往来胸中，以自排遣，犹可说也”③。他也是真懂桐城古文之本的，将其归约为词章，无疑是具有勇气与卓识的。贺涛内心深处是矛盾和无奈的；其所致力的守护华夏斯

① ［清］贺涛：《贺先生书牍》，《清代诗文集汇编》编纂委员会编《清代诗文集汇编》第 771 册，上海古籍出版社 2010 年版，第 668 页。

② ［清］贺涛：《贺先生书牍》，《清代诗文集汇编》编纂委员会编《清代诗文集汇编》第 771 册，上海古籍出版社 2010 年版，第 666 页。

③ ［清］贺涛：《贺先生书牍》，《清代诗文集汇编》编纂委员会编《清代诗文集汇编》第 771 册，上海古籍出版社 2010 年版，第 665 页。

文的事业是悲壮而孤独的。他解构了古文义理、考据坚固的内核，以词章义法敞开拥抱新世界，其所欲保存的仅是古文作为国语之写作艺术而已。即使如此，古文作为古典的语文形式，在大众启蒙和救亡图存的滔滔大潮中，仍被白话语文及其文艺冲击得七零八落。并被冠以“谬种余孽”的帽子，列入顽固守旧的行列。

第二节 因声求气，悟入精神意象

道与文的关系，文人学士历来争论不休。宋明以来的讲学家，多鄙文为小道末技，无益于进道之学。文人则多沿用孔子“言之不文，行之不远”的意思，将文视为明道、载道的工具。至于将文章比为精金美玉，爱赏其独立审美价值的文人如欧阳修、苏轼等人，则在道统之外，倡叙文统。概而论之，均是视道与文为截然不同的二种事物。古文家合道与文而同观，认为文道一体，桐城派更是义理、考据、辞章并重，约六经之旨意为文，认为圣贤精微大道，本是寄寓在文辞之中，求道应该从文悟入。“自古求道必赖于文，未有离文而可言道，离道而可以言治者。千古以来之学术，一以文章之义裁之。”① 贺涛论文与道的关系，本桐城家法。《畿辅文学传稿·贺涛传》载：

> 涛之为学，以文章为诸学之机缄。读古人书，必研求其文字。既从吴张两家学，益抟精于古人之文。自周孔以降，若左丘明、孟轲、庄周、太史氏、韩氏之书，心维而口诵之，通微合漠，尽得古人著书之意。于姚氏、曾氏义理、考据、辞章三者不可偏废之说，尤必以辞章为贯彻始终。而兢兢于归、方、姚、吴数大家之评识，日与学者讨论义法，不厌不倦。又大聚古人之书，有所编辑，以为《文章大观》，而补姚氏《类纂》、曾氏《杂钞》所未备。②

贺涛主张文道一体，以文章为学问的机缄，开启诸学，探究精义，都是从文章

① [清] 贺涛著，祝伊湄、冯永军点校：《贺涛文集》，华东师范大学出版社 2011 年版，第 268 页。

② [清] 贺涛著，祝伊湄、冯永军点校：《贺涛文集》，华东师范大学出版社 2011 年版，第 262 页。

入手的。他所谓文章，包含“六经”之文，以及桐城派所推崇的诸子史传和古文家之文。徐世昌论曰：“其文章导源盛汉，泛滥周秦诸子，唐以后不屑也。”①他昭明学者必以文字为入德之门，其归趣也是词章。但是值得注意的是，贺涛不是如讲学家那样，仅是关注文章的义理，而是务期阐明文章安章宅句的方法。洞彻为文之义法，才可以借由文字通达圣贤制作文章的本意和旨趣。为文之“义法明而古人之精神乃可见，得其精神而道术乃可深造也”。《庄子》载轮扁与齐桓公论言道关系的寓言，主张得意忘言的玄学之士历来以此张目。实则，在言意之辨的命题中，言不尽意，是道之糟粕，只是在道绝然一体层面有意义；在体用层面上，言能尽意才是人文衍生变化的根本。贺涛论为学从文章入手即是在体用层面上立论；然为了得窥见道体之全，他认为从文章入手有形的悟入和神的悟入两个层次。他在《答宗端甫书》中说：

辱书以文事相质，以谓多读书晓世务则理富，理富则文有质干，而义法自从，不必斤斤以学文为事。子之言诚当矣，虽名能文者，不能外子所言矣。虽然，以涛所闻，文之能事，犹有未尽乎此者。齞唇鼜鬜，曲脊跛足，枝于指而瘿于项，固不良于用，不美于观矣。官体肢骸，不失其形，所以辨臭味声色而任提挈戴负者，举肖所职，以呈其材，则凡名为人者皆然也，然而闳隘、伉臾、魁猥、舒急、都鄙之相去而相反，倍蓰十百，乃至不可计数。泄于面颜，不能自闭遏，卒然遇之，而能辨者，则精神意象之为也。执子之说以为文，诚具其形，且可适于用矣，而文之是非高下，犹未定也。②

古文通过文辞、语法、音节、结构的探索和实践，将古代语言经过一番过滤，或去死存生，或推陈出新，起到了规范和净化的作用。吕思勉先生说：“古文可谓文言中之官话，他种文言犹文言中之方言也。率此义以为文，则其文字能使后来之人易懂。因其用一时代、一地方之言语少；所用皆最通行之语，犹之说官话者之所以易懂也。故古文有使前人后人接近之益。古文者，时间上之官话

① ［清］贺涛著，祝伊湄、冯永军点校：《贺涛文集》，华东师范大学出版社2011年版，第1页。
② ［清］贺涛著，祝伊湄、冯永军点校：《贺涛文集》，华东师范大学出版社2011年版，第43页。

也。”但是，古文创作不能徒具语言的形式，而应该呈现出合于圣贤精蕴的精神意象。贺涛批评理学家、考据家、词章家或昧于义理，或昧于古训，或昧于廓落讲说，以至于拘泥文辞义理，只能阐明字面的意思，对于作者的言外之意、精神气象，则难得其门而入。他在文章中反复申说这一思想。《书说易说序》曰：

> 训诂讨故，义理发幽，二者固说经者所有事，然不能切究乎法，而心知其意，徒曰释词、阐理而已。是析薪者不杝，而称物者手制其权衡也，虽有得焉，所不合固已多矣。①

《陈母李太恭人寿序》曰：

> 世儒论学有三，曰义理、考据、辞章。义理明先王之道，考据则稽其功用之迹，而记之者辞章也。后世既分途以习，为义理、考据者或不娴辞章，而为辞章者犹必兼涉二家之说，非特兼之而已，古人之精神、意趣将于是求焉。②

六经为文之至极，古文当以六经为法。研求其文章，求古圣先贤的精神气象。那么如何从形似而进于传神写照呢？贺涛继承了桐城派“因声求气”的理论。先秦文章已经注意到诗文的声音问题。《诗经》及《易经》的卦爻辞、文言就有很多韵语；《左传》《战国策》中也有排戛有力、音律壮美的论辩之辞。魏晋以来，文学的自觉促进了文人对文章形式美感的追求，声律规则的总结和应用，使文人欲以人巧夺天工，形成诗文音声迭代的声韵之美，并因声韵而论文章的本体与作者的性情气质，以合文质彬彬的自然之境。“声音”“文气”二者在此情境下联系起来。“文气”是文章的气势声调，其本是先天的体气和才性。从体气论是文章本体生发之源，从才性论是主体性情气质与思想意志的表现。它既是按照一定韵律节奏抒发的情感，也是按照一定逻辑规则演绎的义理，从

① ［清］贺涛著，祝伊湄、冯永军点校：《贺涛文集》，华东师范大学出版社 2011 年版，第 164 页。

② ［清］贺涛著，祝伊湄、冯永军点校：《贺涛文集》，华东师范大学出版社 2011 年版，第 105 页。

而形成音、字句、韵调间的某种气势。桐城派起初就特别注重古文的声气关系。戴名世以“精、气、神”论文，尤重文章自然奔放的语言气势和自如悠然的神韵。刘大櫆承其“神气”说，以品藻音节为宗。他说：

神气者，文之最精处也；音节者，文之稍粗处也；字句者，文之最粗处也。然论文而至于字句，则文之能事尽矣。盖音节者，神气之迹也；字句者，音节之矩也。神气不可见，于音节见之；音节无可准，以字句准之。①

经过由字句而音节而神气的循迹求理，原本抽象的古文声气论变得显豁具体了。其后姚鼐、梅曾亮、张裕钊等人从声音证入，因声求气，以诵读吟唱、涵咏妙悟来把握古文的章法结构，体味神气韵味，建构起创作、批评的理论体系，此为桐城派诗古文的独得之秘。贺涛阐发“因声求气”论曰：

古之论文者，以气为主，桐城姚氏创为因声求气之说。曾文正论为文，以声调为本。吾师张、吴两先生，亦主其说以教人。而张先生与吴先生论文书，乃益发明之。声者，文之精神，而气载之以出者也。气载声以出，声亦道气以行。声不中其窾，则无以理吾气。气不理，则吾之意与义不适，而情之侈敛，词之张缩，皆违所宜，而不能挚然有当于人之心。质干义法，可力索而具也，声不能强搜而得也。②

声是文之精神，其韵在人；气是文的物质呈现，载声而出。人的精神韵调因气而出，通过意义阐喻、情之侈俭、词之张缩来表现，律动而出，符若中节，妙会阴阳之理，义理、情韵、词章纲举目张，翕然而近乎自然。这种自然是我之精神意象与古人精神意象的合一，从根本上说是与天道自然冥会统一的。如此，从文章悟入，因声求气，以形写神，合于淡泊之境，即突破了文道二分的尴尬，而进入文道一体的“古初”境界。

---

① ［清］刘大櫆著，范先渊校点：《论文偶记》，人民文学出版社 1959 年版，第 6 页。

② ［清］贺涛著，祝伊湄、冯永军点校：《贺涛文集》，华东师范大学出版社 2011 年版，第 43 页。

贺涛论文从文章的语言、声音层面悟入，探寻古人安章宅句的文心；并以此为进阶体会圣贤立言以立人极的根本精神。其笔下不仅仅是一篇篇浸透着性情智识的诗古文，更是他以文字唤醒的“文心”递相传承圣贤图谱，精神气象云云，就化作他的情感、义理、词章、音节，蕴含在他的文章气脉之中。贺涛“因声求气”、领悟文章精神意象的进阶有三个途径。一是讽诵，通过不断地诵读来领会文章的音节词句、章法结构、精神意脉。他说：“后之学者，将取合乎古，必取古人之文，长吟反复，而会其节奏，其徐有得也，含而咀之，毋操毋忘，熏炙浸灌，而渐而进焉，以契乎其微，而几于自然。然后吾之气与古人之气相翕合，而吾之文乃随其意之所向，措焉而皆得其安。”① 二是古文评选。古文评选是桐城家法得以汇聚共识，形成并流传的重要途径。② 其弟子赵衡说：“先生尝自言，其于文事粗有所知，悉得力自评点。”③ 评点之学创自明代的归有光，其后方苞、刘大魁、姚鼐、张裕钊、吴汝纶诸人承用其说，所作群文评点更多。桐城古文家认为评点之学可以发古人不传之秘，为后来学古文的人别开一个终南捷径。就像“西学有仪器标本，于无可指示之端，能为之图形指示，学者一目了然，用至便，法至善也”④。贺涛深研评点之学可从其过录桐城名家评点及自为古文评点见出端倪。据其子贺葆真统计，贺涛曾过录的名家评点有二十余种，如《史记》归有光、方苞点本，《古文辞类纂》姚、方、刘、张诸家临本，等等。贺涛评点过《仪礼》《晋书》《后汉书》《史记》及曾国藩文集、吴汝纶文集。⑤ 他的这些读书心得，或过录的批点，在特定的群体内，通过借阅过录交流，汇入桐城古文的义法总结中去了。三是讲说。贺涛主畿南多地讲席多年，又得桐城古文家法助益，善于讲说古文。赵衡说先生语言妙天下，“然雅趣不为滑稽滥说，闻者解颐，而事理的破，昭晰无疑。尤妙于说书，善为形容，正言不喻，而偏宕言之，间以譬况，俾古人之音声笑貌凌厉纸上，汲引学者心

---

① ［清］贺涛著，祝伊湄、冯永军点校：《贺涛文集》，华东师范大学出版社 2011 年版，第 43 页。

② 参见徐雁平《〈贺葆真日记〉与晚期桐城文派的深入研究》，《华南师范大学学报（社会科学版）》2014 年第 2 期，第 28 页。

③ ［清］贺涛著，祝伊湄、冯永军点校：《贺涛文集》，华东师范大学出版社 2011 年版，第 274 页。

④ ［清］贺涛著，祝伊湄、冯永军点校：《贺涛文集》，华东师范大学出版社 2011 年版，第 274 页。

⑤ 参见贺葆真著，徐雁平整理《贺葆真日记》，凤凰出版社 2014 年版，第 42 页。

目，由百世之下等百世之上，若亲与古人昭对、唯诺一室之中”①。其弟子吴千里《祭松坡先生文》中说：“先生善谈，正嘲间作。化俗为雅，颐解神愕。及其为文，通微合天。精能要渺，突过师传。”② 贺涛解说古文正言明理，戏言衍情，雅俗并陈，往往收到很好的效果。他的解说与古文创作相表里，经史并御，务求梳理文意气脉和字句的节奏意蕴，存于心，应于手。作文汪洋恣肆而深婉纡徐，长于情韵又融合新旧之理。其古文义理俊发颖脱，合于规矩窾节，造微入妙，往往而达到淡泊自然之境。

第三节　雄峭闳肆的审美风貌

桐城派古文自方苞崇尚雅洁简静的阴柔之美，刘大櫆拓而大之，以“神气”求变化，在雅洁之外创作出一种气势凛然、雄直遒劲的新风。其后桐城文家都以“气”为尚，将道德人格、性情学问、理想志意、生命趣味融入字里行间，文章写得气势盎然、雄浑劲峭。曾国藩以中兴名臣倡导桐城古文，以“气、识、情、趣”为文章旨归。其文以汉赋之气运转体势，以增强气势力度。句式奇偶错综，词单复间厕，厚积其气以蓄势养神，炳焕声采以协锵然戛然之律，遂开湘乡派古文雄浑遒劲的阳刚之美。其弟子张裕钊、吴汝纶等均以笔力健朗、纵横恣肆见长。贺涛从张裕钊、吴汝纶受古文之法，其古文创作实传湘乡一脉，推尊古文雄浑遒劲的阳刚之美。对此钱基博先生论述得最为精核。他说：

> 大抵方姚之文，由欧阳修、归有光以学史公，摈绝班固，而欲以洁其辞，渊其味；其声色格律，务以简淡寂寞为归。而曾、吴所作，则学韩愈、王安石以窥史公，旁及班固，而务欲茂其气，伟其辞；其句调声响，必叶铿锵鼓舞之节。……桐城马其昶与涛皆早受业于汝纶。汝纶矜宠之甚，亦通之于张裕钊，以故兼受两家学，虽与涛同，而辞笔则异。其昶矜慎以敛，涛则雄峭以浑；其昶之学粹，而涛之才高，于汝纶皆有出蓝之誉。……然其昶之不逮汝纶者，在矜慎而未能雄峭。而涛之所以智过其师，则在雄峭

① ［清］贺涛著，祝伊湄、冯永军点校：《贺涛文集》，华东师范大学出版社2011年版，第272页。

② ［清］贺涛著，祝伊湄、冯永军点校：《贺涛文集》，华东师范大学出版社2011年版，第277页。

而出以浑厚，沛然出之；言厉气雄，行所无事；不如汝纶之跌宕顿挫，扪之有芒。①

贺涛古文序（四十一篇）、记（九篇）、传（五篇）、书后（十二篇）、墓志（十一篇）、墓表（二十八篇），与桐城派其他名家擅长的文体相似，尤以墓表和寿序等应酬文字为多。贺涛表墓之文很有特色。这些文章有一定的常格，或曰义法。一般而言，先叙写墓主世系籍贯官爵，后论其性情学问及文化渊源或当世思潮，其后述性情学问之效及人生遭际、事迹。叙述中又有直笔、侧笔、闲笔、逆笔等。最后曲终奏雅，或议论以畅主旨，或余笔以写人事，徜徉潺缓，颇有余韵。第二部分与第一部分又可以互换，以取得先声夺人的艺术效果。如《吴先生墓表》以"新学"起笔，正是吴汝纶一生事业最卓著的地方。表墓之文中叙及的人物有文官、武将、儒生、侠士、隐君、商贾，他们的地位或不高，影响力也多不出于地方，事迹本无多少可记述之处。然自韩愈以来，古文家多以小说、史笔书写平常人的生平事迹和学行功德，以补国史之阙，大体上仍不出史家范围。桐城古文家进一步融考据、义理入古文，使他们对日常人事的书写多了一层浓厚的学术气息。贺涛从大文化的视野来观照人事变迁和社会发展，将笔下的人事与特定的文化制度、地域文化、学术思想联系起来，虽为平常人事，却因此有了历史文化的厚重感。② 因此，他的古文颇能于妥帖自然、雄辩自适的文笔中见出深沉老辣、融摄古今的史笔，使他的古文气象高古、意旨雄深。《书大名国太守事》叙事逆处着笔，先述匪狂杨荷横行乡里、聚众谋逆的过程，而以事亟欲变的危急之势收速。转而述国太守在势寡民疑的情况下率众剿匪，晓谕抗拒官府的祸福，以乡邻说动其悍鸷之心，匪患遂于剑拔弩张之际烟消云散。其后又以闲笔叙写出兵前僚佐吏民危惧及得胜归来欢蹈相迎的场面。叙事多从《左传》《史记》而来，逆起侧写，虚处勾勒，左顾右盼，有声有色，及其势成，国太守持重坦夷的大将形象跃然纸上。

贺涛古文长于议论，他的文中议论见识高远，寄托遥深；行文透辟凝练，

---

① 钱基博著，傅道彬点校：《现代中国文学史》，中国人民大学出版社 2007 年版，第 135 页。

② 参见［日］吉川幸次郎著，章培恒、骆玉明等译《中国诗史》，复旦大学出版社 2012 年版，第 3—7 页。

很能见出他的才识和胸襟。如《武强蔡君墓表》，因蔡氏居丧的孝行论丧礼之义。先言时代变迁，丧礼的仪品器式多与古制不同，又拘泥于各地习俗，遂出现“里异而家不同”的纷乱现象。俗儒大有礼乐崩坏的愤世之论。笔锋随之一转，不言丧礼之异，而论丧礼形式虽不同而“丧期”却各地无异。丧期虽同，而居丧期间饮食起居的日常禁忌却又不同，一层意思中又生出一层波澜。下文引出蔡君居丧终老的异行，与俗虽异，顺性自然的旨趣却与礼仪之义同归。贺涛因之得出结论，礼义蕴蓄在人顺性自然的心中，人心不亡，礼义即不亡，礼仪的形式也不难恢复。曲终又一折，阐明当下礼仪废坠的原因，归于孔子“克己复礼”之训。全篇识见通脱朗峻，议论奥衍深折，层层蓄势而一气暗转，于沉厚中见雄古，郁勃中见闳深。其他如《吴先生点勘〈史记〉序》自抒心得，独探精义；《国势》衡量古今中外大势，欲以渐进的方法振拔变革；《欧太淑人墓志铭》《汤母方太孺人六十寿序》等文融汇时代女性新观念，变其风调，使古文也能与时代风气颉颃比翼，都体现了贺涛敛才于学的高见卓识。贺涛继承吴汝纶融新学入古文的观念，用古文阐述新理论，峭拔新颖。如《送宋芸子序》以求其西方列强立国及外交之道相勉励，在中日甲午战争之前确属于超前的认识。甲午以前译介西学主要重视制器考工，没有涉及政治制度。政法之学等都是从日本译籍中转译过来的。此文在中日战事以前已注意欧洲各国立国之源，用意甚为宏远。但正如周作人先生所说，贺涛等古文家输入西学是存在一定时代局限性的。他们的译介打破了西洋无学问的旧见，却仍以为西洋的思想未必及得中国的周秦诸子①，这就未免袭貌遗神了。

贺涛身处清之末造，日睹政治的腐败和斯文的沦丧，其古文都是末世的深沉忧思和感慨。“这种愤激、哀怨、失落、无奈伴随着他作为文人士大夫的传统理性，发为古文，一见深醇，一见闳肆，而整体上呈现出峭拔以至于雄浑的境界。”②《饶阳常君墓表》前幅叙述句句振拔，有呜咽之致；后幅蔼蔼亭亭，慨叹神情与前幅相称。贺涛少从常氏长者攻举业，长于常氏。其所慨叹者，既有时光流逝、物是人非的生命幽思，也有世家大族衰落背后的社会变迁。《饶阳刘君

---

① 参见周作人《中国新文学的源流》，华东师范大学出版社 1995 年版，第 48 页。

② 孙维城：《桐城派作家贺涛散文浅议》，《安庆师范学院学报（社会科学版）》2012 年第 1 期，第 42 页。

墓表》的墓主是饶阳巨贾。贺涛叙其生平从乡里好贾之风起笔，束以晚近通商以来商业发展及商学兴起的背景，证以《史记·货殖列传》的义例，而寻其归趣在审时度势、应时所需的市场规律。此文叙述一气宛转，浅逸清回，如孤鹤唱响于云际。其重商思想溯源《史记》，而悠远之致未尝不寄寓着晚清以来振兴商业的期许。

古文是唐宋时期兴起的一种文言散文。从韩愈、柳宗元等人开始，它即以表现儒家道统思想为主要特征。这一文体的产生是与唐宋文化变革密切相关的，从某种意义上说，是思想文化变革推动下的语体变革，性质与白话文之与“五四新文化运动”相类。古文在唐宋文化转型的历史进程中最能表达和代表当时文人的思想状态，并成为承载近古文人精神意志的文化现象。晚清以来，古文承受了内外的双重变革。从古文体制内部来说，其承载的义理和学问日新月异，渐渐脱离讲章和科举的束缚，充满现实关怀和文化省思，趋向实用主义；创作方法也并非桐城派一家所能垄断，出现了多元化的倾向。从古文创作面临的外部思想文化背景来说，由于西学的广泛传播，古文被当成中学根本的语体形式，与西学的语体形式对立。激进的文人，在富国强兵、保国保种的功利主义推动下，要求全盘西化，包括使用或变革文字，其针对的自然是代表国文语体的广义上的古文，桐城古文首当其冲。而一般的文人至少也是要求变文言的古文为白话文，以便推进思想文化传播的平民化和大众化。因应这样的变化，莲池学派古文的题材多在反映现实、关心民瘼、歌颂民族气节、改造社会等方面，映射出他们面对社会现状的思考与探索。① 桐城古文相传的义法到了莲池学派文人手里，主题思想、组织结构、语言风格方面都发生了很大变化。他们以“声气”理论广泛地梳理古文义法，体悟精神意象，试图建立更为规范、实用而富有弹性的古文范式，以此来传承斯文之道，以捍卫中华文化的主体地位。贺涛古文叙事从《左传》《史记》化出，以史家笔法、学者功夫、儒者情怀叙写末世的人事变迁和社会演进，一气灌注，茂密纡徐，高古典赡；议论得韩愈之雄浑、王安石之峭拔而归于践履和精思，奥衍深折，浑融透辟，高出侪辈。而他叙写人伦庸常的微言大义，又未尝不深寓着一颗感时伤世的仁者之心。他扬榷新理的

---

① 参见孙维城《桐城派作家贺涛散文浅议》，《安庆师范学院学报（社会科学版）》2012 年第 1 期，第 41 页。

应世之道与钟爱斯文的思古幽情因貌合神离，终归难以抵挡滚滚的历史红尘。西方文化裹挟下的现代化进程，使古文很快沦为特定礼仪场合的羔雁之具，退出了主流文化的核心。但是，莲池学派古文所承载的西学思想和改良方略也许在现在看来已经缺乏文化先进性，而一代文人在新旧交替之际勇于探索和创新的文化精神，尤其是那种格于古今、折衷中西的气度和方法，在当代的文化建设和创新中仍然具有重要的意义。

第五章 “河北派”诗人纪钜维及其文艺思想

清诗能在中国诗史上开出不同唐宋诗歌的新境界，写出独特的情调和风貌，与近代诗坛诸家的孜孜以求密不可分。前辈学者陈衍、汪辟疆、钱仲联诸先生致力于近代诗歌的研究，对近代诗歌的成就价值已经从多方面进行了论述。他们更从诗人与地域关系入手畅论近代诗坛格局，颇能得诗人性情之真和诗学之要。其中“河北派”诗人在近代诗坛上地位很高，涌现出不少有全国影响力，甚至是左右一时风气的大家。“河北派”以张之洞、张佩纶、纪钜维、柯劭忞为领袖，王树枏、张祖继、王懿荣、李刚己、严修等人为羽翼。他们宗尚唐诗，以杜甫为诗家之正。在学诗路径上与闽赣派宗旨相近，但一为直溯杜甫，一为取径黄庭坚，又略有不同。就“河北派”内部来说，张之洞论诗刊落纤秾，崇尚平正坦直、清切雅正，不取黄庭坚的槎枒奥衍；其诗思致细密，言不苟出，用字必质实，造语必浑重，时有杜甫和苏轼的风调。张佩纶则流入晚唐，时有凄苦之音。王树枏取法黄庭坚而时得韩愈怪奇拗折和李贺的警丽恢诡，与“莲池派”诗人张裕钊、吴汝纶有相通之处。纪钜维的诗歌淡泊雅逸，从容不迫，于盛唐风调多有体会，然悯时伤乱，用意深沉处，又阑入宋调。总体而言，近代诗坛“河北派”诗人的研究目前尚不充分，尚有很多值得深入展开、细致谈论的学术空间。

第一节 纪钜维的幕府生涯与文学活动

纪钜维（1848—1920），字香骢，一字伯驹，号悔轩，晚号泊居，纪昀五世孙，直隶献县（今河北沧县）人。同治癸酉（1873）拔贡，官直隶霸州训导、内阁中书加侍读衔。① 光绪十四年（1888），张之洞为湖广总督，倡导新政，开办新式学堂，幕府中襄助学务的主要是梁鼎芬、黄绍箕与纪钜维。鼎芬、绍箕从事擘画，钜维身体力行，具体操办新学。纪钜维初校艺广雅书院，后来主讲经心、江汉、两湖书院，提倡实学。光绪二十九年（1903），充任文普通中学堂监督，厘定章程，延揽教习。自此以后，新学教育成为有志青年的向往，湖北的普通中学开始蓬勃发展。光绪三十四年（1908），继任存古学堂监督，分经史词章各科以造士。旋充文高等学堂监督，注重国文、外国文、数学等科，务使学生具新旧学根柢，开湖北高等学堂之始。尝谓人说："吾在湖北，始评阅各书院文卷，继乃任书院，及改学堂，遂办学堂事。初办安能合法，随办随变，以求适合。久乃少有经验，然尚未尽美善也。夫学务岂有章程之可言，亦唯有经验而已。创办时，不唯吾不知学堂为何物，即张文襄亦安知所从事？唯所办之中学，自觉少为合法。"② 由此可见他与张之洞及同侪筚路蓝缕，推动湖广新学的历史功绩。

辛亥革命爆发，岁末从湖北归乡，里居不出。民国三年（1914），王闿运受袁世凯聘任国史馆馆长，推荐纪钜维为国史馆协修。其《与蒋生札》（壬子九月）曰：

> 旧历五月二十日，国史馆馆长王壬秋保荐修史人员，竟将兄名列入协修。当时连接京津函牍，皆以是事相告，且冀其早出就职。兄自念聊倒一生，未入仕籍，今年已垂暮，尚向热场插足乎？且外观时局，内审当躬，真有不堪为世用者。是以得信后，淡漠置之。迨抵都，诸门人闻之，争来敦劝，概以婉言辞谢。既未到馆，亦不往见馆长。③

至于纪钜维力辞国史馆之聘的原因，除了认为自己一生以幕僚用世，始终未做官外，还与他以清朝遗民自居的心态及淡泊荣利的性情密切相关。《与刘生清浩札》其九曰：

① 参见陈玉堂编著《中国近现代人物名号大辞典》，浙江古籍出版社1993年版，第253页。

② 贺葆真著，徐雁平整理：《贺葆真日记》，凤凰出版社2014年版，第215页。

③ 纪钜维：《泊居剩稿》，民国十四年庐陵蒋氏铅印本。

> 兄自去岁至都，徐东海即致殷勤。兄以时局纷拢，且避嫌，未往见之。今春又倩人达意，意欲约与诸名士同选有清一代之诗。旁人多谓此系延聘入馆，似不必辞。兄则以时须入总统府未敢遽尤。此兄出都前事也。当以有事须归里，容归后徐商应之。前之国史馆乃荐任官，固无庸置议。后之清史馆乃由馆长关聘，本可就，以藉谋糊口，因意与末惬，亦未到馆，旋将聘书缴还。嗣黎宋卿（元洪）手书邀谈，欲聘充顾问，婉言却之。诚以一生钝拙，未尝出与世事矧，时际沧桑，更何以与世贤豪同俯仰也。刻拟于月杪北上，选诗一局，是否能就，尚待察酌。①

书札中提到国史馆之聘与清史馆之聘性质不同，协修是国史馆的正式官员，清史馆之聘是馆长聘任的纂修人员。所以，纪钜维力辞国史馆的聘任，而欲就清史馆纂修。“意与末惬”云云，当是清史馆安排的工作未能令他满意。《贺葆真日记》载纪钜维通过副总统黎元洪谋清史馆事于徐世昌，徐世昌对幕僚贺葆真说：“余函嘱赵次山（尔巽），次山云协修无额，拟以校对兼协修屈纪君，不知渠肯应否。汝可先致意纪君，纪君意允，吾再作函往邀。”② 纪钜维与武强贺氏本有姻亲，贺葆真之父贺涛与纪钜维更有文字相知之雅。张师惠《纪泊居先生传》曰：

> 武强贺先生松坡名能古文，常为凤阳知府河间裘华南墓志，裘氏子不识古文义法，私改其铭辞，先生见之曰此非松坡之文也。既而晤贺先生，因道此事。贺先生大叹曰，此妄人所窜易耳，君真知言者。③

贺涛去世后，其子贺葆真编订遗集，特意往献县崔尔庄拜访纪钜维，请他代为校订。《贺先生文集》四卷及《贺先生书牍》两卷尝蒙纪钜维多次校订。后来纪钜维入都谋清史馆事，在徐世昌与纪钜维之间居中联络的人也是贺葆真。这在贺葆真日记中多有体现，如 1914 年 8 月间所记录的贺葆真与徐世昌的一段

---

① 纪钜维：《泊居剩稿》，民国十四年庐陵蒋氏铅印本。

② 贺葆真著，徐雁平整理：《贺葆真日记》，凤凰出版社 2014 年版，第 282 页。

③ 纪钜维：《泊居剩稿续编》，民国二十九年铅印本。

对话：

> 余问：“清史馆近何如?”曰：“现已成立，人亦派定，且用人亦不多。”曰：“纪香骢先生为北方宿儒，熟于前代故事，负一时重望入史馆，当能称职。”公曰：“两耳重听，且年老矣。”余曰：“年虽高而精力过人，有如壮年。”曰：“子近与相见否?”曰：“不见年余矣。”①

清史馆在1914年8月间成立，12月19日纪钜维始至北京。徐世昌先请他参与征集畿辅文献，26日，徐世昌即请纪钜维与王瑚、刘若曾、王树枏、李嗣香、李焜瀛、袁纪云、赵衡、桑又生、贺葆真等十人，申明征集畿辅文献的宗旨。席间刘若曾（仲鲁）请纪钜维任纂修《畿辅通志·艺文》，纪氏不应，后则辞去清史馆之聘。

纪钜维对畿辅文学活动和文学家创作情况了如指掌，且有整理乡邦文献、编选畿辅诗歌的宏愿。他辞清史馆纂修之后，贺葆真屡次向徐世昌言及请纪钜维参与编选清诗。

> 余因请曰：“纪先生于诗文所见甚深，现既有编书局搜集畿辅书籍，若因此机会，选集畿辅诗文作为诗徵、文存等编，自可力少而成功多。”相国然之。②

纪钜维因贺葆真进见徐世昌，徐世昌即以选诗之事相嘱。然纪钜维志在选畿辅文人之诗，而徐世昌则注目当世，遂开晚晴簃诗社，延聘一时名士樊增祥、王树枏、易顺鼎、周树模、柯劭忞、郭曾炘、秦树声、徐树铮、曹秉章、赵衡、吴传绮、张元奇等选有清一代之诗。所以纪钜维对贺葆真说：

> 诗社设于公府，余实难朴朴尔日入府中，而易实甫辈在内，事决不能办好。吾老矣，又岂可自污，与若辈伍。但余前已辞清史馆事，负总统雅

---

① 贺葆真著，徐雁平整理：《贺葆真日记》，凤凰出版社2014年版，第260页。

② 贺葆真著，徐雁平整理：《贺葆真日记》，凤凰出版社2014年版，第337页。

意，今若一旦以此事见招，余何以应之，既不欲重负总统，吾又实不能任此事，奈何！①

贺葆真因又向徐世昌进言，而徐世昌则允许纪钜维在家选诗，不必日日到总统府：

顷晤曹理斋，知诗社又邀纪泊居先生，但泊居先生尝私与某言，一代之诗，余识浅力弱，不敢置喙，若畿辅一省之诗则素所留意，颇欲选录。总统曰："在家选亦可，余此事办理不觉太大，拟每人送车马费百元。"②

纪钜维为了救穷，从现实需要出发，对于选诗一事还是持积极的态度，这在上引他《与刘生清浩札》中可以看出。因此，当晚晴簃诗社再次社集时，纪泊居先生已经俨然厕身于众名士之列了。

民国九年（1920）8月，纪钜维避乱天津，病卒，时七十有三，门人私谥"端悫先生"。纪钜维沉毅好学，博览群书，诗歌出入盛唐，屏绝浮响；从张之万学画，又与张之洞探讨书画源流，剖析入于微茫，时人有精鉴之目。其学问出入汉宋，通达渊博；考据之精能、史学掌故之淹雅、书画金石古物鉴识之独到，似皆得力于张之洞所授汉学根底，而又能出以性灵，发于精能赅核之理。纪钜维与张之洞既有幕府宾主之义、同乡之谊，又以文艺相契，是张之洞办理新政的重要助手。尝编张之洞《广雅堂诗集》四卷，晚年又谋校刻张之洞《思旧集》，未竟而卒。纪钜维以诗文名海内数十年，汪辟疆允为近代诗坛"河北派"领袖之一，与张之洞、张佩纶并列。惜由于飘萍无定，又矜慎自持③，生平所作诗文，散佚几尽。其门人兼女婿临桂汪鸾翔、河间刘宗彝，仅搜得诗十七首、墓志铭一篇，编为《泊居剩稿》一册。民国十四年（1925）庐陵蒋氏铅印

① 贺葆真著，徐雁平整理：《贺葆真日记》，凤凰出版社2014年版，第491页。

② 贺葆真著，徐雁平整理：《贺葆真日记》，凤凰出版社2014年版，第494页。

③ 纪钜维好友天津高凌霨《泊居剩稿序》曰："君为南皮张文襄入室弟子，……文襄文章气节照耀天壤，诗亦隐峭秀特，颉颃南宋大家，君则崖岸自高，持履矜重，稿帜堆垛，秘不示人。即平日为故人订正诗文，一言之探索，一字之推敲，亦必穷时累岁，不忍轻遽付梓，以谓良工不示人以璞也。故虽朝夕与处，亦仅于文宴间得其一鳞半爪，不足概其生平。"

本《泊居剩稿》，一函一册，白纸线装，许崇熙题签，锡曾绘像，高凌霨作序。民国二十九年（1940），刘宗彝又搜集诗文若干篇成《泊居剩稿续编》一卷。他在跋中叹道：“先生讲学南北垂三十年，旧学新知沾溉士林者众矣，区区是集宁足尽先生道德之范然?”徐世昌辑《晚晴簃诗汇》亦仅录其诗五首。尽管如此，我们还是可以从仅存的三四十篇诗文看出纪钜维的珠玑光采。

第二节　纪钜维的文人生命意识与畿辅诗学整理

纪钜维博极群书，尤长于诗，他论诗的只言片语，都能切中肯綮，对于畿辅人文与诗家知之尤详。晚年入都后，他与贺葆真交往密切，贺氏在日记中对他论畿辅诗家的记载颇为详细：

> 日前徐相与余言，畿辅文学传于嘉道以后，当广为搜采，多作传。余因以问纪先生，先生因略举数人。又徐相言：景州张氏曾有显宦，吾曾见一墓碑，可访其先世有何名人，有何述作。余以问先生，先生为言在康熙时，张氏有《听云阁诗稿》，其家又有书名《雷琴》，尤多咸同时名人题跋，此外尚有未刊诗集，吾识其后人，当属其送书来也。纪先生博通，留心畿辅掌故，于此可见一班。①
>
> 余因问刘仙石之学问，曰：仙石先生名书年，其诗集名《涤滥轩》，其他著述亦伙，而《黔粤接壤里数考》《黔乱纪略》，尤有关政治。其子名肇均，字伯洵，咸丰年拔贡，诗笔甚超，早卒。②

按，刘书年（1810—1861），字仙石，直隶献县人。道光丙戌（1826）翰林。咸丰初任安顺知府，政绩优异。肆力于经史小学，善诗词。有诗文杂著各数十百首，经说数十条为一卷，藏于家。张之洞为之作墓碑。又载：

> 天津又有杨光仪者，字香吟，能诗，当为作附传，杨诗工力深于梅成

① 贺葆真著，徐雁平整理：《贺葆真日记》，凤凰出版社 2014 年版，第 324 页。

② 贺葆真著，徐雁平整理：《贺葆真日记》，凤凰出版社 2014 年版，第 324 页。

栋，局面大于崔旭文。①

边袖石二子保枢、保桱，诗词亦有可观，宜附袖石传。浙人谭献所选词，边氏父子三人皆入选。南皮人可作传者张祖继，张太复后人，宜附太复传。②

按，杨光仪（1822—1900），字香吟，天津人。香吟幼从父受书，咸丰壬子（1852）举人。香吟工诗，远宗少陵，尤喜五、六、七字句；近体糅化故实，迹古履今，生创独辟，辞与意远；间亦为文，私淑刘大櫆、曾国藩。著有《耄学斋晬语》《津门诗续集》《碧琅玕馆诗钞》等。《大清畿辅先哲传》"文苑"部分有其传记。边保枢，字竺潭，任丘人。同治九年（1870）举人，官浙江盐大使。有《剑虹盦词》一卷。光绪间曾与友人举词社活动。又载：

清初，深州有潘辅仁者，颇有诗名，其五律殊佳，余亦不失诗人风格。潘，字德舆，著有《寄间堂诗》卷，旧有刻本，道光丁亥任丘舒辰会序，而《深州风土记》未为作传，艺文中亦未载。集后附刻州人能诗者名氏，曰程衡，字伯权，遗诗曰雪桥；高元龙，字尽百；谢煦，字晓岩；叶遇凤，字梧冈。梧冈之诗最优。③

按，潘辅仁，字德舆，深州人，道光五年（1825）岁贡生，1835年前后在世。曾与李广滋重修《深州直隶州志》（道光七年刊行），有《寄闲堂诗草》一卷，纪钜维作序。他在序中说："其诗虽乏沉郁之慨，而清宕足雅音。五言律韵格翛然，尤出各体之上。"并对潘辅仁冀以诗名世传久的心态阐发深至。生命自觉的人，对生命总有一种敬畏之情。希望超越时空的物质限制，达到生命的永恒。历史的经验告诉我们，功业可以及物，然人亡政息，空留下五陵豪杰累累丘墓；德业附着于政治，其命运与政治人物的命运相同，若系于天下苍生之心，或许可以如周孔一样，为人伦立极，传于久远。然这样的圣贤千百年来一二人而已，

① 贺葆真著，徐雁平整理：《贺葆真日记》，凤凰出版社2014年版，第324—325页。

② 贺葆真著，徐雁平整理：《贺葆真日记》，凤凰出版社2014年版，第324—325页。

③ 贺葆真著，徐雁平整理：《贺葆真日记》，凤凰出版社2014年版，第298页。

这是人类文化发展的特性和需要决定的。立言不朽，或与道徘徊，或因艺进道，或吟弄风月而得性情之真，都可借以达成无限生命。所以六朝以来，文人学士无不究心文艺，以达天真，以助人伦，成就了诸多才士不朽的盛名。明清以降，文人们更加自觉地认识到文化事业对生命安顿的重要性，更加用心地从事于著述和文艺，借以传世。文人们以仁者之心，推己及人，也多致力于文献的整理，或注目当代，或属意乡邦，或辑录朋好。这是文人群体生命自觉意识在生命有限性压迫下的生命焦虑，当然也是促使他们走出物质的束缚，走向精神自由的根本动力。纪钜维对文人这种普遍的心态体会很深。所以他在《寄闲堂诗草序》中说：“文字显晦，名之彰不彰，固有幸不幸耶……余悲其一生苦吟而名将翳如，择钞其诗若干首，并钞四家诗数首，仍附卷末，以贻武强贺性存葆真。俾持示州人，谋所以广其流传，庶不至终于泯也已。”① 又《与贺性存表侄札》曰：“仆所欲集乡人遗诗，意在阐幽表微。”② 从个体生命来说，生命有时而尽，千古长眠，志业理想不彰，这是才人志士千百年来太息抑郁的事情。若真能借助纸上的文字风流，将精神气象长留天地之间，这既是最好的结果，也是人世间最便宜的事。所以魏晋以来文人之诗，其高者或以山水清旷韬晦用世之心，或以仁者悲怀注目民生时艰；其下者莫不以感士不遇为多，自怜自熹，杂以叹老嗟卑之词、愤懑怨望之情。既伤世乱，不脱我执。“我执”是文人以敏感幽微的心灵感受时代风气、人间冷暖形成的世情与感慨，是某个时代共同的心态和情感的最为精确和丰富的显露。通过文人的生命之执，可以由此及彼，由微知著，生动地感悟人们的生命追求、社会理想，从而还原有血有肉有灵魂的历史真实和人文精神。如此，则进一步由文人的一己之怀进入广阔而汹涌的社会历史之中了。然而，平心而论，青史上的几行斑驳墨迹又真能令人不朽吗？恐怕晚年热心于乡邦文献的纪钜维先生也未必自信吧！

第三节　世芬清德、博雅游艺与纪钜维的诗意精神

纪钜维尝从南皮张之万学画，对绘画有精深的研究。张之万（1811—

① 纪钜维：《泊居剩稿》，民国十四年庐陵蒋氏铅印本。

② 纪钜维：《泊居剩稿续编》，民国二十九年铅印本。

1897)，字子青，号銮坡，直隶南皮（今河北南皮）人。道光二十七年（1847）进士，官至大学士，赠太傅，谥文达。他工画山水，能融汇清初“四王”及娄东派绘画之长，用笔润泽绵邈，骨秀神清，晚年笔简墨澹，弥见苍寒，为文人画中逸品。与画家戴熙交契，当时有“南戴北张”之目。① 纪钜维画学得师法，对绘画有很高的鉴赏力。其弟子汪鸾翔曰：

> 师好谈诗，尤好谈画。一日指壁间所悬汤贞愍山水相谓曰：“此画长松野屋疑若可居者然。右丞画吾虽未见，然以意揣之，必如是幅者为近。彼世之好为剑拔弩张者，恐非正传也。”②

汤贞愍，即汤贻芬（1778—1853），字若仪，号雨生、琴鹤道人，江苏武进人，寓居南京。擅画山水、墨梅、花卉，笔致秀逸。山水尤骨韵苍浑，笔墨灵秀，深得元人的潇洒与明人的雅秀，与戴熙并称“汤戴”。汤贻芬、戴熙均与张之万有一定联系，汤、戴二人都在太平天国运动中殉清廷而死，在当时士林中享有很高的声誉，他们的绘画也因此而被时人所重。纪钜维论其山水有可行、可望、可游、可居之致，实质上将他的绘画归于王维南宗画派一脉，以文人高雅之怀，写山水清旷之音，而得画中有诗、淡泊清雅的艺术境界。观汤贻芬现存的山水画，纪钜维所论确为真赏。他在《与蒋生札》中论其弟子蒋锡曾绘画曰：

> 短直幅：造局布景颇饶逸趣，韵味亦静而不嚣，合作也。唯山下一枯树用笔扁，而转折未圆。又通体多淡湿笔，而不知以枯笔焦墨醒眉目，遂觉精神稍短。③
>
> 小横幅：大山微皴加点，墨彩温润，是房山家法。唯淡笔勾勒处或稍模糊。④
>
> 条幅：一拟张文达（张之万）晚年笔，气格颇老，殆欲逼真。亭边数

① 参见章用秀《天津绘画三百年》，天津人民美术出版社 2013 年版，第 17 页。

② 纪钜维：《泊居剩稿》，民国十四年庐陵蒋氏铅印本。

③ 纪钜维：《泊居剩稿》，民国十四年庐陵蒋氏铅印本。

④ 纪钜维：《泊居剩稿》，民国十四年庐陵蒋氏铅印本。

树尤佳。①

扇面：三元气淋漓，峦翠欲滴。用重墨而无一毫滞相，是能得醇士（戴熙）法乳者。②

蒋锡曾得纪钜维指授，成为民国时期著名画家。他有《中国画之解剖》一文，详论中西画法之别，阐明“画法有中西，画理无分乎中西”的思想。其中对中国画重精神气韵，略于形似；重情感表现，以诗为魂；重书法用笔，书画一体；重比兴寄托、点画结构而形成程式化的特殊物象表达的描法和皴法；画家个人品格和审美境界等中国画的根本问题进行了深入的探讨。③ 在新旧思想交替、中西画学争论激烈时，为中国画创新发展提供了重要的思想借鉴。纪钜维评述其画，在蒋氏早年，对其经营布置、敷彩用墨、骨法用笔都能循源溯流，直陈切要。即使蒋氏的画论，恐怕也深受乃师的影响。

纪钜维对于中国绘画史的另一贡献是保护和收藏《戈纪二老比肩图》。“戈”指纪昀同年进士戈源之父戈锦，“纪”指纪昀之父纪容舒。戈、纪二氏均为献县望族，世为姻亲，关系亲密。乾隆二十四年（1759）夏，戈锦、纪容舒二人结伴到北京看望各自的儿子。钱塘画家沈朗为他们画了《戈纪二老比肩图》，轴、纸、设色、515×98 厘米。画中远山近石，绿树清泉，两位身着长衫的老者并坐于浓荫之下。图上有刘墉、翁方纲、陈枫崖等人的题款、题诗。图卷真实地记录了两家几代人的友情、亲情。此本现藏河北省博物馆。此图的流传与纪钜维有着密切的关系。贺葆真在日记中载：

纪先生来，约与同观《二老比肩图》。二老者，纪文达公之父与戈芥舟先生之父，二老皆因其子官京师而就养焉。某君绘以为图，刘石庵（刘墉）题其卷首曰《二老比肩图》，大字甚精好，胜于其他所书。翁覃溪署检（方纲）、刘翁（刘墉）又皆题诗图后。图成数岁，某君复抚绘一图，视前图意态尤神雅。翁刘二人之诗亦皆书其后，则视前卷少逊。两图两家分存之，

① 纪钜维：《泊居剩稿》，民国十四年庐陵蒋氏铅印本。

② 纪钜维：《泊居剩稿》，民国十四年庐陵蒋氏铅印本。

③ 参见蒋锡曾《中国画之解剖》，《东方杂志》1930 年第 27 卷第 1 号。

> 前图存戈氏，后图存纪氏。戈、纪衰落，图亦散佚。戈氏之图为纪泊居先生所得，先哲祠所庋藏则纪氏之图也，此图后有阮文达公跋语。①
>
> 八日访纪泊居先生。先生出新装潢《二老比肩图》见示，殊自快。因谓余曰：此戈氏所藏之图也。当年纪、戈二家之图，初作之图归戈氏，后纪氏又仿作一图，纪氏衰，图为先哲祠所得，余往先哲祠观之。后见戈君，云：吾家有《二老比肩图》，当以相示。余曰：吾已见吾家之图，而知君家有此图也。是后余出都，遂久居湖北。革命之前，吾女在京师函告余，都中有售此图者，袁季云亦将购之，使二图皆归先哲祠。余复函，苟不伪者，必以重价得之，无令失去，遂以若干金为吾有。壬子之乱，余只身北上，他器用皆置不顾，独携图间关以行，今既装潢之，将求柯凤孙、梁星海诸君题词其上。②

由此可见，《戈纪二老比肩图》开始仅沈朗所绘一本，藏于戈氏。后来纪氏请人仿作一本。此本当是河北省博物馆现藏嘉庆五年（1800）潘渭临本（朱本、卷、绢、设色）。而这两幅画戈、纪二氏后来都流失了。戈氏所藏辗转到了纪钜维手里，而纪氏所藏被畿辅先哲祠所藏。而纪钜维为了收藏戈氏流出的《戈纪二老比肩图》，不惜重金，不避路途险远，奉为至宝，不仅是此图本身的艺术价值和历史价值，更是他心中所珍视的，而此图所承载的纪氏家族的世芬祖德，这也是他醇雅淡泊、潇洒天真之生命精神的文化根底和现实支撑。

第四节　嗣响唐音与清丽淡泊的雅逸之美

纪钜维的诗歌学有家法，早年师事同邑崔士元。崔士元学问渊博，以汉学为旨归，能诗善画。寓居京城十年，无所遇而归里。张之洞赠诗曰："浩然去国裹双縢，惜别城南剪夜灯。短剑长辞碣石馆，疲驴独拜献王陵。半梳白发随年短，盈尺新诗计日增。我愧退之无气力，不教东野共飞腾。"③ 由此可见，崔士

① 贺葆真著，徐雁平整理：《贺葆真日记》，凤凰出版社 2014 年版，第 297 页。

② 贺葆真著，徐雁平整理：《贺葆真日记》，凤凰出版社 2014 年版，第 297 页。

③ ［清］张之洞著，庞坚校点：《张之洞诗文集（增订本）》，上海古籍出版社 2015 年版，第 17 页。

元应该是如唐孟郊一样仕途偃蹇的才士。纪钜维一生作诗不多，又不擅藏，存者寥寥。其诗淡雅清逸，隐隐有一种潇洒出尘的高古自在之气。与他交游唱和的诗家如樊增祥、陈三立、王树枏、柯劭忞等人均为当时海内名流。陈、王诸人都推崇宋诗，是“同光体”的代表人物。纪钜维虽不鄙薄宋诗，而造词隽永，嗣影唐音①，不染晚清六朝、唐宋诗之争的习气。如《湖楼望雨，陈伯严、杨钝叔、梁节庵、张圣可、江孝通同作》云：

> 楼外云阴幂女墙，半天飞雨湿湖光。江城落木寒初重，酒坐开襟话易长。彭泽醉余容谬误，乐游归处感苍茫。移灯却照疏阑畔，几点秋英尚傲霜。②

又《丁酉秋末陪广雅尚书师宴集胡祠北楼，送杨舍人入都》云：

> 离筵高敞俯城头，凉雨骚骚晚未收。风急雁鸿飘断羽，波回江汉迅双流。登车慷慨怀前路，运甓勤劬此上游。为抉浮云开白日，阑干极北望神州。③

二诗写景幽眇旷远，韵调婉转深折而意思绵渺，弥可珍贵。再如《梁节庵招集吴公祠登高用朱文公天湖寺诗韵》：

> 望秋蒲柳早衰时，旅食江阙久未归。假日登临舒倦眼，寥天风物尚清晖。也知钝士难供世，争信缁尘解洗衣。欲抚朱弦还敛手，遣音谁与辨希微。④

自然景物是无情的，它们只是循着自然的节序周而复始地展现生命的情态，主

① 参见王揖唐著，张金耀校点《今传是楼诗话》，辽宁教育出版社2003年版，第111页。

② 纪钜维：《泊居剩稿》，民国十四年庐陵蒋氏铅印本。

③ 纪钜维：《泊居剩稿》，民国十四年庐陵蒋氏铅印本。

④ 纪钜维：《泊居剩稿》，民国十四年庐陵蒋氏铅印本。

宰它们的是以天下为刍狗的造物主。在满眼江天风物中，流落无着的漂泊之感和志意难以施展的无奈之感纷至沓来。而所谓“倦眼”“缁麈”，还有欲抚还休的“朱弦”，在天下嚣嚣的末世，又有几人肯看、肯听呢！这首看似纡徐和缓的小诗，竟然让人读出了些许凄凉。另如《饲鹤》：

> 鸡鹜群争尽日忙，一声清唳晚风长。怪渠本具凌霄翮，苦傍人家觅稻粱。①

鹤本是啸唳九天的高人隐士，在末世之中，不能逍遥自适，迫于饥寒，只能与斤斤利禄的鸡鹜争长絜短。此诗托物咏志，自有含蓄蕴藉之美。

纪钜维宗尚唐诗，也是先从宋诗取径的，尤其对“江西诗派”的陈与义评价甚高。认为写景状物于物性之真中含象外之意，且以学问涵养诗情，熔裁诗意，出于自然清真，真得诗家趣味。对于近代诗人，颇嗜郑珍《巢经巢集》，尝举珍集中佳句如“客去门牛龄草送，女归篱树带花迎”，以为非唯唯状难写之景如在目前，且“‘龄’字出《尔雅》，亦非巢经不能道”②。尝评柯劭忞与陈三立诗歌，认为柯逊于陈，盖陈三立“认真地考虑过如何对待清末民初这一文明和政治的危机，并把这种思考寄托于诗中”③，以敏锐的诗心，追求朴实真挚而新颖的诗歌语言和表达方式，重塑了晚清家国丧乱中诗人与自然的关系，用压迫、冲击、纠结的变态风云代替了原本和谐统一的山水清旷之境。

纪钜维为学以经世为主，论学问不分汉学、宋学，通达渊博。他论诗既能上溯诗家源流，又能根据创作实际做出亲切中肯的评价。如为张琪春诗作跋语曰：

> 昔人评白太傅诗谓语语征实，如山东父老说农事，而边随园征君则云唯杜工部始足当之。诚以长庆格调尚沿浮靡，较浣花之直抒胸臆，不假缘

① 纪钜维：《泊居剩稿》，民国十四年庐陵蒋氏铅印本。

② 纪钜维：《泊居剩稿》，民国十四年庐陵蒋氏铅印本。

③ [日] 吉川幸次郎著，章培恒、骆玉明等译《中国诗史》，复旦大学出版社 2012 年版，第 317 页。

> 饰而复沉实典重、格老气苍为不及也。大著意不求深，语不好奇而一片真气溢于楮墨之外，颇合昔人为诗之旨。再能陶冶群籍，华实并茂，行见酝酿深醇，卓然大雅，彼妃红丽白者乌足知之。①

纪钜维对古文并不擅长，也不合于当时流衍畿辅的桐城古文义法，但他的古文清切天真，和雅典实，自有一股纡徐淡泊之气，而与乃祖纪昀文风相近，这也许是名门风雅的遗韵。对此他的弟子刘清浩深有体会：“先师学问道义，品行节操，均见诗文之中。诗有良质而能力学，是全其天也。有世泽而能培植，是继其祖也。既能全天继祖，而后发为诗文，虽著作无几，而其时伤世感，句洁情真，尤非门人所能及。”② 任性情之天真，以学养培植扶固，漱润祖德芳润，形成了纪钜维诗歌独有的风格。而这也是他生命德性和学术文艺共同植根的地方。因此，他对于文艺诸体能以考镜源流的史学思维和融通古今的开放心态进行综合的把握，其论往往能折中两端而各得其平。

---

① 纪钜维：《泊居剩稿续编》，民国二十九年铅印本。

② 纪钜维：《泊居剩稿》，民国十四年庐陵蒋氏铅印本。

第六章　李刚己的诗文创作与文学思想

李刚己（1873—1914），字刚己，直隶南宫人。家世代以儒为业。他天资聪颖，年十三四学作八股文，已能度越侪辈。桐城吴汝纶为冀州知州，看到他的文章，非常欣赏，列入优等，并让李刚己跟随范当世、贺涛在冀州信都书院学习诗古文。吴汝纶主讲莲池书院，李刚己往从受教。他在莲池书院读书前后近十年，才学并进。李鸿章认为："此人材器闳远，异日当为吾辈事业。"① 光绪甲午（1894）成进士，用为山西知县，历任灵丘、繁峙、五台、静乐等县。辛亥革命爆发，至大同，兼署知府。民国三年（1914），受聘于保定高等师范国文部教席。李刚己古文受吴汝纶、贺涛指授；诗歌得到范当世真传，与吴闿生等人唱和交游，是近代诗坛"河北派"诗人群体的健将，与于光宣诗坛主流②。吴闿生《吴门弟子集》《晚清四十家诗抄》收他的诗歌甚多，将他视为莲池学派诗学的重要人物。然入仕以后，为宦计所困，诗文既不多作，又不自爱惜，散佚颇多。其子李葆光搜罗其遗文，成《李刚己先生遗集》五卷，民国六年（1917）七月刊于北京。

第一节　绍述桐城文统，拓展莲池学派文学新境界

李刚己诗文散佚颇多，遗集所收十不余一，依据这些作品自然无法窥见他文学创作的规模。又因李刚己享年不永，去世时不及中寿，他的文学创作之路因生命凋谢戛然而止，其诗文造诣所能达到的境界也就无法预知了。然尝一脔而知鼎味，就其遗集做一番以意逆志的考述，或许也能从吉光片羽中窥见他真正的才情和学问。

---

① 刘登瀛：《李刚己遗集》附录《李刚己传》，民国六年刻本。

② 参见汪辟疆撰，王培军笺证《光宣诗坛点将录笺证》，中华书局2008年版，第260页。

光绪庚子之乱，张裕钊、吴汝纶等桐城古文家苦心经营的斯文重地——莲池书院毁于战火。吴汝纶等人痛心不已，请人作《莲池毁后图》以志痛悼之意，并嘱莲池同仁、弟子题诗。李刚己诗曰："亭废留遗址，池枯减旧痕。沉沉冰雪底，蒲藕自传根。"① 战火可以毁掉莲池的亭台楼阁、花草树木，斯文的种子却早已深埋士子们的心中，犹如冰雪之下，凝藏生机于根茎的蒲藕一样，春回自能荣发。莲池学派自张裕钊始，均以绍述桐城古文所传承的斯文之道为己任。他们以义理为轨辙，以辞章为风骨，以考据为筌蹄，通权达变，经纶人生与时务。在晚清内忧外患、中西文化大碰撞的政治文化背景下，积极拓展文人因应世变的精神世界和事功格局。受政治立场和文化学养所限，他们并未总体上超出"中体西用"的时代思潮。但他们坚持护守中华文化之根，融通中西以植新生的文化改良路径，在一些具体方面取得了明显的实效。在中国现代化进程中，他们的文化活动，在文化改良主义和狂飙突进的革命之间，形成引导与制衡，纠缠与矛盾，挣扎与叛离，反思与回归的内在发展逻辑，对我们揭示和反思我国近现代文化嬗变的历史真实具有重要的意义。李刚己作为直接参与这一文化进程的当事人，有着强烈的自觉意识。这源于他世代业儒的家庭文化氛围，更与他受业吴汝纶、范当世、贺涛门下，涵濡斯文之道、桐城义法密切相关。李刚己对三位恩师有很深的拳拳之意、感戴之情。《冀州宅中》诗谓吴、范二人"高山屹相并，举世所瞻依。品谊当天出，文章极古稀"②，对吴汝纶、范当世的德行与文章推崇至深。《怀武强贺先生》诗曰："先生于世如维斗，贱子尝从问歧路。"③ 充分肯定了贺涛继张裕钊、吴汝纶之后，以古文号召斯文的文化地位，及对其学术的引领之功。李刚己对莲池学派的另一重要人物张裕钊也怀有深挚的感情。张裕钊辞莲池书院讲席之后，曾到湖北的襄阳书院继任讲席有年，后由其公子迎养关中，直到逝世。李刚己《怀濂亭先生关中》诗曰："斯文百代发雄光，旧六渊源到此长。晚抱遗经向函谷，世留绝学嗣湘乡。好贤六一今无继，受业三千已半亡。耆旧如公几人在，栖迟零落为时伤。"④ 此诗意思、句法虽嫌

① ［清］李刚己：《李刚己遗集》，民国六年刻本，卷一。

② ［清］李刚己：《李刚己遗集》，民国六年刻本，卷一。

③ ［清］李刚己：《李刚己遗集》，民国六年刻本，卷一。

④ ［清］李刚己：《李刚己遗集》，民国六年刻本，卷一。

平淡，但对张裕钊嗣响曾国藩、肩荷斯文的学行和造诣是非常敬仰的。此诗怀人的同时，镌刻着深深的道统斯文之忧，两条感情线索一明一暗，交相映衬，读来一唱三叹；令人对张裕钊的人生遭际，道统斯文系于苞桑、不绝如缕的传承之路唏嘘不已。当张裕钊在关中遽归道山之时，李刚己《哭濂亭先生》诗曰“中兴耆旧今谁在，盖世文章只等闲”，此句与上诗忧怀老成、慨叹斯文难继的主旨相同，却多了一层无奈与哀伤。

尚友古人、慨慕豪杰、倾情知己是莲池学派诸家建构起来的共同文化心理。孟子曰：“一乡之善士斯友一乡之善士，一国之善士斯友一国之善士，天下之善士斯友天下之善士。以友天下之善士为未足，又尚论古之人。颂其诗，读其书，不知其人，可乎？是以论其世也。是尚友也。”① 古圣先贤用嘉言懿行演绎斯文在兹的文化担当和自信，是后世文人循轨辙以入道的里程碑。“尚友古人”即强调与古圣先贤在文化生命精神上的沟通与冥契。张裕钊《送刘殿埙序》曰：

> 前吾之世，千百载之遥，杂然而生，蠢然而食且息者，不知其几也。并吾之世，四海九州之广，杂然而生，蠢然而食且息者，不知其几也。而有人焉，固亦杂然而生，蠢然而食且息于其间，而独杰然出于群焉。生而食且息者之伦，若是者殆千万，不知其几之人。乃时得一人，而天之特命于是，以为凡为人者之先而厚之，若极其至也。虽然，天既独厚是而生之，而命之，至其卒之所就，则其数固亦与天相权，而终视其人之所命诸志，以承乎天者之至不至。盖能至者，又十而时一二耳，岂不谓难哉？②

《赠查生燕绪序》又曰：

> 《诗》《书》问学之业，道与志通，而气机密应于其间，莫或知其所以然。虽万里之外，殊邻绝域，邈不相接之区，而常一旦猝然其忽合。故夫君子之相与，冥契于其心也，亦唯其道之合焉。③

① ［战国］孟子著，杨伯峻译注：《孟子译注》，中华书局 1960 年版，第 251 页。

② ［清］张裕钊著，王达敏校点：《张裕钊诗文集》，上海古籍出版社 2012 年版，第 28 页。

③ ［清］张裕钊著，王达敏校点：《张裕钊诗文集》，上海古籍出版社 2012 年版，第 37 页。

时空的间断与区隔无法阻遏君子志意与大道的沟通，也不能阻挡同道知己同气相求、同声相和，在德业文章上砥砺切磋。然促进文人与时贤君子、古圣先贤突破时空限制进行沟通、交流，以冥契大道的根本动力，要有一种豪杰的精神品质。张裕钊《重刊毛诗古音考序》中说："夫唯特立之君子，高蹈远览，不与时俗贸迁，独为绝学于举世不为之日，深造自得，而卓然不谬于古人，夫然后独立于百世而不可磨灭。孟子所以称'豪杰之士'者，此也！"① 他在其诗文中将这种豪杰的精神品质归纳为独立自由的治学精神、自得无外的人生旨趣。张裕钊文章事业上崇尚独立和自得的旨趣，通过尚友古人、倾心知己得到证悟和提升。这种人生体验和文化心理也作为莲池学派的心法，在莲池弟子中代代相传。其核心是对古文所代表的斯文之道的尊崇，而外化为以莲池诸大家、桐城派古文家上接斯文的文统叙述。李刚己《汪星次墓表》曰：

> 丙戌丁亥间，刚己初游吴先生之门。先生方倾纳四方豪俊，一时幕府宾客僚佐之盛冠于畿辅。如通州范先生、武强贺先生、新城王晋卿之徒，皆天下闳才硕学，先后来吾州。其余材辨明敏之士，尤不可胜数……是时，先生牧冀已数年，化洽政成，上下和乐。暇则日率诸君子驰骋文词，留连觞酌，往往穷日夜不倦。刚己于时，年虽少，幸得追陪左右。尝私以谓自古贤人君子身殁向千载，后之人读其遗文，经其生平宦游之地，犹或慨慕叹息，想见其交游之乐，以为不可常得。而吾冀以区区一州，贤才萃聚之盛，至于如此，诚可谓天下之至幸。②

张裕钊、吴汝纶诗文中常追忆在曾国藩幕府中与诸文人的交游之乐。李刚己以相同的笔调和情感追怀其在吴汝纶幕府中的快乐生活。此"乐"是文人们生命旅途中的精神依归和信仰，是他们以"即世间又超世间"的情感为根源、为基础建立的文化精神③。其间潜隐着知己同道间铿锵谐鸣的生命旨趣，凝聚着他们慷慨自得、弘道济民的理想和情怀。这无疑是莲池学派以斯文号召起来的文人

---

① ［清］张裕钊著，王达敏校点：《张裕钊诗文集》，上海古籍出版社 2012 年版，第 14 页。

② ［清］李刚己：《李刚己遗集》，民国六年刻本，卷一。

③ 参见李泽厚《论语今读》，安徽文艺出版社 1998 年版，第 29 页。

生命协奏曲。李刚己《冀州宅中》诗曰“道欲探精奥，情真似渴饥。穷年恒兀兀，入室庶几几”①，叙写在吴、范门下游从问道的情形和心态。《上范先生兼简子城兄》曰“花香能醉枝头蝶，蝶亦绕枝不忍飞。有鸟啼呼下空阔，向花深处恋晴晖”②，以蝴蝶依恋花丛、小鸟依偎晴晖暗喻对范当世的敬仰与爱戴。范当世评曰：“忠厚之至，可与言三百篇矣。”《怀魏征甫》前半部分追忆少年交游之乐，后半部分叙述入世以来的艰辛；最后以勉励之语结束，曰：“历境诚难凭，定志谁能枉。学道如治军，成败要自强。”③ 以“悦志”之旨，激荡同道的斯文自觉，描画生命的归趣。正如李泽厚先生所论，儒家的“悦志”充满了悲剧精神，“特别是因为无人格神的设定信仰，人必须在自己的旅途中去建立依归、信仰，去设定‘天行健’，并总是‘知其不可而为之’，没有任何外在的拯救、希冀和依托，因此其内心之悲苦艰辛、经营惨淡、精神负担便更沉重于具有人格神格局的文化”④。从李刚己的诗文来看，尽管他自认有幸进入吴汝纶、范当世、贺涛之门，并与刘乃晟、孟君燕、吴闿生等才俊唱和往还，但植于内心的忧道意识、个人理想在现实中展开时所遭遇的压抑和扭曲、晚清内忧外患的政治形势，都在李刚己心灵中投下了巨大的阴影，使他的诗文涂上了一层深深的悲慨与沉郁。他哀晚清时势曰：“士气衰微两百秋，至今贻祸遍神州。那知木腐虫犹蠹，直到堂焚燕不忧。顿觉长吟喑万马，会看游刃解千牛。汉家将相多猜忌，终古长沙恨未休。”（《赠丹阶》）⑤ 慨叹文人命舛，难以施展抱负与才华则曰：“王本好竽公不艺，女能倾国世无媒”（《赠济生》）⑥，“身世几穷鼯五技，文章空秃兔千毫”“鸾凤故合凌千仞，驽骥谁知混一槽”（《赠汉卿同年》）⑦，多是愤激讥刺之言。感慨心中的文化圣地莲池书院旧游凋零：“岂唯人事等浮沤，乱后莲池异旧游。无限楼台剷地尽，寒藤枯木自鏖秋。”⑧ 而《登城有感》诗则可视

① ［清］李刚己：《李刚己遗集》，民国六年刻本，卷一。

② ［清］李刚己：《李刚己遗集》，民国六年刻本，卷一。

③ ［清］李刚己：《李刚己遗集》，民国六年刻本，卷一。

④ 李泽厚：《论语今读》，安徽文艺出版社 1998 年版，第 29 页。

⑤ ［清］李刚己：《李刚己遗集》，民国六年刻本，卷一。

⑥ ［清］李刚己：《李刚己遗集》，民国六年刻本，卷一。

⑦ ［清］李刚己：《李刚己遗集》，民国六年刻本，卷一。

⑧ ［清］李刚己：《李刚己遗集》，民国六年刻本，卷一。

为千古文人悲剧精神的缩影。其诗曰："惨淡云天度雁行，登高望远意茫茫。六龙不返时将暮，七圣皆迷路已荒。饰艺谁知成莽祸，著书迳欲续迁藏。别生离死知交尽，独立风尘只自伤。"①

李刚己个性廉直，入仕之后不善逢迎。好友吴闿生曰：

> 先公重其才，期以大用，嘱停廷试三年，冀工楷法入翰林。已而，卒以知县发山西。山西巡抚胡聘之与先公同年，将之任，过先公莲池，问晋吏贤者。先公举刚己及安文澜以告。胡公至晋，遣藩司到门候问，致殷勤。刚己殊不措意。胡公还，语先公曰："公所言李生，迂儒也。吾遣藩司先礼，竟不报。"先公以诫刚己，刚己竟不知也。先公与人言，尝述以为笑，恨其不达世故。②

李刚己也在家书中说："吾平生与人寡合。独吴、范二先生及杜、陈二公其信爱之深，往往出于意计之外。"③ 但他却独能造次、颠沛必于斯文，其《病卧》诗曰："病卧无来客，萧斋只独吟。山岚经雨合，庭莽入秋深。寸廪终何有，尘羁忽至今。愁来披蠹简，时见不传心。"④ 故而，李刚己于莲池门庭感情之笃、进道之猛常常突过诸人。民国二年（1913），李刚己辞官东归，于秋月间至京访吴闿生，即索录其《左传》评点。贺葆真日记中载吴闿生口述曰："现李刚己来京，索余所为《左传》评点甚急，因速为录副，坐余于旁，仍自录写。"⑤ 李刚己为文之精勤专注，由此可见一斑。然而，在晚清民国之际，斯文道丧，天下横流，整个国家容不下一张书桌。更何况在当时激进的文化潮流下，从事古文的创作与研讨，就更显得扞格难通了。因此吴闿生当即以诗劝慰曰："高文盛世尚沉埋，况复诗书剩劫灰。倒地狂澜谁与问，爇天高焰子何来？蜉蝣自了终朝计，培塿宁容拄厦才。且共儃佪观变态，苍茫莫更起遐哀。"（《喜刚己到京漫成》）⑥

① ［清］李刚己：《李刚己遗集》，民国六年刻本，卷一。

② 吴闿生：《李刚己遗集》附录《李刚己传》，民国六年刻本。

③ ［清］李刚己：《李刚己遗集》，民国六年刻本，卷一。

④ ［清］李刚己：《李刚己遗集》，民国六年刻本，卷一。

⑤ 贺葆真著，徐雁平整理：《贺葆真日记》，凤凰出版社 2014 年版，第 231 页。

⑥ 吴闿生著，余永刚点校：《北江先生诗集》，黄山书社 2009 年版，第 194 页。

然而，道理虽如此，时势也难为，却总也无法澌灭传统文人如李刚己等以斯文建构起来的心灵世界。这个心灵世界即是他们寄寓生命的精神家园，又是他们籍以觉世牖民、成就事功的生命动力之源。

第二节 清刚雄深的审美风貌

姚永概谓北方文学自贺涛之后，唯刚己能张之。① 李刚己学殖深厚，又极具才气，其诗古文才学并驶，形成了雄肆淋漓、宛转有法的艺术风格。赵衡论其“为文章，肘尺指寸，屈信由心，动以序合，而精耀光焕。顾炫失视，来挟山流。往洄海立，一气旋荡。殖落万有，反侧上下”②。试以《读〈汉书·张禹传〉书后》为例。

表 6-1 《读〈汉书·张禹传〉书后》各层级文意及层次

层级	文意	层次
第一层	灾异禨祥之学流行两汉，风会所趋，贤者不能振拔。然迂谬乖违，不可究诘。	一、叙灾异禨祥之学自周末至汉初的发展 二、汉代学士陷溺其荒诞，多不能自振于俗 三、班固以灾异禨祥之学入史，亦同俗说
第二层	张禹斥灾异之说，以正论事成帝，其人自有可取之处	一、张禹斥灾异，以经言正论事成帝，有迈俗之风 二、正反立论，驳斥以灾异谏戒帝王防其纵恣的观点 三、张禹非不信灾异，其以经论谏成帝，乃惧因言贾祸
第三层	灾异禨祥之学对西汉政权的崩溃起到催化、助推作用	一、汉元、成之时上下奢靡，政纲弛废，然太平盛世，人情偷怠。儒者多以学猎取功名，以灾异耸动帝听求治者少 二、王莽将篡之时，陋儒言灾异已晚，况又有一般造符命，以助成之儒者
第四层	文人学士学术需自立	一、帝王应以制度、权术备内外之患 二、矫饰经术、靡靡无自立之志的文人学士，亦可为虑

---

① 参见姚永概《桐城派名家文集·姚永概集》，安徽教育出版社 2014 年版，第 341 页。

② 赵衡：《李刚己遗集》附录《李刚己墓志铭》，民国六年刻本。

此文为书后体，书后一体为序之变，乃一文之后的题记，自宋代才发展成熟起来。此体与跋近似，然颇有不同，“大抵书后者意必抽于前文，事必引于原著。跋则不烦抽引，言可自恣，体更无拘”①。李刚己此文针对班固《汉书·张禹传》而发。班固以史家笔法，叙述张禹在汉成帝一朝的历史功绩。认为他曲学附世，暮年又惧王氏一族势盛，当汉成帝问计时，不因灾异机祥以讽谏，导致后来王莽篡位、西汉灭亡的历史悲剧。其文曰：

> 禹虽家居，以特进为天子师，国家每有大政，必与定议。永始、元延之间，日蚀地震尤数，吏民多上书言灾异之应，讥切王氏专政所致。上惧变异数见，意颇然之，未有以明见，乃车驾至禹第，辟左右，亲问禹以天变，因用吏民所言王氏事示禹。禹自见年老，子孙弱，又与曲阳侯不平，恐为所怨。禹则谓上曰：“春秋二百四十二年间，日蚀三十余，地震五，或为诸侯相杀，或夷狄侵中国。灾变之异深远难见，故圣人罕言命，不语怪神。性与天道，自子贡之属不得闻，何况浅见鄙儒之所言！陛下宜修政事以善应之，与下同其福喜，此经义意也。新学小生，乱道误人，宜无信用，以经术断之。”上雅信爱禹，由此不疑王氏。后曲阳侯根及诸王子弟闻知禹言，皆喜说，遂亲就禹。②

李刚己文并未如其他人欲为张禹翻案，而是就张禹侧媚王氏家族，畅论灾异之无稽。其文分四个层级，每一层级又多有正反曲折。篇制虽小，却有千回百转之势。该文从汉以来的阴阳谶纬之学入手，以学术的兴衰得失反思社会政治的变迁，胸次深沉旷远，识度不凡。其他文章如《合肥相国八十寿序》历叙李鸿章的功绩时，在文中嵌入一段论述：“汉以降所谓制驭戎夷之策，其上者不过斥逐之，其次不过羁縻之，自余覆军杀将，举天下之力而困于一隅者，不可胜数也。”③ 史识颖发，鞭辟入里。又《再书万石张叔传后》曰：“吾观于古今得失之

① ［清］姚华：《弗堂类稿》，大华印书馆1968年版，第78页。

② ［汉］班固：《汉书》，中华书局1962年版，第3351页。

③ ［清］李刚己：《李刚己遗集》，民国六年刻本，卷三。

变，或直行而无害，或避祸而误蹈，斯二者类不能自主。……自三代之衰，君臣之际何其难也。英伟奇逸之士，既不能合意旨而得荣宠，而士之善于阿谀者又用焉而不足知天下之变。知焉而不敢言人主之失。以至于祸患纷起，上下俱困，卒相顾而无可如何。此诚天下之所至苦者也。而民之生于是时，愈可哀矣。"[①] 吴汝纶评曰："议论笔力皆已脱弃凡近，骎骎入古。"此段文字将文人的命运与时代的变迁结合起来，深悟古今君臣之道与兴衰之理。曲终以天下、民生为念，正是李刚己生当末世，心中深系家国荣辱、天下兴亡的儒者之思。

李刚己"得诗法于范通州，清刚健举，则又从涪翁直溯杜韩者也"[②]。吴闿生曰："刚己即从范先生受学，又久事先公，才气雄伟，涵弘迤演，益以光大，同时侪辈莫之能及。"[③] 论者谓李刚己是桐城诗学北传承前启后的关键性人物。吴闿生认为李刚己诗歌清刚雄深，其《读刚己诗敬题其后》曰："三峡鼍龙挟浪来，极天冥晦斗风雷。惊疑几欲帏中避，叹诧焉知纸上裁。近世颓靡无此诣，少年腾达遽须哀。病余精力多珍重，塞上重关已洞开。"[④] 其诗歌所以形成这样的风格，固因其性情才气所致，而犹可重者乃是他因学养所充而形成的独特人格精神。《春日杂咏》曰："过眼秾华次第残，自擎勺水种秋兰。只今寂寞无人赏，看尔孤芳入岁寒。"[⑤] 透过此诗的层层比喻，一位自得独立的文人形象屹立在我们眼前。他有穿越寒暑而不变的清静之心，有灌溉斯文、守护如一的恒兀之志，也有笑看繁华的自得独立的雅趣。这种人格精神正是莲池学派文人相传的心法，也是他们赖以修己成人的精神原力。其中融汇了儒者悦志不移的胸次、文人清旷骚雅的趣味和豪侠豪迈蹈厉的奇气。曾国藩《劝学篇示直隶士子》曰："前史称燕赵慷慨悲歌，敢于急人之难，盖有豪侠之风……即今日士林，亦多刚而不摇，质而好义，犹有豪侠之遗。才质本于士风，殆不诬与？"[⑥] 就豪侠之气而言，恐怕受燕赵地方文化风习的鼓舞。其《怀魏征甫》诗曰："学道如治军，成败要自强。一旅尚可兴，三北何足创。要及沛公帝，无为苻坚丧。我欲观融

① ［清］李刚己：《李刚己遗集》，民国六年刻本，卷二。

② 汪辟疆撰，王培军笺证：《光宣诗坛点将录笺证》，中华书局 2008 年版，第 260 页。

③ 吴闿生评选，寒碧点校：《晚清四十家诗钞》，浙江古籍出版社 2006 年版，第 25 页。

④ 吴闿生著，余永刚点校：《北江先生诗集》，黄山书社 2009 年版，第 146 页。

⑤ ［清］李刚己：《李刚己遗集》，民国六年刻本，卷一。

⑥ ［清］曾国藩：《曾国藩全集·诗文》，岳麓书社 1986 年版，第 442 页。

行，君当陈鞹鞅。”[①] 气体沉雄，颇有燕赵慷慨之气。论者谓李刚己诗歌“辞气驱迈”，当与此豪侠气质有密切关系。然从诗法来讲，当指其诗歌以古文为诗所形成的艺术风格。古文的辞气层次形成诗的气势和韵调，单笔行气，于整饬之中透出郁勃不羁之情，遂有河川下注、万里奔涌之势。如《游城北朱氏园用王荆公韵》诗曰：“园中景物无奇殊，嚣尘不到清有余。晚花向人愈媚好，老树蔽日犹扶疏。我来时当秋之季，玩花倚石连晨晡。坐无丝竹与樽酒，俯仰自足忘忧虞。城西废园郑氏旧，当时亭阁连空虚。繁华弹指百年尽，碎瓮乱石堆崎岖。盛衰反复只一瞬，风尘不返宁非愚。一丘一壑自可乐，吟眺何必山与湖。”[②] 此诗单笔行气，句调拗劲宛转，后半部分神气尽变，与前半部分若另起一意，然结束以丘壑自得之乐，意脉似断实连，气体高古沉雄。

第三节　李刚己的文艺思想

李刚己的古文思想秉承了莲池学派固有的文学观，与张裕钊、吴汝纶、范当世诸人大致相同。其诗除强调温柔敦厚的诗教之旨外，亦多儒家游心于艺的风雅情致。他认为文章是学者的一艺，其诗将日常生活的情趣化为诗思，多写“闲心”。如《月夜庭中漫步》：“茫茫哀乐两无因，局促诗书秋复春。世事急于前后水，月华阅尽古今人。千年大药生何处，万道狂澜逼此身。便欲乘风游汗漫，再来城郭定沾巾。”[③] 此诗心曲深沉，哀乐无端，然细味之却有无限幽忧之情溢于毫端。是宁静的月夜，感发了诗人思古之幽情；还是读书求进的枯燥生活，磨耗了诗人的生命，激起了内心深处的躁动；还是放眼茫茫夜空，环顾天下形势，牵动了诗人深深的忧患意识。一时间，万古长情，无边风月，伴着幽忧心曲，发为动情的长吟。李刚己是一个将儒家斯文融入生命的人，其诗多诉此志，而主旨亦往往归于此。其《冀州宅中》诗曰“歧路难分愿，周行久独睎”已明心迹，而《读孟子》不仅崇仰孟子续孔子之道，又曰：“时雨滋心内，朝阳在我东。”更明确了充养斯道、以身自任的生命自觉。而所谓“朝阳在我东”，

---

① ［清］李刚己：《李刚己遗集》，民国六年刻本，卷一。

② ［清］李刚己：《李刚己遗集》，民国六年刻本，卷一。

③ ［清］李刚己：《李刚己遗集》，民国六年刻本，卷一。

又蕴含强烈的文统意识，即正是历代以斯文自任的贤人学士，引领后来者不断追求儒家之道。因此，祖述文统也是李刚己文艺思想的重要内容。其《续皇甫持正谕业》曰：

> 经词质而诗独华。春秋以降，王泽衰而《诗》亡，《离骚》作而文辞之士兴。汉氏有作，风流衍溢，乘、迁、相如之徒倡于前，向、雄、衡、固之徒继于后，莫不震铄金石，藺拂云霓。降魏迄晋，洎于六朝，天下承学之士，崇其华而忘其实，逐其末而失其本，夸奢斗靡而无所于归。其敝也遂窳败而不可复振。自韩退之氏起，删削虚华，廓清荒蔓文辞，戛然复反于古，辅之以柳、李，继之以欧、曾、苏、王，由是天下化之。庠序之儒、里巷之秀，皆束群书，屏百事，以从事于空虚之域，其敝也遂至于空疏以为精，窘缩以为高，惝恍以为深，腐熟以为正。文章之道，至于宋元之末，何其陋也！国初，方、姚氏兴，推大斯文，倡明绝学。湘乡曾公继之，尽取汉儒之博、宋儒之纯、经子之闳深、骚赋之瑰丽，以自治其文，昭章粲烂，炳焉与周、汉同风，岂不伟欤！①

由此可见，李刚己推崇两汉与唐宋文章，特别赞美韩愈救敝起衰之功。于本朝推崇方苞和姚鼐，而且越过归有光，以方、姚上接唐宋八大家；他也推崇曾国藩，颂扬其复兴古文的功绩。当然，明代文章被他所忽视，是不能不指出的缺憾。② 其《辟疆以诗送别即次原韵答之》曰：“湘乡太傅轲雄俦，笔力横挽三千秋。吾师继之道益大，如开沧海朝群流。罗珠网玉不知数，我瓦砾耳犹相收。”③又《左传文法讲义序》谓大兴王或庵先生“尝从望溪（方苞）游，而平生师友如魏叔子辈亦皆以撰著知名。其于文事盖确有渊源”④。叙述了莲池学派的文统，并将早期桐城派与燕赵文脉的交流、沟通联系起来，对莲池学派建构具有燕赵本土意识的斯文系统具有重要的意义。

---

① ［清］李刚己：《李刚己遗集》，民国六年刻本，卷二。

② 参见洪本健《清末民初的中小学堂读本——李刚己的〈古文辞约编〉》，《文史知识》2015年第9期，第110页。

③ ［清］李刚己：《李刚己遗集》，民国六年刻本，卷一。

④ ［清］李刚己：《李刚己遗集》，民国六年刻本，卷三。

李刚己从儒家“有德者必有言”的命题出发，提出“行谊文章相待为用”的观点，进而将德行、学术、经济视为作者充养胸次的重要途径。胸次闳远瑰伟，抒写胸臆才能自然英发而几于道。因此，他虽然对西学抱着开放的态度，但就文事而言，还是强调古文是承载我国制度、文化的载体，二者水乳交融，相得益彰，不可分割。即从引入西学而言，译著亦需由信而雅，以文载道，使之与中学打破文化的隔阂，统一于“古人宅心之道、垂教之旨”。其论曰：

> 行谊文章相待为用。吾国历代作者其襟抱识量莫不高出流俗，卓立尘埃之表。故发为文章，其瑰词闳识，亦迥非世人所能及。盖文字本以抒写胸臆，唯其有之，是以似之也。近年两海大通，国人率讳言古学，竞谈新术。桀黠者又往往假借西说以阴济其私。民德既日卑污，而文体亦从阘茸不能上跻于古。此其风会所趋，不独为斯文之不幸也。吾国先哲垂训所赖以建人极而奠国基者，其精微难言之妙，仅于文焉可窥寻一二。文事不能讲明，则古人之嘉言懿训，虽存犹亡。而人民之修德立行，亦将无所取法，其贻害国家可胜道哉。且新学日益昌盛，非待能文之士从事译著，无以穷微尽妙，裨补国学所未备。由是言之，则文章之亟宜研求，审矣。而研求文章，苟斤斤于章句之末，而于古人宅心之道、垂教之旨不能通晓，微独古人高躅无由攀继，即文章亦难自振于凡庸。是乃征诸古载而未或稍谬者也。①

莲池学派文人群体的文统建构，是通过一项重要的文化活动来实现的，即诗古文评选。吴汝纶、贺涛都长于古文评点，且多有发明。李刚己于古文评点与选本之学颇有心得。其《左传文法讲义序》曰：“评点之学于古无有，施之经史尤多为世所讥笑。然若归（有光）氏之于《史记》、姚氏之于《汉书》及所纂古文辞，实为有识者所宝贵。左氏之书，唯方望溪氏评点为最精。”② 李刚己曾秉承张之洞之意编撰一部《古文辞约编》，作为当时中小学堂国文读本。李刚己序曰：

---

① 刘登瀛：《李刚己遗集》附录《李刚己传》，民国六年刻本。

② ［清］李刚己：《李刚己遗集》，民国六年刻本，卷二。

> 历代选评古文辞者多矣。坊行俗本既浅陋无足取，而老师大儒所论述又皆精微高远，非初学所能领悟。今中丞南皮张公病之，乃取周、汉以降辞约义显之文三十六首，属刚己详加评识，杂采旧说，以为中小学堂读本。刚己既不敢辞让，爰请公开陈义例，退而述录先师吴挚甫先生所论为文大旨，旁逮旧闻，兼附己意，以缀辑成书，上之于公。公以继此将取历代鸿篇巨制为高等学堂读本，此编实所以启途径、植基础也。①（李刚己《古文辞约编》卷首）

此书篇目均为“辞约意显”之作，选取的标准遵从吴汝纶的“为文大旨”，旁采旧说，且附以己意而成书，目的在于为初学者“启途径、植基础”，为他们继续学习高等学堂读本做必要的准备。此书最早刊行于光绪三十一年（1905），原名《中小学堂古文辞读本》。现存两个版本：一是民国七年（1918）的《古文辞选》，一册，十行三十字，小字双行同，白口，四周双边，单鱼尾，内封面题“古文辞选，原名中小学堂古文辞读本，为易今名，戊午清道人”，卷前有李刚己序。一是《古文辞约编》，一册，十行二十三字，小字双行同，白口，四周双边，单鱼尾，版心题“柏香书屋校印”，卷前有李刚己序，卷后有汉阳刘其标跋及汉阳钱成浩重印《古文辞约编》跋。版权页镌“中华民国十四年十二月校印，北京前门外虎坊桥京华印书局，原名中小学堂古文词读本。”书中的评注解说文字，分别见于题解、文中双行夹注夹批、眉评与尾评。除了兼收各家评注外，题解与夹注夹批中多李刚己本人的精彩评说。眉评以《古文渊鉴》中康熙皇帝的评语为主，兼收茅坤、沈德潜、张裕钊、吴汝纶等人的评语。尾评系总评，各家独到的评论皆归列其中。总体来看，此书评述了各家古文的风格与特色，指明了各篇的主旨和诸家学养的归趣，对文章结构布局和各家造语的功力剖析尤深。②

---

① 洪本健：《清末民初的中小学堂读本——李刚己的〈古文辞约编〉》，《文史知识》2015 年第 9 期，第 113 页。

② 参见洪本健《清末民初的中小学堂读本——李刚己的〈古文辞约编〉》，《文史知识》2015 年第 9 期，第 112—115 页。

表 6-2　《古文辞约编》所收篇目归类

类别	作者与篇名
论辩类	韩愈《杂说》（四首录二）、柳宗元《桐叶封弟辩》
序跋类	欧阳修《宦者传论》《伶官传叙》，王安石《读孟尝君传》
奏议类	贾谊《谏封淮南四子疏》、司马相如《谏猎书》、诸葛亮《前出师表》
书说类	苏秦《说韩昭侯》，韩愈《答吕医山人书》《答李翊书》
赠序类	韩愈《送董邵南序》《送李愿归盘谷序》
诏令类	汉文帝《赐南粤王赵佗书》《遗匈奴书》，汉武帝《敕责杨仆书》，韩愈《鳄鱼文》
传状类	韩愈《毛颖传》、苏轼《方山子传》
碑志类	班固《封燕然山铭》、韩愈《殿中少监马君墓志铭》

诗古文的评点与编选，将不同时空前辈学人的声音凝聚在眼前的文本之上，“批点中所包涵的认同、引申、疑问，构成关于所批点文本的多重对话”①。而这种累积性、汇集性、整合性的评点，又通过莲池学派文人师友间的过录、研读，进一步强化了治学方法、诗古文创作与理论批评建构上的学派特质，成为他们共同享有，以弥合裂缝、生发强化共识的文化资源。莲池学派文人编选的古文选本如吴闿生《桐城吴氏文法教科书》《历朝经世文钞》《国文教范》《汉碑文范》《古文辞类要笺证》《孟子文法读本》《左传微》，高步瀛《古文辞类纂笺》《文选李注义疏》《史记举要》《唐宋文举要》，赵衡《四十二篇文钞》，尚秉和《古文讲授谈》，李刚己《中小学堂古文辞读本》，等等。这些古文选本简化了桐城古文经典选本《古文辞类纂》，博观约取，多为适应新时代学校教育的古文教材。选文视野和范围有所拓展，在笺注评点中，注重揭示作文之法。古文选本和评点本的流通是莲池学派古文理论和义法传承的重要途径。其不仅促进了学派内部成员诗古文思想和创作的交流，增强了群体间的凝聚力；也使斯文一脉，得以在西学涌入，人心趋向新文化、新思想的躁动和彷徨中，为古典文学的传播与发展抢占了民国文化教育版图中的重要地位。

晚清民国时期外患频仍，社会动荡，民不聊生。有识之士面对千年未有的

① 徐雁平：《批点本的内部流通与桐城派的发展》，《文学遗产》2012 年第 1 期，第 105 页。

变局，逐渐认识到欲革新政治，必须先革新制度和文化，借鉴、引入西学，使国家走出专制文化的藩篱，在更高层次上开创新的文明与制度，以拯救积贫积弱的古老中国。文学家以深微善感之心，发为散文和诗歌，以挖掘幽隐，歌呼鼓吹，成为政治家、思想家撑拄百年危局，以渐进民族独立自强，走向现代文明的重要羽翼。传统文人文学也从润饰鸿业、维持风教、怡情悦性，转向以思想启蒙、社会宣传为主的大众的、平民的文学。文学功能的转向促进了传统文人文学的转变，也使他们走出政教和自娱的圈子，更加注重中西思想碰撞背景下，以西学为参照，反思、批判传统文学与学术，正本清源，以明斯文之统；在救亡图存的时代要求下，熔铸新理想以入旧风格，或径扫除旧风格而提倡白话的新文学。文学的权力走下了庙堂，跨出了江湖，在蒸腾的人间烟火气中，焕发出前所未有的力量。赵衡、李刚己作为晚清民国桐城派莲池文系的重要人物，与张裕钊、吴汝纶、贺涛、王树枏、吴闿生诸人继承桐城派衣钵，在新的文化背景和文学思潮中，重估了古文的体制、语言形式、思想内容和审美特质，在古文旧风格中开出了新思想与新境界，对此后新文学的发生具有导夫先路之功，也为当下反思近现代中国文学嬗变，继承创新传统优秀文学的方法和途径提供了有益的借鉴。

第七章　赵衡的古文创作与文学思想

赵衡从吴汝纶、王树枏、贺涛等人游，传承桐城派义法，是莲池学派的代表人物。幼年从同里金正春受李塨《小学稽业》《大学辩业》，笃嗜颜李学派的"六艺教学"之说。以此学应郡试，知州吴汝纶欣赏其才，使从王树枏受经学于信都书院，深得汉学考据训诂的要旨。于是吴汝纶招致门下，授以桐城古文义法。贺涛主讲信都书院，又从贺涛研讨桐城文家的古文评点之学。他的学问以颜李学为基础，推崇实学；以考据训诂治经学，探本溯源；以桐城古文经纬经济、学问，传载斯文斯道，深具晚清民国传统文人的文化品格和精神。赵衡的文学创作也深受其学术的影响。他长于史学，其史论文最有价值，以抉发士人精神为核心，呈现了桐城义法的丰富内涵。学诗受吴汝纶、王树枏影响，取径唐诗，尤重王维、杜甫、韩愈、李商隐。推崇温柔敦厚的诗教和性情之真，欣赏融合学问、性情、时事而"非唯有以见其为人，抑实与治国闻有资焉"的清刚雅健之美。

第一节　赵衡的生平与交游

赵衡（1865—1928），字湘帆，直隶冀州（今河北衡水冀州区）人。是晚清民国莲池学派的重要人物，在文学、教育、政治诸方面都有重要的影响。由于其相对保守的政治文化立场，在民国趋新的社会氛围中渐渐被遗忘，其生平事迹也多湮没无闻。仅能从其师友诗文、书信、日记中勾勒大概。

齐赓芾《湘帆先生行状》、刘声木《桐城文学渊源考撰述考》记叙赵衡生平颇详，为治文学史诸家所本。赵衡在吴汝纶任冀州知州（1881—1888）期间，先从王树枏习考据之学与诗歌，亦间从吴汝纶习古文。赵衡的古文得到吴汝纶的指授，对姚鼐、梅曾亮、曾国藩的文章义法深有所得。后贺涛继王树枏主讲信都书院，从贺涛受业，研讨桐城文家的古文评点之学。贺涛门下从游者甚众，如李刚已、张宗瑛、刘苹西等，而赵衡尤称高第。光绪十四年（1888）中举，二十一年（1895）大挑①二等，得候选教谕，不赴，任信都书院监院。从赵衡肄业信都书院到任监院，起迄几二十年。吴汝纶主讲莲池书院，多有函牍往来，论古文与时事，并辅助吴汝纶修《深州风土志》②。吴汝纶《答赵湘帆》（己亥正月十日）曰：

> 仆在北久，所见诸少年多英伟，各有胜处，独文事则颇少悟人，唯松坡门下诸君，皆有法度，能入古，由讲授明也。执事在松门，又褎然称首，老夫不足道，行当与老松分席而坐，不悚不慑，来书乃复谦挹不自足，若未尝学问者然，何雄心锐进如是！③

对赵衡的古文赞誉有加，蔼然长者之态跃然文字之间。

赵衡于光绪二十四年（1898）主讲深州文瑞书院，执教八年。期间以经济、学问、古文教授生员，“钞《班数律志》，为研求物原之始；钞《丹元子步天歌》，为研求宿躔推步之始；钞《地理志后序》及顾景范《州郡形势叙》，为研求古今关隘险易之始；钞马贵与《文献通考》二十四序，为研求历代政治礼俗沿革之始；钞《艺文志》，为研求周芹诸子学术导源别派之始。都文四十二篇”④。最可贵者，效法乃师贺涛在信都书院教授古文，“必传之以世务，使稍通中外之故”，开拓青年人的世界眼光和经世求实的精神。因此，赵衡在文瑞书院造就多士，皆渊博有文。赵衡此时的心境颇为复杂，交织着个人理想命运和社

---

① 清乾隆年间，为解决举人仕途险隘始行“大挑”的选官制度。大挑制度实始于乾隆十七年（1752），至三十一年（1766）则形成定制。陈康祺《郎潜纪闻二笔》卷十二“大挑原始”条云：“举人大挑，始于乾隆三十一年丙戌科，吏部新议选法，一等用知县者，又借补府经历，直隶州州同、州判，属州州同、州判，县丞，盐大使，藩库大使，凡九班；二等以学正、教谕用，借补训导，凡三班。时谓之九流三教。”凡举人三科不中，准其赴挑，每挑以六年为一次。例于会试之前，派王公大臣在内阁验看，由吏部分班带见。举人大挑不作诗文，不考吏能，主要以体貌为取舍。

② 吴汝纶《吴汝纶尺牍·与赵湘帆》曰：“《深志》增明以来金石；颇以多为嫌，别增物产一门，遂草草卒事，公来当为我是正。”

③ 徐寿凯、施培毅校点：《吴汝纶尺牍》，黄山书社1990年版，第155页。

④ 王树枏纂：《民国冀县志》，民国十八年铅印本。

会情势、时代要求的诸多矛盾。他有多篇文章叙及在文瑞书院的心境与活动。《束鹿焦府君墓表》以闲笔记文瑞书院曰："文瑞书院，故深州书院也，今其地改为中学，在县治西关外里许，颇雅敞，宜问学。相传故唐张鷟小时读于此，故前书院取名文瑞。"① 又《深县李府君墓表》载文瑞书院："在县治西关外三里，四无居人，临大野，果树草卉蔚然。相传以为唐张鷟读书之所，因其生时母梦鷟鸟有文瑞故名。予长书院八年，从学大率多举乙科，而举甲科者唯武强郑禄昌与维第二人。"② 赵衡在文瑞书院时的心境颇为落寞孤独，《与刘际唐书》说："弟索居于此，号召不如己者十七八辈，左右视坐而自圣，既违师训，又乏知友，学无所于质疑信，业无所于问可否，每荒郊散步，独居私念，意未尝不在钜鹿也。"③ 又《送赵铁卿序》曰："某来此，索居寡欢，窃自比之古人迁谪。读屈原《哀郢》《抽怨》，三复其辞而悲之。"④ 他触物怆怀，自作诗三首以抒写穷居不遇的感慨。其二曰：

夏秋之交，溽暑淫雨。地热不藏，天漏不补。有鸟来巢，朝鹊暮乌。中宵鸮叫，其声呱呱。朋党比周，维萤与蚊。番休更伺，皆有云云。长蛇蜿蜒，薮彼丰草。举趾不谨，动奸蜇咬。跂跂百足，脉脉守宫。主簿翘尾，夫于却行。毒蜇不良，称在上志。奚为坌来，此焉混厕。⑤

此诗多用比兴，含蓄深隐，而幽忧无聊，可以看出赵衡自伤牢落、忧谗畏讥的心态。贺葆真日记对赵衡在文瑞书院时的情状也有记载：

补州考。属文瑞书院康亨庵及常树轩为之。时湘帆方长书院，康、常皆其高才生也。（光绪二十四年九月二十九日）

子翔为儒珍求入《北京时报》社办事，廉惠卿许之，又招子翔与饶阳常稷生为中文主笔。子翔以湘帆自代。吴先生曰："湘帆自有深州书院，报

① 赵衡著，于广杰点校：《叙异斋集》，中国社会科学出版社 2021 年版，第 158 页。

② 赵衡著，于广杰点校：《叙异斋集》，中国社会科学出版社 2021 年版，第 161 页。

③ 赵衡著，于广杰点校：《叙异斋集》，中国社会科学出版社 2021 年版，第 64 页。

④ 赵衡著，于广杰点校：《叙异斋集》，中国社会科学出版社 2021 年版，第 60 页。

⑤ 赵衡著，于广杰点校：《叙异斋集》，中国社会科学出版社 2021 年版，第 61 页。

馆文章，不须高古，反坏文笔，若入报馆反为小就。”（光绪二十七年五月二十九日）①

初深州学堂洋文教员徐某，教授无法，学生公禀总办刺史续公……汉文教习赵湘帆适以病旋里……而袁刺军竟札撤中文教员及监督，并全班学生不得复入学堂。学生多湘帆主讲书院时高才生，其来学堂实以其师任教习也。自吾父都讲信都，以古文义法授学者，而必传之以世务，使稍通中外之故，湘帆以吾父所以为教者施诸深州，州人士之知新学，湘帆启之也。谤之者反谓其仇视新学，学生与书院旧人康亨庵、侯绍契诸君大愤。（光绪二十九年五月二十九日）②

从贺葆真日记的记载可见赵衡所处生活环境之艰难复杂。故赵衡在文瑞书院期间，早有欲谋他就之意，遂借在深州学堂被谤守旧顽固之机，入都协助办理华北译书局。1901 年时，吴汝纶在北京创办报社，委常育璋、邓毓怡任编辑，不久报社被清政府查封，遂改名华北译书局。贺葆真日记载：

书局之初开办也，出报两种，一《经济丛编》，甚为学界欢迎；一为《阁钞汇编》，后《经济丛编》停版。而包印书籍未尝不获利。夫此局之发起虽由廉郎中泉，而提倡招股，吴先生实主持焉。成立之后为常稷生把持，廉郎中乃委而去之，弊端百出，不可复支，常氏又去，乃归赵湘帆兄弟。（光绪三十一年六月八日）③

余往华北书局，今已易名为北新书局矣。赵湘帆兄弟与常、郭二君瓜分华北而赵氏得其根据地，占优势焉。开办经费不足，湘帆拟再招新股，而延贾佩卿主笔，人皆知其难也。（光绪三十一年九月八日）④

由贺葆真日记的记载，大致可见赵衡在华北译书局期间的事迹。

① 贺葆真著，徐雁平整理：《贺葆真日记》，凤凰出版社 2014 年版，第 71 页。

② 贺葆真著，徐雁平整理：《贺葆真日记》，凤凰出版社 2014 年版，第 95 页。

③ 贺葆真著，徐雁平整理：《贺葆真日记》，凤凰出版社 2014 年版，第 113 页。

④ 贺葆真著，徐雁平整理：《贺葆真日记》，凤凰出版社 2014 年版，第 125 页。

保定莲池书院是晚清北方才俊的渊薮。自张裕钊、吴汝纶先后主其讲席，有志讲求实学的直隶文士争相入学。1905年科举制废除以后，莲池书院改为校士馆，又改为科学馆，很快科学馆也被废止。1906年，袁世凯在莲池书院旧址倡立文学馆，聘贺涛为主讲。贺涛于文学馆开办之初招赵衡入馆。贺葆真日记载：

> 赵湘帆来。吾父使人招之也，使肄业于文学馆，湘帆请兼办都中报馆事，许之。（光绪三十二年七月八日）①

贺涛在《与毛方伯》书牍中说：

> 冀州人赵衡，字湘帆，年四十，涛旧日门人。笃学不倦，尤致力于词章，其独到处，涛自谓不能逮也……馆中得此人，当为生色。唯吴先生所创之华北译书局归湘帆管理，恐不能兼及，因函招来保与之面商。昨已到，据云彼处不能置之不顾，若往来京保，尚可勉就。涛尝函启我公，所谓他处有事，而能源源而来，可许其垄断者也。②

故赵衡在保定文学馆期间（1906—1910），往来京保之间，兼办华北译书局事务，并不如张宗瑛、武锡珏等人常驻文学馆。

1914年，徐世昌请赵衡课其子弟，又聘其为礼制馆编辑，遂居京师，从徐受颜李之学。贺葆真日记载：

> 徐相延湘帆课其弟子，又允湘帆以荫南副之，日前已到馆。重阳日徐相与其弟幼梅先生宴赵、郭、王先生，而嘱吴士湘及余陪客，时余犹在津，湘帆为礼制馆诸君寿徐公诗册作序。③

---

① 贺葆真著，徐雁平整理：《贺葆真日记》，凤凰出版社2014年版，第137页。

② ［清］贺涛著，柴汝新、于广杰点校：《贺涛集》，北京燕山出版社2019年版，第248页。

③ 贺葆真著，徐雁平整理：《贺葆真日记》，凤凰出版社2014年版，第271页。

这也可从赵衡《叙异斋文集》中所收相关文章得到验证。在此期间，徐世昌委任王树枏为总纂整理畿辅文献，赵衡为修纂，作为清史馆撰写《清史》的资料。贺葆真日记载：

> 余至畿辅先哲祠编书处，已开办数日矣。总纂王晋卿先生。纂修者赵湘帆；检查书者许君育璠，字卿卓，清苑人，前布政使函度之子；赵君庆墉，字石尘，涞水人，张小帆中丞曾馆于其家。在局钞书者已来四人，庶务为吴君稚卿，名桐川，四川人，晋卿先生门人。①

在徐世昌主持下，王树枏、赵衡等人大力征寻畿辅文士诗文集，撰成《大清畿辅先哲传》。1918 年，徐世昌任大总统，赵衡任总统府秘书。徐世昌另辟编书室，委任赵衡编辑《颜李师承记》，主撰颜李学派诸儒传记、孝友传，又选《颜李语要》，作《颜李学案》。后受徐世昌旨意，取颜元《存人》《存性》《存学》《存治》四编之义，与张凤台、齐振林、贺葆真、齐璧斋等倡立四存学会，任副会长。1919 年徐世昌开晚晴簃诗社，赵衡预其中。贺葆真日记载：

> 晚晴簃诗社开办，所招选诗人皆一时之名士，凡十二人，曰樊云门，曰周少朴，曰王晋卿，曰柯凤孙，曰郭春卿，曰张珍午，曰秦友蘅，曰王书衡，曰易实甫，曰徐少峥，曰曹理斋，曰赵湘帆。②
>
> 总统招至一时诗家，宴于晚晴簃。曰樊樊山，曰柯凤孙、王晋卿、张珍午、周少朴、郭春榆、易实甫、赵湘帆、徐又峥、曹理斋、秦友蘅、姚叔节、马通伯、宋子钝、林琴南、纪泊居、吴传绮、吴辟疆、陈松山，凡十九人。③

从晚晴簃诗社文人群体来看，赵衡依附徐世昌期间，交游的人物除莲池学派师友之外，还有一些桐城派的重要人物，如柯劭忞、姚永概、马通伯、林纾等。

---

① 贺葆真著，徐雁平整理：《贺葆真日记》，凤凰出版社 2014 年版，第 280 页。

② 贺葆真著，徐雁平整理：《贺葆真日记》，凤凰出版社 2014 年版，第 489 页。

③ 贺葆真著，徐雁平整理：《贺葆真日记》，凤凰出版社 2014 年版，第 495 页。

他们在政治上围绕着以徐世昌为中心的北洋政府，文化上已渐失晚清时引领文化风气之先的地位，而被提倡新文化的民国文人视为复古守旧的代表。

此外，赵衡与梁启超、赵熙、杨增荦也有较深的交往，比较值得关注。他曾作《梁莲涧先生七十寿序》为梁启超之父祝寿，并称赞梁启超“以新学开示学子”的文化精神。赵熙与赵衡在宣统年间相识于北京，其《怀湘帆》曰：“北道韩徒出，文章天下才。青山元气厚，素学古风回。近病闻高卧，殊方各劫灰。冀州横四海，谁湔屈平哀。”① 对赵衡的古文、品格多有赞誉。又填《高山流水》词：

> 故人一别五秋风。老余生，双鬓如葱。前世望长安，凉天碣石归鸿，年年是战血腥红。西飞燕，身世依然是客，寄迹雕栊。撰东京杂记，一一梦华浓。　霜中。寒梅作花了，茅屋在，鸭涨牛宫。天外冀州山，涧石定采蒲茸。画蛾眉，揽镜难工。唐经事，应仿昌黎素业，间气天钟。莽燕云杳杳，消息雁书慵。②

从词序与跋来看，赵熙与赵衡在分别后未再相见，且对赵衡依附徐世昌、倡导四存学会颇有微词。赵衡在《清故弼德院秘书长田先生神道碑铭》《记送赵尧生叙后》《赵府君墓志》诸文中也多次深情地写到与赵熙的交谊。

与赵衡交往比较密切的另一位诗人是杨增荦。杨增荦，字昀谷，号滋阳山人，江西新建人。与陈三立、陈衍、陈宝琛、赵熙等人交游，是晚清民国时期同光体赣派的著名诗人。光绪二十四年（1898）进士，先后任刑部主事、四川候补知府等。民国初年，为国史馆协修、司法部秘书、交通部推事。北伐之后退隐津门，入城南诗社。有《杨昀谷先生遗诗》八卷。其《移居答赵湘帆见赠》诗曰：“避喧颇不易，一岁三移居。何物使心动，所经皆梦余。几时辟岩薮，与子笺农书。尽涤身外虑，因之游太初。”③ 诗中叙写了与知己如赵衡相携笺注农书、躬问田亩的避世隐居情怀。《移居答赵湘帆见赠》诗曰：“梦中两西山，相

① 赵熙著，王仲镛主编：《赵熙集》，巴蜀书社 1996 年版，第 257 页。

② 赵熙著，王仲镛主编：《赵熙集》，巴蜀书社 1996 年版，第 1056 页。

③ 杨增荦著，樊茜校注：《杨昀谷诗文集校注》，江西高校出版社 2018 年版，第 79 页。

望南北斗。斗南蔚以幽，斗北童而厚。入山思著书，何者真不朽。境乃身之庞，文亦道之垢。所以古达人，寓诸无何有。”① 则写二人卜邻西山隐居的宿志，进而摆落诸境牵绊，怡心无何有之乡的精神越升。这些诗音韵拗健古雅，志意潇洒，显示出他与赵衡非同一般的关系。赵衡集中有《题杨昀谷先生〈紫阳峰图〉》一文。《紫阳峰图》是嵩堃、李霈所作。文曰：

> 昀谷数数约予读书紫阳峰，俗冗不遂，辄用自愧，而昀谷亦未能遽践其约。比四三年，与予同客京师，庸笔砚于人求活。甚矣，境遇之穷通，有以操纵人也。间者出此图属题，且为文自记其买山始末，及寤寐不忘归隐之意，乃属友人具为图之如此。予与昀谷交近二十年，世俗迫厄，丧乱迭更，奄奄遽已为五六十岁人，唯幸未死耳。目所接愈益奇诡，譬若泛舟大海之中，鼋鼍蛟鳄，万怪皇惑，而风盛浪掀，具若为之生其势而助其焰，诚不测下碇之何所矣。昀谷果赋归来，固将秣马膏车相从，他尚何所顾惜。②

赵衡与杨增荦性情相投，早有隐世读书之约。然迫于时势和生计，不得不奔走于京师名利场中。当杨增荦请人作《紫阳峰图》寄寓归隐之意的时候，赵衡面对巨变中的神州大地自然也是闻弦歌而知雅意。

总之，赵衡并不是避居一隅的乡曲之士，而是一位活跃于晚清民国政治文化中心的人物。他自称以文字事人，却超出传统文人的知识结构和生命方式，是具有一定现代思想意识的文化新人。他推崇桐城派古文，终生作为文化志业，又援燕赵文统入桐城古文，将颜李学派重实行的精神融入文章行事之中，虽未如同时代文化巨子那样耀眼，却以其笃实雅健的文行，成为引领、传导时代精神于社会中下层士庶的中坚力量。

第二节　赵衡古文的历史精神与文人趣味

赵衡的古文宗尚韩愈、曾国藩，以导扬吴汝纶、贺涛之说。作文循途守辙，

---

① 杨增荦著，樊茜校注：《杨昀谷诗文集校注》，江西高校出版社 2018 年版，第 79 页。

② 赵衡著，于广杰点校：《叙异斋集》，中国社会科学出版社 2021 年版，第 155 页。

兢兢焉尺寸不敢逾越，其独到处或可智过其师。刘声木认为其文“锤凿幽冥，融金开石，翔潜于浩渺荡谲之境。散遏掩抑，骇骇听睹，若湖海之吐纳蛟螭，而时露其笋帘，实有独到处。他人莫能及，断然为一代之文”①。徐世昌序其文集也说：

> 夫文所以经纬万端，迎运万变。不有质朴之词，何以穷幽杳无极之理；不有葩华之藻，何以尽天地雄奇瑰怪之观。屈宋扬马以质直之气驱遣其丰华丽缛，滔荡披洒之文。韩公取汉文之气体，扬马之奇变，而内文薄物小篇之中，其貌异，其神同，其所以感骇人神者无二致也。汉文弊而韩公振之，唐宋弊而曾公振之。是以有清文学中兴，诸儒溯源盛汉，进窥周秦，蹴踏唐宋，其风力实足追八代。②

徐世昌眼中推动“文学中兴”的晚清人物是曾国藩、张裕钊、吴汝纶、贺涛等为代表的古文家群体。赵衡作为吴汝纶、贺涛的传法弟子，被徐世昌视为文学中兴的重要力量。当然，赵衡的古文也有其局限性，钱基博先生说：“大抵碑传文以瑰奇穷笔势，仿佛皇甫湜、孙樵学韩一流，而气不能运掉，不免硬砌。议论文以拗折入深际，差似王安石学韩一流，而理不见精透，亦时肤絮。在涛弟子中，不如张宗瑛之鲜明紧健；而视韩门弟子，差胜皇甫湜之肤缛庸絮也。”③对其碑传文叙事不能妥帖自然和议论文持论浅显冗繁之弊所见甚当。

一、赵衡古文的历史精神

赵衡史学深湛，长于论史，史论文深得桐城义法，雄奇独造，能发前人所未发。史论文是论说文的一种。刘勰《文心雕龙》说“论也者，弥纶群言，而精研一理者也”④，并将“论”列为陈政、释经、辨史、诠文“四品”；《昭明文选》则将“论”列为设问、史论和论（指一般论说）三类。徐师曾《文体明辨》又将“论”列为理论、政论、经论、史论、文论、讽论、寓论、设论等“八

① 刘声木撰，徐天祥点校：《桐城文学渊源考撰述考》，黄山书社 1989 年版，第 290 页。

② 赵衡著，于广杰点校：《叙异斋集》，中国社会科学出版社 2021 年版，第 11 页。

③ 钱基博著，傅道彬点校：《现代中国文学史》，中国人民大学出版社 2007 年版，第 145 页。

④ 周振甫：《文心雕龙今译》，中华书局 1986 年版，第 167 页。

品”。如与现代的论说文比照，则可概括为政论、史论、事理论、文论四种。姚鼐《古文辞类纂》即将史论归入论辩类，可见史论文是“论”体文章重要的门类。唐宋以来史论，多集中地围绕某个论点、扣紧某个论题进行论辩说理。如柳宗元《封建论》围绕“彼封建者，更古圣王尧舜禹汤文武而莫能去之。盖非不欲去之也，势不可也”这一论点，重新审视历史事实和传统观念，反复强调分封建疆这一政治策略是势使之然。宋代“三苏”也是史论文的高手，苏洵的《管仲论》、苏轼的《荀卿论》、苏辙的《三国论》等以历史人物为中心展开，都是史论文的精品。桐城派古文家的史论文多有学者气，辨析史实，阐发义理，而归趣往往映射社会现实或学术思想问题。赵衡的二十余篇史论文表现出鲜明的特点：发明史家书写义例，体会史家书写的法度风格、微言大义；描写士人心态，剖析学风、政风、风俗的关系；关注乱世，从乱世中总结国家治理之道，尤其关注先秦、五代等乱世；以西学为参照，反思我国传统的典章制度，阐明政治文化兴衰治乱之理。乃师贺涛称其“论史诸作皆有不刊之论”①，又因融入新学新理，颇能浚发人思，对当时国家的政治改革和社会治理很有借鉴意义，是反思中国学术和政治现代化的重要思想资源。

在传统中国以农业为核心的社会环境中，士大夫是中国文化的轴心。他们的主要责任是“致君泽民”“上说下教”的人伦教化，一面是民众的代表，一面是政府的监督。春秋战国以来，无论中华民族内部社会政治文化和外部环境如何变化，他们始终以一种坚毅弘忍的人格精神担负着文化的重任，并本着“成己成物”“立己立人”的人之自觉欲要在社会实践层面有所作为。② 赵衡对士人的文化精神和社会责任具有深刻的历史省察，尤其对衰世、乱世中士人表率天下的道德节义论之尤详，寄寓着深沉的现实讽寓。《书新五代史死节传后》围绕五代武士死节、文人苟且的社会现象展开论述。开篇以“《死节传》为王彦章作也”，接续欧阳修为王彦章作传推崇“节义”之意。然后宕开一笔，综括史上“节义”出于乱世，且多出于诵习礼乐的文士群体，引出五代与常理相悖的现象。延续这层意思，从正面梳理庄子、司马迁、班固诸人进游侠、退儒士的深意；从反面叙写汉代以来以儒士治国、贬抑武夫的政策。又叙写乱世武夫捐身

① 赵衡著，于广杰点校：《叙异斋集》，中国社会科学出版社 2021 年版，第 14 页。

② 参见罗庸著，杜志勇辑校《中国文学史导论》，北京出版社 2016 年版，第 170—174 页。

赴国难，或力挽狂澜，措置家国数代之安，或视死如归，以身死难的智勇大义，以激荡文气。其后正论士人生死大节、光昭人文的历史价值和生命意义，廓充文境，使之深折荡漾、高华雄茂。此文深刻触及士人德行的重大问题。士人无恒产而有恒心，春秋战国以来即以自觉的人格精神和文化意识建立起与政统对立统一的道统，以制衡权势集团的政治活动，使他们的政治实践和社会治理在依循客观规律的同时，也接受儒道的价值指引。所以，文士成为反思、传承社会道义的核心与化身。秦汉以来，文人的风节道义即为社会良知，在某种程度上影响着社会风俗和政风、学风。赵衡此文为读欧阳修《新五代史·死节传》之作，他以武夫能够在乱世中全节守义，以激文士苟且权门的寡廉无耻，归趣于“终五代之时，全节之士不出于儒臣而出于武夫，而武夫全节之士亦只王彦章等三人而已也，岂不悲哉”，为千古乱世士人之操守之谊发一浩叹，未尝不寄寓着对当下士人风节的讽喻之意。吴汝纶认为此文“气体宏放”“醇而后肆”。正论而入，偏侧反复论说，行文时左顾右盼，炼意精核，说理深微透辟。而其情又激愤不流，终归醇古，确实能探古文胜境。

赵衡论史关注乱世，从乱世中总结治平的道理，尤其对先秦、五代三致意焉。他对专制政体愚民之术的论述可谓警创无前。《书〈史记〉赵世家后》谓：“自古豪杰举事非常，惧己之不能以取信于人，而人之必不服从己也，辄托于神以示威”①，“明则有礼乐，幽则有鬼神”②。基于理性精神建立起来的礼乐制度推动了文明的进程，但其于“天地鬼神”及未知世界仍保有宗教般的信仰与敬畏，并将这种情感礼仪化，以实现对民众的精神影响。“神道设教”在具体的政治实践中被某些政治人物挎弄为借“神异”现象愚民惑众，增强个人政治权威的工具。“神道设教”的权谋化实际上失去了原初的文化意义，而成为政治野心家愚弄庶民的另一套不可明以告人的系统。赵衡此文揭示此义，认为：“古之治天下者，知治天下之道不可以明示人也，于是创为幼眇之谈，以与天下从事于恍恍惚惚之中……俾天下咸知敬畏。……洋洋乎如在其上，如在其左右。礼之所不能制，乐之所不能化，以鬼神愚天下，而天下治。”③ 但是他认为以“鬼神”

---

① 赵衡著，于广杰点校：《叙异斋集》，中国社会科学出版社2021年版，第13页。

② 赵衡著，于广杰点校：《叙异斋集》，中国社会科学出版社2021年版，第13页。

③ 赵衡著，于广杰点校：《叙异斋集》，中国社会科学出版社2021年版，第13页。

愚民是因为道德不足，三代以上，尧舜禹以仁义治天下，天下悦服；三代以后，外示仁义而杂以权谋变诈，正所谓“力足者取于人，力不足者取于神”①。此论奇谲瑰怪，虽未必尽如此，却在某种程度上揭示了专制政体社会治理的秘密。《读齐悼惠王世家》论汉初削藩之策：

> （贾谊、晁错、主父偃）三人之智略同，其所以抑损诸侯为强干弱枝之计一也，乃或行之而安，或以致乱，事竟背出，而相反，一以其计愚诸侯，一明以示诸侯耳。……古之治天下者，盖无所不用其愚。非天下不可以明治也，治天下之道，凡以为自便计，非以便天下。以明治天下，使天下皆知，其非以便天下，而以自便，作乱者将并起而四应。故古之人第率天下而从事于愚。②

从历史中推原治乱之由，认为在政治运行层面，专制政体采用愚民的权谋之术，不尚制度文明的建设，由其推动的各项改革的成败往往寄望于侥幸，很难收到长治久安的强国效果，此人治之患、专制之患。赵衡此文学苏洵，正论出以奇诡之笔，思自在裕如，于文末反于论旨，甚有激荡渺远之致。

赵衡认为专制政体愚民的策略，不仅在政治权谋，还在以政治权力掌控学术。官与学本为一体，春秋战国，道术分裂，政治与学术离而为二，而“哲学的突破”，使文人得以用学术所代表的道统与政治分庭抗礼。在政治分裂时，为了实现天下一统，学术受到权势集团咨询顾问的优待，多能较自由地发展，比较繁荣。当一统之后，为了巩固政权，权势集团因政治需要必然要加强思想的管控，对学术也有了定于一尊的要求，使学术在政治的有效领导之下发展。学术为了适应时代需要，也必会有整合综贯的内在发展，最终成长为与政治相得益彰的文化形态。《河间献王论》说：“古之能治天下者，莫不有愚天下之具。自唐虞迄周，愚天下以礼乐。自汉迄今，愚天下以诗书。礼乐之兴能使人拘，诗书之行能使人迂。群天下之人夺其智勇，黜其辩力，而唯从事于拘迂之

---

① 赵衡著，于广杰点校：《叙异斋集》，中国社会科学出版社 2021 年版，第 13 页。

② 赵衡著，于广杰点校：《叙异斋集》，中国社会科学出版社 2021 年版，第 25 页。

途……上之人为所欲为，天下岂有不顺之民哉！”① 此论与清初王夫之、顾炎武等人反思专制政体的思想言论有异曲同工之妙。赵衡此论意气纵横警创，奇宕劲悍。吴汝纶说：“外国民智于是民权重，而有民主之国。词最合于孟子民为贵之旨。以公理言之，未必中国之是，而外国之为非也。”② 赵衡的议论参以西学政治思想，论古尚奇，实对专制政体发出愤激之语，其中尚有开发民智、赋予民权的温厚之意存于其中，这也是他在清末赞同革新、传播西学，而入民国拥护共和政体的思想根源。

二、赵衡古文的士人精神与“寓言”之法

赵衡的史论文揭示了史传的体制义法。文章限于时代，非时代限之，而是文人因主体精神萎缩矮化，自我设限。豪杰之士多能超拔于时代，思接千古，谋于将来。所以，赵衡认为史论文章不应只是客观地考述史实，而昧于义理，无所归趣。而文章的归趣，即是他所谓史传书写的春秋笔法，微言大义。其《京房论》涉及君子仕宦之道。他认为：“君子之仕也，达其道也，道不达，以危其身，君子不为也。”③ 他故作愤激之语，实质上是要表达对专制王权钳制、迫害士人的不满。高扬士人独立的人格精神，自战国已然。秦汉以后，帝制迭兴，其治国之术多用霸道而以愚民自便为计，士人的生存空间往往艰难逼仄。赵衡文中说：“唐虞三代之时，政自天子出，士苟有以自见，虽直道而行无不可以得志，而试以施之后世，非死则辱，罢犹辜耳。”④ 一些士人急于行道，降身辱志，曳裾权门，虽不足多，确也是无可奈何的事。此文深刻体会史家的微言大义，旁见侧出，颇有基于历史理性精神的省思和观照现实的讽诫之义。吴汝纶认为此文“用意反侧激宕”，最是文家低徊悠渺的胜境。反侧激宕不仅使文意深折淡宕，也呈现了作者寄寓其中的生命体验、文化省思和情感倾向。“寓言”是史传微言大义的重要呈现形式，赵衡说：“史迁多寓言，其深者至微妙难识，而其略可识者又或为诡谲之辞以掩之，偏宕之辞以乱之，故其书旨趣妙选，读

① 赵衡著，于广杰点校：《叙异斋集》，中国社会科学出版社 2021 年版，第 24 页。

② 赵衡著，于广杰点校：《叙异斋集》，中国社会科学出版社 2021 年版，第 24 页。

③ 赵衡著，于广杰点校：《叙异斋集》，中国社会科学出版社 2021 年版，第 32 页。

④ 赵衡著，于广杰点校：《叙异斋集》，中国社会科学出版社 2021 年版，第 32 页。

者不厌。"[①]《书顺宗实录后》曰："史家之文大旨在法戒后世。《顺宗实录》于当时弊政权悻小人罪状，直书不隐。虽古良史何以加兹。其所以不及古之人者，文之取材异也。"[②] 赵衡没有说明韩愈和《史记》《汉书》取材之异到底在哪里，只是指出韩愈做《顺宗实录》实寓有古文"寓言"之法。不仅司马迁、韩愈用"寓言"，他认为欧阳修《新五代史》也用此法。《书〈新史·周世宗家人传〉后》曰："欧史于为人后义每详论之，其言颇辨，意皆为濮议"[③] 发也。

赵衡不仅发明史传的"寓言"之意，也以"寓言"之法解读史传篇章。《书始皇本纪后》曰："迁史多寓言，始皇本纪盖为武帝作也。始皇武帝皆英主，侈心多欲，任用武力，酷烈谀悦之臣穷兵求仙毒乱天下，其行事殆无不同……掇辑事迹，互质对举，以为实录，而使人得识其意于语言文字之外。"[④]《书史记汲郑传后》纯用"寓言之旨"体会司马迁《汲郑二人传》之深意。《读仲尼弟子传》认为："迁学通六家，重值武帝之烦扰，故常推崇道德以鉴武帝之失，要归本儒家者流也。迁最喜廉清不阿之士，《货殖列传》讥武帝侈心多欲，叙子贡富，益以原宪之不厌糟糠者形之，而是篇又详载其诋子贡之言。"[⑤] 数篇文章均以"寓言"体会司马迁作文之意，领略深寓文字声辞之后一代史家在波澜壮阔的史实之后闪耀的精神意象。但是，古文家读史与经学家、史学家根本的不同在于总是有文辞横亘胸中，通过玩索辞章，还原历史情境，领略史家创意造言的本旨与精神，他们对历史的理性追问往往融于对历史文化精神的情感与艺术体验，所以古文家以"寓言"推求史家本旨难免有过情之处。赵衡《书〈汉书·酷吏传〉后》曰："民马牛也，羁絷之不施，橛楅之不设，四放不加制，而可以治天下者，吾未之前闻也。"[⑥] 又说："承天子命，来守一邦，坐视其人之为非，一不加禁，且哓哓曰吾用古治，谁其信之。猛虎扑前，礼服喻以大义，而虎遂逡巡告退者，未之有也。"[⑦] 历史的政治实践表明，"刑法"对社会治理有重

① 赵衡著，于广杰点校：《叙异斋集》，中国社会科学出版社 2021 年版，第 35 页。
② 赵衡著，于广杰点校：《叙异斋集》，中国社会科学出版社 2021 年版，第 35 页。
③ 赵衡著，于广杰点校：《叙异斋集》，中国社会科学出版社 2021 年版，第 30 页。
④ 赵衡著，于广杰点校：《叙异斋集》，中国社会科学出版社 2021 年版，第 14 页。
⑤ 赵衡著，于广杰点校：《叙异斋集》，中国社会科学出版社 2021 年版，第 20 页。
⑥ 赵衡著，于广杰点校：《叙异斋集》，中国社会科学出版社 2021 年版，第 39 页。
⑦ 赵衡著，于广杰点校：《叙异斋集》，中国社会科学出版社 2021 年版，第 39 页。

要作用，刑法随着社会的发展而有兴革，天下之治乱在刑法之用，而不在立法与否。他这一层意思本不错，但如赵衡所说，司马迁作《酷吏传》是讥刺汉武帝刑法之滥，而班固特别推重刑法正面的政治功用，与司马迁旨趣不同。赵衡以班固为是，实则，未必司马迁与班固对刑法之用有轩轻，根本还是时代不同。秦酷烈之后，黄老尚流行，而西汉大乱之后，东汉需纲纪，司马迁、班固所处时势不同，故关注的重点也不同。对此张舜徽先生也有深入的分析，他说：

> 涛称其深于史学，故论史诸作，皆有不刊之论。今观其识议之佳者，如谓“古之能治天下者，莫不有愚天下之具。自唐虞迄周，愚天下以礼、乐；自汉迄今，愚天下以《诗》《书》。礼、乐之兴，能使人拘；《诗》《书》之行，能使人迂。群天下之人，夺其智勇，黜其辨力，而唯从事於拘迂之途，黄小穷经，至白首尚不能通，而昕夕无暇。上之人为所欲为，天下岂有不顺之民。吾固以为秦始皇之燔书坑儒，为不知治天下之道也”（是集卷一《河间献王论》）。此论至奇，为昔人所不敢道。至于论定史迁叙夏、商、周三代为三本纪，而于秦独别始皇为二，乃实为武帝而作。始皇、武帝，行事相类，故藉叙述始皇事迹，以发其不平之意（卷一《书始皇本纪后》）。斯则逞臆而谈，大失史公著书之旨矣。史公著书，恒详近而略远，故五帝合为一纪，夏、商、周各成一纪。至秦，既有《秦本纪》，复有《始皇本纪》。至汉，则自高祖以迄武帝，每人自为一纪。皆明例也。其书言秦汉事独详者，以闻见亲切，采访易周耳。衡昧于古人著书义例，而漫为论列，终不免文士之见矣。①

赵衡的史论文是其古文中的精品。他对士人精神的抉发，以古文“寓言”之法，书写他对中国历代人物、典章、政治的省思，立足于历史而紧密联系晚清民国丧乱的现实和苟且的士风民俗，为传统中国走向现代的历史进程留下了一些独特的精神剪影。

---

① 张舜徽：《清人文集别录》，华中师范大学出版社 2004 年版，第 583—584 页。

第三节 赵衡的古文思想

一、赵衡论“文”的本质与社会功能

赵衡文学思想有其独特之处。他认为“文”是人类特有之能，无须上天的赐予，“非天所予，人所自为而自有之者，天亦不得操纵而予夺之也”[1]，“天地之开辟本浑沌也。自三皇五帝三王以文化成天下，破草昧而桄被，天无奈何；孔、孟、庄、荀、扬、马、韩、欧、程、朱之生，天本以厄之也。与文俯仰，朝嘻夕怡，名垂而言立，天无奈何”[2]。天地开辟之初本是混沌，人的灵性与智识化为“文”，与天地、万物绸缪往还，缵育天地造化，也是人类文明的基始。他论“文”的本质说：“骰列于事物，为条次分理，书之竹帛则为文。书者如也，言竹帛之文适如条次分理之在事物，无二也。故吾国古昔当文学盛时，能文者无不能作事，开物成务。”[3] 从人的活动方式和过程而言，“文”是书写记录；而其表现形态是按照一定法则排列的文字；其内容是“条次分理”的“事物”，其中蕴含圣贤得以凭借而开物成务的自然之道。所以“文”与“物”异制同体，“文”的书写法则与其所代表“事物”的“条次分理”是对应关系，文法应如事物因其物理、事理、情理和义理而显现的本然逻辑。这与桐城古文讲求言要有物、有序是一脉相承的。既然文是圣贤君子“条次分理事物”之德能功业的记录、书写，体现着圣贤君子立心立命、经纶事物的价值追寻和现实开拓精神，文的功能“上之能以变化，裁成民物；下之能以取自适，不没身后”[4]，所以文“固若是其可乐而可贵也”。就其可贵的方面来说，赵衡非常看重文章的社会功能。如《书宁河邵孝子事略后》涉及传记文体书写。作为一种传记文体，需概述人的生平事迹。记述人或事的梗概，笔法不同于正史传记。“孝行”所体现的道德意志是宇上宙下所以有所支柱而不至毁堕的根本。这种道德意志纲纪人伦，激励末俗可以凝聚民心，促进社会治理和风俗的改善，从而达到长治久

---

① 赵衡著，于广杰点校：《叙异斋集》，中国社会科学出版社 2021 年版，第 61 页。

② 赵衡著，于广杰点校：《叙异斋集》，中国社会科学出版社 2021 年版，第 61 页。

③ 赵衡著，于广杰点校：《叙异斋集》，中国社会科学出版社 2021 年版，第 61 页。

④ 赵衡著，于广杰点校：《叙异斋集》，中国社会科学出版社 2021 年版，第 61 页。

安。所以文学传记的重要写作目的和功能应关注“事出骨肉所日与耳目为缘”之事，传之文字，德文相映成辉，以激扬人心，以助教化。从《书新五代史死节传后》也可以看出赵衡的文学观念。他说：“五代之人即甚无廉耻，其称冯道，不应至是，岂非以其文学哉？以文学之故，不顾其人之行，无贤否概为延誉，无惑乎？”“修辞立诚”，先贤关于“文学”法度的规定性最终都指向文学善美之质的根源，乃是作者道德精神的水准和境界，且需通过不断修养功夫，使其德行表现在文字之中，文学因德行而得美善之质，而德行因文学之情采获得传世之媒。从古文怡乐性情的艺术性来看，他赞同荀卿“赠人以言，重于金石玉帛；观人以言，荣于锦绣文章；听人以言，乐于钟鼓琴瑟”，又说赠序之文“共道一志，劝善责否，两视无所于逆，而后言之者为直谅，听之者受重赐也”（《书〈古文辞类纂赠序类〉后》）。从嘉言懿行中体会道与德的真善之美外，还特别提出了怡情悦性的层面。其《书〈濂亭文集〉后》曰：

> 始某读文正公文，窃自恨居卑行微，穷岁时之力，孜孜皇皇，舍一室米盐之外，别无所事事，无由广己而造大。即或张胆大言，言天下之事，譬若窭人谈富贵之家，色飞眉舞，流沫口角，反以相诘，终无奈己之一无所有何。……文正公提数十万之师，战数千里之地，举将倾之天下而措之于泰山之安，事皆其所为，作为文章，质言若饰，实言若夸，闳远侈肆，绝非他人所能几。以谓吾人为文，亦第以为适怀之具耳。苟非达而在上，故不能以涉其流而为其至。……独致力于庄周诸人所谓著书者，……读其所著之文，独居讴吟一室之中，傲然俾睨乎尘埃之外，此岂有为而言哉！①

文于创作主体，如同画家、乐师、百工一样，是技艺的一种。与画家以目为业、乐师以耳为业、百工以手足为业不同，文人作文是要诉诸心灵的。心以神为用，神虚灵不昧，赋着于有形之物才能显现而归于实处。所以“古之善为文者，即无寻有，课默求音。必所为之文，耳得之而为声，目遇之而成色，手若可探而足若可蹈也，不若是不足以信今而传后”②。正是“即无寻有，课默求音”的过

---

① 赵衡著，于广杰点校：《叙异斋集》，中国社会科学出版社 2021 年版，第 50—51 页。

② 赵衡著，于广杰点校：《叙异斋集》，中国社会科学出版社 2021 年版，第 63 页。

程，才能显出文人抟虚为实、自造境界的文思和性灵。若语言毫无新意，造境质实晦暗，都难称直力弥满、余意绵渺的文家高境。赵衡“即无寻有，课默求音”的手段，依照刘声木所论当有三端，一是以桐城派义法为轨辙，师法古人，“凡有造述，假道韩氏，上窥历代，承嬗斯文之传”；二是具体方法则是评点，“读书信都书院几二十年。专力于文学，平日丹墨罗列规模绝乙，冥心孤往，索解于圜锐杂糅之标识；于无语言中开其会悟，无文字处识其旨趣，恍若古人之声叹笑貌，藉诸家所圜所锐者傧介之而亲与周旋”；三是以文为经纬，以学识为根本，尝谓“‘不能文而高语性命，皆溲渤也；不能文而泛言考证，皆糟粕也；不能文而侈谈事功，皆瓦砾也。’平生所阅历经史有一字之泥，一义之滞，旁引曲证，诂解冰释，签附卷内者凡数百条”①。

二、赵衡文学思想的现代意识

赵衡的文学思想也体现出一定的现代意识。他从各国文字形式对比入手，总结了中国文字融合形声、长于表现精神气象的特质。他认为文是人类思想情感的结晶，可以上通天地之道，发潜抉幽，借以展开圣贤君子创新文明的根基和宏规，也可以抒写情事、阐发义理、感发意志，以表现个体的生命意志和理想。其《杨绳祖先生八十有三寿序》说：“言，人声也；功则精神意气之为也。天地之大，四顾空阔，其实偪窄特甚，其道荡荡平平，千拗百折，不胜崎岖。形质所不能行者，声与精神意气能行之；形质所不能至者，声与精神意气能至之，则有累与无累之分也。”② 声音是人类语言的物理特性，人的“精神意气”使语言的“声音”具有了生命的灵性和文化意义。承载着人精神意气的“言”，因此具有了超越时空而不朽的特质。“语言者，人声之精，文字其尤精也”③，口头语言的“言语”和书面语言的“文”均属于“言”的范围，而“文”更在一般的“言语”之上，是“言”的精华。关于中国的文字在传载声音和精神意气上的独特性和优越性，赵衡有所深论。《序韩君所著书》认为世界他国文字多因声音而成，中国的文字制造之始，有声有形，形声具备。相较于他国文字，“至

① 刘声木撰，徐天祥点校：《桐城文学渊源考撰述考》，黄山书社1989年版，第291页。

② 赵衡著，于广杰点校：《叙异斋集》，中国社会科学出版社2021年版，第89页。

③ 赵衡著，于广杰点校：《叙异斋集》，中国社会科学出版社2021年版，第89页。

用以寄远，数百千里外如相对语；用以传久，神彩关貌可见诸不可纪极之世之后”①，这是中国文字优于他国文字的地方。而中国文字的特征，也形成了独特的文化表现形式：

> 夫以语言为文字，是以有形著无形，而予人以可见也。天地之生，尚须验之草木枯荣，而圣人制礼祭天，柴而望之，祭地瘗而霾之，皆予人以可见。至阴吕阳律，声之事也，圣人截竹为筒，十二吹而分应，而统业百事，胥由此起。盖声非形，无所自而发，亦声非形，无以居之安，久将浮游涣散，杳不知其何往而泯焉以没。固不唯语言文字然也，各国之所以不能与吾国争胜者，此也。②

赵衡从儒家正统的社会发展观论述“文”对于中华文明的根本意义，虽有悖历史唯物主义的方法，却将“文”从一般意义上的“文学”阐释为中华文化的表达形式，在西学东渐、欧风美雨洗礼华夏大地的时候，用以维护斯文，防止中国文化全盘西化。从中国文字形声结合的特质出发，赵衡也深化了桐城派神理气味、格律声色的古文美学的内涵。中国文字既以承载声音、精神意象擅长，古文作为更为精粹的文学，其传载圣贤君子德行功业、音容精神的纯粹性和艺术性则更在一般语言文字之上。而从古文体会圣贤君子的音容精神，目的是以生命精神与文化传统相沟通，更自然、贴切、生动地与天地、圣贤精神相往来，从而怡悦性灵、安顿生命、恢张德业、传承文明，使之可大可久。且文章本身只有与儒者的道德、精神、事业相融和，互为表里，才能收摄圣贤君子的音容精神于文字之中，构成贯通时空的文化力量。这即表现在作者的道德、精神与文学的有机关系，形成“有德者必有言”的文学表达模式，也同样适用于作者所择取的内容题材应该典型的代表、承载所欲传达的生命个体或群体的道德和精神。所以赵衡为人作行状、墓铭、传记、寿序重在记叙对象的德行、事业、性情。无论其所处社会环境、生命遭际、志业理想如何，均欲勾划出被受圣贤之教的对象个体与儒家历史文化精神间的激宕与契合。即展现儒家圣贤的文化

① 赵衡著，于广杰点校：《叙异斋集》，中国社会科学出版社 2021 年版，第 147—148 页。

② 赵衡著，于广杰点校：《叙异斋集》，中国社会科学出版社 2021 年版，第 148—149 页。

精神对不同时代个体生命的深刻影响，也从个体生命展开的特殊形态窥见对儒家文化精神的皈依方式，从而见出斯文传载不朽的人文价值和理想。而作者欲要将个人的作品传之于后，接受者能够与作者音容精神相往来，要有一定条件。赵衡阐释为同声相应、同气相求。其《送赵铁卿序》说：

> 号物之数有万，形质情性亦万，而气则一。万物同游于一气之中，气与气有相感者，而物之化合固不必形质情性之一也，故转丸可以育矢，慈石可以引铁；气与气有不相感者，而物之类分亦不必形质情性之不一也，故莸不能以茹薰，渭不能以浊泾。人之气亦有相感有不相感，利达之人必其气有以化合利达，而与穷约之类分也；穷约之人必其气有以化合穷约，而与利达之类分也。类既分即不可复化合，是以利达、穷约二者不缔婚姻，不结朋好，即或降心相取，出肺腑，沥肝胆相示，气不相感，终胡越耳。①

在《记送赵尧生叙后》说：

> 文笔之书以告异时异地之人。言宣诸口，非同时同地之人不可得而闻也；言即可得而闻，声不可得而同也。有不同者，史策所载，或上与下言，家说户晓而不喻；或下与上言，面奏书疏而不悟；或同侪相与言，忠告而以为讦，巽语而以为讽。声不相应，中有深山钜泽隔绝，欲以语言区区强同之，不可得也。其同者如水之融乳，如胶之附漆，乃至不言而有如响之应。②

赵衡的论说虽为文家常谈，但论说策略上，赵衡引入西方声光电磁之学阐明物理，比附人事，又特别拈出以论述桐城派古文家从格律声色追求圣贤君子精神意象的古文鉴赏理论，的确更加生动明了。其论说也可以帮助我们从文之本质和传播接受的视角进一步审视张裕钊、贺涛所倡导的“因声求气”的古文声音理论。

---

① 赵衡著，于广杰点校：《叙异斋集》，中国社会科学出版社 2021 年版，第 60 页。

② 赵衡著，于广杰点校：《叙异斋集》，中国社会科学出版社 2021 年版，第 192 页。

赵衡“序异斋”自谓取《韩诗外传》“别殊类使不相害，序异端使不相悖”之意。其中深意，应包括三个方面：一是文章需要会观其通，不株守一说，不蔽于一体，考察文章体制发展的源流，辨别真伪虚实。他说：“六经之道同归，而体或侈敛异质，辞或华实异文。周秦诸子之书体质辞文，各不相假，其为工也则一。”① 又论纪传文体说：“纪传之史创自迁，班、陈以下率用其体例。”②而欧阳修《新五代史》“因时制义法，破除旧常，不规规于前人，而峣然有以自立”③，其对纪传体的创新应该得到正视，而不是拘于司马迁的体例，认为其有悖史法。应以历史的眼光，考察文章的演变之迹，既可以看清文章的因创之机，正确阐释作者为文之意，也可以因时制宜，创作出具有自得之意和独特价值的好文章。二是有综贯古今、考镜中西的文化情怀。他说“古圣哲贤豪，奇崛不数出之士，其始未尝自异于人也。假于物以广己而造大，学益邃，道益美，而人终莫能及焉”④，士人所假“以广己而造大”的当是文章。桐城派古文自方苞、姚鼐、刘大櫆诸人以来，屡有创新。曾国藩将“经济”融入古文，在桐城文章的简劲雅洁外，开出了儒者经纶世务的雄奇雅健之风。吴汝纶积极将西学中的诸多思想引入古文之中，与他们所熟稔的儒家思想折衷化合，发新见，阐新理，论新学。贺涛甚至要将古文的“义理”解放，而自由地记事、说理、抒情，仅欲保留古文的语言形式，为后来“新思想新意境入旧风格”之论所本。三是古文求独创性。他认为文以意为主，“我诚有所得耶，据理发论，不主故常，欢愉之辞，穷苦之言，皆足以信今而传后；我诚无所得耶，夫何如默而息焉之为得也。蹈循前人之轨迹，章摹而句仿之，以求其合，此岂壮夫所为者？”⑤ 但赵衡有超越之志，在具体的思想方法上仍循传统的哲学之路；他观照的视域与所感悟确实握住了时代的脉搏，表达的方式和阐释的方法却无法让其更加通脱颖锐，以厌于人心。他所钟情的古文，在千百年的传承中，融入了科举文章的皮骨，也浸染了利禄催蚀的俗气，虽有“义理”“考据”支撑的超拔之致，由于文人好辞章习气，未免终流于讲求辞章的孤芳自赏。所以，他面对新学对传统文化，

---

① 赵衡著，于广杰点校：《叙异斋集》，中国社会科学出版社 2021 年版，第 51 页。

② 赵衡著，于广杰点校：《叙异斋集》，中国社会科学出版社 2021 年版，第 51 页。

③ 赵衡著，于广杰点校：《叙异斋集》，中国社会科学出版社 2021 年版，第 52 页。

④ 赵衡著，于广杰点校：《叙异斋集》，中国社会科学出版社 2021 年版，第 33 页。

⑤ 赵衡著，于广杰点校：《叙异斋集》，中国社会科学出版社 2021 年版，第 37 页。

尤其是新文学对古文辞诗歌的攻击时，表现出的正是一种用“古文适意”的情态。这种情态与一般文士以诗歌、小词自娱的艺术精神是相同的。

古文因文辞的声音、体式、章法、句法、词法、字法的创作积累，确实在载道明道之外，辟出了简洁省净、隽永深折的艺术之美，但沉醉于古文的艺术，犹如优伶一样在舞台上进行板眼声腔的极致表演，而不顾观众在特别情境下的思想和趣味的追求，虽能抓住一批爱好者，然于新民牖世、自强图存，已失去了其社会功能。或者说，对古文的艺术性过分讲求，束缚了赵衡在思想方面的突破。这正如梁启超先生所批评的：“以文而论，因袭矫揉，无所取材；以学而论，则奖空疏，阏创获，无益于社会。”① 从梁启超先生学术助力政治改良和社会进步的角度来看，桐城古文程式化的义法和语言确实无法与他提倡的“新文体”和白话文那样自由地表达思想感情，起到宣传和启蒙的社会效应。古文的义法指向传统社会政治文化。格律与思想具有共时性，思想有新旧，格律也有新旧，特定的文体说到底是一种特殊政治文化的特定表达。语言形式，无论语体还是书面语言都会跟着发生变化，所谓新思想旧格律，从本质上说是难以维持的。所以，古文体制传达新思想确实有其语言的障碍，既源于古文艺术性要求所形成的格律，也受制于社会政治文化浸染于主体的人文精神和文化趣味。赵衡超越中西、新旧之争的实用主义思维，从本体层面熔铸中西古今，确实是当时新旧两派文化精英中有卓识的人。但是他所习用且寄托文化生命的古文，在成就他的同时，也因体制的限定性，使他自囿于古文的世界，阻碍他以更开放积极的心态面对当时社会的新变和文化革新。

古典文学多出于礼乐文化之遗，故其文化精神均蕴蓄一种情志。无论说理、抒情，都要有性情、世事、理道贯穿其中。而戊戌变法之后则不崇尚这种古典的文字，更尚逻辑严密的科学语言和书写一己怀抱的个性解放的新文学。其中闪耀的是开放、多元、科学、民主的现代文明精神。桐城派诸家自曾国藩以来，已将经世的思想精神纳入古文之中，声光电气所代表的西方制器考工之学渐渐进入古文的视域，其中以曾门四子黎庶昌、张裕钊、薛福成、吴汝纶等倾向洋务的文人为主。而中日甲午之战后，洋务运动破产，促使文人士大夫注目中国政治制度的革新。张裕钊、吴汝纶作为后期桐城派的核心人物，多为年轻士子

---

① 梁启超：《清代学术概论》，上海古籍出版社1998年版，第69页。

讲求西学，鼓励译介西方人文学术著作，并将西学社会政治思想融入古文创作中。吴汝纶曾为严复《天演论》作序，推动了“进化论”思想在晚清的传播。王树枏著《彼得兴俄记》《欧洲族类源流略》《希腊春秋》《希腊学案》等史学著作，阐述西方富强之道，在西学的传播中也是得风气之先的人物。贺涛主讲信都书院，提倡西学，他继承吴汝纶融新学入古文的观念，用古文阐述西学。如《送宋芸子序》以求其西方列强立国及外交之道相勉励，深刻地涉及学习西方政治制度的问题。在中日甲午战争之前确属于超前的认识。赵衡也看到了其中的消息，并将其中的关纽阐发出来。但正如周作人先生所论，桐城派古文家输入西学是存在一定时代局限性的。他们的译介打破了西洋无学问的旧见，却仍以为西洋的思想未必及得中国的周秦诸子。赵衡也是这样的文化本位主义者，他更坚定地站在古典文学一边。即使传统的文人已经在新的时代失落了手中的文学权力，他也以一种激愤奇宕的古文寄意讽世。但收获的也许仅是娱情的自适而已。近现代中国的根本问题和主导趋势是如何走向现代化。知识精英们既要建构适应中国历史文化传统和现实需要的现代化思想体系，还要在实践层面上开出走向现代化的社会制度体系，实现民族国家的独立富强。但赵衡们虽欲跳出中西文化碰撞之初二元对立的框架，也许他们的历史眷恋太深，面对西学的全面涌入，既抱着经世的理想化合中西，又抱着守先待后的文化孤怀传承道统斯文。自遣自放的孤怀用以文学书写，自可形成高古傲岸的雄奇博雅之致，在整个国家与民族现代化的历程中则不免增了诗情，却少了措置太平的思想建构和制度创造。

第四节　赵衡的诗学思想与诗歌创作

一、赵衡的学诗路径

王树枏学诗路径从黄庭坚入手，上窥苏轼，而直追杜甫、韩愈。赵衡自谓学为诗“略识涂径畛守域界，于唐所尝从事者，不过王（维）、杜（甫）、韩（愈）、李（商隐）数人，余则概未尝以为，为矣而未尝卒业。……然衡初从王、吴两先生游，诗之派别原末则亦习闻其说”①。在学诗的路径上，赵衡没有特别

① 赵衡著，于广杰点校：《叙异斋集》，中国社会科学出版社 2021 年版，第 48 页。

明确的论述，但从他学诗着力王维、杜甫、韩愈、李商隐诸人来看，深受王树枏的影响；而在论学诗的轨辙来看，明显受到莲池派二位文宗张裕钊、吴汝纶的影响。王树枏与张、吴二子交游甚深，古文创作深受其影响，诗歌虽不脱早年六朝的风味，但也深受桐城诗学的影响。其不同者，王树枏由黄庭坚、苏轼而上，步武韩愈、杜甫而笼摄李贺、李商隐之清奇瑰丽，张、吴二人则从黄庭坚直追韩愈、杜甫，少了自然流动之趣而多了雄肆重拙之笔。张、吴诗学在畿辅最重要的实践者是李刚己、李备六二人。赵衡谓李备六诗："诗则始终一拟退之，硬语盘空，妥贴排奡，凡退之所自负倔强迥非他家所有者，规模冥追，无一不与为妙肖。"（《李备六先生墓表》）[①] 其又谓："先辈论诗，多谓宜取径韩、黄，以其锤字炼句无一掉以轻心，不至陷入滑易。有人以为不然，谓诗以言志，直摅胸臆而已。白香山自是有唐一代大家，苏东坡学之，更加恢奇纵宕，飘飘有凌云之意，宋之诗人未有能及者也。"（《止园诗集序》）[②] 显然是基于张裕钊、吴汝纶的诗学思想立论的。

二、推崇诗教与追求自然雅健之美

赵衡推崇温柔敦厚的诗教传统，认为这才是诗家之正。论三唐诗（初唐、盛唐、晚唐）盛称王维、杜甫、韩愈、李商隐，认为韩偓的诗歌初学李商隐，"与义山所遇之时略同，默尔不可，语又不能，不得已而假物寓兴，主文谲谏，甚至下乃托于男女媟亵之事"，"及其后国亡家破，身世乱离所感，公乃别创一境。其忠孝大节形于文墨者非唯义山不能与抗颜行，而调适上遂追及杜公轶尘，并殿全唐为后劲"[③]。其诗歌超出了吟咏性情以自适的范畴，因比兴寄托而将身世之感、家国之痛结合起来，而具有深刻的社会意义。他说"诗之教，温柔敦厚，而温柔敦厚唯其意，不唯其辞"[④]，在诗人的性情思致与语言传达二者之间，特重诗人的性情思致。所以他看中诗人的性情之真，论李备六诗曰："诗古文辞之古与否，匪徒以字句不类于时，如备六之作，其意量亦非今世所谓诗人胸臆

---

① 赵衡著，于广杰点校：《叙异斋集》，中国社会科学出版社 2021 年版，第 106 页。

② 赵衡著，于广杰点校：《叙异斋集》，中国社会科学出版社 2021 年版，第 174 页。

③ 赵衡著，于广杰点校：《叙异斋集》，中国社会科学出版社 2021 年版，第 137 页。

④ 赵衡著，于广杰点校：《叙异斋集》，中国社会科学出版社 2021 年版，第 137 页。

间所有也。”（《李备六先生墓表》）① 赵衡认为诗要以真感人，无取乎深文曲说。而真的根本“贵实有诸中，不以致饰于外为能事”，“中不足而致饰于外，其似者亡虑皆土木偶人等比。不则，俳优言关动作甚似而几矣，然以无俚贱；丈夫而演古圣哲贤豪义侠，行事且不必问其中之所有，即致饰于外之言关动作，固无一之有似也，则以其伪也”。② 外在的事物摇荡性情，感发意志，诗人应以仁义之性，感发温柔敦厚的中和之情。他在《李氏族谱序》中说：

> 盈天地间，物之号万，无论其有知觉能运动与否，凡有生理之可言者，必具有感而辄应之机，否则并育并行，不相悖害。必有如是，则安然各遂其生；不如是，则不能安然各遂其生者。始可以日长月大，常存于天地之间，而不犯天演淘汰之例。今之党会曰口舌，曰要约，威恫利啗，无非漫以一无情谊之文字语言，攘人人之安与己安，而欲其感而辄应。其在东西各国，吾不知其果何如。③

这段话虽针对民国初年党派政治宣传中文字语言过于功利虚伪的弊端，实则与当时的文风、诗风也密切相关。他说“诗至今日，盖难言矣。逞博吊诡，卮论日出”④，对当时的逞奇弄怪、偏执恣睢的诗风非常不满，认为这都是心中缺乏文化自信和生命自觉精神的表现。所以，赵衡在举世趋新的文化思潮中，深刻反思中学、西学融合，开出新文化境界的思路和方法，而于儒家经典，有一种独抱秋阳以自得的精神皈依。他说：“六经之道，日杲星概，加以诸子百家传记关解枝疏，较较著白，若数二五在畴人算竹，非如玉珠之深藏川山，必有人示以媚辉而始知之也。人苟有志于仁人所有者，归而帘阁，据几俯仰，见古人来面告之矣。”⑤ 他这种自得无外的豪杰之气，是塑造诗人挺立自足人格精神的根本力量。故而，赵衡论清末民初诗家赵国华、宋伯鲁、李备六、李刚己等人，

---

① 赵衡著，于广杰点校：《叙异斋集》，中国社会科学出版社 2021 年版，第 106 页。

② 赵衡著，于广杰点校：《叙异斋集》，中国社会科学出版社 2021 年版，第 174 页。

③ 赵衡著，于广杰点校：《叙异斋集》，中国社会科学出版社 2021 年版，第 110 页。

④ 赵衡著，于广杰点校：《叙异斋集》，中国社会科学出版社 2021 年版，第 110 页。

⑤ 赵衡著，于广杰点校：《叙异斋集》，中国社会科学出版社 2021 年版，第 159 页。

特赏其植根性情之正的天真，融合学问、性情、时事而“非唯有以见其为人，抑实与治国闻有资焉”的自然雅健之美。论味蔗轩诗：“公诗自谓取径李义山，顾某尝受其诗读之，夷怪显幽，厌乎人人，可兴可怨，实有得于古诗风人之义，颇与白香山相似，五字句高者乃似陶渊明。所言不出日涉常事，而悲愤激昂，读之能发人忠义之气。盖诗以畅摅性情，学问既深，气质或因之变化，而性之一成不变，欲以学资益所短或本无，而固有所长，亦终不能蔽遏，时流露于不自觉也。”（《味蔗轩诗叙》）① 这样的诗歌是诗教风雅遗音，是儒家贤能君子的性情之正，是独立自觉的浩然之气鼓荡出的修齐治平的生命体验与实践。

三、赵衡的试帖诗创作

齐庚芾《湘帆先生行状》著录赵衡有《叙异斋文集》若干卷，诗集若干卷。今见赵衡文集本有北新书局光绪三十四年戊申（1908）《叙异斋文草》（三卷）铅印本，收信都书院课作和在文端书院、保定文学馆时诸作，吴郁生题名。有南皮张宗瑛（献群）朱墨两色批校本传世。又《叙异斋文集》八卷，民国二十一年（1932）刻本，水竹村人徐世昌题签。卷首有徐世昌《序》，书前有卷数、目录。内容为传、史论、寿序等，尤以墓表、墓志铭为多。这两个文集版本均只收了赵衡的古文，未收他的诗歌。吴闿生《吴门弟子集》卷九收其《示诸生》诗一首。诗意多从吴汝纶经世思想和文化观念演化而来，能融汇古文与辞赋的笔法入诗，是桐城派以文法通于诗法的具体表现。吴闿生认为“此诗议论词藻多本于先公文集，独其字句崛奥，气体渊雅，如读扬马词赋，具见作者本领”②。赵衡《陶庐文集序》曾提到自王树枏从新疆弃官居北京以后，因同在史馆，多有往还，又重拾年轻时的诗歌兴趣，“尝与友朋会饮，日晚席终，众欲待至月出始归，直过夜半。因效古人问答之体，为《晦日望月诗》质诸先生，先生评以‘退之改玉川《子月蚀》诗，法度谨严，而玉川子光怪之气尽失’”③，由此亦可见赵衡诗歌的基本特征。除此诗之外，赵衡的诗歌未见他家著录。因整理赵衡文集，多方搜集他的诗文，蒙藏书家常海成先生慨允，获观赵衡《信都书院文卷》稿本一册。此卷收录了赵衡在信都书院读书应试时候的课卷和试帖诗，时

---

① 赵衡著，于广杰点校：《叙异斋集》，中国社会科学出版社 2021 年版，第 86 页。

② 吴闿生：《吴门弟子集》，中国书店 2009 年版，卷九。

③ 赵衡著，于广杰点校：《叙异斋集》，中国社会科学出版社 2021 年版，第 149 页。

间在光绪甲申（1884）至光绪戊子（1888）年间。卷中有当时先后任书院山长的王树枏、贺涛的批语和圈点。今据此卷辑录赵衡试帖诗三十七首。

1. 赋得神巫何事苦吹箫（得神字五言八韵）

类聚缘何事，群巫敬鬼神。箫吹休惮苦，庙古总如新。笙磬人口乐，宫商处处陈。咏歌虽有致，祷媚果奚因。只有哀蝉伴，畴为跨凤伦。半随欢孺子，一笑淡诗人。断瓦残碑冷，荒烟蔓草春。试寻山谷意，诚正可修身。

2. 赋得游女髻鬟风俗古（得陵字五言八韵）

此地多游女，欧公路共登。髻鬟存古道，风俗振夷陵。蓁首颜如掬，蛾眉力不胜。黑[①]云低一角（倩袖冷三），红日腻千塍。容异淫曾诲，脂原淡以凝。坚贞三代似，绮丽六朝惩。休或于乔木，寒非惮薄绫。归来诸士子，相敬若宾朋。

3. 赋得溪水诘曲带城陴（得溪字五言八韵）

一带桃花水，城陴路欲迷。苍茫寒古郡，诘曲荡情溪。雉堞重重合，鱼鳞泛泛挤。树高摇绮縠，萍约划玻璃。天直波中涌，云从郭外低。桥通门以外，舟系径之西。缭绕容如掬，参差势不齐。楼台应倒入，孺子咏清溪。

4. 赋得旌旗日暖龙蛇动（得蛇字五言八韵）

早日三竿暖，旌旗一望赊。树来依殿阁，动处是龙蛇。绕柱看初舞，笼烟认莫差。木鸢同[②]上下，铁骑衬喧哗。袖未香炉惹，旂先彩电斜。春光凭鼓荡，天气借交加。虎队前也引，仙班后面遮。羔羊丝赋五，退食故侯家。

---

① “黑”，一作“低”。

② “同”，一作“鼓”。

5. 赋得麦行十里不见土（得土、丰字五言八韵）

不见郊原土，行来麦尽同。四时真阅历，十里色溟濛。润岂凭晨气，吹应借暖风。似超红世外，但在绿云中。扑去尘三斗，唯余经一弓。难分田上下，直卷浪西东。花袅天边落，荷香水外通。双歧今献瑞，圣世兆年丰。

6. 赋得黑白苍然发到眉（得僧字五言八韵）

古寺深山里，苍然见一僧。发披眉欲到，黑半白相仍。色相悟空中①，光圆顶上曾。莲花开世界，蒲座老鬅鬙。画月丹青瘦，低云菩萨凝。毛宜分二种（种字不稳），业早证三乘。慧眼传孤磬，危肩耸夜灯。谈元参妙果，鹤听势峻嶒。

7. 赋得暮烟秋雨过枫桥（得秋字五言八韵）

桥畔多枫树，神凝过客眸。烟催三界暮，雨打一时秋。岸曲湾难辨，林疏颗（俗）转稠。远警渔火暗，近（俗）对彩虹愁。眼断前程雁，魂销此际鸥。溟濛危（俗）树倒，萧瑟大江流。看拟寒山径，询应古渡头。归来明月照，醉卧酒家楼。

8. 赋得先生醉袖挽春回（得回字五言八韵）

人愿春常在，先生即挽回。酒痕襟半醉，诗意袖中催。不系金泥带，裳②衔白玉杯。山中真气味，画里好半栽。似逼花开领，谁知月照台。怍余高士怫，并把美人来。岂有龙钟泪，凭看翠砌台。寻君君莫去，携手共徘徊。（诗大欠工雅）

9. 赋得春还宫柳腰支活（得腰字五言八韵） 以下光绪乙酉

何处春还早，宫中景欲描。柳刚舒醉眼，支又活柔腰（腰支二字不可折）。极力晴光腻，多情淑气招。妒妨婢子媚，舞学美人娇。向日丝应拂，

---

① “中”，一作“久”。

② 此字下本批“×”，疑为“常”字。

近风絮共飘。依依情若此，袅袅势频摇。碧透婆娑带，青凝洩漏条。几时天遍暖，陌上路迢迢。

10. 赋得僧言古壁佛画好（得僧字五言八韵）

山中危壁立，古刹历层层。好画唯成佛，相言赖有僧。苍洲图共满，碧岭忆同登。对语休烦絮，担经或借藤。丹青传妙手，清净伴孤灯。寺老云三面，更深月一棱。拈花开眼笑，坐石会神凝。得句先呈彼，禅参最上乘。

11. 赋得忧国愿年丰（得丰字五言八韵）

父母唯元后，忧勤鞠厥躬。频书年大有，偿愿国绥丰。邦本人为重，民天食可充。推三劳睿虑，余九报耕功。纪鸟官分理，维鱼梦祝问。心传夙驾外，意切雨声中。瑞兆占冬雪，花开验信风。篝车逢圣世，满满慰宸衷。

12. 赋得君才有如切玉刀（得刀字五言八韵）

玉竟如泥切，昆吾有此刀。奇才君握管，使气我吹毛。斗石诚难计，乾坤自可豪。洪炉烦鼓铸，太璞快逢遭。秋水神可朗，昆山宝肯韬。及锋悬直试，迎刃解奚劳。声价千金值，丝纶一字褒。断金交道重，解佩陋伊曹。

13. 赋得小雨初成十月寒（得寒字五言八韵） 以下光绪戊子

月已阳春届，风光未改观。半天零小雨，十日逗新寒。料峭闻檐滴，溟濛湿袖单。烟笼枯草白，气逼晓枫丹。岭上梅冲放，篱边菊罢餐。梁成人迹滑，寒远雁声酸。雪信留今酿，霜威入夜看。待当开霁后，暖意圣恩宽。

14. 赋得老去羞无汗马功（得功字五言八韵）

回首千年恨，旂常汗马空。羞时唯笑骨，老去①竟无功。剑可明予志，鞭休策我躬。未能应自愧，相让与谁同。甘蹈庸人辙，难矜命世雄。发随残露白，颜趁夕阳红。熊虎围棋惯，麒麟绘阁工。暮年心尚壮，端不负宸衷。

15. 赋得尧长舜短（得形字五言八韵）

稽古尧兼舜，虞书考帝廷。后先能孅美，长短竟残形。八彩昭神异，重瞳毓秀灵。心同咨警戒，象宛肖伶仃。尺寸嗤交陋，羹墙识孔铭。千秋垂骨格，一幅写丹青。鹤立传风度，龙文溯典型。荀卿留妙语，万古志香馨。

16. 赋得心会真如不读经（得如字五言八韵） 以下光绪丙戌

莲花开世界，佛法幻真如。衔口经无读，冥心道自储。蒲团僧入定，贝叶字何书。诵习皆陈迹，深思得故予。身完清净果，舌笑广长虚。传钵珠光彻，拈花粟影舒。空空余磬寂，了了剩灯疏。神莫说仙远②，三乘悟最初。

17. 赋得飞动摧霹雳（得摧字五言八韵）

飞下骚坛令，挥毫锐走雷。云烟铺纸湿，霹雳染翰摧。雨洗分题在，星驰索句来。虹腾文气远，电迅笔花开。叱咤千人辟，惊疑百里猜。临池原是露，刻烛尽成灰。神鬼声声泣，江山处处催。杜公诗里圣，并驾谪仙才。

18. 赋得至今憔悴空荷花（得湖字五言八韵）

满满荷花放，当今望五湖。茫洋千里远，憔悴一身孤。胜地空如洗，游人寂欲无。波心清似点，月色剩常铺。两岸萦余草，扁舟掠乱芜。此时

① “去”，一作“大”。

② “远”，一作“缘”。

风味别，竟夜水声粗。怅望愁团盖，繁华瞬转珠。多情鱼共戏，何处问荣枯。（诗有佳联）

19. 赋得至人贵藏辉（得藏字五言八韵）

辉岂终能秘，光芒万丈长。至人深晦养，大器贵珍藏。圣固由天纵，心知与世忘。智宜愚以守，道自暗然章。剑任锋全匣，锥□颖脱囊。虚堂澄镜影，幽谷味兰香。韫玉山完璞，怀珠水润芳。式金昭圣德，拜手效赓飏。

20. 赋得四皓有芝轻汉祖（得轻字五言八韵）

天下皆归汉，仙芝有亦轻。八荒高祖定，四皓子房倾。函谷团王气，商山傲晚荣。传香堪俎豆，得味厌戈兵。伯仲呼黄石，侯公薄赤精。犹龙追李耳，烹狗笑韩彭（李耳一人也，韩彭两人也）。薇采差堪拟，兰芳未可衡。失身缘吕后，高尚总为名。

21. 赋得横槊尚传瞒相国（得曹字五言八韵）　以下光绪丁亥

作赋谁横槊，英雄共仰曹。千秋传相国，一世快挥毫。篡汉名难洗（句粗），吞吴气自豪。乌飞明月夜，鲸立大江涛。诗酒悲穷骥，功名付钓鳌。三分成霸业，一管接风骚。志事伤朝露，经纶陋饮醪。至今游赤壁，唯见浪沙淘。

22. 赋得笋蕨俱怒长（得俱字五言八韵）

几费东风力，怀春草木俱。笋芽窗外长，蕨色野横铺。不断烟如织，连番雨似酥。生机回昨夜，春意郁前途（此句圈）。竹解猫头活，薇萦鳖脚腴。柳人眠欲起，樵子梦全苏。邶卫歌青箦，齐秦异号呼。蒐笼浮瑞气，咫尺接蓬壶。

23. 赋得村舂雨外急（得舂字五言八韵）

到耳声何急，骚人梦易慵。连番听夜雨，不断响村舂。寺远钟应湿，窗虚酒正酡。黑添云碓重，翠卷浪花浓。遥赴烟千缕，深穿雾几重。色留天漠漠，韵隔水淙淙。寒气团空宇，余音格远峰。诘朝开霁后，万树郁葱茏。

24. 赋得飞电著壁搜蛟螭（得藤字五言八韵）

搜得蛟螭避，携来杖一藤。电飞明色耀，壁古著光凝。吹火奇情焕，挑云健气凌。蛇形红照澈，鹤胫赤翻腾。鳞爪纷纭出，垣方洞见曾。怪疑燃犀烛，神欲化龙乘。紫竹玲珑似，青藜屈曲承。昌黎工比拟，拂拭意为兴。

25. 赋得扶藜上读中兴碑（得藜字五言八韵）

唐代中兴颂，碑高与岭齐。上怜鞋是葛，读竟杖扶藜。天子吹箫管，胡儿乱鼓鼙。朝闻王士北，夜出帝舆西。问罪①高杨大，论功李郭稽。肃宗诚圣②武，元结费标题。巍焕文成古，苍茫日向低。梧溪歌咏去，剩有草萋萋。

26. 赋得甚莫苦爱高宫职（得高字五言八韵）

爱也偏成苦，官阶甚恐高。只当思别绪，慎莫恋恩叨。味领诗书奥，形休案牍劳。池塘嗤梦③谢，札檄漫欣毛。手足堪偕乐，荣华岂自豪。学原追孔孟，名已陋萧曹。出没怜乌帽，归来谢锦袍。眉山奇气在，著作接风骚。

27. 赋得露叶霜枝剪寒碧（得柑字五言八韵）

底甚生寒碧，园中快熟柑。叶兼枝并润，霜与露同酣。携客吟诗便，呼僮任力担。秋光来井畔，春色满江南。湛湛痕犹染，凌凌气共参。凝眸珠错彩，到口颊回甘。低衬阶前翠，遥拖岭上岚。东坡诗句在，佳品味醰醰。

---

① “问罪”，一作“罪问”。

② “圣”，一作“睿”。

③ “梦”，一作“劳”。

28. 赋得管乐有才真不忝（得才字五言八韵）

诸葛躬耕日，常称管乐才。扶危真不忝，一逝亦何哀。齐国成宏业，燕王筑矗台。南阳先主顾，西蜀武侯来。指定曹兵慑，经纶汉运开。萧曹休比数，伊吕共追陪。千载风流在，当时柱石推。魏吴终恨事，日暮且徘徊。

29. 赋得来降燕乃睇（得来字五言八韵）

美尔知时燕，春和乃肯来。故飞情缭绕，转睇意徘徊。翠羽新携至，红丝旧约猜。双襟晨雾湿，一路夕阳催。耽阁愁今雨，差池静俗埃。乌衣层垒在，青琐半帘开。相识情如许，无言恨自媒。梁间明月上，宾主共衔杯。

30. 赋得懒朝真与世相违（得朝字五言八韵）

安敢违心胥，随时去早朝。懒将余是问，不与世同嚣。花底人听漏，风中我弄箫。不为情恋恋，却自意萧萧。稚子琴堪抱，官僚酒莫招。附①羞攀骥尾，贵耻响鸾镳。杜甫诗曾诵，扬雄论作嘲。笑他谀谄者，鹤俸折其腰。

31. 赋得况乃秋后转多蝇（得蝇字五言八韵）

料谓衙居好，谁知乃苦蝇。况当秋至后，转值夜长增。已是清光到，犹为暑气蒸。何来飞集此，遽欲扰相仍。逐臭寻香惯，趋炎附热曾。犹能攒故纸，未许说寒冰。明月情知照，凉风力不胜。搅人昏未寐，窗下伴孤灯。

32. 赋得鸟下见人寂（得人字五言八韵）　以下光绪戊子

静躁胡多异，相观物我真。飞来空见鸟，寂后下窥人。舞蝶酣幽梦，流莺话比邻。吟诗僧入定，学语客生嗔。宝相三生昧，珠喉一串匀。间关调管细，耽阁卷帘新。几度绵蛮巧，前宵笑语频。上林翘首地，鸳鸯沐

---

① “附”，一作“栴”，又作“柎”。

恩均。

33. 赋得弱云狼籍不禁风（得禁字五言八韵）

一任云狼籍，飘飘弱不禁。斜吹风力软，沉影月光淡①。缥缈留前浦，氤氲隔远岑。鱼鳞千点碎，羊角几回侵。林半烟同约，村中雨尚阴。摩天容作势，出岫总无心。霭若楼中笛，薰兮座上琴。至今成五色，向日献丹忱。

34. 赋得芳草得时依旧长（得依字五言八韵）

掩映多芳草，冬余望尽非。有时欣得得，仍旧长依依。冷雪新年隔，东风昨夜归。前途寻别梦，尽目逗生机。触手兰蘅握，关情蕙茝霏。幽香闻久熟，净色腻何肥。树共长堤活，花争小院飞。枯荣原上感，著我惜芬菲。

35. 赋得雷动蜂窠闹两衙（得蜂字五言八韵）

忽讶雷声动，窠前正闹蜂。两衙同扰扰，一簇甚訇訇。雨霁花初放，云深树欲封。蜜脾应未满，松发定仍松。花使如争路，阿香若失踪。砰訇疑虢虢，来往讶憧憧。乍见缘三径，遥听透几重。禁林韶景丽，庶汇庆时雍。

36. 赋得独树花发自分明（得愁字五言八韵）

一树花齐发，花花迥不犹。分明都在眼，惆怅独添愁。朵朵风光腻，亭亭露色浮。交加形影赠，点缀叶英稠。红让芳盈浦，青连草满洲。寒烟萦半面，夕日照从头。物景犹如此，人情禁得否。少陵工此赋，□□□□□。

37. 赋得蠹书懒架抛纵横（得抛字五言八韵）

蠹已残书透，纵横架上抛。好奇谁问字，爱懒我羞包。万卷琳琅富，

① “沉影月光淡”，一作“淡认月光沉”。

千函锦锈淆。一丁非不识，二酉昔频钞。古籍难论价，佣奴敢代庖。鱼仙容竞走，獭祭莫轻嘲。户任微风入，门唯旧雨敲。然藜东观读，有道重神交。

赵衡的这些试帖诗是他作为附生应信都书院考试的作品，很能体现他早年的才情和志趣。《赋得游女髻鬟风俗古（得陵字五言八韵）》诗以欧阳修《夷陵岁暮书事呈元珍表臣》诗题中“陵”字为韵，以“游女髻鬟风俗古”句为题。首句即点出欧阳修诗意，破开诗题。颔联“髻鬟存古道，风俗振夷陵”，承“游女”而来，其髻鬟形制颇有古风，与风俗、治道相联系，有砥砺末俗之意。后六句写游女之盛，姿容各殊，映照远近，是“多游女”与“存古道”“振夷陵”的展开，“容异淫曾诲”，从反面立意，诗意跌宕，趣味自生。后四句收束诗笔，从正反两面点明全诗的主旨，批驳六朝绮丽浮艳的淫冶之风，推崇坚贞雅正的风俗之美。如此美好的女子，正是君子好逑，结句以士子敬爱女子作结，意旨雅正，诗意不穷。此诗符合试帖诗有讽有劝、庄重典雅的风格要求，很见功力。第 24、27、30、36 首试帖诗均以诗题中字为韵，诗句为题，展开诗意，或学韩愈怪奇惶惑的比拟诗法，或学苏轼自然淡泊的格调，或学杜甫寄寓感慨的写景笔法和坚贞自守的品格，均能师法诗意，提摄原诗神理，融为己诗的血肉，写出独特的风神。由此可见，赵衡于诗学是下过苦功，深有所得的。其他试帖诗多以所选诗句为题，取其中一字为韵。所选诗句出自李白、杜甫、韩愈、刘禹锡、杜牧、李商隐、林逋、欧阳修、王安石、苏轼、黄庭坚、张耒、陈师道、陆游、赵秉文、元好问等人诗，其中尤以杜甫、韩愈、欧阳修、苏轼诗句为多。这些试帖诗的诗意以所选诗句展开联想，或接续延伸，或宕开一笔另起新意，或反用其意以求新奇。而诗中的物境、情境的描写多出于诗人想象，或是移植前人诗中之境，多就历史人物和事件叙写感受、阐发义理。状物摹写受特定诗人写景风格、手法的影响，力求得其笔法格调。然毕竟只是模仿，还是少了些悠远趣味和如在目前的鲜活逼真。因此少了感物缘情的感发意志，难以动人。然就诗律技巧来看，时间越靠后，由于赵衡阅读渐博，用力更深，他的诗歌也愈加细腻工稳，偶然也能如文人一般的诗歌一样，比较自由地抒写情志，既能见出其才韵之美，也能由此窥见他学诗的进阶轨迹。

第八章　宪政中坚
——籍忠寅的诗歌创作与文艺思想

籍忠寅（1877—1930），字亮侪，号困斋，直隶任丘人。籍氏自清初以来富甲一县，耕读传家。兄忠宣光绪十九年（1893）进士，授内阁中书，山东候补同知。忠寅幼随兄问学，十九岁参加童生试，补博士弟子员。又从安平阎志廉学诗，经其引荐入直隶莲池书院肄业，从吴汝纶习古文，与邓毓怡、常堉璋并称吴门后起之秀。光绪二十八年（1902），科举废八股改试策论，籍忠寅以优贡入太学。次中举。旋考取直隶官费留学日本，先后在经纬学堂、正则英语学堂、早稻田大学政治经济科学习。在日本期间，因用功过度，染上咯血之疾，未毕业即归国。任天津北洋法政专门学堂教务长，当选顺直咨议局议员、资政院议员，参与发起成立宪友会。中华民国成立后，与周印昆、陈叔通等人发起成立共和党，后来共和党和民主党、统一党合并为进步党。民国四年（1915）袁世凯称帝，当时籍忠寅署任云南省财政厅长，参加蔡锷领导的反袁起义，还利用社会关系，替梁启超、蔡锷联络冯国璋。次年袁世凯去世后，讨袁诸将领争权，籍忠寅通过游说，促使蔡锷、冯国璋、段祺瑞三方达成共识，“期于互相援契”。但因蔡锷不久即去世，此议遂付之东流。后来，进步党发生分裂，籍忠寅参与组建宪法研究会，成为“研究系”的骨干。民国六年（1917）张勋复辟，遭到梁启超抨击，籍忠寅又为梁启超联络游说冯国璋。事后，他任安福国会议员。但因国会受到“安福系”控制，遂和其他“研究系”成员相继转而从事文化教育工作，参与创立尚志学会、新学会等文化社团，还和梁启超创建的讲学社一同邀请杜威、罗素来中国演讲。“研究系”成员还创办了《晨报》《国民公报》《时事新报》，籍忠寅是办报资金的主要筹集者之一。民国九年（1920），籍忠寅任国会筹备事务局局长时，和刘壬三等人筹建福星面粉公司，并任董事。民国十三年（1924）后，籍忠寅退隐北京养病，以诗书自娱。其生平事迹俱见《五十自叙》、缪钺《纪念籍忠寅先生》、辛德勇《未亥斋读书记》之《困斋杂稿、困斋诗稿》等。有《困斋文集》四卷、《困斋诗集》四卷传世。

第一节　籍忠寅与莲池书院文人群体的交游

籍忠寅自幼既善口辩，又富于组织才能，值晚清乱世，正可大展安邦治国的身手。他一生热衷于从事政治，视诗文为余事末技。但他并非庸俗的利禄之徒，而是系心家国，反抗专制暴政、外来侵略的仁人志士。他是坚定的立宪派，主张通过和平改革，铲除专制制度，建立民主政治体制。在波谲云诡的政治斗争中，籍忠寅与梁启超、蔡锷、任可澄、黄初及直隶孙洪伊、温世霖、刘春霖、王振尧、阎凤阁、齐树楷、李榘、于邦华、陈树楷、王法勤等宪政精英人物，为清末与民国宪政运动和建设奔走呼号，为民请命，建树颇多。然清末专制势力还很强大，不甘退出历史舞台，终酿亡国之祸。民初军阀割据，外患频仍，内部矛盾异常激烈，主张宪政的渐进改良的政治理想终究被狂飙突进的国民革命所取代。籍忠寅等人在清末预备立宪，民国组成进步党制衡同盟会激进主义，讨伐袁世凯的洪宪帝制，反对张勋复辟，反对国会被军阀势力威逼利诱的胁迫而主张独立的政治论争，为清末的政治改革，辛亥革命的爆发与胜利，以及民国初年的政局走向做出了极为重要的贡献。

籍忠寅作为吴汝纶晚年的杰出弟子，始终与莲池文人群体保持密切的关系，他们围绕着文艺为中心的交游，是莲池学派文艺思想传承、发展的重要基础。籍忠寅《五十自叙》说："综余所历，二十岁以前为童蒙时期，二十岁至二十六岁为志于古学时期。二十六至三十二岁为志于新学时期。三十二岁至三十五岁为从事教育时期兼政治时期。三十五至四十三为从事政治时期。四十三至四十七为从事文化及实业时期。而四十七至今则在养疴中也。"① 二十岁至二十六岁，即 1897—1903 年间，籍忠寅习古文、经学，应科举。然据其自述，"吴先生故为海内文宗，晚岁尤亟倡西学，期救时弊。于莲池设英文、日文两学馆，使诸生各从所好，兼习其一。余入英文馆为斋长，然仍以国学为主"②。此时期虽志

① 籍忠寅：《困斋文集》，民国壬申刻本，卷三。

② 籍忠寅：《困斋文集》，民国壬申刻本，卷三。

于古学，却在吴汝纶等师长的熏陶下，比较深入地接触了新学。籍忠寅有《莲池师生象记》作于光绪二十五年（1899），吴汝纶六十岁生日时，莲池诸生侍奉吴汝纶一起在莲池书院春午坡前照相纪念。此年是籍忠寅入吴门之始。在这篇记文中，他阐明师道的意义，认为“天下之事，国政为之器，民智为之机，学术为之气。气也者，运乎其机，动乎其器”①。名儒抱道用文，当以斯文斯道正人心、阐道义、启发天下知识。而吴汝纶在三者基础上又究心时务，研究新学，以移易士人陈腐的陋习，将启智从单纯的学术落实到现实，从传统经学转向融贯中西、经世致用，拓开年轻学子的胸襟和视野，砥砺他们的志业和理想。《桐城先生日记序》认为吴汝纶是近代倡导西学、开启民智的先驱人物，世人仅将他视为文章家是偏颇的。而就他的古文来论，有史论、书后、策问、政论，既考古明经义，又融通新学，酌古论当世之务，深受吴汝纶古文思想的影响，而与莲池学派诸子有异曲同工之妙。籍忠寅对莲池书院与乃师吴汝纶始终深怀拳拳情意。《时事杂感·忆莲池》曰：“朝来天末西风起，蓦忆莲池不可忘。花竹成丛随地好，缥缈满架对人香。时从益友论文史，便挹清芬绕肺肠。闻道城中遭劫火，重来薪木得无伤。”② 诗句感庚子事变而发兴，以昔日莲池书院的美景和师友从容弦诵的风雅承接，而以保定城惨遭外敌战火，关切莲池花木的忐忑之情作结，幽忧浩渺，不可抑止，深得风人之致。《时事杂感·忆桐城先生》曰：“夫子生平海内贤，胸中学问极群编。中年为郡弦歌化，老去匡时著作传。几日渊泉活枯槁，别来车马隔云烟。天心未许斯文丧，陈蔡归来更执鞭。”③ 庚子事变时，吴汝纶遭遇义和团及仇视西方文化人物的攻击，避走深州。诗中以孔子厄于陈蔡隐约其意，表现了对乃师的关切。庚子事变以后，籍忠寅深感国势衰弱，根本在于学术陈腐空虚、不切实用。于是与直隶其他地方兴新学的风潮交相呼应，在本县倡立中小学堂，振励士风，启迪民智，并组织知耻学社，刊行学报。自此始肆力新学，自谓于“国学”浅尝辄止，终未能深造自得。吴闿生《困斋诗文集序》说：“以君之才，使不牵于世务，得委身以竟气血，其所

---

① 籍忠寅：《困斋文集》，民国壬申刻本，卷三。

② 籍忠寅：《困斋诗集》，民国壬申刻本，卷一。

③ 籍忠寅：《困斋诗集》，民国壬申刻本，卷一。

就复何可量。"① 籍忠寅自己也说："余少从桐城吴先生游，粗闻古文之说。厥后游学异国，及归而从政，遂辍斯道不讲，甚至中隔十年不曾缀一字。前所为文亦大半散失矣。反而自扣果急于何事，而废弃旧业耶。殆茫然不知所答。"② 又在《五十自叙》后幅感叹，当以学问、文化教育为终身志业，自壮年以来，"误以政治为当务之急，舍长用短，其谁之尤哉"③。籍忠寅对奔走国事，没能从容始终地秉承师教研究国学，内心是有很大遗憾的。他在晚年《北江见酬前诗次韵再和》诗中亦深幽地表达。其诗说："群玉山头房几何，当年无日不相过。倒听屐响高芬阁，列坐图中春午坡。秋水池塘红菡萏，春风庭院紫藤萝。濯缨故处今安在，满眼沧浪浊似河。"④ 心眼中都是年少时在莲池书院从师友执经问难和诗文唱酬的风雅，如今却早已经成为往日烟尘，面对满目苍夷的乱世，难以赓续了。

籍忠寅与莲池书院诸同学，如吴闿生、邓毓怡、常堉璋、谷钟秀、王振尧、李景濂、刘春堂、刘春霖、高步瀛、刘宗尧、徐德源、尚秉和等人结下了深厚友谊。籍忠寅《谷雨日与莲池同学谷九峰、常朗斋、邓和甫、刘宗尧、徐润吾、刘治琴、刘润琴、王琴南、高阆仙、邢赞廷、吴咏缃、常稷笙写影于北海濠濮间，图成题长句记之》曰："十有三人会济济，同是莲池旧桃李。昔日风云气驱使，狂来直与天拼死。三十年间一瞬驶，十九童头半脱齿。眼前春色丽如绮，且醉苍颜斗红紫。今日花开人不理，明朝人与花何似。披图更唤图中人，姑作当年吾辈视。"⑤ 诗中写莲池同学奔走国事的狂直慷慨，行志艰难的坎坷遭遇而终将归于无可奈何的幽忧平淡，足可当作晚清及民国初年一代风流人物的剪影。籍忠寅与吴闿生、邓毓怡、常堉璋三人诗文唱和为多。吴闿生《北江先生诗集》中有与籍忠寅酬唱诗歌六题十二首。其《亮侪和甫迭示新句仆无以应勉成二首答之》二诗以盘郁雄肆的笔致叙写与李刚己、籍忠寅、邓毓怡等人诗歌唱和之乐。骑鲸射虎的清遒之气，与"横流到眼无千古，斗室忧天有八荒"⑥ 的忧道忧

---

① 籍忠寅：《困斋文集》，民国壬申刻本，吴闿生序。

② 籍忠寅：《困斋文集》，民国壬申刻本，自序。

③ 籍忠寅：《困斋文集》，民国壬申刻本，卷三。

④ 籍忠寅：《困斋诗集》，民国壬申刻本，卷四。

⑤ 籍忠寅：《困斋诗集》，民国壬申刻本，卷二。

⑥ 吴闿生：《北江先生诗集》，黄山书社 2009 年版，第 66 页。

国之怀潜寄诗中，展现了他们青年时代纵意酣嬉的才士风流和志士理想。《次韵答亮侪见寄三首》其三曰："平生籍子文章伯，拓笔能开百尺楼。青简寂寥诗兴淡，黄云幂历战场秋。鱼乡未许龙腾壑，骥足羞随貉死邱。寰宇方开人种战，料应无地放扁舟。"① 对籍忠寅诗文的才华、积极奔走呼号的救世拯民情怀知之甚深。故而吴闿生在《送籍亮侪之日本序》中说："天地之大，何患无才乎？起衰救败之功，非可苟焉而已。君信有意于是，是行也，羲皞千年之故鬼固将悦忽从之矣。一息不自策，必有从而谪之者。籍君其可不勉哉！"② 以中华先祖神明之治世期盼勉励籍忠寅赴日本潜心学习救国之道，可谓惊世骇俗。如果不是相知甚深的同志知己不会有这样的表达。然当籍忠寅等人践行其志十余年，随着清王朝的覆灭，民国以来强权迭起，军阀混战，外敌入侵，渐进改良的救国之路更加渺茫。步入中年，莲池诸子都有了怅惘迷茫的生命无力之感。吴闿生《休沐日约谷九峰钟秀、王古愚振垚、常稷笙堉璋、籍亮侪忠寅、邓和甫毓怡、李右周景濂诸君会饮，皆先公门下高第，今议院中卓卓有声者也，席上赋呈一首以写怀抱》诗曰：

往事如风帆，一纵不可缆。十载抱空壶，风波日震撼。念我平生亲，高步各屯轗。相望镇茫茫，乾坤方黮嵃。事危拼死计，势迫激穷胆。叱避绌当阳，突飞倡勇敢。吁嗟真险绝，举国脱重窞。整顿要人豪，绝维谁与揽？宁知云汉翼，一一凌霭晻。吾衰迫见恶，终老甘颇颔。沟断傍牺尊，余光辉黯黮，凉秋解炎灼，骤雨激连菼。追欢同一醉，烦辱得澹澉。神方起绵惙，高议督昏憯。疲肌伫英翔，启伊好不寁。③

志士面对家国日坏的时局，又接连遭受政治打击，为了救国的理想仍然贾勇前行，以生死相拼。然相生命迫促，如风帆行于激流之中，一纵即逝。劳劳国是的余暇中，与友朋纵论生平，未免生出深沉苍凉、不甘沉寂的无限感慨。又《倒用前韵答亮侪兼示和甫》其二曰："竹篱茅舍植桑麻，诗境荒凉又一家。正

① 吴闿生：《北江先生诗集》，黄山书社 2009 年版，第 163 页。

② 吴闿生：《北江先生文集》，民国刻本，卷二。

③ 吴闿生：《北江先生诗集》，黄山书社 2009 年版，第 170 页。

倚山林傲台阁，莫持金玉耀泥沙。手倾大国悲夷甫，身卧高邱想子嗟。感事写怀亦无限，倘容坛坫问津涯。”此诗是针对晚年籍忠寅因病隐退的心态和诗歌来写的。“诗境荒凉”是籍忠寅退隐以诗写游览、赏物的求田问舍生活，兼以自嘲衰病无用。诗歌境界萧索衰飒，没有了年轻时用世的雄心和慷慨豪迈的气概。

贺葆真与籍忠寅兄弟皆有交游，且联络有亲，其侄女贺又新嫁籍忠寅外甥张度。《贺葆真日记》载：“亮侪虽以养疴，寓居园中（颐和园），而诗兴不浅，与培新每出游览辄相唱和，文人结习固宜如此，出所作见示。”① 贺培新（1903—1952）是贺葆真之侄，字孔才，号天游，笔名贺泳。工诗古文，长于书法篆刻。尝游齐白石之门，篆刻得其神髓，后博参吴昌硕、赵之谦之法，用刀朴茂雄放，隽逸错落，有出蓝之誉，与籍忠寅为诗歌唱和之友。贺培新有《次均奉和籍亮侪先生颐和园见赠四首》《次均奉和亮侪先生玉泉小饮》《约籍先生游玉泉山诗以纪之》三题十一首诗。籍忠寅《困斋诗集》中有《颐和园遣兴兼示孔才》《孔才招游玉泉山前均赋赠》及次韵其《约籍先生游玉泉山诗以纪之》诗三首。就二人诗歌创作的时间来看，均在1930年。贺培新诗中对籍忠寅寄情山水颐养心神的晚年情态有所描绘。《次均奉和籍亮侪先生颐和园见赠四首》其一曰：“亮公隐于病，对此开心颜。写诗娱寂寞，妙到秋毫端。韵险难为和，磨砚穿秦砖。”② 对籍忠寅以诗歌自娱、驱遣病废寂寞的创作心态，以及追求险韵精妙的诗歌艺术趣味有所提点。而其诗歌总体上貌似俊逸潇洒，实则隐然间仍有“激烈性所秉，恺恻心所宅”的壮心不已。只不过是“因病而知机”，才迫使忧心天下的豪杰与山水相亲，与日常妥协共处，并寻求身心的安顿、生命的解脱。民国十九年（1930），贺葆真曾因其母八十寿辰，向友朋征祝寿诗文。徐世昌、卢木斋、贾廷琳③、吴闿生、华士奎、高凌雯④等人均有诗或文祝寿。籍忠寅亦有《贺丈松坡夫人苏夫人八十寿诗》为苏氏夫人祝寿，胜称母德与贺氏家

---

① 贺葆真著，徐雁平整理：《贺葆真日记》，凤凰出版社2014年版，第558页。

② 贺培新著，王达敏、王九一、王一村整理：《贺培新集》，凤凰出版社2016年版，第211页。

③ 贾廷琳（1882—1932），字君玉，直隶固安人。光绪丙午（1906）优贡生。留心史志，长于诗古文。尝为毛庆蕃、徐世昌幕宾。编撰《固安县志》《无闷斋诗文集》。

④ 高凌雯（1861—1945），字彤阶，天津人。光绪十九年（1893）举人，任国子监候补博士、学部普通司主事。早年留意兴学，与林墨青、王小铁诸人在天津城西稽古书院遗址创立普通学堂。后从事撰述天津文史方志，成《天津县新志》二十八卷。为严修倡立城南诗社与崇化学会的主要成员之一。

风。1930年籍忠寅去世，贺葆真于日记中有一段盖棺定论式的记述："闻籍亮侪昨日病故于德国医院，年五十四。亮侪，任丘人，莲池书院高才生。光绪末尝佐学政陆公宝忠幕，襄阅试卷，所录取生童多一时英俊，故学者至今称说陆公，实亮侪之力。及革命军起，乃与胡海门等往说张绍曾于滦州，自是奔走国事。初，拥组织共和党以与孙文党抗，已又组织研究系。曾充贵州财政厅长，归仍为国会议员。即失势，病亦浸寻，间为诗歌，余亦时从之游。近复助吴北江刻莲池同人文集，未毕役竟不起，唯诗一卷可流传人间也，哀哉。"①

籍忠寅作为莲池学派第三代的代表人物，展现出不同于张裕钊、吴汝纶、贺涛、王树枏等人的政治立场和文化旨趣。他们浸淫经学、诗古文不如上一代文人深厚，受新学启蒙的影响更加深广，又多曾东渡日本留学学习政法、实业，故而他们既有国学的根底，又有与时俱进、救国拯民的政治理想和才干。他们的交游展现了同气相求、同声相应的志士情怀。与后来革命家不同的是，他们多从清王朝营构的母体中脱离出来，怀着继承传统、经世致用的精神，希望以改良渐进的路线，推翻专制，实现宪政，使国家走入复兴的良性轨道。然时局变乱，内忧外患加剧，改良最终不得不走入狂飙突进的大革命，而回顾莲池派文人，则多已经在奔走宪政、开办实业、推动文化教育的事业中消磨了锐气，耗损了生命。

第二节　籍忠寅的诗歌创作

籍忠寅文集曾由吴闿生校定，于1932年刊行，包括《困斋文集》《困斋诗集》各四卷。内封面正面均为吴闿生题写的书名，背面为"壬申冬日籍氏家藏"双行牌记。字体端方，纸墨精良，此本有朱墨两种印本传世。除此之外，目前尚存诗集石印本《病呻集》，稿本《困斋杂稿》《困斋诗稿》。据辛德勇先生论述，石印《病呻集》为刻本《困斋诗集》第二卷，二者无出入，为籍忠寅1924年春以后至1927年3月间诗作。稿本《困斋杂稿》除诗稿之外，还有一些挽联和贺联。诗稿写作时间在《病呻集》以前，主要是作者留学日本前后的作品。很多诗作不见刻本《困斋诗集》，一些收入《困斋诗集》的作品较此诗稿也重又

① 贺葆真著，徐雁平整理：《贺葆真日记》，凤凰出版社2014年版，第558页。

做了很多改动。《困斋诗稿》是介于《困斋杂稿》和《困斋诗集》之间的一个稿钞本，具有成书的过渡性质。①

吴闿生《晚清四十家诗钞》以师友为渊澜，意在轨范桐城派诗歌。张裕钊、吴汝纶弟子中范当世、李刚己于诗歌致力最勤，践道最深，受到重点关注。此书选录莲池书院弟子李刚己六十六首、常堉璋十六首、邓毓怡五首、赵宗忭三首、韩德铭一首、籍忠寅一首。其余未入选，在序言中论及其诗歌者尚有刘乃晟、刘登瀛、步其诰、张以南、阎志廉、李景濂、王振垚、武锡珏、谷钟秀、尚秉和、刘培极、高步瀛、赵衡、张宗瑛等人。吴闿生编《吴门弟子集》，其诗歌部分以上诗家作品均有入选，展现了吴闿生诗学视野中晚清重要诗家及莲池派文人诗歌的面目。吴闿生《吴门弟子集序》叙写了自曾国藩、李鸿章任直隶总督，振兴畿辅文教的卓识远略。而畿辅文化风气兴起的主要推动者是吴汝纶，他任职深州、天津、冀州首官时，已经着重发展文教事业；主讲莲池书院后，造就人才更盛，“教化大行，一时风气为之转移”，“士既相竞以文词，而尤重中外大势、东西国政法有用之学”，“莲池群彦亦各乘时有所建树。或仕宦有声绩，或客游各省佐行新政，或用新学开导乡里，或游学外国归而提倡风气，或以鸿儒硕彦为后生所依归。……颠覆帝制，建立民国多与有力焉”②。序文后半部分则对莲池文人群体的文学创作背景和心态做了深刻分析。吴闿生序说：

> 诸君少时皆斐然有述作之思，欲以文采垂曜于后世。及其后遭逢多故，变端既日出不穷，而学问亦新旧乘除，不可以一方体尽。于是有志之士不得不奔走呼号，冀有补于国事。向者文学著述之事稍稍辍矣。尔后世变益殷，向之张皇颠蹶以弥缝搘柱其间者，或效或不效，而国势倾颓乃如江河之下注，莫可猝挽。荏苒久之，大率心臆气尽。回顾平生所为，其有功于国计民生者盖鲜。于是喟然叹息，悟半生致力不如少日文章著作之为可喜而所得多。然废阁既久，残编碎简固已零落不存。思欲赓续补苴，而精力且不逮矣。此盖数十年来二三君子所同慨也。③

① 参见辛德勇《未亥斋读书记》，华东师范大学 2001 年版，第 182—188 页。

② 吴闿生：《吴门弟子集》，中国书店 2009 年版，吴闿生序。

③ 吴闿生：《吴门弟子集》，中国书店 2009 年版，吴闿生序。

《吴门弟子集》掇拾吴门弟子诗文，旨在借由这些零落不全的作品追维昔日“磊磊轩天地”的英雄之气和瑰材玮略，以展现他们的志业理想，以传于后世；并以人存史，而备一代文献。莲池文人的诗歌从桐城派诗学陶铸而来，受曾国藩、吴汝纶、范当世的影响尤大。吴汝纶于诗歌五言追步汉魏及李白、杜甫、韩愈、柳宗元、王士禛，七言取法鲍照、李白、杜甫、苏轼、黄庭坚，不学元、白一路的滑易，崇尚骨气沉雄。曾克端认为莲池文人的诗歌与时代风气相表里，忧时愤国，发而为歌诗，震荡翕辟，沉郁悲壮，其格律、声色、神理、气味以李白、杜甫、苏轼、黄庭坚为取法对象。有一种雕镂肝肾的恳挚痛切，歌泣鬼神的雄奇豪迈。[①] 贺培新进一步阐发此意，认为莲池文人的诗歌本风骚，肹蠁李杜，以欧、王、苏、黄、元裕之等人为法。寓悲天悯人之旨、经天纬地之才，“至性所停蓄，忠愤所勃发，惊心动魄、元气淋漓之致，精能要渺，变骇鬼神，使读者愁然而色变，穆然而情移”[②]。籍忠寅的诗歌具有莲池文人典型的特征，并形成了独特的风格。吴闿生《吴门弟子集》选入其五古十一首，七古七首，五律十一首，七律二十三首，五绝八首，共计六十首，在入选的莲池文人中名列前茅。

籍忠寅诗歌的首要特征是书写文人志士爱国、救国的幽忧之情。他的诗歌前期尚处在模仿阶段，声律未尽工稳，抒情写意也没能遒炼飞举，甚至有凑韵之嫌。在莲池书院诸诗作，与吴闿生相比较少一些豪迈恣肆，沉雄之气不足；与李刚己相较少了雅健韶秀，故为超佚，却因入世尚浅、感慨不深而终嫌有作态。缪钺先生认为桐城派文家论诗的传统重视宋诗，“籍先生大概也是如此”[③]。这也可以从其早期诗歌看出来，如《追和陆放翁月下醉题元韵》，气韵老健，骨力坚苍，间以讥谑，颇有陆游爱国诗篇慷慨豪迈、忧思沉郁的风神。《感时次和甫韵》曰：“风云万里群才起，一旦零星若断蓬。勘叹喔人逢恶虎，何如高举逐冥鸿。国门有眼应余恨，城旦无书未是公。天下何干腐儒事，幽忧不散向秋空。”[④] 此诗作于光绪戊戌年，感于戊戌变法失败后时局，激愤难平，沉痛悲慨。

① 参见吴闿生评选，寒碧点校《晚清四十家诗钞》，浙江古籍出版社2006年版，第28页。

② 吴闿生评选，寒碧点校：《晚清四十家诗钞》，浙江古籍出版社2006年版，第30页。

③ 缪钺：《纪念籍忠寅先生》，《文献》1986年第3期，第90页。

④ 籍忠寅：《困斋诗集》，民国壬申刻本，卷一。

而书生意气终究对国家命运的转圜无能为力，也只能慨叹天下不干腐儒事，“破屋柴门归纵酒，寒山春雪去寻诗”了。而“寒山春雪”中所寻之诗，多是醇酒也无法浇去的忧国忧时的块垒化作的幽忧之辞。又《东归道中和甫见和板桥题壁之作依韵再和》其三曰：“天下于今正倒悬，庙谋日日说筹边。已成牛后羞邻国，犹执豚蹄望岁年。晓日衣冠辉北阕，春风儿女馌南阡。太平气象盈朝野，独把幽忧欲问天。”① 对庙堂君臣腐朽傲慢的批判已经很露锋芒了。《书愤》曰：“雨云翻覆太匆匆，几日兵戈遍国中。篝火丛祠闻鬼语，请缨童子艳边功。鲁门竞告埋长狄，秦女犹将赋小戎。不是杞忧吾独甚，天公儿戏与人同。”② 对清廷利用义和团对抗西方列强，终招致天下大乱，逗引外敌入侵的昏聩无能深感愤慨和无奈。又如《与缄古宗尧有所谋，赋寄二君》：“向来颇负气无前，叹我遭时不后先。却笑百为都画饼，更将双手欲回天。死生一发吾当尔，功罪千秋事偶然。但使眼前出洪水，不求身后入凌烟。”③ 以豪迈无前的气概表达了救国救世的理想。这些诗歌多风云之气，慷慨豪迈，有燕赵之风，然未免刻镂粗豪之弊。末世文人感慨多难，自来难以为怀，这些诗歌艺术的瑕疵正与其忠直激扬之气相契合而独有情态。辛亥革命以后，籍忠寅诗歌的幽忧之情更转深沉，且多了苍凉无奈的身世之感。《登黄鹤楼》诗曰：“生平未见大江流，战后来登将上楼。十里烧痕春不绿，三军墨气鬼生愁。河山不改千年旧，矛戟方同九世仇。岂有世间人尽醉，故应天下我先忧。”④ 黄鹤楼是南国第一登览胜地，历来文人墨客主要描登高望远的自然风物之美，或寄寓高蹈之思，或抒写乡关之情，或感慨今昔变化。如今武汉三镇成为南北军事较量的主战场，三军化为虫沙，江山变作焦土，春风也无法吹醒。而各派势力明争暗斗如痴如狂，正处在酣烈的状态，置国是不顾，怎不令人感慨深忧。又如《金陵晓发之南昌舟中》：“昨夜犹闻白下歌，今朝已逐楚江波。吾生泛泛原如此，尽日滔滔奈尔何。四海知交生死半，廿年羁旅苦甘多。舟人报道匡庐近，莫放扁舟草草过。”⑤ 前四句写为国奔走、不遑宁处的生命情态；后二句写岁月如驶、知交零落的羁旅落寞；末

① 籍忠寅：《困斋诗集》，民国壬申刻本，卷一。

② 籍忠寅：《困斋诗集》，民国壬申刻本，卷一。

③ 籍忠寅：《困斋诗集》，民国壬申刻本，卷一。

④ 籍忠寅：《困斋诗集》，民国壬申刻本，卷一。

⑤ 籍忠寅：《困斋诗集》，民国壬申刻本，卷一。

二句虽言将近庐山，不要草草而过，辜负了山光水色，而暂时的山水之乐又怎能将息生命的劳瘁。读来更增添一层感慨。这种情怀和风格，至其晚年仍有深刻的展现。缪钺先生曾举一诗："蜷伏如藏三尺篷，推篷身在乱流中。生涯合向艰虞老，世运真疑早晚穷。余烬未收还厝火，故疮惯痛不惊弓。夜归昨犯金吾禁，呵倒攲危醉里翁。"这首诗作于 1928 年秋，当时北京兴办有轨电车，人力车夫恐怕失业，聚众示威，拦阻电车。警察不以情理说服，而横加弹压，道路阻塞。籍忠寅赴友人夜宴归，途中看到这种情况，因作此诗。① 美政良俗固不敢期，而摒弃暴力，以情理执法，体恤民生确是现代基本的政治原则。诗中忧时伤世，激愤苍凉，而个人遭际的感慨也流溢出来，风格甚高。籍忠寅自谓作诗率意，自抒胸臆，不拘章法格律。然其诗法有源流，出入唐宋，终与宋格为近，写出了晚清民国文人志士慷慨许国的豪情壮志。

《病呻集》均是籍忠寅 1924 年隐退之后所作。自谓"余自甲子春初一病，遂成痼疾。初受医者戒不敢用思，惧以自促其生，久而渐安于命。身有所痛，往往吟哦以自排遣"②。这些病痛之中率意所为的作品，或叙写疾病的情状，或剖白病中的心理，或借佛禅道韵自我纾解，或纪录养病期间京中名胜之游，或与友人以诗篇互相嘲谑率病之态。诗体不一，却都细腻生动，意蕴深折，展现了一代风流人物精神与身体间巨大的矛盾和挣扎，也以此来映射个体与国家、社会之间难以调和的时代悲剧。所以，从某种意义上来说，《病呻集》展开的疾病书写具有独特的个体和时代隐喻，是籍忠寅给近现代诗歌重要的贡献。《病中自遣》曰：

> 人生罹苦海，全由滞因果。方寸一念空，何来福与祸。昔吾少壮时，雄健自许颇。咄哉病有魔，忽忽来缠裹。四肢重于山，屋内烁若火。夜寝侵梦魂，昼起碍行坐。药饵杂针灸，百投百相左。喘喘复拘拘，如门被扃锁。自顾岂不悲，吾志行且惰。痛极得大悟，如释重负荷。何物臭皮囊，借尔作车轲。车轲有毁残，主人自安妥。天地为大炉，神乎中有我。相忘于江湖，恶往而不可。不然执形骸，未死神先堕。苟无达理观，何异肉堆

① 参见缪钺《纪念籍忠寅先生》，《文献》1986 年第 3 期，第 90 页。

② 籍忠寅：《困斋诗集》，民国壬申刻本，卷二。

垛。吾饭安菽粟，吾行任坎坷。有时对庭花，淡淡两三朵。①

起首八句以因果论祸福，写今日之病，为少壮“雄健自许”所致。中间八句详细写病痛的情状，以及对身心造成的创伤。后十六句叙写因病痛而领悟旷达自适的生命智慧，将精神视为生命的本质，肉体是精神寄寓的载体。精神可以与天地长久永存，而肉体作为形相的存在终究会崩坏腐朽。无住于所住，精神与身心烦恼化敌为友，生命获得了究竟的解脱。现实生活有了这样的智慧支撑，行坎坷如履平地，处幽患而赋真情。籍忠寅尝说自己是“因病得忘机”。疾病让他从纷繁的社会事务中脱身出来，面对个体的生命和生活。吟诗读书、求田问舍、携友漫游成为他休养身心的日常。而闲适的生活也让他得以冷眼观照变乱的时局，清醒地认识到国是日非，亟须重大的变革才能重获新生。另一方面，也令他生出了袖手偷闲的无可奈何和深沉的感慨。病中的落寞使籍忠寅更加敏感于时序的变化、生命的代谢，将观赏花木的幽情深绪隆措在笔端。其《暮春园中见落花》写落花，着重写因病而辜负花期的惆怅和惜花护花的凄清。“病中不出两三日，飞尽园花何处寻。莫怪诗人惜春色，过于世道重黄金。海棠去岁无红子，桃李今年空绿荫。不信狂风总仇我，为留瓜豆绚山林。”“落花”是中国文学史上典型的意象，其意境是凄美冷艳的，情感基调是愁苦哀伤的。② 多寄托美人迟暮的伤春意识，零落随尘的身世之感，生死离别的悼亡之痛，家国乱亡的黍离之悲。晚清民国文人的“落花心事”在千年未有的动荡与变革中更加曲折而细腻。他们结合乱离变革的时代背景，以落花自喻身世，将乱世的生命感慨、志业理想熔铸为新的“落花意境”。籍忠寅诗中的落花有身世的隐喻，政治理想的湮灭就像落花辞树，凋零泥尘，而“东风”变作了“狂风”，见出时代变乱之巨。时代与个体的矛盾终因个体疾病退隐而和解，瓜豆的绚烂与甘守山林的志士终于在山林中怡然遇合。这是志士的幸运，却是时代的悲哀。

籍忠寅因病痛而隐退，也因社会的“病痛”而失势。“疾病”隐喻了生命无法摆脱的悲剧宿命，也隐射了民国北洋政府时期国家深重的危机和灾难。《自

① 籍忠寅：《困斋诗集》，民国壬申刻本，卷二。

② 参见王靖懿、张仲谋《论唐宋词三大意象及其文化意蕴》，《中国韵文学刊》2021 年第 2 期，第 68 页。

觉》曰：

> 人生百不关，所惧唯一死。毫发有痛痒，皇皇不可止。不思血肉身，生灭本常理。微疴若大患，大患等闲耳。吾疾囊初来，心焦百念起。一病垂三年，未尝片刻已。初念倘不移，区区岂堪此。无方是良方，无已斯已矣。吾未如之何，心安自兹始。倘谓斯言非，如何还问尔。①

又《自嘲》：

> 人生耄耋年，有如孩提痴。谁知人病久，痴过年老时。食至不知味，天寒忘添衣。厌闻宾客谈，喜共儿童嬉。不顾明日死，但求今朝怡。自笑无以名，名为病孩儿。②

二诗以对生命本质的思考和超越观照个体生命，诗题“自觉”“自嘲”，自然有生命解脱的人生智慧。而诗中又极其细腻地描写了病中的心理，以病—身并存安顿生活和心灵，其观物、观人也因此发生了巨大的变化。病中敏锐缱绻的诗思、返璞归真的纯净、如丝如缕的哀愁，构成了因深情而忘情的独特艺术境界。其他如《病中杂诗》六首，籍忠寅自叹“人事如环安可了，我身是宅等闲居”（《丙寅除夕》），希望在病—身并存中享受宁静的岁月。但时局扰攘，对于他们这些自青年时期即许身救国的志士来说，又怎能忘怀呢？《有客自汉口来述战后之状感赋》曰：“昔游汉水口，曾上武昌城。山纵攀天势，江腾出峡声。兴亡三户地，南北十年兵。回首登临处，追摹梦不成。”③ 籍忠寅是坚定的宪政派，主张和平有序地完成国家的政治改革，反对激烈的革命和军阀混战。此诗学杜甫，感慨战争对国家造成的创伤，而末句以昔日慷慨壮游难以梦中追摹，而寄寓悲慨无奈，读之不免令人泪下。然而现实的政治环境、个人的身体状况、内外交困的生命遭遇，使得籍忠寅把更多的精力投入到日常生活中。他常携友朋出游

① 籍忠寅：《困斋诗集》，民国壬申刻本，卷二。

② 籍忠寅：《困斋诗集》，民国壬申刻本，卷二。

③ 籍忠寅：《困斋诗集》，民国壬申刻本，卷二。

遣闷，以清幽淡远的笔调叙写京城及周边的山水园林美景。不论是春晴秋暮，还是雨后雪中，他的游踪踏遍了这些地方，甚至是日日都来。诗情是淡然清幽的，笔调是轻松舒缓的，趣味是超然闲适的。他见惯了乱世的风雨，见惯了人间的诡谲，他愿意在山景水色中展开久蒙尘垢的倦眼，愿意在雪夕雨后感受天地的苍茫清新，愿意在云懒风急中远眺谛观。如《雪中与雨南同游北海踏雪冰上》《观黑龙潭老藤》《重来碧云寺塔下》《登玉泉山》等，均深有趣味。他的这些纪游诗中有一个特别的意象——坠驴。“跨蹇冲寒”是象征文人仕途失意的典型意象，在唐宋文学中被广泛使用。籍忠寅的多首纪游诗写到了他及友人骑驴出游而坠驴伤股的情况。王安石退居金陵以后，多骑驴出游，写出了生命恬淡超然的意趣。籍忠寅及友人骑驴游赏本也有古人风雅，而兼散愁破闷。然诗意中的风雅却被坠驴的惊魂驱散。《育峩山中坠驴以诗戏之》《昨嘲育峩坠驴今日出游余竟不免因自嘲以示育峩并简拙园》《余与拙园先后伤足拙园已能缓步游园余犹不能出户既简前诗更戏赠七律一首》《乘驴游水塔寺戒于春间坠驴伤足留宏诚两儿未与俱往晚归作》《携犀儿共乘一驴游香山至双清别墅门前驴跌而坠，适周髯自别墅出，延入小坐，遂弃驴步归》这些诗中都写了自己与友人出游坠驴的狼狈。前二首主要以嘲戏的笔法写友人育峩坠驴的狼狈之状，兼回忆在日本留学时骑马箱根山下，“腾坑跨谷烟云间”的英武雄姿，叙事抒情从“坠驴”的事件本身展开，并没有特别的寓意。至第三首则与个人遭际联系起来，“不知乘坠得全天，一足畸行已废然。……吾身自是骈枝数，天命奚论大小年”①，病痛对身心造成的压迫，在敏感的诗心中被组合成个体与时代的矛盾，而解决这一矛盾的根本之道，籍忠寅是迷茫彷徨的。他所找到的解脱方法也仅仅是退守到个人日常生活，在游赏美景中怡悦性情，在完成个体精神的自觉完满中安顿生命。《乘驴游水塔寺戒于春间坠驴伤足留宏诚两儿未与俱往晚归作》曰：

> 春游跨蹇坠泥途，十日蹒跚一躄夫。要为山林拼性命，又将欵段入崎岖。逢园看竹浑忘久，认路循溪不厌迂。斜日送归天已暝，隔门闻得两儿呼。②

---

① 籍忠寅：《困斋诗集》，民国壬申刻本，卷二。

② 籍忠寅：《困斋诗集》，民国壬申刻本，卷三。

“要为山林拼性命”既是对优美风景的耽爱，又是对个人生命的诊视。籍忠寅的游览是蕴含深情的，尤其是谛观景物的情态。如《碧云寺雨中远眺》，远景近景，虚实浓淡，巨细幽显，在诗心的观照中昭晰互进，他的诗境是悠然淡远的，情调是略带感伤而低徊深折的。如果说晚唐诗人是以哀感绚丽的诗境寄托家国之痛和生命忧思，宋末江湖诗人是以清异凄丽的江湖映照生命空幻和历史兴衰，籍忠寅更像一个刻意抹除社会、历史、政治坐标的自觉生命，面对茫茫天地展开的声色，对抗着内外交侵的纷纷扰扰。现实的世界于他好像被诗意隔绝了，他眼中的中秋之月仍然是年年所见的中秋月，此时“却如一度未曾看”。他眼中的“秋海棠”是“秋心由汝发”的，而其“红小花疏瘦，青深叶大肥”却是与春风中的花木体性形貌相违的。他的诗心巨眼中的风月如此，山川也大体相类。初冬的北海是“林塘摇落不相识”的。晚舟泛归后的游兴是不足的，但“往来日相续，谁得专斯流”。所以，这种由生理而心理的与现实世界的隔膜，实质上并没有真正斩断自觉生命对外部世界探索、体味的热情，而是在诗境中增添了一种旷达的智慧。回到籍忠寅诗中游览而“坠驴”的意象，我们可以理解这是对现实世界的失意的隐喻，也是对身体遭受病痛折磨的隐喻。“坠驴”改变了他们观照世界的视角，也让他们感受到切身的痛苦而开始反观自身。其中《则如同居汤山十日语道之余兼话旧事十年来未有之乐也》一诗应该是籍忠寅及其同道“坠驴”现象之文化意蕴的深刻而全面的写照和总结：

山居十日接清尘，妙道精微语更亲。一病灰心甘宿业，半生对面失真人。高深旧事陵为谷，肥瘠今朝越与秦。昨日翻身下驴背，坠车不患有全神。①

第三节　籍忠寅的文学思想

籍忠寅早年习诗古文，日本留学归来专注从事教育、政治、实业，晚年病

① 籍忠寅：《困斋诗集》，民国壬申刻本，卷四。

退，以诗文自娱。其于诗古文并无专门的论述以表达其文学思想，仅可从其论诗诗、诗文序跋、报刊文章中窥其文学思想的大略。

一、《小说改良会公启》的“小说”观念

1901年，吴汝纶、廉泉在北京创办报社，委常堉璋、邓毓怡任编辑，不久报社被清政府查封，遂改名华北译书局。1902年，邓毓怡、籍忠寅等在北京依托华北译书局《经济丛编》杂志成立文学团体“小说改良会”。关于“小说改良会”的研究，陈平原先生在《二十世纪中国小说理论资料》第一卷《1897—1916年中国小说理论资料编目》中著录了邓毓怡《小说改良会叙例》、籍忠寅《小说改良会公启》，但未收录正文。陈大康先生《中国近代小说编年史》引出《小说改良会叙例》和《小说改良会公启》正文，编入光绪二十八年（1902）五六月。“小说改良会”被正式纳入研究者的视野。① 许振东先生《“北方奇士”——大城邓毓怡的传奇与足迹》对“小说改良会”的创立及主要小说观念有所论述。周兴陆先生《“小说改良会”考探》辑录整理邓毓怡《小说改良会叙例》和署名“何负”的《小说改良会叙》、籍忠寅《小说改良会公启》，并考察了“小说改良会”与吴汝纶、梁启超、林纾的关系。认为吴汝纶基于“文学”“古文”的立场，轻视和排斥“说部”；基于救亡图存而引入西学、会通中西，对“小说改良会”影响很大。邓毓怡、籍忠寅都认为传统小说危害人心，荒怪淫邪，卑污鄙贱，不出诲淫诲盗。而对“欧美小说”“益其文明”功能热切赞颂，提出借鉴欧美小说，改良中国传统小说、新国民思想、造英杰人物的目标，这是对吴汝纶“不可不取之欧美”的思想在小说领域的落实。而他们提出小说创作六原则“一律、团结、明快、雅驯、机趣、神气”，其中“一律、雅驯、神气”本是桐城古文义法的重要内容，邓毓怡、籍忠寅将其移植到小说，作为对小说文辞的规定，而较早地关注到小说艺术性问题。② 邓毓怡与籍忠寅青年时代赞成变法和改革，对康有为、梁启超等清末立宪派人物是非常推崇的。其《感时次韵和甫》《有感示翼侪》均作于戊戌变法失败时。前诗曰：“风云万里群才起，一旦零星若断蓬。堪叹呸人逢恶虎，何如高举逐冥鸿。”③ 将慈禧等顽固派

① 参见周兴陆《文论求实》，上海古籍出版社2018年版，第199页。

② 参见周兴陆《文论求实》，上海古籍出版社2018年版，第207—209页。

③ 籍忠寅：《困斋诗集》，民国壬申刻本，卷一。

比作阻挡国家改革的恶虎，对康有为、梁启超等维新人士饱含同情。后诗曰“大将军书飞绝徼，深宫钟鼓奏华池”，对慈禧为代表的朝廷当权者的腐败深致痛斥，寄寓了变法失败深沉的忧思。后来在共同的政治目标和活动中，籍忠寅、邓毓怡等也与梁启超建立起非常深厚的关系。就清末提倡小说改良和革命而言，“小说改良会”三篇关于小说改良的文章，邓毓怡的《小说改良会叙例》发表于1902年5月，早于梁启超《论小说与群治之关系》近半年，似是梁启超发起“小说界革命”之前的舆论呼声。[①] 邓毓怡、籍忠寅提倡小说改良，“显然得益于自1873年蠡勺居士翻译《昕夕闲谈》以来，以林纾翻译《巴黎茶花女遗事》《黑奴吁天录》和梁启超《时务报》刊载柯南·道尔侦探小说等为代表的欧美小说翻译热潮”，而《小说改良会叙例》“明显是梁启超‘新小说’影响下的产物”。[②] “小说改良会”与林纾一节的论述中，周兴陆先生认为“小说改良会”“是由邓毓怡、籍忠寅等年轻人发起的，知天命之年的林纾没有直接参与”，而林纾古文受到吴汝纶的赏识，其用古文笔法翻译欧美小说在吴汝纶、贺涛等莲池学派人物中的影响也很大。这些师友之间的探讨应该也会耳濡目染地影响到邓毓怡、籍忠寅等人。他们关于小说门类的划分，得益于梁启超的“新小说”，“文辞之宜”的规定性是以林纾小说为典范的。[③]

籍忠寅《小说改良会公启》是“小说改良会”三篇纲领性文献之一。在公启中，他明确“小说改良会”发起的宗旨是“引申理想，统一宗旨，洗旧说之弊，而使人群习俗，焕然新焉”[④]。与同时南北学人倡导以新小说移风易俗、改良弊政、启发民智的普遍观念相通。小说相对于社会政治改良的工具性地位，决定了其内容和主旨。籍忠寅认为传统小说对支离荒诞的鬼怪异说、迷信因果的世俗愚昧、迷恋富贵权势的腐朽堕落思想的传播具有推波助澜的作用，是败坏社会风俗的重要文化根源。其所以不适用于现代社会，根本在于小说创作的宗旨“逞私意而不揆公是，投私好而不求公益”，即使其“意旨词采，类能臧否群伦，穷抉世态”，而败俗之害不能免。籍忠寅重点对小说语言的特征进行了论

---

① 参见周兴陆《文论求实》，上海古籍出版社2018年版，第209页。

② 周兴陆：《文论求实》，上海古籍出版社2018年版，第210页。

③ 参见周兴陆《文论求实》，上海古籍出版社2018年版，第212页。

④ 周兴陆：《文论求实》，上海古籍出版社2018年版，第205页。

述。文中籍忠寅以古文家的概念“言”来指称小说语言，认为小说之言“曲焉，诡焉，以事状焉”，为人情所同好，与雅正之体的曲高和寡不同。他沿用张裕钊、吴汝纶等古文家对“言”的论述，认为言说者的“言”或受社会背景、情境的影响，“弊政污俗，千状万态，愤嫉之甚，欲有以警醒之，而发言过激，使人不能堪”，如汉宋党人言论激焉而愈烈；或“托想过深”，所言高深模棱，另受众无法理解，难识其趣，如两汉辞赋讽一而劝百；其宗旨为公，究其效果却往往事与愿违。另外，言说者“其热诚之所发，必先有愤焉、悲焉、感焉、慕焉者，主乎其中而不得其平，而其所愤、所悲、所感、所慕，又出乎其一人之目中而不无所偏”，读者往往曲解言说者的意思，导致先入为主的固执的偏见。所以，在籍忠寅的心目中，小说文体有其“言”的优越性。其语言风格曲诡深折，能够较好回避诗文直至质实、激烈偏宕的弊端。内容以人物、叙事为中心，也解决了诗文思想、情感表达晦涩深沉的问题，浅显易懂，感动至深。籍忠寅对小说之“言”的论说不单纯是艺术性问题，更是小说的语言特质问题，关乎小说文体的建构。而其建构的方法和目标，受吴汝纶、贺涛等人对古文“辞章”革新的影响。他们通过古文评点，细致地揭示了古文的义法，在叙事、写人、说理等方面多有变革。认为古文的语言除了内容上阐释新事新理外，在语言形式风格上，也要变简净雅洁为雄奇跌宕、细腻丰富，以适应社会对新话语体系建构的需要。小说文体在晚清民国的崛起，既是大众文艺趣味推动的文学转向，也是精英文士启蒙救亡，革新文化和文明的主动选择。就籍忠寅这篇文章透露出一个重要的信息，即晚清桐城派古文家对古文语言问题的反思，正是后来推动包括“白话文运动”在内的一系列语言与文学变革的先声。

二、籍忠寅的诗学思想

籍忠寅以功业自诩，不以诗文名家。他早年的诗歌都是感事忧时的发愤之作。中年病废之后，诗歌渐入于平淡自然，也仍有不平之气隐然贯注于字句之间。其《拟潘安仁秋兴赋序》说：“予本性悱恻，所在忧劳。病者之耳，闻呻吟而增悲；羁旅之怀，感离歌而下涕。流连文字，辗转怀抱，悲怆抑郁，所难免焉。……矧顶踵既具，实全乎性天；方寸有灵，非同于金石。顷刻今昔，瞬息荣败，虽以孔颜知命，闵曾安遏，其有淡然若忘，漠然无感者乎？加以天缺地震，山奔川沸。异种蛟鳄，垂涎于九州；小丑虾蟆，坐吞乎两曜。虽复山河表里，文物彪炳，甲胄云集，绅组霞彩，其去巢幕之燕煦煦不警；在釜之鱼，于于而乐者，曾几何哉？予侧身穷途，默痛时变，落落秋萤之火，难烛大千；纤纤野马之尘，莫填沧海。而顾盼光景，瞻瞩寥阔，身世之慨，实所不忘。若夫警心归燕，兴客旅之悲；转瞬过驹，叹年华之晚。犹其情绪之余，未关深抱者耳。”① “本性悱恻，所在忧劳”，故于个人生命境遇敏感多愁，于家国忧患念念于心。观物伤时，感怀身世，悲怆抑郁而幽忧深广。籍忠寅的诗歌与时事结合紧密，透露着社会事态和个人怀抱。如《感时次和甫韵》《有感示翼侪》诸诗因戊戌变法失败而作；《东归道中》三首感于时事“独把幽忧欲问天”“幽忧不散向秋空”；《书愤》《时事杂感》为义和团和八国联军入侵而作。这些早年的诗歌梗慨多气，多士不遇的落拓之怀，有燕赵古风，未免清怨刻露。正是这种英迈不群的质直之气，催动了他东渡日本留学，寻求救国良方，进而投身政治改良，推动晚清民国宪政。《与缄古宗尧有所谋，赋寄二君》颇有代表性，其诗曰：“向来颇负气无前，叹我遭时不后先。却笑百为都画饼，更将双手欲回天。死生一发吾当尔，功罪千秋事偶然。但使眼前出洪水，不求身后入凌烟。”② 而《金陵晓发之南昌舟中》以略显沉重而疲惫的情调写了奔走国事的忧劳无奈，其诗曰：“昨夜犹闻白下歌，今朝已逐楚江波。吾身泛泛原如此，尽日滔滔奈尔何。四海知交生死半，廿年羁旅苦甘多。舟人报道匡庐近，莫放扁舟草草过。”③ 吴闿生《困斋诗文集序》曰：“及议会解散，诸君亦皆颓然老矣。亮侪又多病，益抑郁不自得。最近三数年，乃发愤为诗歌以自排遣。积数十百篇，所造日益深邃，其材力志事皆自见于篇章之中。”④ 发愤为诗歌以自排遣是籍忠寅诗歌创作的重要动因。只不过早年奔走国事的幽忧之怀，到中年失意之后，变成了平淡自然的自适之情。他学习白居易的诗风，求浅易自然。《秋夜偶成效白香山体》曰：“平生乏诗才，捉笔不应手。有意学古人，求深转觉丑。今欲反所为，一刻作一首。只在写吾心，自然出诸口。深夜不眠时，中天月上后。聊以解忧郁，何必传永久。”⑤《游香山晚宿碧云寺》《雨中登碧云寺塔》《等玉皇顶远眺》《登山有感》《骑驴游香山一周》《居山中与诸儿捕蟋蟀为戏》，寓目即书，肆口而

① 籍忠寅：《困斋文集》，民国壬申刻本，卷一。

② 籍忠寅：《困斋诗集》，民国壬申刻本，卷一。

③ 籍忠寅：《困斋诗集》，民国壬申刻本，卷一。

④ 籍忠寅：《困斋文集》，民国壬申刻本，卷首。

⑤ 籍忠寅：《困斋诗集》，民国壬申刻本，卷二。

成，均是这种自然浅易的平淡风格。在实验了诸多成功的作品后，其《拙稿后自题》说："索句从来煞费心，依然浮浅未深沉。而今始解为诗乐，第一良方不苦吟。"① 将浅易自然的创作方法作为获得诗歌之乐的第一良方。所以，其后期的诗歌多是自适自遣的文字游戏，不求诗法的工致，不求诗境诗意的高深，更不求传载不朽的诗名。

籍忠寅论述了好友邓毓怡的诗歌。《拙园诗集序》曰："廿年以来，世风嬗变，士论新旧杂糅。余与和甫及同学二三子者走异国，事新学，归而出入议员官吏之间，百试百乖，始弃去，理旧业。而颓然老病，不复足自发。……和甫北方奇士也，而说者说其诗多似南人。又喜画山水，亦摹南宗。意者中年尝游苏浙间，其有得于江南山水之秀邪。然吾尝沿滹沱下流转子牙河，东趋渤海，观其形势盘礴郁积数百里，故宜有畸人杰士出于其地。和甫家子牙河滨，去海不及百里，得非灵秀之姿钟于无形者。"②《邓君家传》又说："诸生中能诗者最推南宫李刚己。刚己去而君继之。论者谓刚己沉雄，君则超佚。刚己既殁，北方诗人莫与君争长也"，"君之诗一本性灵。晚年益任真，不尚雕斫，而熟事常理，涉笔自成机趣"③。认为邓毓怡的诗歌代表了当时北方诗人的艺术水平，是继李刚己之后的一位名家。李刚己的诗歌在晚清有较大的影响力，是莲池学派诗学的代表人物。籍忠寅将邓毓怡与李刚己相提并论，可见其诗才之美。另外，他并不认同时人对邓毓怡诗歌南宗风味形成原因的论述，认为与其曾游览江南风物的关系不大，其人之奇气，其诗歌之超佚清绮，均是畿南水土风物涵育的结果。是特具"北方"特质的诗人。

---

① 籍忠寅：《困斋诗集》，民国壬申刻本，卷二。

② 籍忠寅：《困斋文集》，民国壬申刻本，卷四。

③ 籍忠寅：《困斋文集》，民国壬申刻本，卷四。

第九章　莲池学派的女性书写与文艺思想

明末以来受“王学”左派思想的影响，文化阶层兴起了反思女性地位和生命价值的思潮，不断冲击礼教束缚女性的道德网罗和社会习俗。此风未能在社会实践层面结出女性进步和解放之果，却在明清两代开出了灿烂的女性文艺之花。清代理学家和文人在一定程度上表现出对女性才貌德能的重视和尊重；朦胧的女性意识也被文人和才女表现在文艺之中，超越禁锢女性的现实世界，悬照在女性人生理想之域。清末国门洞开，西学涌入，以人文主义精神为核心，强调女性自由意志和男女平等的现代女性意识传入国内。与此相应，自19世纪30年代开始，女子学堂教育逐渐开展起来。从女子教会学堂到官办的女子中小学堂和师范学堂，女子教育多能立足科学常识，提供治家育儿的知识技能，养成女子健康卫生的生活方式。并积极赋权女性，启蒙她们从家庭走向社会，积极引导男女平等思想，使传统的女子成为德智体全面发展的国民之母和女国民。莲池学派作为桐城派北传形成的文人群体，以较为开放的视野、平和折中的态度，廓清传统源流，力求融汇西学于中学的肌体之内，创生新知新境。他们受传统女性观自然演进和西方人文精神的影响，多将女性与女性文学纳入观照范围，形成具有衔接传统与现代的女性观。张裕钊、吴汝纶、贺涛、李刚己等莲池学派不同时期的代表人物，其女性书写最具学派传承的意蕴和时代文化演进的烙印。以他们为中心，似可窥见晚清民国之际莲池学派及一般文人对女性及女性文艺的真实态度；而描述代际之间的传承与演变，也能领略中西碰撞、新旧交替之际，文人面对传统文化岌岌可危之境，在坚守和变通中表现出的思想原则和智慧。

第一节　张裕钊古文的女性书写

莲池学派诸子书写女性的作品主要是一些墓志铭、寿序、诗文集序言、论说等，诗歌作品数首而已。在这些古文中，他们秉承桐城家法，融入义理和学问，以此亦可见出他们的女性观。张裕钊将男女之分的思想渊源推到《周易》。《坤·象》曰："至哉坤元，万物资生，乃顺承天……牝马地类，行地无疆，柔顺利贞。"①《坤》象征着大地、阴物、女子，以"柔顺利贞"为德。所以张裕钊进一步发挥，认为老子学《易》，有得于《坤》卦之德，论女子的德能而附会《老子》的"三宝"观念。其《代某公谭母谢太夫人六十寿序》说：

> 坤道无成而代有终，地道也，妻道也，臣道也。是故以柔弱为守，以慈、俭、不敢先天下为宝。君子之于世也，有开物成务之功，有先知先觉之任，所谓虚无清静、守雌处后者，诚不足以尽之。若夫闺内之行，如老子所称三宝，则固妇德之懿，而母教之至善者也。②

如男子在社会分工和伦理关系中确定自己为臣、为子、为夫的地位一样，在张裕钊眼里，女子亦是在为妻、为母的社会家庭角色扮演中确证自己。他眼中的女性并非侍女仆妾和农家的健妇，而是文士官员阶层的家眷和朝廷的命妇淑女。在清代中晚期的社会中，这类女性被赋予相夫教子、以孝事亲、和睦亲族的门内重任。她们不仅要侍奉公婆，妥善处理与叔伯妯娌及戚里族党的关系，更要担负起家庭的生活重担，全力支持丈夫攻读，求取功名。丈夫游幕、权馆、仕宦在外，则还要担负起教养子女之责。这是一代王朝文化阶层女性的普遍命运和生活方式，所以清代文人于"母教"的社会功能和文化意义体悟独深。张裕钊的女性观比较传统，看重女性的妇德之懿和母教之善。他认为"母教"关系到家国之兴："《诗》《书》之所纪述，圣哲之所申儆，皆以家国之兴，必始梱内。自前古以至于今，未之或易也。"③ 然对文人士大夫家族而言，母教所及仅限于家族的兴盛而已。其《邓恭人七旬寿序》说：

> 洁洒、线治、编枲，以相夫子。上则严事姑嫜，下拊教子妇。婉娩孝

① ［宋］朱熹著，廖名春点校：《周易本义》，中华书局2009年版，第43页。

② ［清］张裕钊著，王达敏校点：《张裕钊诗文集》，上海古籍出版社2012年版，第74页。

③ ［清］张裕钊著，王达敏校点：《张裕钊诗文集》，上海古籍出版社2012年版，第405页。

恭，无非议于远迩，而家门康乐。受天之祜，性命寿长，既老而神明不衰。此闺门和令之善庆，而人世之所谓吉祥。①

因此，他表彰吴母孙夫人“柔顺利贞”的日常挚行懿德曰：“兼综内政，罔有遗失。昼洁酒浆，宵治麻枲。田奴织婢，率作有程。门庭具饬，井匽蠲絜。鸡彘蕃孳，瓜芋硕大。室以大和。只奉资政公，养生丧死，终始之义无违。抚小姑，自髫龀至于笄，至于嫁，恩意笃备，姑忘其茕。以是吴君得一意自力于学，取科第，为世闻人。”② 为其他命妇所作墓志也是要从日常庸行中见出女性的坚韧与贞顺，大多称述门内庸行，而不过分刻画女性艰难危厄的悲剧命运和贞烈卓绝的行止德能。他说：

近世学士称述阃内之懿，必取其遘罹艰厄，含荼茹蓼自励，为危苦卓绝之行者，然后善焉。夫人之所称，顾常在于令淑善祥、蕃祉老寿也。而为世之所传颂者，□堂取必艰苦瑰异之事，信其协于人之情欤？

且以唯《诗》《书》所载，《风》《雅》所歌，絺绤之是治、苹蘩之是采者，其人类皆宜其家室，绥福履下。至汉刘向氏所传列女，亦多履夷处顺之俦。夫遭时之不令，福则不至，而凡以其名称，则诚伟矣。然身处康乐，而名与福兼焉者，岂不为两得者欤？而独谓其不足称欤？③

张裕钊从文体创作的角度，阐释墓志铭女性书写的特殊性。与偏矫尚奇的世俗趣味不同，他反对清中期以来为女性作墓志铭多称述奇节异行的模式，推崇女子的庸行懿德，认为这是“令淑善祥、蕃祉老寿”的女德之祥、母教之正。又推源先秦以来的诗古文、史传，多是从兴家望族、福佑后辈、康乐顺遂几个方面展开书写。与近代理学家为维护“礼教”、表彰节烈卓行、不通人情的做法有显著不同。张裕钊其他体制的古文创作也多能顾及女性书写的特殊性。他论晚清寿序曰：

① ［清］张裕钊著，王达敏校点：《张裕钊诗文集》，上海古籍出版社2012年版，第420页。

② ［清］张裕钊著，王达敏校点：《张裕钊诗文集》，上海古籍出版社2012年版，第158页。

③ ［清］张裕钊著，王达敏校点：《张裕钊诗文集》，上海古籍出版社2012年版，第420—421页。

> 尝闻湘乡曾文正公亟讥寿序之失，以谓无书而名曰序，无故而谀人以言，皆文体之诡，不可不辨。顾文正公论文，最服膺姚惜抱氏。裕钊亦旧从文正公为姚氏学。姚氏之集，则有寿序矣。且虽以文正公之言若是，然其生平所为寿序，乃不下数十篇。裕钊则以谓吾友为人子，而欲以是娱其亲，而必却之，亦人情之所不得也。无已，独称其父母之贤，以勖其子，使持以寿其亲。因益勉为贤，以为亲娱。其体虽非古，其义则不为无取耳。观文正公之作，每每多劝励其子之言，犹此志也。①

寿序体制非古，是诸子序体之流亚。唐代文人创为赠序，“兼意与事作之”，赠序成为文人间一种交游酬应的文字。明人又在赠序的基础上踵事增华，创为寿序。至清代蔚然流行，多用溢美之辞。张裕钊为女性所作的寿序，多称述女性淡泊荣利、燕处超然的心性修养，以激近世躁进奔竞的文人心态，于世事所虑不可谓不深。他从政教思想出发，以为称颂父母之贤，虽有溢美之词，却可以尽孝思、娱父母，又可以勉励子女学为君子圣贤，其体晚出，却有存在的价值。

张裕钊因文体革新触及古文女性书写，并未令其放下传统的女性观。仅以女性庸行之懿替却奇节卓行，营造了一种祥和雍熙的格调。却在清代中后期满纸鼓吹贞洁烈女的道学桎梏中，为女性敞开了一扇看似传统，却颇具人间关怀和生命理想的大门。他的努力在弟子贺涛那里得到了积极响应。贺涛《汤母方太孺人六十寿序》曰：

> 女子之德，《风》诗咏歌之，《春秋传》及百氏之为书者亦间及焉，然颇病其略，无以迹其始终。刘子政作《列女传》，缀辑遗闻，都为一书，详以备矣。后世史家乃或仿其例以登于史，而士之名能文章者益复搜讨善行，旁及闺门，于是女子之贤者乃与夫硕公魁儒闳俊之士同传于世。元明以来有所谓寿序者，人子欲寿其亲，则征文于戚故朋好，以为亲荣。桐城方氏、姚氏及曾文正公皆讥其非古，而辄复效其体，岂非发潜阐幽、所裨于法劝者大乎？②

---

① ［清］张裕钊著，王达敏校点：《张裕钊诗文集》，上海古籍出版社 2012 年版，第 228 页。

② ［清］贺涛著，祝伊湄、冯永军点校：《贺涛文集》，华东师范大学出版社 2011 年版，第 10 页。

此文关于女性书写演变、寿序文体特征的论述均源自张裕钊，只是更加细化了。其可注意者，一是强调女性书写自诗歌、史传、古文、寿序诸体历来多有变化，但重视女性德能懿行的文化传统始终不绝，并将女子之贤者与硕公魁儒闳俊之士等量齐观。二是认为寿序起自元明，体制非古，对于阐发女性德能志意，以助母教化行大有裨益。

综观张裕钊的女性观和古文创作，可知他主要受传统女性观自然演进的影响，与当时教会学堂女子教育影响下的现代性转向有较大距离。但与此时西方女权思想相呼应，张裕钊所代表的儒家精英阶层对女性贞节烈行的态度趋向缓和，不再狭隘执着地表现或褒扬贞节烈女，而是从传统女德之正入手，思考女性的日常庸行于家庭、子女、个人的生活和幸福的重要意义，并将这种思想有意地表现在文体创作的革新中。与当时开明的文人士大夫一同，迈出了近代女性启蒙的第一步。

第二节　吴汝纶诗古文的女性书写

吴汝纶对女德和母教也十分重视。他常以女子与丈夫对举，反思中国重男轻女的思想观念。其《清河观察刘公夫人诗序》曰：

> 中国之法，贵丈夫，下妇人。丈夫、妇人，有常名，无常行。丈夫之行也有三，妇人之行也亦有三，有职，有艺，有志。职也者，丈夫妇人分有焉；艺也者，丈夫专之，而妇人兼之；志也者，丈夫、妇人交致焉。职则丈夫也，艺则不能丈夫也，志则不能丈夫也，丈夫名妇人行，且得而丈夫之耶！职则妇人也，艺则不专妇人也，志则不屑屑唯妇人域也，妇人名丈夫行，且得而妇人之耶！丈夫也，妇人也，是时为贵下者也。虽然，丈夫而妇人者多，妇人而丈夫者少，则其贵且下也亦宜。①

自然生人，有男女之分，这是常名。在社会生活中，男女杂然相处，其德能志

① ［清］吴汝纶著，施培毅、徐寿凯校点：《吴汝纶全集》，黄山书社2002年版，第49页。

趣、行为方式却有不可判然划分之处。古代圣贤君子，按男女自然的天赋，确定彼此的社会角色，职事内外、志向意趣、艺术技能各有所领，各有不同。但是，男子而妇人行，女子而男子行，往往而有。男子作妇人之仁多被人耻笑，女子有伟丈夫之志未尝不令人气壮神扬。所以，以自然天赋而论，男女有常名；以志趣行实而论，男女又往往有相同之处。故而，吴汝纶为女性作寿序、墓志铭、传记，往往称述女子近于男子的气节与卓行，词句之间隐隐地鼓荡着刚健贞正之气。《诰封淑人梁淑人墓志铭》曰："始淑人事嫡夫人恭甚，既为三品命妇，嫡夫人命易章服，卒不敢，终其身不易。既殁，乃以三品服殓之。"① 从"不易章服"一件小事，见出梁淑人深自谦抑的品格。《诰封太夫人陈母熊太夫人墓志铭》曰：

> 太夫人既受家政，综核细碎，出内有经，诸子或携或婴，室无婢妪。烹饪烦捆剪制之事，一自己手。晨先众兴，晦后家息，时未几，尽偿逋负，舅姑以是归其能。叔尝有官逋，追呼急，祸且倾家损门望，赠公又远客，举室惶遽，不知所为。太夫人从容定议，请鬻宅以偿。宅故太夫人与赠公夫妇戮力铢寸累积而得者，至是折券已债，一夕尽。赠公归，以是义其决。②

短短百余字，将熊太夫人经营家事的勤劳坚毅和面对家难的淡定明决表现得淋漓尽致。吴孟复先生说桐城古文的艺术特色是以小说描写的笔法用入散文，通过作者叙述的方式，"在散文写作中注意人物性格的表现，采用一些白描方法，特别是注意特征性细节的描绘"③。吴汝纶的这篇墓志以粗线条叙事，掇拾最能体现人物性情和才干的事件，给予人物恰如其分的评价，不虚美、不阿谀，体现了桐城古文简洁淡泊的家法。吴汝纶的古文还特别称述女子的才性。《黄淑人墓铭》曰："淑人通《毛诗》《小戴记》《尔雅》《文选》，能书画，有诗集三卷。"一位才女的形象跃然纸上。《题范肯堂大桥遗照》叙范当世与夫人姚氏诗文唱和

---

① ［清］吴汝纶著，施培毅、徐寿凯校点：《吴汝纶全集》，黄山书社 2002 年版，第 85 页。

② ［清］吴汝纶著，施培毅、徐寿凯校点：《吴汝纶全集》，黄山书社 2002 年版，第 176 页。

③ 吴孟复：《桐城文派述论》，安徽教育出版社 2001 年版，第 40 页。

之乐，对姚夫人诗文、书法的才情多有肯定。《清河观察刘公夫人诗序》曰："汝纶读其诗，至于雕刻山川，凭吊阻塞之作，以为古所称登高能赋、可为大夫者，殆不是过。而夫人故尝自恨生不丈夫行，不能助公以奉上德扬职阜人为事，赋咏所寄，累累见之，其志意尤奇也。"论者谓吴汝纶古文有名士气，从其以闺门有知己，叹赏女子诗文才情即可见一斑。

吴汝纶的女性观也植根于《周易》。他以阴阳对待互根的理论建构其女性观，摆脱了张裕钊以坤卦"柔顺利贞"之德静态比附女德的思想。其《原烈》说：

> 夫阴阳者，以对待为体，而以互根为用者也。阳无阴不生，阴无阳不成，此对待之体也。阳之中有阴，阴之中有阳，此互根之用也。唯阳不能无阴，阴不能无阳，故有两仪，有四象。唯阳之中有阴，阴之中有阳，故太极生两仪，两仪生四象。故语其对待之体，则乾道刚健，坤道柔顺；语其互根之用，则乾刚健未尝不柔顺，坤柔顺未尝不刚健，此乾坤之道也。……盖尝推而论之，孔子系易曰"立天之道曰阴与阳，立地之道曰柔与刚，立人之道曰仁与义"。仁近于阴与柔，义近于阳与刚，而圣人以仁配阳刚，义配阴柔者何也？仁之性本柔，而其道则刚，义之性本刚，而其道则柔。仁不刚，则妇人之不忍而不可为仁，故仁配阳配刚，义不柔，则匹夫之激烈而不可以为义，故义配阴配柔。然则刚健不可不柔顺，柔顺不可不刚健，阴阳之相需者然也。①

《周易》把阴阳视为万物本根、妙化之源，以阴阳阐明自然生化之道，形成中国传统哲学的核心思想。阴阳以可体验的特性将世界万物划分为对待的二体，体用为一的宇宙观又将二者的对待转化为互根为用的生化之机。所以，吴汝纶阐释阴阳之道，以对待为体，以互根为用。具体到人伦之始的男女夫妇关系上，则是这种阴阳对待互根之理的伦理实现。他不取"天尊地卑，乾坤位矣"，以"势""位"确定男尊女卑地位的思想，而是强调阴阳因对待而共为一体、以互根而交相为用的自然之道，以此确定男女性情交感、共生同济的社会伦理。所

---

① ［清］吴汝纶著，施培毅、徐寿凯校点：《吴汝纶全集》，黄山书社2002年版，第247页。

以，吴汝纶心目中的女性性情和道德，本质上不是由道学男尊女卑观念定义和规范的，而是阴阳生化之理自然形成的。故而，吴汝纶于女性总能发现其性情中男子气质的明决、干练、豪迈，以通于仁义；因女德之懿见出她们倾心礼仪、敏于文艺的别样才情。

吴汝纶易学修养非常深厚，其弟子行唐尚秉和承其遗绪，著有《周易尚氏学》一书，阐发先儒易象之学，多有发明。从其以《周易》阴阳之道论述男女之分和性情之正来看，确有一种格于中西思想、返古开今的新思路。他的这种新思路与晚清诸多思想家“中体西用”的思想基本一致，但吴汝纶作为晚清大力引入西方思想和教育体制的士大夫文人，其思力所至，自不再如冬烘学者那样考据义理、讲究辞章，而是要于新时代对男女之分、性情之正做出新的阐释，以作育新人。反观他在莲池书院以传统致用之学和西学破除科举流弊的开明教育和引入新学制的各种努力，影响所及，莲池学子肆后多能克承其志，对晚清民国北方新式教育，乃至女子教育做出重要的贡献。

第三节　贺涛、赵衡、李刚己诗古文的女性书写

贺涛是张裕钊、吴汝纶二人的及门高弟，其古文思想也深得乃师真传。他的古文笔法细腻，文意纡徐之中郁勃深折，具有强烈的艺术感染力。这与桐城古文吸收小说笔法有很大关系，深层原因则是贺涛醇厚明达、不为空言创作思想的体现。因其醇厚明达，学问才能寄寓性情之中，见理深，论事明，体用周赡，浑然一体。因其不为空言，凡有关典章制度、政治风教、世态人情都能辨章源流、考究详略，参酌西学，引入新理，以相应发。所以贺涛的古文气体高朗、华茂深厚而情理通达，在晚清张、吴二子之外独树一帜。徐世昌选评古文，遂将贺涛入“明清八大家”。总体来说，贺涛古文所表现的女性观糅合了张、吴二人之长，且更为具体生动。如《古余芗合诗序》曰：“夫人所为诗多咏古之作，其于古事乃能指摘是非，而权以己见，确乎有当于事理、若可据以施行者。心志所蕴结，求通于书籍中，而自洩发之耳。”① 若以“先王女政位乎内”之义衡量，慕夫人可与志虑专一、识量高雅的男子比长絜短。贺涛的这种观点有张

① ［清］贺涛著，祝伊湄、冯永军点校：《贺涛文集》，华东师范大学出版社 2011 年版，第 141 页。

裕钊、吴汝纶女性观的影子。《华母姜太恭人九十寿序》曰：

> 《记》曰："不顺乎亲，不信乎朋友。"夫亲不顺而友不我信，则友之既信，必能类聚气感，更责我以事亲，此自然之效也。近世士大夫犹知此义，故往来投报，必体吾友之意，以致敬于其亲。而致敬之大者，则莫如祝寿之礼，撰为文辞，叙述懿行，祷其康强，逢吉以博老人之欢，而益勉吾友之孝思，桐城吴先生谓今之寿礼胜于古之冠礼，以此也。①

文中称引吴汝纶寿序的文体思想，而其结构文体的模式和思考的维度却肇自张裕钊。《魏母贺太恭人寿序》曰："夫虚词祷媚，既有类世俗所为，而称述艰苦，又非所以娱老人，即见所处境之至可乐者质言之，于盛德则无以推阐，要为太恭人所乐闻。"② 寿序中论述文体的体制、内容和演变，是莲池学派诸人结构文章的一种书写策略，也是以才学为文的一种呈现方式。二者构成了情、事、理的内在张力，形成复沓中开阖有致、浑然中多元互动的艺术风貌。且使寿序勉于谄媚之讥，收贤者孝亲、友朋尽义的良好效果。至如《宗氏妇传》论婆母与儿媳之际的伦理问题，痛惜"世之立言者，恒援尊卑之义，严于妇而宽其姑"③的庸陋，而倡导姑妇互爱，可以说是吴汝纶以阴阳对待互根之义论男女之际思想的延伸。

张裕钊濡古至深，其古文创作多从传统出发，务阐明先儒之理。他任莲池书院山长期间，虽不禁止学子读西学书籍，但注意力仍专注在科举时文和传统学术，以至于日本人岗千仞访问莲池书院与诸学子论学时，遭遇令他十分失望的场景：

> 夜，张会叔（浍）、贾伯鸿（裕儒）、孟芾臣（馨荣）、齐禊亭（令辰）、赵树枏（锡榕）、张化臣（以南）十数名来见。……余曰："濂亭先生，师也，长者也。仆不可妄发狂言，失敬左右。诸君年少，仆有一事，切欲问

① ［清］贺涛著，祝伊湄、冯永军点校：《贺涛文集》，华东师范大学出版社2011年版，第208页。
② ［清］贺涛著，祝伊湄、冯永军点校：《贺涛文集》，华东师范大学出版社2011年版，第162页。
③ ［清］贺涛著，祝伊湄、冯永军点校：《贺涛文集》，华东师范大学出版社2011年版，第162页。

诸君，诸君能有所教乎?”众皆请诲。余曰：“凡士人读书学问，将有为于当世也。今也法虏猖獗，福州一败，台湾仅保，中土危急，日甚一日。诸君何策，以济目下之急?”有一人曰：“法虏无状，中土大举征讨剿绝之，一击之下，不使片甲只轮西还，不必须先生之忧闷。”余书答其后曰：“此何异张学士（佩纶）滔滔万言，而炮声一发，狼狈失措，弃兵而遁。兵岂口舌笔册之谓乎？非仆之所愿闻也。”其人怫然，拂衣而去，他皆默然。皆曰：“此问非仆所能当，敢请大教。”余曰：“诸君业科举，腹中万卷，笔下千言，堂堂天下之士也。而今际国家大变，不能画一策，出一奇，以济天下之急，此无须于读书学问也。方今宇内大势一变，不可一日忽外事。诸君盍以讲八股之余力，旁读译书，以讲究彼所以日致富强，横行宇内，策所以一变千年之陋习迂见？此为圣贤之心术，此为有用之学术。”因指斥科举为误天下之本。众或否，或然，议论纷然，遂不得其要领而散。①

由此看来，张裕钊于西学最初涌入之际，虽较其他老师宿儒开明，却未将西学积极融入平时学术研讨之中。吴汝纶在这方面确实比张裕钊走得深远。吴汝纶任深、冀二州任时即非常注重西学的引入，在他的支持下，学子们不仅可从翻译书籍和报纸上习知西学，他在莲池书院还引入外文教师教授西学。所以，论者谓吴汝纶的学术和古文酌西参中，益以当时之世态、匡济之伟略，堂奥崇隆。贺涛突过乃师的地方，正如其好友徐世昌所说：“所著文考论时政之源流得失，务引西国新学新理以浚发吾民之智识。”② 他古文的女性书写也具此特征。《王母贺太恭人七十寿序》除赞颂姑母传统的妇德之懿外，更记述了晚清新思潮涌入时，这位传统女性通达时变以继家声的卓识。其文曰：

（小泉）先生没十余年，世运骤迁，学术因以转移。吾姑命勤生（用诰之子）促诸孙出就外学，久之皆能专所习，以取时誉，群从子弟踵而相从，而王氏之风旨遂改其旧。先生通儒也，使目睹今之世变，必不复坚守初志，以庚乎时。勤生可谓善继述矣，然非承母教，亦无以放其机焉。由

① ［日］冈千仞著，张明杰整理：《观光纪游》，中华书局 2009 年版，第 130—131 页。

② ［清］贺涛著，祝伊湄、冯永军点校：《贺涛文集》，华东师范大学出版社 2011 年版，第 3 页。

> 前所称家庭庸行，贤女子多能之，此人所共知而交颂者也；由后所称，则识时务之俊杰之所为，非女子所能参与，而世俗论女职者，又孰能识其深远而推大之哉?①

小泉先生名用诰，贺涛姑丈，定州王氏，宗尚程朱理学。贺涛早年曾从之问学，古文创作也颇受他的影响。贺涛所作寿序，首述姑母承顺丈夫之意，孝亲治家的妇德。并从丈夫、母家女眷、诸父诸母多个侧面的赞扬来衬托姑母的德行，层次丰富圆满，颇有艺术感染力。从贺涛的行文看，其中既有张裕钊表彰传统母教妇德的影子，也有吴汝纶以阴阳之理等观男女才行德能的因素。其更可贵者在于能融汇时代女性新观念入古文，以变其风调，充实古文的内容，使古文也能与时代风气颉颃比翼。那些只知道株守家法的陋儒文人与贺涛相距真不可以道里计。他为吴汝纶夫人作《欧太淑人墓志铭》，摹画了一位深受西学女性思想影响、独立自尊、热心社会公益和女性进步教育事业的女子形象。其文曰：

> 吾师数诏人以新学，太淑人闻而好之，曰："固宜然。"吾师喜交外国人，凡所交，太淑人必与其家人往还，访求外国事，尝欲遍至缙绅家，说其妇女，如西士之强人，以兴女学，而区昼其规制甚具，遂欲施行，以无和而助之者而止。其后新学益兴，人渐知女子之当教，乃叹太淑人之蓄志于俗习未改之日，其识为不可及也。……吾师卒后，闿生编译书籍，讲授诸学校，又应山东巡抚今直隶总督杨公之聘，用益饶，太淑人居处服御，不改其旧，而轻财好施予，周恤族姻，唯恐不遍。闻国民捐之说，大义之，曰："是尽人所宜为也。"出五百金为女子倡。又命闿生以重金助安徽筑铁路，而振水灾。②

欧太淑人为吴汝纶的侧室，据其子吴闿生所述，似欧氏夫人在吴氏大家族的生活并不如意。但她深自谦抑，积极学习西方的新思想，并因丈夫的因缘，与外国女性交游往还，思想观念并无违和之感。且能够身体力行，从促进女子教育、

① ［清］贺涛著，祝伊湄、冯永军点校：《贺涛文集》，华东师范大学出版社2011年版，第3页。

② ［清］贺涛著，祝伊湄、冯永军点校：《贺涛文集》，华东师范大学出版社2011年版，第37页。

参与社会公益事业诸方面，可以看出她已有从家庭走向社会的现代女性意识和国家公民思想。

当然，我们不能因此就认为贺涛是一位具有现代女性意识的传统文人。其《烈妇瓜尔佳氏墓表》曰：

> 女子从夫者也，既牉合为一体，则宜仰承夫志，自门以内事，无洪琐一埤益我，而代有终，俾其夫得脱然自拔其身以从事于外，而己之甘苦荣辱，则一视夫之所为。其志专，其德恒，故有夫在则从之，而夫没遂以身殉者。夫从人而必身殉，虽非礼之所期，然其性之甘于从人，则于此可见；而先王顺情制礼，亦即于此，而知其不可易矣。新学既兴，谓女子宜求自立，与男子平权，此特即西国近俗为言耳。西儒溯生民之始，以为男子兴立事业，必得女子任役之，使守吾所有，女子不能御侵暴，必承事男子，恃其力以自保卫，为主为从，乃执之不得不然，不敢遽以男女平权之说为信。而东国大师为吾女子之就学者言为学之旨，亦谓西国女多男少，且苦于生事之艰，女子不能尽受男子之庇，竟欲自立以图存，久之遂成为风俗。中国之俗既与彼殊，故当守旧训无改，绝域数万里，而所言叙伦之理乃有合乎吾先王，知理之具于生初者，尽人而同。人道所由立也，乌得因一方惯习指为万国通义，而废人道之常哉？今设学以教女子，才智将日益恢张矣，余惧旧训之夺于新说也，故表烈妇之事，昌言其义，以为之坊。①

此文是贺涛后期的作品，当新学兴起之时，格于新学之弊，贺涛多有所匡议。就其以进化论史观论述西方女权思想为近世兴起成俗而论，确如其言。然据此而推定我国先王礼乐乃不易之道，应守旧训不改，却自相矛盾了。然而对贺涛的女性观，我们不能脱离当时的历史条件，完全以现代女性思想去衡量。只能说，作为一个传统的文人士大夫，他能以开明、积极的态度，去关注、吸收西方近代进步的女性观，以此反思涉及女性身心、生活、家庭、社会地位等重要伦理、习俗、制度的重要问题，确实较迂腐守旧的文人和大众有巨大的进步。虽然不如稍后接受过西式教育的留洋学者，然于当时社会仍占重要地位的士绅

① ［清］贺涛著，祝伊湄、冯永军点校：《贺涛文集》，华东师范大学出版社2011年版，第121页。

和文人阶层确有很大的影响力。由吴汝纶、贺涛等人努力所推动，形成的北方学子向慕西学的学术思想氛围，也为后来的思想启蒙打下了非常良好的社会文化基础。

作为吴、贺二人的高弟，赵衡的女性观与女性书写也有可论之处。赵衡家族是晚清民国冀中地区的中小地主，他与贺氏大族往往与世家望族联姻不同，与其联姻的多是乡曲穷儒之家。他先后娶张、温、王三氏之女，从家庭生活来看，他个性孤僻自负，待张、温二夫人比较暴虐，张氏死时仅三十余岁，温氏则是自杀。赵衡尝为二位夫人作墓文，大力表彰二位夫人孝顺、节俭、勤勉、温柔的门内之德。其中颇有自责之语，自省之中，倒也显露出夫妻的情分。他其他涉及女性的寿序、墓志、记文尚有九篇。《唐孺人墓表》曰：

> 先生恐无以示后世也，乃为书，状孺人之行，遍走诸知交名人，为诗文传之。然皆乐道孺人之节，余独以为持家政数十年，其才有足多也。妇人卑弱不任事，创为之说者何人哉？相承既久，渐为风俗，致使有天下国家者每一事兴，辄叹人才之难。人，肖天地之貌，怀五常之性，聪明精粹，其为有生之最灵，无男女，一也。出今世所谓丈夫之职业，使妇人与之共事杂作，竭耳目心思之用，其成功之疾迟，为艺之高下，安知彼果赢而此果绌也。今必曰此妇人也，唯酒食是议，缝纫是职，他不以闻。呜呼！是坐举数千百年天下之人才而落其大半。而半为所余者，又或教之不其道，至于用之，乃叹无才，岂不悖哉？近观一乡一曲，以丈夫而败亡其家者多矣。其不幸中道夭折，而亲老子弱，以妇人经纪其间，而日益以裕如孺人者，又岂少哉？有天下国家之责者，可以睹其差数矣。①

不仅表彰唐孺人年轻守寡，奉养姑氏、教子成名的节义之德，更进一步论及孺人持家之才。驳斥“妇人卑弱不任事”的世俗腐论，认为“人肖天地之貌，怀五常之性，聪明精粹，其为有生之最灵，无男女一也”。所以，不论从智识、职业、艺能等诸方面来看，女性并不输于男性。而数千年来，将女性禁锢于闺门的文化传统、职业分工，是举“天下之人才而落其大半”的愚昧思想。吴汝纶

---

① 赵衡著，于广杰点校：《叙异斋集》，中国社会科学出版社 2021 年版，第 160 页。

认为在外国女权兴起的文化潮流中，阐明我国文化传统中重视女性德行、才能的思想，足以扶持世教。贺涛也认为此文破除狭隘的传统女性观，弘扬现代女性思想，在自己发端之后，更能驰骋自如，畅所欲言。《曹母程太淑人七十寿序》进一步阐明我国女子教育的宗旨，以驳斥外国人认为我国“贵丈夫，下女子，妇不染学”的盲目之论。他说：“太淑人继室赠公，事先姑，抚前室女，其贤德懿行在他人皆可纪传，自太淑人视之犹小故。举其荦荦大者，见立孤之难。一死不足以塞责，以风化天下，且以解方外之嘲也。”① 慷慨任教养子女之责，立孤存人，其志其德，不仅可以讽流荡飘浮之文士，风化天下，也可以见出我国风教传统培育女子坚贞弘忍、自强独立之性情与能力。赵衡又说“先王定夫妇之制，固外内并重，无所左右于其间”，缙绅士大夫多能体会先圣立教之本，将女子懿德懿行与令辟哲相、瑰智轶才相提并论，故女性之风采德行不绝于史，亦风行于世。从这个角度说，赵衡此类并非为旧俗张目，而是要阐发风教本意，以广开男女平等的新俗，正如贺涛所论“此非旧说，乃新中求新也”，所谓新中求新，另谓赵衡从外人输入思想的企图，蛊惑平民的角度，国内文化精英阶层与一般民众世俗认知的巨大差异，展开女性观的具体论述。

李刚己是莲池学派第四代中的佼佼者。他先后从吴汝纶于莲池书院问学十余年，又得范当世、贺涛指授诗古文，深得古文义法。受时代的熏染，于西学多有领略，所以其思想较莲池前辈为新锐。他不但将二子送入西式学堂读书，任职山西时又亲自编选诗文，教授夫人读书写字。在给诸子的家书中说：

> 汝母四五月间发愤读书作字，吾为渠选抄唐宋五七言绝句数十篇，皆能成诵。与之讲解亦颇能领悟。所作大字，笔力清劲，进步尤速。②

李刚己认为整个社会习俗、道德、制度对女性之束缚与压抑，造成了中国女性普遍的知识寡陋、文化浅薄，而且损害了她们的身心，影响了家族的兴旺、社会文明的进步。他说：

---

① 赵衡著，于广杰点校：《叙异斋集》，中国社会科学出版社 2021 年版，第 165 页。

② ［清］李刚己：《李刚己遗集》，民国六年刻木，卷二。

> 中国妇女无学，不明世事，不明义理，不明养心之法，不明卫生之术，小则贻害于身，大则贻累于家庭。其流毒实不可胜言。①

李刚己的女性观与张、吴、贺三子也有一脉相承之处。其《姚母蒋太宜人七十寿言》曰：

> 自范史传列女，后世纂史志者莫不承用其体。然类皆崇尚奇异以震惊众人之耳目，至于门内庸行往往置而不道。而节妇贤母攻苦食贫，奉亲教子，兢兢数十年或不得与彼割股殉身一时激烈之行争流俗之声誉。流弊可胜言哉。……综观太宜人之所为，类皆伦常日用之庸行，固无所谓奇异也。然自古圣贤豪杰支柱患难所恃以动天人而挽气数者，实在庸行而不在乎奇异。②

此论实在是莲池学派诸子寿序文体思想的总结与概括。然以情入理，用感慨之言发为议论，却别有一番浚发浑脱之致。

西方列强以坚船利炮叩关通商，近代女权思想也随着西学的涌入翩翩走来。中外交流在各领域的深化，女子学堂教育的逐步开展，大众传媒的兴起，为华夏女性意识的觉醒带来了二千年来未有的契机。最早接受西方思想熏陶的文人，带着紧迫的民族危机感和焦灼的救亡意识，从社会变革的角度，构建符合男子社会文化标准的理想女性形象，关注女子在新时代的社会功能。莲池学派诸子因文体革新触及女性问题，矫正清代中期以来标榜女性节烈卓行的思潮，着力书写门内庸行以呈现先王女教之本、女德之正。他们用中西文化比较的方法，叙述男女、家庭、社会之际女性地位和功能的中外演变历程，对我国传统女性观诸如女性职分、贞顺、节烈等思想做出新的阐释，推动了女性传统观念现代化、西方思想本土化。莲池学派新释的女性观与同时以西方女性思想启蒙的女性观，本质上都是男性文化中心的他者赋权，不是立足于女性生命本体的自我赋权。其不同之处在于，女性启蒙者以报刊文章、学堂教科书编撰来传播西方

① ［清］李刚己：《李刚己遗集》，民国六年刻本，卷二。

② ［清］李刚己：《李刚己遗集》，民国六年刻本，卷一。

女性思想，莲池学派以古文为载体书写他们的女性观。因此，古文高古雅洁、辞章义法的风格要求和体制限制，使古文家表现新思想时缺乏文体的灵活性和语言的丰富性。故而，莲池学派诸子以古文表现女性思想时陷入了语言传达和思想转译的双重困境。与他们引入西学、发展工商业、家庭女教、创办女子学堂等社会实践的实行相比较，其古文呈现出的现代意识不仅显得浅薄而且有些迂腐了。近代学者批评古文家地志序言等题材的书写多不济事，于阐发西方女性思想也有同憾。究其原因，不仅是墓志、寿序、诗文集序言等文体的对象和应酬性质的局限，也应看到他们坚守古文体制之纯粹的背后，掩盖在文化实用理性之下，闪烁着的文化保守意识的幽光。

参考文献

一、著作

[1] 孟子. 孟子译注 [M]. 杨伯峻，译注. 北京：中华书局，1960.

[2] 班固. 汉书 [M]. 北京：中华书局，1962.

[3] 张彦远. 历代名画记 [M]. 俞剑华，注释. 南京：江苏美术出版社，2007.

[4] 朱熹. 周易本义 [M]. 廖名春，点校. 北京：中华书局，2009.

[5] 李塨. 颜习斋先生年谱 [M]. 王源，订. 上海：商务印书馆，1937.

[6] 李塨. 李塨文集 [M]. 石家庄：河北教育出版社，2009.

[7] 方观承. 述本堂诗续集 [M] //《清代诗文集汇编》编纂委员会，编.《清代诗文集汇编》：第287册. 上海：上海古籍出版社，2010.

[8] 张叙. 诗贯 [M]. 刻本. 保阳：邗上杜甲，1755（清乾隆二十年）.

[9] 汪师韩. 上湖纪岁诗编 [M]. 刻本. 长沙：钱塘汪氏，1886（光绪十二年）.

[10] 边连宝. 边随园集 [M]. 刘崇德，主编. 北京：中华书局，2007.

[11] 姚鼐. 惜抱轩诗文集 [M]. 刘季高，标校. 上海：上海古籍出版社，1992.

[12] 刘大櫆. 刘大櫆集 [M]. 上海：上海古籍出版社，2021.

[13] 刘大櫆. 论文偶记 [M]. 范先渊，校点. 北京：人民文学出版社，1959.

[14] 曾国藩. 曾国藩全集：诗文 [M]. 长沙：岳麓书社，1986.

[15] 郑珍. 巢经巢诗钞注释 [M]. 龙先绪，注. 西安：三秦出版社，2002.

[16] 黄彭年. 陶楼诗文辑校 [M]. 黄益，整理. 济南：齐鲁书社，2015.

[17] 张裕钊. 张裕钊诗文集 [M]. 王达敏，校点. 上海：上海古籍出版社，2012.

[18] 吴汝纶. 吴汝纶全集 [M]. 施培毅，徐寿凯，校点. 合肥：黄山书

社，2002.
[19] 徐世昌. 晚晴簃诗汇 [M]. 北京：中国书店，1988.
[20] 王树枏. 陶庐老人随年录 [M]. 北京：中华书局，2007.
[21] 王树枏. 陶庐文集 [M]. 刻本. 北京：新城王氏，1919（民国八年）.
[22] 王树枏. 故旧文存 [M]. 刻本. 北京：新城王氏，1927（民国十六年）.
[23] 王树枏. 陶庐笺牍 [M]. 刻本. 北京：新城王氏，1927（民国十六年）.
[24] 王树枏. 王树枏诗集 [M]. 于广杰，柴汝新，点校. 北京：北京燕山出版社，2019.
[25] 贺涛. 贺涛文集 [M]. 祝伊湄，冯永军，点校. 上海：华东师范大学出版社，2011.
[26] 贺涛. 贺涛集 [M]. 柴汝新，于广杰，点校. 北京：北京燕山出版社，2019.
[27] 李刚己. 李刚己遗集 [M]. 刻本. 北京：吴闿生，1917（民国六年）.
[28] 纪钜维. 泊居剩稿 [M]. 铅印本. 北京：临桂汪鸾翔，1925（民国十四年）.
[29] 纪钜维. 泊居剩稿续编 [M]. 铅印本. 北京：河间刘宗彝，1942（民国三十一年）.
[30] 吴闿生. 吴门弟子集 [M]. 北京：中国书店，2009.
[31] 吴闿生，评选. 晚清四十家诗钞 [M]. 寒碧，点校. 杭州：浙江古籍出版社，2006.
[32] 梁启超. 清代学术概论 [M]. 上海：上海古籍出版社，1998.
[33] 赵衡，李刚己. 叙异斋集；李刚己集 [M]. 于广杰，点校. 北京：中国社会科学出版社，2021.
[34] 籍忠寅. 困斋文集 [M]. 刻本. 北京：任丘籍氏，1932（民国二十一年）.
[35] 籍忠寅. 困斋诗集 [M]. 刻本. 北京：任丘籍氏，1932（民国二十一年）.
[36] 贺葆真. 贺葆真日记 [M]. 徐雁平，整理. 南京：凤凰出版社，2014.
[37] 刘声木. 桐城文学渊源考撰述考 [M]. 徐天祥，点校. 合肥：黄山书社，1989.
[38] 刘声木. 苌楚斋随笔 [M]. 北京：中华书局，1998.
[39] 贺培新. 贺培新集 [M]. 王达敏，王九一，王一村，整理. 南京：凤凰

出版社，2016.
[40] 王揖唐. 今传是楼诗话 [M]. 张金耀，校点. 沈阳：辽宁教育出版社，2003.
[41] 周作人. 中国新文学的源流 [M]. 上海：华东师范大学出版社，1995.
[42] 钱基博. 现代中国文学史 [M]. 傅道彬，点校. 北京：中国人民大学出版社，2004.
[43] 钱穆. 中国近三百年学术史 [M]. 北京：商务印书馆，1997.
[44] 朱光潜. 谈文学 [M]. 北京：北京大学出版社，2012.
[45] 郭绍虞. 清诗话续编 [M]. 富寿荪，校点. 上海：上海古籍出版社，1983.
[46] 汪辟疆. 汪辟疆说近代诗 [M]. 上海：上海古籍出版社，2001.
[47] 汪辟疆. 光宣诗坛点将录笺证 [M]. 王培军，笺证. 北京：中华书局，2008.
[48] 钱仲联. 近代诗钞 [M]. 南京：江苏古籍出版社，2001.
[49] 钱仲联. 近代诗三百首 [M]. 杭州：浙江古籍出版社，1990.
[50] 徐复观. 学术与政治之间 [M]. 北京：九州出版社，2014.
[51] 龚鹏程. 中国诗歌史论 [M]. 北京：北京大学出版社，2008.
[52] 李泽厚. 论语今读 [M]. 合肥：安徽文艺出版社，1998.
[53] 吴孟复. 桐城文派述论 [M]. 2 版. 合肥：安徽教育出版社，2001.
[54] 张舜徽. 清人文集别录 [M]. 武汉：华中师范大学出版社，2004.
[55] 星汉. 清代西域诗研究 [M]. 上海：上海古籍出版社，2009.
[56] 辛德勇. 未亥斋读书记 [M]. 上海：华东师范大学出版社，2001.
[57] 周兴陆. 文论求实 [M]. 上海：上海古籍出版社，2018.
[58] 刘继才. 趣谈中国近代题画诗 [M]. 沈阳：辽宁人民出版社，2012.
[59] 冈千仞. 观光纪游 [M]. 张明杰，整理. 北京：中华书局，2009.
[60] 吉川幸次郎. 中国诗史 [M]. 2 版. 章培恒，骆玉明，等，译. 上海：复旦大学出版社，2012.

二、期刊论文

[1] 蒋锡曾. 中国画之解剖 [J]. 东方杂志，1930，27 (1).
[2] 萧菊君. 王晋卿先生传略 [J]. 河北月刊，1936，4 (4).

［3］甘簃．悼王晋卿先生［J］．青鹤，1936，4（8）．

［4］郭绍虞．中国语词的声音美［J］．国文月刊，1947，（57）．

［5］缪钺．纪念籍忠寅先生［J］．文献，1986，（3）：89—90．

［6］魏际昌，吴占良．桐城古文学派与莲池书院［J］．文物春秋，1996，（3）：22—30．

［7］蒋寅．方氏诗论与桐城诗学的发展［J］．安徽师范大学学报（人文社会科学版），2014，42（6）：689—696．

［8］陈引驰．“文”学的声音：古代文章与文章学中声音问题略说［J］．文艺理论研究，2012，32（5）：35—42．

［9］洪本健．清末民初的中小学堂读本——李刚己的《古文辞约编》［J］．文史知识，2015，（9）：109—115．

［10］柳春蕊．论晚清古文理论中的声音现象［J］．文艺理论研究，2008，（3）：61—68．

后　记

十几年前，从津门刘师崇德先生游。先生讲授词曲、诗学之余，多言及中文系前辈学者魏际昌先生尝治古文，有《桐城古文学派小史》及相关论文多篇。此后读书即多方留意，着意搜寻魏先生著作，后来又于资料室见魏先生论明代诗文油印小册。魏先生论桐城派的学术与文学深有所见，俱见其《桐城古文学派小史》中。他提出晚清桐城派在北方的发展以直隶莲池书院为中心，确为北方桐城派研究打开了一扇窗户，成为后来学者研究北方桐城派的津梁。遗憾的是，前辈学者学识深湛，却不尚著作，如孔子所谓“述而不作”，多在教学过程中与诸生往复讨论。故若从已出版的魏先生的有限著作来谈论莲池书院文人群体与桐城派的关系，以及莲池书院文人群体的学术活动、文学创作和文艺思想，也仅仅能够窥其大略，既不足以知魏先生学问之深醇，也不足以知莲池书院文人群体的学术与文学。所以，笔者不揣浅陋，选定了“莲池学派及其文艺思想”作为研究对象，试图细致地梳理晚清莲池书院文人的群体构成，厘清这个群体与桐城派的关系。在此基础上，采取以点带面的方法，对晚清莲池书院文人的代表人物张裕钊、吴汝纶、王树枏、贺涛、李刚己、赵衡、籍忠寅等人的文学创作与文学思想进行深入研究，以期揭开这一崇尚桐城古文、接续北学文脉、通经致用、融汇中西的燕赵士人群体的道德世界、功业理想和文学境界。

感谢诸位师长给予的教诲和帮助，感谢家人一直以来的支持和理解。感谢程师志华先生对我的悉心教导和鼓励，该课题是我从事博士后研究的一个阶段成果。

本书为作者2016年承担的河北省社科基金项目“莲池学派及其文艺思想研究”的研究成果，项目编号：HB2016WX009。